현금 수송차를 털어라

How to Rob an Armored Car
by Iain Levison



# 현금 수송차를 털어라

이안 레비전 지음
이경식 옮김

1판 1쇄 발행 | 2009. 11. 17

발행처 | **Human & Books**
발행인 | 하응백
출판등록 | 2002년 6월 5일 제2002-113호
서울특별시 종로구 경운동 88 수운회관 1009호
기획 홍보부 | 02-6327-3535, 편집부 | 02-6327-3537, 팩시밀리 | 02-6327-5353
이메일 | hbooks@empal.com

값은 뒤표지에 있습니다.
ISBN 978-89-6078-078-1  03840

# 현금 수송차를 털어라

이안 레비전 지음
이경식 옮김

Human & Books

# 차례

**미치는 42인치 플라스마 텔레비전**을 보고 있었다. 그때 여자가 뒤로 다가왔다. 예뻤지만 사나워 보였다. 침대 시트 같은 갈색 옷 위로 긴 머리카락을 늘어뜨린 모습이 히피처럼 보였다. 미치는 텔레비전에 붙은 가격표를 보고 있었다. 1,799달러였다. 자기는 절대로 그 텔레비전을 사지 못할 것임을 알고 있었다. 아쿠-마트에서 매니저로 일해서 받는 돈으로는 어림없는 일이었다. 훔치지 않는 한 그 텔레비전을 가질 가능성은 전혀 없었다. 미치는 회사가 이런 최고급 전자제품에 대한 재고조사표를 어디에다 보관하는지 정말 궁금했다.

"하이!"

여자의 목소리는 분명 우호적이지 않았다. 어딘지 모르게 까칠한 느낌이 묻어났다. '하이!'라는 그 인사는 '철통 경계!' 따위의 군대식

경례 같았다. 미치는 텔레비전을 향하고 있던 몸을 천천히 돌렸다.

"뭘 도와드릴까요?"

"매니저세요?"

오, 젠장! 직원 가운데 누군가가 이 여자를 화나게 한 게 분명했다. 그런 일은 누구라도 할 수 있었다. 고객이 화를 내거나 말거나 그 정도 일에 신경 쓸 직원은 아무도 없었으니까. 아니다. 여자를 화나게 하지 않았을 게 분명한 직원이 딱 한 사람 있긴 있었다. 찰스였다. 나이지리아 출신인 찰스는 조금 전에 마리화나를 사오라고 심부름을 보내고 없었다.

"예."

"당신네들이 파는 옷은 모두 중국에서 정치범들이 만든다고 읽었는데, 맞나요?"

질문을 하는 여자는 천사의 미소를 띠고 있었다. 하지만 싸움거리를 찾아온 게 분명했다. 손에는 양초 한 자루를 들고 있었다. 양초를 사러 온 모양이었다. 그래, 이 거대한 복합기업의 매장에서 달랑 초 한 자루만 사서 돌아서려니까 기분이 영 꿀꿀했던가 보지? 매니저라도 붙잡고 한판 해야 기분이 좀 개운하겠지? 그래야 나중에 자기 히피 친구들에게 이 이야기를 할 때도 폼을 좀 잡을 수 있을 테고. 대기업의 똘마니 한 사람과 논쟁을 벌여서 뭉개버렸다고 말이야. 그래야 약자의 친구이며 환경 지킴이가 될 수 있을 테니까. 그래야 필요한 거라고는 달랑 초 한 자루뿐이고, 또 너무나 게을러 터져서 번듯한 어떤 인물이 되기는 애초에 글러먹은 싸구려 인생이 되지 않을 테니까. 어쩌면 여자는 '지구의 아이' 일원이 무지하게 되고 싶은 건지도 모른다. 이런 생각을 하면서 미치는 말했다.

"의류 매장으로 가서 문의하시면 되겠습니다."

이런 일은 한 주에 한 번 꼴로 일어났다. 아쿠-마트는 언론의 평판이 좋은 회사가 아니었다. 매장 하나가 문을 열 때마다 반대 시위는 늘 일어났다. 제3세계의 노동자들을 착취한다고 했고, 거대한 주차장을 만들어서 매연을 유발하고 기름이 상수도관으로 스며들게 해 오염 사건을 일으킨다고 했으며, 직원들에게 낮은 임금을 강요한다고 했다. 낮은 임금을 강요하는 게 사실임은 미치도 알고 있었다. 그러나 사람들은 싼 걸 바랐고, 그래서 아쿠-마트의 각 지역 매장들은 늘 손님들로 붐볐다. 만일 사람들이 정말 아쿠-마트가 꺼져주길 바란다면, 여기에서 물건을 사지 않으면 된다. 달랑 양초 한 자루 사러 와서는 괜히 시비를 걸며 싸우겠다는 히피 여자도 마찬가지였다. 아쿠-마트에서 물건을 사지 않으면 될 것 아닌가. 미치는 이런 생각을 하면서 한마디 덧붙였다, 사뭇 유쾌하게.

"좋은 양초네요."

여자는 양초를 텔레비전 위에 내려놓았다. 마치 그 양초를 살 생각이 전혀 없었다는 듯이, 혹시 정전이 될지 몰라 거기에 대비하느라 들고 다녔을 뿐이었다는 듯이.

"그렇기 때문에 물건을 그렇게나 싸게 팔 수 있잖아요, 맞죠? 옷을 만드는 사람들에게 노동의 대가를 제대로 지불하지 않는다구요, 당신네들이."

"손님, 저는 정말 아무것도 모릅니다. 물건들은 그냥 트럭에 실려서 들어옵니다."

"그럼 당신은 그 물건이 어디에서 오는지 궁금하지도 않나요? 누가 만들었는지도? 그 사람들 덕분에 당신이 봉급을 받아가잖아요. 그러니까 당연히 아셔야죠."

"그렇죠."

이런 경우에 대한 대처 요령은 이미 교육용 비디오테이프에 담겨 있었다. 미치는 자기가 무슨 말을 해야 하는지 잘 알고 있었다. 세계 경제 체제의 확장, 시장에 작용하는 여러 가지 힘들, 일자리를 제공받고 돈을 버는 사람 혹은 일을 하지 않고 돈도 벌지 않는 사람, 어쩌고저쩌고 또 어쩌고저쩌고……. 회사 측의 대응은 미치가 보기에도 허울뿐이고 알맹이는 없었다. 사실 미치도 별로 관심 없었다.

"설령 누가 그 사람들에게서 돈을 갈취한다 하더라도, 나는 그런 사람이 아닙니다."

여자가 미치를 빤히 바라보았다.

"그러니까요, 손님……."

미치는 피곤했다. 그래서 당연히 하게 되어 있는 대사를 까먹고 엉뚱한 소리를 했다.

"나더러 어떡하라는 겁니까? 커피숍에 가서는 왜 얘기 안 합니까? 콜롬비아에서 커피 농사를 짓는 농민이 떼돈을 번다고 생각합니까? 댁이 타고 다니는 자동차 타이어를 만드는 사람들은 또 어떻고요?"

이런 말들이 미치의 입에서 마구 튀어나왔다. 바닥 매트나 공기청정기를 매장에 새로 진열할 때마다 그리고 근무시간 기록표를 놓고 근무시간을 계산할 때 늘 생각하던 내용이었다. 조금만 더 나가면 '씨발 좆도'라는 말도 할 것 같다는 생각에 정신이 번쩍 들었다. 이 말은 분명 교육용 비디오테이프에는 없었다. 이 말을 입 밖으로 냈다간 다시 실업자 대열에 서게 될지도 모를 일이었다. 엿 같은 건강보험도 날아가고, 룸메이트인 더그와 함께 뜨거운 불판 앞에서 음식을 만들어야 할 수도 있었다. 미치는 심호흡을 크게 한 번 하고는 자신을 추슬렀다. 그리고 여자를 바라보았다. 멍한 눈으로, 아무 말도 없다. 여자는 미치의 둔감함에 적잖게 놀라는 눈치였다.

"당신네들은 정말……. 저 주차장도 예전에는 숲이었어요, 알아요?"

여자는 이 논쟁을 처음 해보는 게 분명했다. 숲에 관한 논쟁으로 재빠르게 후퇴한 것이다. 사람들은 보통 뭐라고 싸움을 시작했다가는 곧 숲이 사라지고 강이 오염된다는 이야기를 두서없이 늘어놓곤 했다.

"온갖 폐기물들이 강으로 흘러 들어가서 식수를 오염시킨다구요."

여자는 돌아섰다. 하지만 미치가 여자의 등 뒤에다 대고 말했다.

"저 주차장은 일차대전 때까지만 숲이었지요."

미치는 다시 분별력이 있는 매니저의 모습으로 돌아가서 교육용 비디오테이프에 나와 있는 모범 답안대로 한 자도 틀리지 않고 말했다.

"우리가 포장을 하기 전까지만 해도 저곳은 멀그레이브 고철회사

가 고물 수집장으로 쓰던 더럽고 냄새 나던 땅이었습니다."

여자는 돌아서서 가고 있었지만 미치는 그 뒤에다 대고 계속 말했다. 여자는 뒤도 돌아보지 않은 채 손을 어깨 높이로 들어서 털듯이 흔들었다. 그러고는 모퉁이를 돌아서 가정용품 코너로 향했다. 아마도 다시 양초를 가지러 가는 모양이었다.

미치는 텔레비전 쪽으로 몸을 돌렸다. 화면에서는 제산제 광고가 나오고 있었다. 정말 고화질이었다. 끝내줬다. 화면 속 여자의 얼굴에서 털구멍까지 보였다. 위산과다증이 있는 어떤 사람이 실제로 그 방에 자기와 함께 있는 듯했다. 만일 이 텔레비전을 가질 수 있다면, 인생이 지금보다 좀 더 나아질 수 있을까?

**미첼 올던은 수많은 재능을** 가지고 태어났다. 하지만 이 모든 재능을 '엉터리 의사결정의 저주'가 압도했다. 유전이었다. 미치는 지금도 생생하게 기억한다. 퀸즈의 어떤 집이었다. 어릴 적에 살던 집이었고, 그 집의 주방이었다. 어린 미치는 자리에 가만히 앉아서 아버지가 동업자에게 하는 이야기를 들었다. 동업자는 실내 공기청정기 사업에서 손을 떼고 컴퓨터에 투자하고 싶어 했다.

"빌어먹을! 이 컴퓨터 유행이 얼마나 오래 지속될지 난 모르겠다고요!"

동업자가 '스모크 이터스' 공기청정기 판매 사업에 계속 남게 설득하려고 아버지가 했던 말을 미치는 아직도 기억한다.

"하지만 적어도 내가 살아 있는 동안에는, 뉴욕시티의 술집에서도 사람들은 담배를 피울 거라 이 말입니다!"

아버지는 그렇게 말했다. 그리고 이 말은 사실이 되었다. 아버지는 롱아일랜드 고속도로에서 사망했는데, 뉴욕시티의 술집에서 담배를 피울 수 없도록 한 법률이 트레일러트럭의 정지거리와 관련된 또 다른 판단 실수로 효력이 발생되기 딱 6주 전이었다. 미치는 가문의 전통에 따라서 군에 입대했다. 하지만 6주 뒤에 마약 검사에 걸려서 군복을 벗었다. 그리고 월튼 커뮤니티 칼리지에 들어가서 영어를 전공했다.

그리고 커뮤니티 칼리지 졸업 증서를 받자마자 미치는, 그 과정이 자기에게 최고의 준비 과정이 되었던 어떤 일을 시작하겠다는 열망으로 한껏 부풀었다. 음주운전으로 두 번째 적발되어 잠시 감옥에 들어갔을 때 만났던 캐나다인 밀수꾼에게 마리화나를 파는 일이었다. 하지만 이 밀수꾼은 어디로 갔는지 사라져 버리고 없었다. 미치는 월튼 커뮤니티 칼리지의 주차장에서 각이 진 졸업 예복용 모자를 팔에 끼고 그 남자를 하염없이 기다렸지만 아무런 연락이 없었다. 열 번째로 전화를 걸었지만 여전히 응답이 없자 미치는 고개를 들어서 천천히 사방을 둘러보았다. 그때 구인 게시판에 나붙은 전단이 눈에 띄었다.


아쿠—마트! 다수의 매니저를 채용합니다!


좆도, 달리 내가 할 수 있는 게 뭐가 있겠어? 그는 그런 생각을 했다.

**미치는 아쿠-마트를 사랑하지** 않았다. 하지만 그렇다고 해서 자기가 예상했던 것만큼 증오하지는 않았다. 처음에는 연수를 받는 두 달 동안만 봉급을 받으면서 바텐더 일자리를 알아볼 생각이었다. 하지만 곧, 회사는 겉으로 하는 말과는 다르게 자기에게 많은 것을 기대하지 않는다는 사실을 깨달았다. '매니저'라는 용어도 사실은 잔업 수당을 지급하지 않으려는 핑계에 지나지 않았다. 독자적으로 어떤 결정을 내려야 할 일도 거의 없었으며, 설령 그런 일이 있다 하더라도 나중에 자세하게 조사를 받아야 했고, 또한 매장 인력 가운데서 자기보다 높은 사람들에게는 모두 따로 확인을 받아야 했기 때문이다.

하지만 연수 과정이 마음에 들었다. 엄청나게 많은 유능한 인재들 가운데서 자기가 선발되었다는 말이 귀에 솔깃했다. (비록, 학교에서 있었던 취업 설명회 자리에서 입사지원서를 작성했던 사람들 가운데서 자기 말고는 단 한 명도 연수 첫날 모습을 드러내지 않았다는 사실을 미치도 알긴 했지만.) 그리고 연수 프로그램을 진행하는 사람들은 미치가 동기들 가운데서 가장 두각을 드러낸다는 말도 했었다. 어쩌면 회사 사람들은 미치가 가지고 있는 너무도 눈부신 재능에 눈이 멀어, 그만 미치를 자동차용품 매장에서 썩게 했을지도 모른다. 재고 관리 업무나 그 밖의 이런저런 일을 하며 몇 시간을 보내야 했고, 열 시간 근무의 나머지 시간은 기본적으로 매장 건물에서 보내야 했다.

강렬한 도취 상태는 이런 근무시간이 술술 흘러가도록 하는 데 도움이 되었다. 이날 미치는 직장으로 오는 길에 마지막 남은 마리화나를 피워버렸다. 그래서 나머지 다섯 시간을 멀쩡한 정신으로 어떻게 보낼 수 있을까 겁이 났다. 그때 찰스가 마리화나를 사오겠다고 제안을 했고, 미치는 50달러를 찰스에게 건네주고 27달러는 남겨두었다. 봉급이 나오려면 사흘이 남았고, 그때까지 그 돈으로 버텨야 했다. 멀쩡한 정신으로는 제대로 일할 수가 없어서 마지막 남은 돈까지 써야 할 정도로 자신의 일을 두려워한다면, 이건 당장 다른 일을 알아보아야 한다는 뜻이 아닐까, 하고 미치는 생각했다.

그때 데니스가 다가왔다.

"집에 가고 싶어요. 몸이 아파서요."

데니스가 징징거렸다. 아쿠-마트에 들어온 지 얼마 되지 않은 데니스는 열여덟 살이었고, 미치의 보조였다. 미치는 포커 게임을 해서 그녀를 자기 조수로 땄다. 매장의 매니저들은 새로운 직원들이 채용되면, 이들의 명단을 놓고 포커 게임을 해서 누구를 자기 조수로 쓸지 결정했는데, 여기에서 미치가 싹쓸이를 해서 목록에 있던 나이지리아인 둘(나이지리아인은 보통 일을 열심히 했고 또 마리화나를 쉽게 구했다)과 유일하게 매력적이던 여자 데니스를 자기 밑으로 넣었던 것이다. 문제는, 아직 고등학생이던 데니스가 아쿠-마트에 취직을 한 이유가 의류 매장에서 일을 하며 자기 친구들과 어울리고 또 이 친구들에게 옷값을 깎아줄 수 있다는 점 때문이라는 것이었다. 그런데 의류 매장이 아니라 사람들 눈에 띄지 않는 곳에서 자동차용 브레이크 패드나 핸들 커버 따위를 진열대에 옮기는 일만 하게 되자 데니스는 불만이 이만저만한 게 아니었다.

“찰스가 돌아오면 그때 가.”

“싫어어어어요!”

데니스는 또 징징댔다.

“마리화나 사러 보낸 거 난 다 알아요.”

데니스가 고개를 똑바로 쳐들고 미치를 바라보았다. 찰스가 근질 거리는 입을 참지 못했던 모양이었다.

“적어도 주문 들어온 건 다 채워 놔야지.”

“거의 다 했는데!”

이번에는 쾌활한 목소리였다. 자기가 이긴 걸 안 모양이었다. 아픈 티는 전혀 보이지 않았다.

“냄새 나는 것들만 남았어요. 그 상자들을 옮기는 건 정말 못하겠 어요. 그것만 하고 나면 손에서 냄새가 난단 말이에요.”

데니스는 얼굴을 우스꽝스럽게 찌푸렸다.

“됐어, 고마워. 오늘 일 아주 잘했어.”

“고마워요, 안녕!”

데니스는 돌아서서 근무시간 기록표가 있는 데로 향했다. 그 뒤에 다 대고 미치가 말했다.

“아쿠-마트 사에서 네가 한 53분의 근로시간은 무척 소중한······.”

하지만 창고로 이어지는 자동문은 이미 닫히고 있었다. 이어서 긁 힌 자국이 있는 원형의 초록색 플렉시 유리창 너머로 데니스가 아름 다운 금발 머리를 숙이고 근무시간 기록표에 기입하는 모습이 보였 다. 빌어먹을! 머리는 완전히 맑은 상태라서 짜증이 났다. 지루했다.

바라보고 있을 사람은 이제 아무도 없었다. 찰스는 어디에 있지? 왜 안 와?

"찰스 어딨어?"

매장의 총지배인 밥 서덜랜드가 어느새 뒤에 다가와 있었다. 미치는 섬뜩했다. 밥은 직장 상사라고 으스대며 끊임없이 미치를 괴롭혔다. 또 지나칠 만큼 호의적이고 쾌활하기도 했다. 그런데도 밥은 미치가 여태 함께 일해 본 사람들 가운데 가장 멍청한 인물이었다. 몇 달 전에 매니저들을 모아놓고 회의를 하면서 밥은, 산타 모니카에 있는 한 아쿠-마트 매장의 스포츠용품 코너에서 서핑보드를 팔아서 눈부신 판매 실적을 올린 사실을 지적하고는, 스포츠용품 매니저에게 서핑보드 열 개를 주문하라고 지시했다. 바닷가에서 무려 320킬로미터 넘게 떨어진 펜실베이니아의 월튼에서는 이미 늦가을로 접어들었다는 사실을 전혀 고려하지 않았던 것이다. 이렇게 해서 들어온 서핑보드 열 개 가운데 그동안 딱 하나가 팔렸다. 그런데 그게 수수께끼였다. 펜실베이니아 중부 지역에서 서핑보드를 산 사람은 대체 어떤 사람이었을까? 그것도 겨울이 코앞에 다가왔는데. 그리고 나머지 아홉 개의 서핑보드는 창고의 선반 한쪽을 모조리 차지한 채 먼지를 뒤집어쓰고 있었다.

"마약 좀 사오라고 보냈습니다."

그러자 밥이 킬킬거리며 웃었다. 그래, 오늘은 지킬 박사한테 보냈다, 왜. 웃지 마.

"찰스 오면 이거 줘."

밥은 미치에게 봉투 두 개를 건넸다. 모두 서류 양식이 두툼하게 들어 있었다.

"연방이민국에 보낸 서류에 문제가 좀 있나 봐."

"예, 전할게요."

"근데 말이야, 그 친구 정말 어디 간 거야?"

"음…… 자동차부품센터에 보냈습니다. 와이퍼를 가지고 오라고요. 갖다 주질 않아서요."

"그래? 전화는 해봤나? 걔네들은 도대체 일을 왜 그따위로 해? 걔네들한테 문제가 있는 거지, 우리한테 문제가 있는 게 아니잖아."

젠장, 밥은 자동차부품 대리점에 전화해서는 왜 와이퍼를 갖다 주지 않았느냐고 고함을 질러댈 게 분명했다. 제대로 배달을 하고도 호통을 당할 대리점 쪽에서는 뭐라고 말할까?

"기다리자니 너무 느려서요. 아무튼 찰스한테 일도 시킬 겸 해서 말입니다."

"그럼 창고 청소라도 시켰어야지."

밥이 막 말을 마칠 무렵에 찰스가 창고의 문을 열고 나타났다.

"와이퍼 가지고 왔나?"

밥이 물었다. 재앙이 빠르게 다가오고 있었다.

"아, 예…… 와이퍼."

찰스는 고개를 끄덕이며 미소를 지었다. 목소리는 유쾌했고, 말투에는 외국인 억양이 강하게 들어갔다. 그러면서 두 사람을 지나쳐서 진열대에 상품들을 정돈하기 시작했다. 찰스가 구사하는 영어는 완벽했다. 외국인이 하는 발음은 거의 찾아볼 수 없었다. 하지만 찰스는, 필요한 때는 일부러 어색한 발음으로 말하고 상대방의 말을 잘 알아듣지 못하는 척하면서 화제를 엉뚱한 방향으로 돌려버리는 묘한 재주를 가지고 있었다. 바깥의 찬 공기가 찰스와 함께 묻어 들어왔다. 그 찬 공기 속에서 미치는 갓 피운 마리화나의 그 무겁고 따뜻한 향기도 함께 맡았다.

밥은 그 자리를 떠나려고 돌아섰다. 그 냄새를 맡지 못했거나, 아니면 그 냄새를 맡긴 했지만 무슨 냄새인지 모르는 눈치였다. 또는 그냥 그 자리를 이제 그만 뜨고 싶었을지도 모른다. 밥은 어떤 대화를 나누든 시급을 받는 직원이 나타나면 거의 대부분 대화를 중단하고 자리를 떴다. 특히 영어를 모국어로 쓰지 않는 사람이 나타날 경우에는 더욱 그랬다. 밥은 몸을 돌리던 몇 초 사이에 대리점을 어떻게 다루고 길들여야 하는지 몇 가지 주의사항을 빠르게 말했다. 미치는 최대한 공손하게 고개를 끄덕였다. 세상에서 가장 유능한 사람에게서 더할 나위 없이 소중한 어떤 내용을 배우기라도 하는 것처럼. 그리고 고맙게도, 눈물 나게 고맙게도, 밥은 갔다.

미치는 찰스를 바라보았다.

"젠장, 큰일 날 뻔했잖아! 구해 왔어?"

찰스는 고개를 끄덕였다. 찰스의 두 눈은 이미 벌겋게 충혈 되어 있었다. 마치 뇌출혈을 일으킨 사람 같았다. 그의 입은 천천히 크게 찢어지며 얼굴 가득 미소를 만들었다.

"품질 조오오오오오옹습니다!"

**케빈은 잠에서 깨어났다.** 아직 꿈은 생생했다. 극적인 사건이 펼쳐지는 드라마틱한 꿈과는 거리가 멀었다. 정말 진부하기 짝이 없는 꿈이었다. 그래서 더욱 당혹스러웠다. 하지만 평소에 꾸는 다른 꿈들과 마찬가지로 바로 그런 이유 때문에 어쩐지 하루 일진이 사나울 것 같아 찜찜했다. 아무래도 불편하고 실망스럽고 불만족스러운 하루가 될 것만 같았다. 최근 들어 케빈은 이런 불편함, 실망, 불만이 자기가 느끼는 유일한 감정이 아닌가 하는 생각을 하기 시작했다.

꿈에서 케빈은 어떤 커피숍에서 여섯 살짜리 딸 엘리와 함께 줄을 서 있었다. 함께 줄을 선 다른 사람들은 아이들이 있는 젊은 부부들이었고, 이들은 모두 자기가 부모라는 사실에, 가족이 있다는 사실에 그리고 지역 사회에서 자기들이 차지할 자리가 있다는 사실에 무척 기뻐했다. 그런데 이 사람들은 케빈이 어딘지 불안해하고 불편해한다는 사실을 알아본 눈치였다. 그리고 그런 이유로 다들 케빈을 의심스러운 눈길로 바라보고 있었다. 젊은 부부들은 커피숍의 화려한 벨벳 카우치 소파에 앉아서 케빈을 바라보며 자기들끼리 귓속말로 뭐라고 소곤거렸다. 케빈은 자기가 중산층 사람들이 드나드는 커피숍에 어슬렁거리면서, 그 사람들을 속여서 자기를 그 사람들과 같은 부류라고 알아주길 바라며 애쓰는 거라고 생각했다. 케빈은 눈을 깜박이며 천장을 바라보았다. 그게 진짜 꿈인지 아니면 예전에 린다와 에밀을 데리고 스타벅스에 갔을 때의 기억인지 도무지 알 수가 없었다.

린다가 옆에서 몸을 뒤척였다. 케빈은 손을 뻗어서 린다의 엉덩이를 부드럽게 잡았다. 섹스나 한바탕 해보자는 은근한 제안은 아니었다. 그저 린다가 어떻게 나오는지 보고 싶었다. 린다의 손이 쑥 내려 오더니 케빈의 팔을 밀쳤다. 린다는 여태까지 단 한 번도 아침형 인 간이었던 적이 없었다. 그럼에도 그 단호하고 쌀쌀맞은 동작은 놀라 웠다.

"엘리가 일어났단 말이야."

린다는 화를 내며 웅얼거렸다. 린다는 얼굴을 이불로 반쯤 가린 채 계속 말했다.

"엘리 아침 좀 차려줄래?"

케빈은 린다의 이런 태도가 싫었다. 제안이나 부탁을 가장해서 자 기에게 명령하는 게 정말 싫었다. 특히나, 그렇지 않아도 자기가 막 하려던 일을 그런 식으로 시킬 때는 정말 화가 났다. 린다가 자기를 마치 엘리와 같은 어린아이로 여기는 것 같았다. 게다가 더욱 화가 나는 것은, 이런 사실을 린다도 잘 알고 있다는 점이다. 그래서 케빈 이 막 어떤 일을 하려 한다는 걸 알고는 일부러 그 일을 해줄 수 없겠 느냐고 부탁했다. 물 먹이려는 게 분명했다. 화를 돋우려는 게 분명 했다. 내가 도대체 어쩔 거라고 예상하는 거야? 그냥 드러누워서 자 기 딸이 쫄쫄 굶은 채로 학교에 가도록 내버려둘 거라고 생각하는 거 야? 아무리 귀가 꽉 막힌 사람이라도 엘리가 일어났다는 사실은 다 알아, 나도 안다구. 그런데 지금 이 태도는, 한 주 내내 내가 엘리에 게 아침을 차려줬다는 게 사실이 아니라는 거야?

케빈은 침대에서 일어나면서 이불을 확 걷어 린다의 등짝으로 차 가운 바람이 휙 불어가게 했다. 린다는 이불을 잡아채서 다시 몸을

덮었다. 케빈을 손을 더듬어서 모자가 달린 스웨터셔츠를 찾았다. 이건 전혀 어려운 일이 아니었다. 침실에서는 숨소리까지도 잡을 수 있을 정도였으니까.

"계속 이렇게 춥게 살 수는 없어. 나도 알아, 아껴야지, 한 달에 1달러라도 말이야. 물론 중요하지. 그래도 나는 엘리가 폐렴에 걸리지 않았으면 좋겠다구."

린다는 말이 없었다. 케빈은 린다를 집적거려서 일어나게 한 다음에 온갖 빈정거림을 한 무더기 쏟아놓고 바깥으로 내뺄 수도 있었다. 이유는 간단했다. 린다보다 자기가 더 일찍 잠을 털어내기 때문이었다. 린다의 뇌 가운데 말다툼을 하는 부분(린다에게는 이 부분이 뇌의 대부분을 차지할 거라고 케빈은 늘 생각했다)은 늦게 발동이 걸렸다. 린다는 보통 커피를 두 잔째 마시고 나서야 비로소 온갖 불만과 잔소리와 노골적인 명령을 케빈의 영혼에 퍼부어대기 시작했다. 케빈은 이불 아래에 있는 몸뚱어리에 대고 말했다.

"더그가 아침에 올 거야. 우리 집에 아쿠-마트에서 무더기로 산 AA건전지가 있다고 내가 얘길 했거든. 그걸 가지러 올 거야."

"아유, 짜증나!"

린다가 베개를 주먹으로 치면서 일어나 앉았다.

"십 분만 더 자게 내버려두면 안 돼? 아침에는 내가 잠을 자야 되는 거 알잖아."

케빈도 지지 않고 맞받았다.

"누가 뭐래? 더그가 올 거라는 얘기밖에 더 했어? 난 더그가 문을 열고 들어올 때 네가 부스스한 얼굴을 보이는 게 싫어서 그래."

케빈은 아내와의 대화를 거기에서 끊어 버리고 싶었다. 그리고 그 마음을 강렬하게 표현하고 싶었다. 그래서 문을 세게 닫았다. '쾅!' 하는 소리를 기대했지만 그런 소리는 나지 않았다. 대신 무언가 부서지는 소리가 났다. 엘리의 장난감 하나가 문에 끼었던 것이다. 아아, 씨팔! 케빈은 다시 문을 열었다. 욕을 한 건 문이나 장난감이 잘못되었을까봐 걱정이 되어서 그런 게 아니었다. 멋있게 퇴장하려고 했는데 그만 우스꽝스럽게 되어 버렸기 때문이었다.

"네 바보 같은 친구들이 왜 우리 집에 와야 하는데?"

린다는 베개에 다시 머리를 처박으면서 물었다. 목소리는 거의 우는 소리에 가까웠다.

"그 사람들이 여기 오는 거 싫어. 그 사람들이 아파트라고 부르는 그 쥐구멍에서 충분히 많은 시간을 함께 보내면서 여기는 왜들 또 오냐구!"

"더그 혼자만 와."

케빈은 침실의 문을 계속 열어둔 채 침착하게 말했다. 갑자기 멋있고 싶다는 충동에 사로잡힌 것이다. 오늘은 긍정적이고 쾌활한 생각을 하면서 개를 산책시키고 싶었다. 린다와 더 다투다가는 그런 기분이 들지 않을 것 같았다. 그런 찝찝한 기분 그대로 일하러 나가고 싶지는 않았다.

"더그는 아주 잠깐만 있다가 갈 거야."

"아예 그 사람들을 여기 데리고 들어와서 함께 살지 그래?"

린다는 이제 완전히 잠에서 깨어났다. 천장을 올려다보는 그녀의 눈은 화가 나서 이글거렸다.

"짐승들처럼 함께 우글거리며 살면 되잖아. 하루 종일 마리화나를 피우면서. 그러면 네 딸도 하루 종일 나한테 아빠 어디 갔느냐고 묻지 않을 테고, 좋잖아!"

쾅! 린다는 뭐라고 얘기를 더 했지만 케빈은 듣지 못했다. 덕분에 그나마 긍정적이고 유쾌한 하루를 기대할 수 있었다.

**"난 이제 더는 케빈과** 결혼 생활을 이어가고 싶지 않아."

린다는 마치 빨래를 할 때 넣는 섬유 유연제를 다른 걸로 바꿀 생각이라는 말을 하듯이 그렇게 내뱉었다. 오늘 날씨 참 좋네, 자동차 엔진오일을 갈아야 하는데……. 그리고 참, 남편도 없애버릴 생각이야.

린다는 AA건전지를 찾으려고 잡동사니들을 넣어놓은 서랍을 휘저었다. 집에 오면 주겠다고 케빈이 더그에게 약속했던 바로 그 건전지였다. 더그는 예상보다 늦게 왔고, 더그가 왔을 때는 케빈은 이미 개를 산책시키러 나가고 없었다. 초인종이 울리자 린다는 더그를 안으로 맞아들인 뒤 건전지를 찾으러 가면서 별 생각 없이 불쑥 그렇게 말했다.

"댁 친구와 이혼을 할까 생각하는 중이라구요."

더그로서는 정말 듣고 싶지 않은 말이었다. 막 기분 좋게 마리화나를 한 모금 빨고 난 뒤였으며, 또한 식당 근무에서 해방된 자유로운 시간을 즐기던 터였기 때문이다. 더그는 단지 AA건전지를 가지러 왔을 뿐이었다. 그 건전지만 있으면 리모콘을 살려서 하루 종일 카우치 소파에서 빈둥거릴 수 있었다. 비록 린다와는 몇 년 전부터 알고 지내던 사이지만, 더그에게 린다는 여전히 변덕스런 여자이자 알 수 없는 여자였다. 그리고 자기가 초인종을 눌렀을 때 단 한 번도 반가운 얼굴로 맞아준 적이 없는 여자였다. 그런데 케빈과 이혼할까 생각한다니…….

더그는 아무 말도 하지 않았다. 린다는 그걸 말을 계속 하라는 신호로 받아들였다.

"우리는 이제 서로 말이 통하지 않아요."

더그는 두 사람이 말이 통하지 않는다는 걸 알고 있었다. 하지만 예전에는 두 사람이 말이 통했는지 확실하게 알 수 없었다. 린다는 평소에 케빈과 말이 통하게 하려고 노력하지도 않았다. 갑자기 말이 통하게 하려고 애쓴다는 사실이 놀라운 이유도 바로 거기에 있었다. 더그가 두 사람과 알고 지낸 지가 사 년이나 되었지만, 두 사람이 대화를 하면 늘 몇 초 뒤에는 목소리가 커지고 싸웠다. 비록 최근에는 두 사람 사이에 고성이 오가는 대신 혐오의 경멸이 담긴 조용한 콧방귀만 오가곤 했지만. 더그는 두 사람이 키스를 하거나 우호적인 신체 접촉을 하거나 혹은 서로에게 좋은 말을 하는 것을 한 번도 본 적 없었다. 도대체 두 사람 사이에 어떻게 엘리가 생겼는지 알 수 없을 정도였다.

"그건 아닌데요."

더그가 말했다.

"왜 아니에요?"

질문을 던진 린다는 더그를 빤히 바라보며 담배에 불을 붙였다.

질문을 받을 줄은 전혀 예상하지 못했다. 그리고 질문을 던지는 린다의 태도는 이야기를 제대로 한번 해보자는 티가 역력했다. 게다가 린다는 이제 건전지를 찾을 생각은 아예 하지도 않았다. 좋지 않은 징후였다. 꼼짝 없이 붙잡힐 수도 있다는 불길한 생각이 들었다.

"왜냐하면…… 거기와 케빈은…… 좋은 사람들이잖아요."

더그는 린다가 자기를 시험한다는 느낌이 들었다. 그리고 더그는 실제로 그 시험을 무난하게 통과한 것도 아니며 또한 완전히 망쳐버린 것도 아니었다. 린다가 좋은 여자인지 아닌지 정말 알지 못했기 때문이다. 케빈과 함께 마리화나를 하러 자주 왔지만, 그때마다 케빈은 린다가 없으면 무척 좋아했다. 물파이프의 물을 화분에다 버려도 되고 누군가 못마땅하게 쳐다보는 따가운 시선을 느끼지 않고도 얼마든지 느긋하게 즐길 수 있었기 때문이었다. 더그는 린다를 지나치게 깔끔 떨며 잔소리를 많이 하는 여자로 생각했다. 케빈도 마찬가지일 거라고 더그는 거의 확신했다.

"내 생각에는 내가 케빈을 불행하게 하는 것 같아요. 그 사람은 행복한 적이 없잖아요."

"아니, 아닙니다. 거기가 문제가 없다고 해도, 케빈은 행복하지 않을 겁니다."

그런 말이 불쑥 튀어나와 버렸다. 두 사람의 관계를 지지하고 모든 것을 덮어주는 말을 찾았지만, 실제로 입 밖으로 나온 말은 그런 종류의 말이 아니었다. 하지만 그건 사실이었다. 사 년 전 케빈을 처음 만났을 때 케빈은 더그가 요리사로 일하던 식당의 웨이터였다. 그때 이후로 줄곧 더그는 케빈을 불평을 입에 달고 사는 투덜이라고 생각해 왔다. 두 사람이 처음 말을 트고 대화다운 대화를 하기 시작한 것은, 케빈이 재배하던 마리화나를 싼값에 팔아넘기는 일에 더그가 관심을 보였기 때문이었다. 케빈은 비록 탁월한 마리화나 재배자이긴 했지만 물건을 처리할 사회적인 수완과 아는 얼굴들이 부족해서, 상등품 '백색 미망인White Widow' 약 4파운드를 자기 집 지하실에다 그냥 쟁여두고 있었던 것이다. 식당 일이 끝난 뒤 술이 얼큰하게 오른 상태에서 대화를 나누던 두 사람은 마리화나와 관련해서 의견 일치를 보았고, 그때부터 두 사람 사이에 우정이 쌓이기 시작했다.

그 뒤로 두 사람이 함께 있을 때가 점점 많아졌으며, 두 사람 사이에 강한 유대감이 형성되었고, 마침내 둘은 허물없는 사이가 되었다. 술을 마시거나 당구를 치거나 케빈의 집에 페인트칠을 하거나 이사를 서로 도와주거나 하는 등의 거의 모든 일을 함께했다. 린다는 늘 두 사람 주변에 있긴 했지만 이들이 하는 일을 실질적으로 함께한 적은 한 번도 없었다.

"그 사람은 왜 그렇게 불행하죠?"

린다가 물었다. 그리고 주변을 한 번 휘익 둘러보고는 두 손을 허공에다 털었다. 다 틀렸다는 뜻이었다.

"좋은 집도 가지고 있어요. 예쁜 딸도 있고요. 돈은 늘 빠듯하지만, 그래도 그럭저럭 잘 해결하고 있죠. 그런데 왜 그럴까요? 나한테 문

제가 있다는 거죠."

더그가 고개를 저었다.

"그냥 불행한 사람들도 있습니다."

"말도 안 돼."

린다는 자리에서 일어나 주방 카운터 뒤로 가서 주전자에 물을 따랐다.

"커피나 차 한 잔 드려요?"

결정을 해야 할 시간이었다. 만일 '예'라고 대답하면, 한나절을 고스란히 잡아먹힐 수 있었다. 여자는 끝도 없이 길게 수다를 떨 수 있다는 사실은, 식당에서 일하는 웨이터들이 하던 불평을 하도 많이 들어서 잘 알고 있었다. 자기들 두 사람이 따뜻한 액체가 든 잔을 하나씩 앞에 놓고 마주보고 앉으면, 일이 어떻게 진행될까? 충분히 신기한 상황임에는 틀림없었다. 또 그런 이유로 충분히 흥미로웠다. 지난 사 년 동안 린다는 단 한 번도 어떤 일에 관해서건 자기와 이야기를 나누고 싶다고 한 적이 없었다. 그래, 알고 보면 린다가 그렇게 나쁜 여자가 아닐 수도 있잖아.

"싫으면 억지로 드시지 않아도 돼요."

하지만 말과 다르게 린다는 억지로라도 마시라고 압박하는 것 같았다.

"예? 아아, 커피. 아니, 차요. 예…… 차, 차가 좋습니다."

"자리에 앉으세요."

린다는 카운터 뒤에서 부지런히 움직였다. 주전자를 불에 올리고 싱크대 찬장의 문을 열고 또 닫았다. 그런데 갑자기 더그에게 이런 생각이 떠올랐다. 집에 가서 오후 내내 텔레비전을 본다는 게 자기에게 낯익은 일상이긴 하지만 실제로 꼭 그렇게 해야겠다는 마음이 들 정도로 구미가 당기는 일은 아니라는 생각, 그리고 이렇게 린다와 마주앉아서 이야기를 나누는 것도 그다지 나쁠 것 같지는 않다는 생각이었다. 그래 젠장, 여기 이렇게 앉아서 린다와 함께 시시껄렁한 설을 푸는 것도 재미있을 거야.

"감방에서 나온 뒤로 변한 거 같아요. 우울증을 앓는 사람 같아요. 그게…… 지금으로부터 이 년쯤 되었나요? 그러니까 나는 지금 벌써 이 년 동안이나 그 사람의 우울증에 시달리고 있다는 뜻이네요."

린다는 재떨이를 내려놓고 거기에 담배를 조심스럽게 올려놓았다. 그리고는 마치 은밀한 비밀을 털어놓는 것처럼 이렇게 말했다.

"알죠? 케빈은 지금도 댁이 그때 그 일과 관련이 있었다고 생각하는 거."

"알아요. 아니라고 내가 얼마나 많이 말했는데도 그러네요. 솔직히, 생각 한번 해봐요. 자기가 하지도 않은 일을 했다고 어떤 사람이 자기를 계속 비난하는데, 정작 본인은 자기가 그걸 하지 않았다는 사실을 증명할 수도 없는 상황이 어떨지……."

더그는 말끝을 흐렸다. 생각만 해도 다시 마음이 아팠다. 약 이 년 반 전이었다. 케빈이 지하실에서 마리화나를 재배했고 더그는 이 물건을 받아다가 밖에서 팔았다. 그런데 갑자기 문제가 발생했다. 어느 날 경찰이 들이닥친 것이다. 경찰은 모든 걸 압수했다. 전구와 선풍

기 그리고 비료 등만 따져서 값을 치르더라도 수천 달러는 충분히 될 물량이었다. 물론 일은 거기에서 끝나지 않았다. 케빈은 교도소에 갇혔고, 90일 동안 그 안에서 지냈다. 케빈의 말은 이랬다. 더그가 마리화나를 가지고 있다가 경찰에 잡힌 뒤에 무죄로 풀어주겠다는 경찰의 협상을 받아들여서 마리화나를 재배한 자기를 분 거 아니냐는 것이었다.

하지만 사실 더그는 경찰에 체포된 적도 없었다. 그런데도 케빈은 자꾸만 의심을 했다. 아무튼 그 모든 일은 이제 가슴 아픈 옛일이었다. 그만 훌훌 털어버리고 싶을 뿐이었다. 하지만 실제로는 한 번도 그렇게 되지 않았다. 케빈은 늘 그 이야기는 다 끝났으며 자기는 진정으로 더그를 믿는다고 말하곤 했다. 하지만, 데킬라가 한두 잔 들어가기만 하면 더그에게 어깨동무를 하고는 이렇게 물었다.

"솔직히, 응? 솔직히 얘기해 줘, 화 안 낼게. 진짜로, 있었던 일 그대로만 얘기해 봐."

린다는 더그를 바라보며 더그를 연구하고 있었다. 더그는 아주 잠깐 동안 케빈이 린다를 시켜서 이런 상황을 만든 게 아닐까 상상했다. 자기를 이리 오게 해서 린다와 함께 차를 마시게 한 다음 숨기고 있었던 사실을 털어놓게 만드는. 하지만 이런 생각은 자기가 이 집으로 오면서 피웠던 마리화나 때문에 나타난 과대망상이라고 결론을 내렸다. 케빈과 린다가 어떤 계획을 꾸밀 정도로 오래 대화를 나누었을 가능성은 거의 없었다. 하지만 분명하게 해두고 싶어서 더그는 한마디 덧붙였다.

"내가 한 게 아닙니다. 경찰에 잡힌 적이 없는데요, 뭘."

"알아요. 나는 한 번도 자기를 그렇게 생각하지 않았어요."

린다의 목소리는 따뜻하고 친근했다. 더그로서는 한 번도 본 적 없는 린다의 전혀 다른 모습이었다. 갑자기 린다가 한 사람의 인간, 한 사람의 여자, 케빈과는 전혀 독립적인 존재로 보였다. 여태까지 더그는 린다를 늘 케빈과 함께 묶어서 생각했었다. 린다를 따로 떼어놓고 생각해 본 적이 한 번도 없었다. 사 년 동안 린다를 봐왔고 말을 하기도 했지만, 린다라는 존재는 오로지 케빈에게 속하는 액세서리일 뿐이었다. 케빈의 자동차나 케빈의 선글라스 그리고 케빈의 린다였던 것이다. 게다가 '자기'라는 호칭으로 불리는 것도 기분이 좋았다.

"케빈은 왜 내가 그랬다고 생각합니까? 그러니까, 어차피 세월도 많이 흘렀는데 실제로 내가 그랬다면 솔직하게 다 털어놓지 않았겠습니까? 케빈이 정말로 내가 자기를 경찰에 찔렀을 거라고 생각합니까? 보세요, 그거 거래하다 잡히면 어떻게 되는지 알죠? 그냥 회초리로 손바닥 한 대 맞는 거밖에 더 있습니까? 나, 그거 맞기 싫다고 케빈의 인생을 망가뜨릴 그런 사람 아닙니다. 뭔 말인지 알죠?"

린다는 생각에 잠긴 얼굴로 더그를 바라보았다.

"있잖아요, 솔직하게 말해서, 나는 늘 댁을 쓰레기통이라고 생각했었거든요. 근데 알고 보니 정말 좋은 사람이네요. 케빈이 왜 댁을 좋아하는지 이제야 알겠네요."

"나는 늘 거기를 쉬지 않는 잔소리꾼이라고 생각했는데……."

잠시 침묵이 흘렀다. 그리고 곧 두 사람은 함께 웃음을 터뜨렸다.

그리고 린다가 탁자 위로 상체를 더그 쪽으로 기울이면서 은근한 미소를 지었다.

"이봐요, 연기 낼 거 가지고 있죠? 그렇죠?"

더그가 대답했다.

"예, 가지고 있죠. 그런데 혹시, 그러니까 혹시 지금, 젠장, AA건전지 없습니까?"


**케빈은 비를 맞으며 개를** 산책시키고 있었다. 핏불이었고 이름은 제프리였다. 녀석은 어쩐지 미덥지가 않은 어떤 의사의 개였다. 이 의사는 웨스트레이크의 100만 달러짜리 저택에 혼자 살았다. 이 의사는 제프리를 애완용으로 산 게 아님을 케빈은 알고 있었다. 의사는 보안 설비에 돈을 들일 사람이 아니었기 때문이다. 아니, 어쩌면 그렇게 인색하지 않을 수도 있었다. 강도가 들었을 때 무기력한 경보음을 울려대기보다는 차라리 그 강도를 물어뜯어야 한다고 생각했을 수도 있었다. 제프리는 추운 겨울에도 마당에서 살았다. 녀석은 다른 애완견처럼 주인에게 소중한 대접을 받지 못했다. 또한 사람의 손길을 무척 그리워했다. 그래서 케빈이 삼십 분 동안 산책을 시키려고 날마다 찾아갈 때면 녀석은 좋아서 늘 펄쩍펄쩍 뛰었다. 목줄을 묶기가 어려울 정도였다. 빗줄기는 점점 더 굵어졌고 그럴수록 불쌍한 제프리의 등에 난 종기 자국들이 선명했다. 케빈은 그 고통의 흔적들을 바라보면서, 이런저런 것들을 다 생각하면 의사가 차라리 보안 설비를 설치하는 편이 더 낫지 않았을까 하고 생각했다.

케빈이 개 산책 사업을 시작한 건 이 년 전이었다. 정말 우연히 이 일을 하게 되었다. 90일 동안 수감되어 있다가 막 석방되었던 케빈은 자기를 고용할 사람은 아무도 없을 것이라고 확신하며 그저 집에서 우울하게 시간을 보냈다. 그때 린다가, 하루 종일 아무것도 하지 않고 있을 거면 점심시간 무렵에 니키 테일러의 개를 데리고 나가서 산책이라도 시키는 게 어떻겠냐고 제안했다. 니키 테일러는 돈 많은 이혼녀였고, 린다가 취직해 있던 옷가게의 주인이었다. 그런데 니키가 손님이 많아서 정신없이 바쁜 시간에도 툭하면 린다를 혼자 두고 자기 집으로 돌아가 골드리트리버를 산책시키는 바람에 린다의 고생이 심했던 터라, 그런 제안을 했던 것이다.

케빈은 그러겠다고 했고, 어느 날엔가 처음 케빈은 그 개를 산책시켰다. 린다의 잔소리가 듣기 싫어서였다. 그런데 그 일을 그다음 날에도 했고 또 그다음 날에도 했다. 그리고 한 주가 채 가기 전에 케빈은 자기가 오히려 더 그 일을 기다리게 되었다. 개를 산책시키는 일은 아무런 목적도 없고 의미도 없던 나날에 닻이 되어 주었다. 그리고 케빈은 점점 더 그 개에 이끌리기 시작했다. 자기가 보아도 신기했다. 그 개의 이름은 맥스였다. 맥스는 놀라울 정도로 단순했다. 까다롭게 뭔가를 요구하지도 않았다. 오로지 충실한 존경심만을 보일 뿐이었다. 칠 년 가까운 세월 동안 해오던 결혼 생활은 재미없고 구질구질했다. 게다가 더욱 나빠지기만 했다. 그러던 차에 발견한 이 관계는 그야말로 케빈이 갈망하던 바로 그것이었다.

그런데 니키는 케빈에게 물어보지도 않고 일을 크게 벌였다. 자기

처럼 애완견을 산책시켜 줄 사람이 있으면 좋겠다고 생각하던 부자 친구들의 명단을 케빈에게 안긴 것이었다. 아예 일정까지 짜서 가지고 왔으며 보수까지 제안했다. 처음에 케빈은 황당했다. 옷가게에서 여자 두 명이 자기 인생의 세부적인 모든 일정을 짜고 앉았을 모습을 상상하면 그다지 유쾌하지 않았다. 린다로서는 케빈을 혼자 집에 틀어박혀 있게 내버려둘 수 없었다. 자기가 처한 상황을 깨닫게 해주어야 했고, 예전의 생활을 다시 찾아줘야 했다.

한편 케빈은 개 산책 사업에는 자기에게 이래라저래라 지시할 상사가 없다는 사실을 깨달았다. 게다가 니키가 제시한 보수도 상당했다. 아마 자기더러 얼마를 받고 싶은지 말하라고 해도 결코 그것보다 많이 부르진 못했을 정도였다. 매우 흡족한 보수였다. 대여섯 집을 돌면서 개를 밖으로 데리고 나와서 똥오줌을 누이는 것만으로 하루에 100달러를 벌 수 있다는 사실을 도무지 믿을 수 없을 정도였다. 게다가 그렇게 하기만 하면 린다가 잔소리하는 입을 다물었고, 또 집에 처박혀 있지 않아도 되었다. 덤으로 돈까지 생기는 데야, 뭐……. 얼마 지나지 않아서 케빈은 교도소에 들어갔다 나온 이후로 얻은 우울증도 사라진 것 같았다. 케빈은 명함을 만들어서 열심히 영업 활동을 하며 고객을 모았다.

빗줄기는 한층 굵어졌다. 아예 양동이로 들이붓는 것 같았다. 케빈은 이게 좋았다. 흠뻑 젖을수록 일을 한다는 느낌, 힘들게 일을 해서 돈을 번다는 느낌이 강하게 들었기 때문이다. 햇살이 좋을 때는 누구나 개를 산책시킬 수 있다.

빗줄기가 웨스트레이크의 깨끗한 보도를 두드리는 소리가 둔중하게 고막을 때렸다. 그 소리에 제프리가 고개를 돌려 케빈을 바라보았다. 혹시라도 산책을 그만두고 돌아가자고 하는 게 아닌가 걱정하는 눈치였다. 케빈은 계속 가라고 턱짓을 했다. 개는 좋아서 껑충 뛰었다. 비……. 젠장! 하지만 그다지 나쁘지는 않았다. 둘 다 집에 돌아가는 것보다 차라리 그게 낫다는 걸 잘 알고 있었다.

빗줄기가 가늘어졌다. 하지만 케빈의 낡은 재킷과 바지는 이미 흠뻑 젖어 있었다. 문득 미식축구가 생각났다. 옛날 일이었다. 언제였더라……. 자기도 모르는 사이에 자기 인생이 궤도를 이탈한 때가 구체적으로 언제부터인지 더듬어보았다. 어쩌면 오른발 무릎에 난 타박상이 마치 심각한 부상인 것처럼 꾀병을 부렸던 날이 바로 그때였을지도 모른다. 아니면 의사의 짧은 메모 한 장으로 연습을 연속으로 세 차례나 빼먹고 땡땡이를 쳤던 때였을까? 그때 케빈은 린다의 집에 갔었다. 린다의 부모는 여행을 가고 없었다.

케빈은 어린 시절 그리고 성인이 되고 난 직후의 대부분을 NFL을 누비는 슈퍼스타가 되겠다는 상상을 하면서 보냈다. 그리고 고등학교 때 만났던 선수나 감독은 하나같이 케빈에게 그렇게 될 거라고 등을 두드리며 격려했었다. 하지만 자기가 향하는 곳은 부러진 뼈들과 꼴찌로 처진 말들을 처리하는 쓰레기장이라는 사실을 깨닫는 데는, 웨스턴 칼리지에 진학한 뒤 채 일 년도 걸리지 않았다. 한 학기를 마치기도 전에 운동하는 기쁨은 사라져 버렸다. 화려한 신발 광고 모델이 되거나 슈퍼볼 대회 우승팀의 일원으로 빈스 롬바르디 트로피를

높이 드는 스타가 되기는 이미 글렀고, 절뚝거리는 다리로 탄광촌 고등학교에서 감독이나 하면 다행이다 싶은 생각이 그때부터 들기 시작했다.

웨스턴 칼리지의 선수들은 다들 자기가 일류 프로 선수가 될 걸로 생각하고 있었다. 다들 고등학교 시절에는 날리던 스타들이었기 때문이다. 그런데 하루는 연습을 마친 뒤에 케빈이 그 아이들이 떠들어대는 소리를 가만히 들었다. 다들 자기 잘났다고 자랑하느라 난리였다. 그 모습을 보면서 케빈은 착각하고 있군, 하고 생각했다. 곧바로 쓰라린 깨달음이 뒤따랐다. 자기 역시 그 아이들과 다를 게 하나도 없다는 깨달음이었다. 아무리 봐도 프로 선수가 될 수 있을 것 같지 않았다. 웨스턴 칼리지의 선수들은 모두 체육 교사로 끝이 났다. 오하이오 주립대학에서는 프로 선수를 몇몇 배출했지만, 웨스턴 칼리지에서는 단 한 명도 없었다.

이런 깨달음이 있은 뒤, 사태는 급격하게 나빠졌다. 시합 직전에 라커룸에서 감독이 마지막 주문을 할 때도 딴 생각을 하며 멍하게 있을 때가 많았다. 감독이 운동장에 들어갈 준비를 하라고 부를 때도 엉뚱한 상상을 하면서 다른 세상에 빠져 있었다. 선수로서 재주가 많았음에도 불구하고(사실 케빈은 타이트엔드나 코너백 포지션을 둘 다 썩 잘해냈다), 감독에게 이름이 불리는 일은 점점 더 줄어들었다. 그러다가 한번은 이런 일이 있었다. 시즌 도중이었고 연습을 할 때였는데, 경기장으로 들어가라는 코치의 지시에 케빈이 대답을 조금 늦게 했다. 그러자 코치 한 명이 다른 코치에게 이렇게 말하는 게 케빈의 귀에까지 들렸다.

"쟤는 신경 꺼. 어차피 쟤도 신경 안 써."

그리고 코치진은 케빈이 포함되지 않는 전혀 다른 작전을 지시했다.

그다음 게임 때, 운동화 끈을 조이고 스티컴(접착제 상표명—옮긴이)을 손에 바르고 비비면서 케빈은 자기가 정말로 웨스턴 칼리지가 이기든 지든 신경 쓰지 않는다는 사실을 깨달았다. 또한 자기가 경기장 바깥에서 경기를 지켜보든 혹은 경기장 안에서 직접 뛰든 전혀 신경 쓰지 않는다는 사실도 깨달았다. 그때부터 웨스턴 칼리지의 구호, 헬멧으로 라커를 두들겨대며 시뻘건 얼굴로 목에 핏발을 세워 외치던 구호 '웨스터어어어어어언!'이 시시했다. 버스를 타고 이동을 할 때면 선수들의 사기를 북돋우려고 코치들이 해주던 온갖 무용담들도 마찬가지로 시시했다. 케빈은 자기가 체육 장학생으로 웨스턴 칼리지에 들어온 게 아니라 마치 광신도 집단에 들어온 것 같았다. 경기가 끝날 때면 선수들은 '이지타운 뷔페'로 가서 프라이드치킨을 접시에 수북하게 올려놓고 먹어치우며 승리를 축하하거나 패배의 아픔을 곱씹었지만, 케빈은 책을 한 권 집어 들고 빠져나와 동네 식당에서 혼자 저녁을 먹곤 했다.

바로 이 식당에서 린다를 만났다. 그리고 자퇴를 하고 채석장에서 일했다. 린다와 보다 많은 시간을 함께 보내기 위해서였다. 그랬던 케빈이 스물여덟 살이 된 지금, 비를 맞으며 직업으로 개를 산책시키고 있었다. 어째서 이렇게 되고 말았을까? 어째서 나에게 장학금을

준 학교를 위해서 경기에 이겨야겠다는 투지를 불태울 생각을 하지 못했을까? 왜 언제나 '한 사람의 개인'이어야 했을까? 어쩌면 대학교 생활이 외로워서 그랬을지도, 그리고 린다가 그 외로움을 치료해 주는 약이었을지도 모른다. 어쩌면 그것은, 사람들이 보통 자기 코앞에 놓인 문제를 해결하려고 자기 인생의 나머지 부분에 결정적인 영향을 끼치고 말 어떤 결정을 하는 것과 같은 행위였을지도 모른다. 사람들은 어느 한순간에 자기 인생이 삐끗해 버린 사실을 알지도 못한 채 코앞에 놓인 문제들만 붙잡고 씨름을 한다. 그리고는……

그만. 이제 그만 생각하자. 한차례 거센 빗줄기가 오곤 난 뒤의 대지에서는 신선하고 서늘한 향기가 났다. 어쩐지 힘이 솟는 것 같았다. 케빈은 제프리를 돌려세웠다. 이제 돌아갈 시간이었다. 개는 케빈을 보았다. 무슨 말인지 알겠다는 표정이었다. 제프리는 모든 것을 다 이해하고, 그 어떤 우아함으로 모든 것을 참고 받아들이는 것 같았다. (제프리가 가지고 있는 그 우아함이 자기에게는 없다는 사실을 케빈은 잘 알고 있었다.) 이제 개집으로, 비유적인 의미가 아니라 실제 개집으로, 돌아가서 처박혀 앉아 있어야 한다는 현실을. 개를 산책시키는 일이 좋은 이유 가운데 하나도 바로 이런 점이었다. 세상을 보다 넓게 바라볼 수 있다는 거. 예를 들면, 자기보다 더 좆된 처지의 동물들과 함께 시간을 보내야 한다는 사실 같은 거 말이다.

**미치는 자동차 공기청정기가** 여러 개 들어 있는 상자를 바라보고 있었다. 그저 멍하게 바라보면서 깊은 생각에 잠겼다. 자동차 실내를 신선하게 바꾸면 좋겠다는 생각을 도대체 누가 처음 했을까? 미치의 자동차에서는 휘발유 냄새와 마리화나 냄새와 곰팡이 냄새가 났다. 지붕으로 물이 새서 바닥과 좌석이 늘 축축했으며 날마다 점심시간이면 차 안에서 마리화나를 피웠고 또 그 차는 휘발유를 연료로 썼으니 당연히 그럴 만도 했다. 오래된 자동차면 당연히 나는 그런 냄새였다. 미치는 만일 자기 차에 공기청정기를 설치하면, 휘발유 냄새와 마리화나 냄새와 곰팡이 냄새에 화학물질이 만들어내는 소나무 향과 비슷한 냄새까지 함께 뒤섞일 것임을 잘 알았다. 그럼 나아지는 게 아니라 단지 달라지기만 할 뿐인 게 아닐까?

미치와 찰스는 점심때 밖으로 나가서 함께 마리화나를 피웠다. 찰스는 나이지리아의 라고스에 형제자매가 아홉 명 있는데 이 가운데 두 명은 비밀경찰에게 살해되었다고 했다. 미치는 뭐라고 대꾸를 해야 할지 몰랐다. 인생이 워낙 엿 같다 보니까 아쿠-마트에서 일하는 게 오히려 천국처럼 비칠 수 있다는 점에서 미치는 찰스가 부럽기도 했다. 미치는 자기에게도 비극적이고 참혹한 어떤 사연이 있었으면 좋겠다고 생각했다. 하지만 미치의 사연이라고 해봐야 각별하지 않은 아버지와 함께 살면서 퀸즈에 있는 공립학교에 다녔다는 것뿐이었다. 이런 사연은 찰스의 사연에 비하면 아무것도 아니었다. 심지어 그는 이런 사연이 오히려 따분하기만 했다. 그래서 아쿠-마트에서 일하는 것조차 더욱 따분했다. 정신을 마비시켜 뇌를 무기력한 진흙 덩어리로 만드는, 아주 느리게 진행되는 일종의 고문이나 마찬가지였다. 일, 케이블 방송, 마리화나, 잠……. 미치는 온갖 형태의 고통을 피해 숨으려 했으며, 가족이 비밀경찰에 살해되는 사연을 가진 사람을 부러워하려고 애를 썼다.

"자넨 바코드를 기억하고 있나?"

또다시 밥 서덜랜드였다. 미치가 공기청정기 상자를 물끄러미 바라보고 있을 때 어느 사이엔가 살그머니 뒤로 다가와 있었다.

"내가 일을 시작할 때는 늘 그랬거든. 재고번호를 외우란 말이야."

"예."

대답을 하는 미치의 심장이 쿵덕쿵덕 뛰었다. 이 빌어 처먹을 인간에게는 어떻게든 고양이 방울을 달아야 했다. 안 그러면 아무래도 결국에는 이 인간 때문에 간이 떨어져 죽을 것 같았다.

"나는 어떤 유형을 간파했지. 그래서 바코드만 보고도 그 물품이 어떤 도매업자에게서 왔는지 알 수 있었단 말이야. 예전에 내가 백화점에서 전자제품 매장의 매니저로 일할 때는, 어떤 재고물품이든 간에 바코드 숫자만 보고도 그게 어떤 물건인지 알았다구."

예전의 기억을 떠올리는 밥에게서 자긍심이 뚝뚝 묻어났다.

"예, 나도 몇 가지 유형을 파악했습니다."

미치는 그렇게 말하면서도, 알고 있는 유형이 뭔지 한번 대보라는 말은 제발이지 듣고 싶지 않았다. 도대체 어떤 미친 인간이 바코드를 외운단 말이야? 그걸 다 외워야 한다면, 바코드를 달 필요가 뭐 있어? 못 외우니까 다는 거 아냐? 재미대가리라고는 하나도 없는 이 인간 제발 좀 보이지 않게 할 수 없을까?

"그런데, 눈이 정말 빨갛군. 괜찮은 건가?"

"예, 그럼요. 조금 피곤해서 그렇죠."

"눈병은 아니지? 그렇지? 가정용품 매장에 시급 한 명을 고용했는데 눈병이더라구. 그래서 잘랐단 말이야."

"난 눈병이 아닙니다."

밥은 목을 쭉 빼서 미치의 눈을 들여다보았다. 밥과 미치 사이의 거리는 밥이 마리화나 냄새를 충분히 맡을 수 있을 만큼 가까운 거리였다. 미치는 밥의 스킨로션 냄새를 맡을 수 있었다. 밥이 자기 눈을 뚫어져라 관찰하는 동안 미치는 밥의 얼굴에다 대고 킬킬거리는 웃음이 나오려 하는 걸 억지로 참았다.

"너하고 찰리는 늘 눈이 빨갛게 충혈 되어 있더라. 여기 있는 어떤 물품 때문에 알레르기 반응이 일어난다는 생각은 안 해봤나?"

미치는 빠져나갈 구멍을 발견하고는 몰래 안도의 한숨을 쉬며 말했다.

"어쩌면 저 공기청정기 때문일지도 모르겠네요. 사실 아까부터 그 생각을 하고 있었습니다. 저게 나를, 그러니까…… 꽉 막아 버린다고나 할까요?"

"자네 그럼 컴퓨터에 대해서 좀 아나?"

좋았다. 바로 그거였다. 잘하면 수지맞는 부서인 컴퓨터 매장으로 자리를 옮길 수도 있었다. 컴퓨터 매장에서는 부수입을 올릴 수도 있었고 깨끗한 환경에서 일할 수도 있었다. 기름때를 묻히거나 먼지를 뒤집어쓸 일이 없었다. 기름이나 잔뜩 묻히고 다니는 무뚝뚝한 중년 남자들을 상대하는 대신, 소프트웨어에 대해서 질문을 하는 예쁜 여자 비서들과 노닥거릴 수 있었다. 그랬다, 모든 게 다 그 공기청정기에 대한 알레르기 반응 때문이었다. 그렇게 밀고 나가야 했다.

"그럼요. 컴퓨터라면 내가 짱이죠. 집에도 200기가짜리 델컴퓨터가 한 대 있습니다."

"그럼 칼을 도와서 재고조사 작업을 해. 컴퓨터에 입력해야 할 재고목록표를 엄청나게 많이 끌어안고 있으니까."

밥은 돌아서서 가면서 나머지 말을 계속했다.

"여기 일은 찰스가 알아서 하면 되니까."

밥이 갑자기 걸음을 딱 멈췄다. 그리고는 에어필터들이 진열된 상태를 살피더니 그 가운데 하나의 위치를 미세하게 조정한 뒤 만족한 미소를 띠었다. 그리고는 미치가 가운뎃손가락을 자기에게 쑥 내미는 걸 알지 못한 채 모퉁이를 돌아 나갔다.

"헤이, 칼! 재고조사 작업에 일손이 달린다면서?"

칼은 전자제품 매장의 매니저였다. 그는 하드 드라이브나 운영 체제에 대해서 무궁무진하게 설을 풀어낼 수 있는, 말하자면 기술 관련 마니아였다. 그리고 아쿠-마트에서 진짜 행복한 얼굴을 하고 다니는 몇 안 되는 영혼 가운데 한 명이었다. 사실 미치가 칼을 피한 데는 이런 이유가 있었다. 미치가 칼을 피한 이유는 이것 말고도 있었는데, 칼은 독실한 종교인이었으며 또한 따로 개인 사업을 하고 있었다. 그래서 칼과 이야기를 나누다 보면 어느샌가 칼을 따라서 교회에 나가야 하거나, 아니면 '엑셀-톤' 청소 제품을 사야 하는 쪽으로 결론이 내려지곤 했다.

"잘됐네! 와줘서 고마워."

칼은 마치 미치가 자기 판단으로 오기라도 한 것처럼 말했다.

"할 일이 산더미야. 물품번호를 붉은색 별표가 있는 칸에다 쳐 넣으면 돼."

칼이 재고목록표를 대략 14센티미터 두께쯤 떼서 미치에게 건넸다. 미치의 귀에는 천사들이 부르는 노랫소리가 들렸다. 컴퓨터 제품들이 아니라 오디오와 비디오 제품들이었다. 42인치 플라스마 컴퓨터의 물품관리번호들은 그 더미의 맨 위에 있었다.

칼이 일어나서 자기 손목시계를 보았다.

"잠깐 회의에 참석하고 와야겠는데, 한 오 분쯤. 너, 이 작업을 몇 시간 동안 해야 한다고 짜증낼 거 아니지?"

칼은 진심으로 걱정하는 눈치였다.

칼은 매장 간부회의 자리에 참석했다. 장차 회사에서 높은 자리로 올라갈 게 확실하다는 뜻이었다. 하지만 회사에서는 미치에게 단 한 번도 이 회의에 참석하라는 지시를 내리지 않았다. 아마도 재고번호를 외우는 따위의 유용한 일을 하기보다는 으쓱한 곳에서 시급 직원들과 어울려 마리화나를 피우면서 휴식시간을 보냈기 때문이 아닐까 싶었다. 최고경영자가 보기에 미치는 전쟁터의 총알받이 병사나 마찬가지였다. 이건 미치도 잘 알고 있었다. 어쩌면 첫날부터 총알받이였을지도 몰랐다. 여태까지 그는 브레이크 패드 따위나 맡았지 중요한 일은 맡은 적이 없었다. 이날처럼 우연한 사고가 있지 않고서는 그런 적이 한 번도 없었다.

"그럼! 가 봐. 덕분에 나는 조금이나마 부품 매장에서 놓여날 수 있잖아, 그게 어딘데. 공기청정기에 심각한 알레르기가 있어서 말이야."

"알레르기? 세상에. 그럼 이쪽으로 와서 나하고 같이 일하게 옮겨 달라고 해도 될 텐데……."

"회사에서는 내가 그 부서에 꼭 필요하다고 보거든."

미치는 거기까지 말을 하고 입을 닫았다. 닫힌 그의 입 안에는 미처 하지 못한 말들이 갇혀 있었다. 회사에서는 절대로 부서를 옮겨주지 않을 거야. 회사에서는 더럽고 지저분한 일들을 처리하는 데 나를 필요로 하거든.

칼이 고개를 끄덕였다.

"사실 거기 일이 무척 중요하지. 부품 매장이 지난 분기 순수익 기록 3위였잖아."

칼이 싱긋 웃으면서 말했다. 그러면서 이런 정보가 매장 간부회의 석상에서 나온 정보였다는 사실을 문득 떠올렸다. 사실 이 회의에 미치는 단 한 번도 참석 지시를 받은 적이 없었다. 칼은 다시 한 번 더 손목시계를 보았다.

"아무튼 고마워. 무지하게 고마워."

"전혀."

칼은 어쩔 수 없다는 얼굴로 미치를 바라보았다.

"근데 말이야, 이번 일요일 아침에 교회에서 소풍을 가는데, 괜찮은 여자들이 많이 올 거야."

괜찮은 여자들이라……. 어디에 괜찮다는 거지?

"나는 일요일마다 다른 일이 있어서, 암튼 고마워."

칼은 다시 한 번 더 고맙다는 말을 한 뒤에 나갔다. 미치는 모니터를 향해서 앉았다. 그리고 플라스마 텔레비전의 재고목록표를 찾았다. 모두 열네 장이 있었다. 이 가운데 열두 장은 컴퓨터에 기록해 넣고, 나머지 두 장은 주머니에 넣었다.


## "자, 너 피워."

미치가 연기를 내뿜으면서 물파이프를 케빈에게 건넸다.

"트럭을 상품 출고장 앞에다 세우고, 그 종이를 그 사람들에게 줘.

그러면 42인치 플라스마 텔레비전을 네 트럭에다 실어줄 거야."

케빈은 아무래도 미심쩍었다.

"야, 난 지금 가석방 기간이야. 그리고 무슨 소리 하는지도 잘 모르겠어."

"전혀 위험하지 않아. 넌 잘못된 일은 하나도 하지 않는 거야. 일이 진짜 최악으로 잘못되면, 그냥 내가 그 텔레비전 가지고 오라 그랬다 그럼 돼. 정 하기 싫으면 우리한테 네 트럭이나 빌려줘. 내 차를 쓸 수는 없잖아. 출고장에서 일하는 놈이 내 차를 알아볼 테니까 말이야."

미치가 어깨를 으쓱하면서 말을 이었다.

"운전은 더그가 하면 되니까."

더그가 고개를 끄덕였다.

"내가 할게. 하지만 내 옆에 케빈이 있어 주면 좋겠어."

"그래, 그냥 따라가기만 해."

미치가 말했지만 케빈은 여전히 미심쩍은 얼굴이었다.

"왜 이래, 금방 끝날 거야. 한 오 분쯤? 유일하게 신경 좀 써야 하는 건, 회사 주차장에 주차를 해야 하고 번호판을 바꿔 달아야 한다는 거야. 가짜 번호판은 내가 갖다 줄게. 지하실에 하나 있어. 네바다 번호판이야. 오래된 건데 칠십 년대나 뭐 그쯤 되는 거야. 텔레비전을 실을 때는 그 번호판을 달아야 돼. 거기 있는 감시카메라를 속여야 되거든. 그런 다음에 물품 반출증만 넘겨주면, 1,700달러짜리 텔레비전이 네 트럭에 실린단 말이야."

"그다음에는?"

"여기 지하실에 얼마 동안 두는 거지. 다음 일요일에는 그 텔레비전으로 플레이오프 경기도 볼 수 있어."

미치는 재고목록표를 조작한 뒤로 더그와 함께 복잡한 계획을 세웠었다. 원래 두 사람은 그 텔레비전을 자기들 방에 두려고 했다가, 너무 위험하다고 판단했다. 그런데 뜻밖에도 집주인이 지나가다 들러서는 미치에게 아쿠-마트에서 물건을 '싸게' 살 수 있는 방법이 없는지 물었다. 그리고 은밀한 협상이 진행되었다. 미치와 더그는 한 달에 500달러인 집세를 두 달 동안 내지 않기로 했고, 대신에 주인은 텔레비전을 받기로 한 것이었다.

케빈은 물파이프를 물끄러미 바라보고 있었다.

"그럼 나한테 떨어지는 게 얼마야?"

더그와 미치는 서로를 바라보았다. 이제 실제적이고 구체적인 문제들을 이야기하는 단계로 접어들었다.

"이백."

미치가 말했고, 더그가 고개를 끄덕였다.

"너네들은 천을 먹고 나는 겨우 오분의 일? 무슨 개소리야, 내 트럭을 쓰면서."

미치와 더그가 서로의 얼굴을 바라보았다. 그리고 어깨를 으쓱했다.

"좋아, 삼분의 일로 해. 각각 삼백삼십이야."

미치가 말을 케빈이 곧바로 받았다.

"각각 삼백삼십, 그리고 삼십삼 센트 점 삼삼삼삼까지."

"알았어, 알았어. 네가 삼백삼십사 가져."

미치의 말에 더그도 맞장구를 쳤다.

"좋아, 삼백삼십오! 대신 나하고 같이 가야 해."

이때 린다가 집으로 들어오는 소리가 들렸다. 이어서 세 사람이 있는 위쪽의 부엌에서 발자국소리가 났다. 그리고 린다가 지하실로 통하는 계단에 나타났다. 린다는 계단을 몇 개 내려오더니 세 사람을 물끄러미 바라보았다. 카우치 소파에서 소란스럽게 떠들던 세 사람은 갑자기 입을 다물었다. 조용했다.

"하이, 더그!"

린다가 말했다. 더그가 린다에게 손을 흔들었고, 린다는 부엌으로 돌아갔다. 그러자 케빈이 더그를 바라보며 물었다.

"쟤가 미쳤나, 왜 너한테 '하이'라고 하지?"

더그는 그냥 어깨만 한 번 으쓱했다. 미치도 두 사람이 어쩐지 이상하다고는 생각했지만 그것보다 더 급한 문제가 있어서 곧장 그 이야기로 다시 말을 이었다.

"좋아, 이번 월요일에 하는 거야. 가짜 번호판은 내일 아침에 갖다 줄게."

"금요일에 해치우지, 뭐."

케빈이었다.

"그러면 주말에 스틸러스 경기를 볼 수 있잖아."

"그건 안 돼. 월요일에 물건이 빠지는 걸로 해놓았거든."

미치는 케빈이 날짜를 앞당기자며 적극적으로 나서자 반가웠다.

케빈은 자기나 더그만큼 열의가 없이 그저 마지못해 억지로 따라나서는 눈치였는데, 알고 보니 그게 아니었기 때문이다.

"반출증에 적힌 출고일보다 사흘씩이나 먼저 와서 물건을 달라고 하면, 걔들이 바보가 아닌 이상 눈치를 채지."

"아마 우리가 미래에서 온 텔레비전 구매자라고 눈치를 챌 걸?"

더그는 자기가 한 개그가 마음에 드는지 물파이프에다 대고 킬킬거렸다.

미치는 까딱하다간 전투 계획이 농담이나 개그 차원으로 떨어질지 모른다고 생각하고는, 서둘러서 다음과 같이 덧붙였다.

"날이 어두워질 때까지 기다려야 돼. 여섯 시 정각이나, 뭐 그런 비슷한 시각에. 괜찮지 않아?"

소리를 죽여 놓은 텔레비전에서는 화면만 흘렀고, 그 화면에 시선을 고정한 케빈의 얼굴에 미소가 흘렀다. 미치가 세운 멋진 계획이 마음에 들어서 그랬을 수도 있고, 아니면 일곱 번이나 빨아들인 마리화나 때문일 수도 있었다. 미치는 케빈의 표정을 주의 깊게 살폈다. 케빈이 씹어뱉듯이 말을 툭 던졌다.

"웃기는 소리야."

케빈은 고개를 절레절레 흔들며 낄낄낄 웃었다.

"네바다 번호판이라……. 미치, 너 진짜 웃긴다!"

**자기들이 사는 아파트로 돌아오는 길에** 더그와 미치는 편의점 '올 나이트 필러업'에 들러서 담배를 샀다. 더그가 멕시코 여자를 사

랑스러운 눈으로 바라보기도 할 겸 해서였다. 계산대에서 일하는 여자였다. 일 년 동안 늘 이 여자 생각을 하면서 담배를 사러 드나들었지만, 더그는 한 번도 말을 붙여보지 않았다. 더그 말로는 그랬다. 기회를 기다리는 중이다, 성급하게 막무가내로 밀어붙이고 싶지 않다, 라고. 몇 달 전에 미치와 케빈은, 기회가 오기만 기다리다가는 나중에 그 여자는 손자뻘 되는 놈과 결혼할 거라고 더그를 놀리기도 했었다. 여자를 다루는 솜씨로 따지자면 비록 결혼을 한 몸이긴 했지만 케빈이 더그나 미치보다 한 수 위였다. 그래서 더그 대신 케빈이 나서서 여자에게 이야기 좀 할 수 없겠느냐고 작업을 했고, 그 바람에 더그가 공황 상태에 빠져 숨이 꼴딱꼴딱 넘어갈 뻔한 적도 있었다. 이런 모습을 보고 미치와 케빈은 고개를 저으며 확신했다. 그 여자와 더그는 결코 이루어질 수 없을 거라고, 또 그 여자는 더그가 품고 있는 여러 가지 환상들 가운데 하나일 뿐이라고.

"조금만 기다려 봐."

더그는 늘 그렇게 말했다.

"조금이 아니라 많이 기다렸잖아. 하겠다는 거야, 아님 말겠다는 거야?"

"기회가 오면 할 거야."

"야야, 제발, 응?"

"아냐, 진짜야. 일단 기다려 봐."

미치는 더그가 점점 걱정되었다. 자기 머릿속의 세상에 사는 경향이 심해지고 있었던 것이다. 몇 주 전에 과속 딱지를 뗐을 때도 그랬다. 더그는 그 딱지를 뗄 이유가 전혀 없다고 생각했다. 그래서 판사에게 말할 온갖 것들을 끊임없이 미치에게 말했었다. 예를 들어서 교통 체계 전체를 고발할 것이라고 했다. 만일 자기가 150달러의 벌금을 물어야 한다면, 과속 단속이 얼마나 불공정한 납세 형식인지, 여기에서 득을 보는 사람은 보험회사와 세금 징수 공무원뿐이라는 사실이 얼마나 웃기는 현실인지, 원하는 것에는 무엇이든 다 세금을 매길 수 있는 부당한 권력구조에 근로 대중이 얼마나 희생되는지 조목조목 따지고 밝히겠다고 했다. 150달러? 웃기시네, 5,000달러를 내라고 하지? 더그는 셋이 마리화나를 피우러 모일 때마다 늘, 재판정에 나가서 할 연설을 반복해서 연습했다. 이 일은 여러 주 동안 계속 반복되었고, 미치와 케빈도 진짜 더그가 무슨 사고를 칠지 모른다고 잔뜩 긴장했다. 그리고 마침내 결전의 날이 찾아왔고 더그는 재판정으로 갔다. 그리고 조용히 벌금을 내고 돌아왔다. 그러면서 자기가 왜 그랬는지 이렇게 설명했다.

"그냥 거기에서 빠져나오고 싶더라. 그곳은 그러니까, 어…… 경찰들이 아주 득실거리더라구."

미치가 운전석에서 데프 레퍼드의 음악에 맞춰 머리를 흔들고 있는데, 더그가 자동차로 돌아왔다. 미치가 라디오를 끄며 물었다.

"네 아가씨 있어?"

"있어."

더그가 미치에게 담배와 잔돈을 건네며 대답했다.

"말 걸었어?"

"바빠. 오늘은 그러니까…… 딴 날과 달랐어."

미치는 고개를 끄덕였다. 아무 말도 하지 않는 것보다는 그래도 그게 나았다. 다르긴 뭐, 늘 그랬으면서. 두 사람이 탄 자동차는 집을 향해 달렸다. 눈발이 펄펄 날렸지만 창문을 모두 내렸다. '내게 설탕을 퍼부어줘Pour Some Sugar on Me'(데프 레퍼드의 1987년 4집 앨범 〈히스테리아Hysteria〉에 수록된 노래—옮긴이)를 얼마나 크게 틀었던지 자동차의 유리와 볼트가 덜덜거리며 떨렸다.


**"자네 그럼 컴퓨터에 대해서 좀 아나?"**

전날 밥이 한 이 질문에 대답을 할 때 미치는, 보이지도 않고 들리지도 않는 스텔스 모드 상태 속에 들어가 있었던 게 분명했다. 아무리 생각해도 그랬다. 밥의 부하 직원들은 밥과 이야기할 때 흔히 자기들이 스텔스 모드 상태에 놓여 있다는 사실을 깨닫곤 했다. 진짜 대화는 밥의 눈 뒤에서 이루어지고, 자신의 존재 자체는 눈에 보이지도 않는 그런 상태였다.

"예, 어제 그 재고목록표를 모두 다 컴퓨터에 기입했습니다."

"오늘은 보자……, 알레르기가 없는 것 같네?"

밥이 미치의 눈을 들여다보았다.

"보통 점심시간이 지나고 나면 생기더라구요."

미치는 무거운 타이어 볼트 상자를 들어서 차곡차곡 쌓는 일을 하고 있었다. 미치는 상자 하나를 더미에 올려놓은 뒤에 밥 앞에 섰다. 왜 이 인간은 자꾸만 내 앞에 나타나는 걸까? 자동차용 액세서리 매장은 밥이 간섭하지 않아도 저절로 굴러갈 수 있었다. 아무래도 외로워서 그런 것 같았다.

"자네가 웹마스터에게 연락을 좀 해. 나한테 전화하라고 말이야. 우리가 언제 이야기를 할 수 있을지 시간을 좀 잡아줘."

"우리 회사 웹사이트 운영하는 사람 말입니까?"

"아니, 아니, 아니. 그 웹마스터, 워싱턴에 있는 사람. 만일 그 친구가 우리 웹사이트를 운영한다면, 나도 하겠다."

미치는 얼굴을 찌푸렸다.

"어떤 웹마스터인지……."

미치는 말꼬리를 흐렸다. 다시 스텔스 모드 상태로 돌입했다는 사실을 깨달았던 것이다.

"보통 칼에게 시키는데, 오늘은 칼이 쉬는 날이라서……."

밥은 뚜벅뚜벅 걸어가 버렸다. 미치가 자기 말을 빠르게 알아듣고 처리하지 못해서 짜증이 난 티가 났다.

"칼 사무실을 써, 문은 내가 열어줄 테니까."

워싱턴에 있는 웹마스터? 대체 뭐야 그게? 그리고 칼이 언제부터 자기 사무실을 가지고 있었지? 칼은 나처럼 그냥 한 매장의 매니저일 뿐인데. 밥이 컴퓨터실을 칼의 사무실이라고 별 뜻 없이 불렀나? 그렇다면 미치에게도 사무실은 있었다. 물품 보관실에 있는 작은 공간이었다. 그곳은 방이라기보다는 설계상의 실수로 어쩌다가 생긴 작은 구석 공간이었고, 여기에는 미치가 간식을 먹으면서 함께 얘기를 나누는 사람이면 누구나 앉을 수 있는 더러운 의자 두 개가 놓여 있었다.

미치는 컴퓨터실에 앉아서 밥이 도대체 무슨 이야기를 하는 건지 알아내려고 애를 썼다. 그리고 컴퓨터 작업을 하기 전에 워밍업을 하는 의미로 '프리셀'(컴퓨터로 하는 카드 게임의 이름―옮긴이)을 사십오 분 동안 했다. 그러고 나서 칼의 집으로 전화를 했다.

"친구, 쉬는 날인데 전화해서 미안해."

"미안하긴, 뭘 도와줄까?"

미치는 쉬는 날이면 늦잠을 자고, 일어나서는 마리화나를 피우고, 보통 저녁때쯤 빨래를 했다. 쉬는 날 미치의 모습은 막 겨울잠에서 깬 곰 같았고 행동도 곰처럼 했다. 미치는 칼의 모습을 상상했다. 아침 식탁에 앉아 있다. 빳빳하게 다린 와이셔츠를 입고 있다. 칼의 아내는 집에서 만든 네덜란드 소스를 뿌린 에그 베네딕트를 내놓는다. 식탁에는 신선한 빵과 과일이 놓여 있고, 커다란 통유리 전망 창으로는 눈부신 햇살이 쏟아진다.

"서덜랜드가 방금 나한테 워싱턴에 있는 어떤 웹마스터에게 전화를 하라고 해서 말이야."

칼이 웃었다.

"그 사람은 웹이 우체국 같은 거라고 생각해. 그래서 체신청장이 있듯이, 웹청장이라는 사람이 있다고 생각한단 말이야. 정치인이든 누구든 인터넷을 관장하는 사람. 내가 세 번이나 설명을 해줬는데도 이해를 못 해. 그 사람이 가리키는 사람은 웹사이트 관리자야."

미치도 웃었다.

"그 사람한테 전화를 하면 돼?"

"전화번호는 내가 정리해 놓은 주소록에 있어."

"고마워, 친구."

"멋진 하루 보내. 참, '엑셀-톤' 제품 영업 회의를 할 예정인데, 우리 집에서 월요일 저녁에."

"그때 난 일해야 돼. 암튼 고마워."

"수고!"

미치는 전화를 끊고 의자 깊숙이 등을 기댔다. 머리 뒤로 두 손으로 깍지를 낀 미치의 얼굴에 사악한 미소가 떠올랐다. 밥이 워싱턴의 거물 웹청장이라는 존재가 있다고 생각한단 말이지? 흐흐흐, 도대체 이 인간의 멍청함은 깊이를 알 수가 없단 말이야. 수백만 달러 규모의 회사를 운영하면서도 인터넷의 기초조차 모르다니. 미치는 잠시 생각했다. '한 시간 사진' 매장에서 일을 했던 그 친구의 이름이 뭐였더라? 그래, 데이브 라이스. 데이브 라이스는 4년제 학위를 마치려고 아쿠-마트를 떠났고, 지금은 워싱턴DC에 있는 조지타운에서 로스쿨에 다니고 있었다. 데이브 나이스는 근사한 친구였다. 어쩌면 이 친구도 밥을 놀려먹고 싶어 할지 몰랐다. 미치는 인터넷으로 라이스의 이름을 검색했다. 그리고 쉽게 데이브 라이스를 찾아냈고, 전화기를 들었다.


**전화벨이 울리고 있었다.** 도대체 아침 여덟 시 십 분 전에 전화를 해대는 인간이 누구일지 더그는 궁금했다. 빚 독촉을 하는 사람도

여덟 시까지는 기다려야 했다. 주 정부가 정한 법이 그랬다. 더그는 미국 각 주의 수도 즉 주도州都가 어디어디인지 알지 못했고, 고등학교를 졸업한 뒤로는 책을 한 권도 읽지 않았다. 하지만 빚 독촉에 관한 규제 사항이나 약에 대해서는 훤하게 꿰뚫었다. 그리고 1980년대 이후의 록그룹에 대해서는 어떤 시시콜콜한 질문을 하더라도 다 대답할 수 있었다. 중요한 것이기 때문이었다.

만일 여덟 시가 지난 시각에 온 전화라면 전화벨이 울리거나 말거나 받지 않고 내버려뒀겠지만, 이 전화는 그게 아니었다. 매우 중요한 전화라는 사실을 직감할 수 있었다. 어쩌면 할머니 일로 요양병원에서 건 전화일 수도 있었다. 더그는 침대에서 일어났다. 뭐라고 구시렁거리면서 전화를 받으러 가다가, 미치가 자기 방 앞에 내놓은 재활용품 박스에 발이 걸려 넘어질 뻔했다. 이번 주에 쓰레기를 치우는 당번은 더그였다. 그래 좋았어. 미치, 어디 한번 두고 보자구. 이번에는 페트병들과 빈 우유곽들이 바닥에 널려 있었다.

"예!"

더그는 퉁명하게 전화를 받았다.

"굿모닝! 내가 잠을 깨웠어요?"

린다의 목소리였다. 목소리는 경쾌하고 기민했다. 농담이냐, 아니면 진심이야? 식당에서 일하는 사람들 가운데서 이 시간에 이미 잠자리를 털고 일어나 있을 사람이 도대체 얼마나 된다고 생각하는 걸까?

"어, 예."

"미안해요. 다시 가서 자고 싶어요?"

“아뇨.”

더그는 카우치 소파에 털썩 주저앉아 태아처럼 몸을 웅크리며 대답했다.

“괜찮아요, 일어났어요. 무슨 일로?”

“오늘 일 나가요?”

“네 시까지 나가야 돼요.”

“쇼핑하러 갈 건데 같이 가자고요.”

더그는 잠깐 동안 생각했다. 사실 그는 한 번도 진짜 쇼핑을 해본 적이 없었다. 이따금씩 특별히 사고 싶은 게 있을 때 쇼핑몰에 가곤 했다. 하지만 그건 하기 싫지만 억지로 해야 하는 일상적인 허드렛일이었다. 빨래를 한다거나 이빨을 닦는다든가 하는 그런 부류의 일일 뿐이었다. 일반적으로 말해서 어떤 기대감을 가지고 임하는 그런 활동이 전혀 아니었다.

“좋죠.”

“정말이죠?”

더그 생각으로는, 아마도 린다는 자기를 데리고 가려고 설득하려면 상당히 애를 먹을 줄로 예상했던 모양이었다. 하지만 그건 아니었다. 그리고 부엌에서 린다와 대화를 나누며 함께 시간을 보낸 뒤로 더그는, 린다가 케빈을 통해서 보이던 평소 모습보다 사실은 훨씬 더 근사하다는 걸 깨달았다. 더그는 이들 부부 사이의 문제에 끼어들고 싶은 마음은 분명 없었지만, 이들 두 사람과 동시에 친구가 될 수는 있겠다 싶었다. 게다가 린다는 한껏 들떠 있었다. 이런 사실이 더그로서

는 상당히 놀라웠다. 자기와 케빈 그리고 미치가 지하실에서 마리화나를 피울 때, 린다는 한 번도 그 자리에 함께하지 않았기 때문이다.

"예, 왜요?"

"아뇨, 그냥……. 남자들은 쇼핑 싫어하잖아요."

더그는 어깨를 한 번 으쓱했다. 그 몸짓이 전화선 너머로까지는 보이지 않는다는 걸 알면서도 그랬다.

"솔직히 나는 거기가 쇼핑을 무슨 뜻으로 말하는 건지는 모르겠지만, 한번 해보죠, 뭐."

린다가 웃었다.

"내가 무슨 뜻으로 쇼핑이라고 하는 건지 모른다구요? 거기한테 옷 좀 사주려구요."

"옷은 있는데요?"

린다가 다시 웃었다.

"몇 시에 태우러 갈까요?"

"한 시…… 삼십 분."

한 시라고 했다가 빠르게 삼십 분을 보탰다. 삼십 분이라도 더 자고 싶어서였다.

"두 시에 엘리를 학교에서 데리고 와야 돼요. 열한 시 어때요?"

"열한 시요?"

젠장, 열한 시면 더그에게는 한밤중이었다. 린다가 더그의 목소리에서 낭패감을 읽었다.

"좋아요, 그럼 열한 시 삼십 분!"

"그럽시다."

린다의 목소리는 유쾌했다. 그 유쾌한 목소리가 무척 낯설다는 생각이 들었다. 얼마나 오랜 세월 동안 유쾌함이라고는 찾아볼 수 없는 무리들하고 어울려서 보냈던가? 미치, 케빈, 식당의 요리사들이 다 그런 인간들이었다. 비록 정오 이전에 자리에서 일어나야 한다 하더라도 자기 인생에는 어느 정도의 유쾌함이 절실하게 필요하다는 생각이 들었다.

다시 침대로 기어 올라가 잠을 잘 수는 없었다. 더그는 담배를 피워 물고 베란다에 앉았다. 그리고 자기 인생에 대해서 생각했다. 누구에게든 천직은 저절로 찾아온다고 나바호족(북아메리카 원주민의 한 종족―옮긴이) 사람들은 믿었다. 더그는 이런 내용을 디스커버리 채널에서 본 적 있었다. 내 천직은 왜 아직도 나를 찾아오지 않는 걸까? 기업 규모의 식당에서 요리사로 일하는 게 자기 천직은 아니라고 더그는 확신했다. 벌써 사 년째 거기에서 일을 하고 있었고, 봉급은 겨우 2달러밖에 오르지 않았다. 그리고 그동안 적어도 세 명이 주방 매니저로 승진했고, 자기에게는 그런 기회가 전혀 없었다.

"자네는 우리 식당에서 구이 담당으로는 최고야. 우리 식당은 자네를 놓쳐 버려도 될 만큼 여유가 있지 않다는 거 알지?"

사장이 늘 하는 말이었다. 더그는 주방의 어떤 자리에서건 눈을 감고도 일을 할 수 있었으며, 또 주방 매니저들이 한꺼번에 휴가를 가서 자리를 비울 때도 모든 음식 주문을 다 소화할 수 있었다. 하지만 만일 더그가 한 시간에 25센트를 더 달라고 요구할 경우 경영진은 잡

아먹으려 들 터였다. 더그는 자기가 머리카락을 단정하게 자르면 승진시켜 줄 거라고 확신했지만, 그럴 일은 없었다.

그런데 가장 중요한 사실은, 더그는 거기에 그다지 신경을 쓰지 않는다는 점이었다. 식당 일은 자기 천직이 아니라고 생각하기 때문이었다. 천직은 다른 어떤 일, 지금으로서는 자기가 끼어들 수 없는 어떤 일이었다. 그건 자기 주변에 있었다. 가깝게 있었다. 점점 더 가까워지고 있었다. 어떤 작은 계시가 나타나기만 한다면, 금방이라도 그게 무엇인지 자각할 수 있을 것 같았다. 나바호족 사람들은 열세 살 때 천직의 계시를 받았다. 더그는 스물여섯 살이었다. 나바호족의 기준으로 따진다면 천직의 계시를 두 번이나 받았어야 했다. 제기랄, 도대체 이 계시는 어디 있는 거야?

교통관제 헬리콥터가 낮게 날고 있었다. 헬리콥터의 날개가 마치 큰북처럼 둥둥 소리를 내며 조용한 아침 공기를 뒤흔들었다. 어쩌면 저게 계시일지도 모른다. 그래, 어쩌면 내 천직은 헬리콥터 조종사일지도 모른다. 근사하겠지. 근사한 헬멧을 쓰고, 입 앞에 장치된 마이크로 관제탑과 대화를 나누며, 예쁜 교통 방송 리포터를 태우고 날아다니는 일. 어쩌면 어떤 억만장자의 개인 소유 헬리콥터 조종사가 천직일지도 모른다. 일 년에 몇 차례씩 바하마 제도로 날아가고 또 호텔에 머무를 테지. 어쩌면 해안경비대 일을 하면서 악천후에 요트를 타고 바다로 나온 사람들을 구조할 수도 있다. 아냐, 해안경비대는 아니야. 해안경비대는 마약 검사를 하니까 안 된다. 허구한 날 마리화나나 피워댔으니까. 하지만 그럼에도 불구하고 헬리콥터 조종사는 확실히 좀 더 생각해 볼 필요가 있었다.

더그는 헬리콥터 조종사에 대해서 알아보기로 했다. 그리고 이번 주에는 꼭 멕시코 여자에게 말을 걸어서 자기가 헬리콥터 조종사 학교에 등록할 계획이라는 말을 해주고 싶었다. 담배는 이미 필터 가까이까지 타들어가고 있었다. 더그는 담배를 재떨이에 비벼서 껐다. 재떨이에는 담배꽁초가 수북하게 쌓여서 흘러넘치고 있었다.

더그는 어떤 기묘한 심령적인 에너지가 자기 몸 어디에선가부터 넘쳐흐르는 기분이 들었다. 자기가 마땅히 누려야 하는 어떤 인생을 갈구하는 열정의 흐름이었다. 더그의 뇌는 모터가 돌아갈 때처럼 윙 하는 소리를 내며 이런저런 선택 사항들을 검색했다. 식당에서는 이 년 이상 근무한 직원들을 위한 학비 지원 프로그램을 운영하고 있었는데, 이 직원들이 외부에서 어떤 강좌나 학교에 등록하면 그 수업료의 50퍼센트를 보조해 줬던 것이다. 헬리콥터 조종사 학교에 등록하면 이 혜택을 받을 수 있었다. 이번에는 멋진 결과가 나올 것 같았다. 바로 이거였다. 바야흐로 이제 곧 인생에서 어떤 변화가 일어날 참이었다.

헬리콥터 조종사. 바로 이거였어! 왜 여태 이 생각을 못했을까?


**밥 서덜랜드는 한밤중에 아쿠-마트를** 순찰하면서 전시된 상품의 상태를 점검했다. 선반 맨 위에 놓인 진공청소기가 정면이 아니라 옆면이 보이도록 돌려놓았다. 사람들은 진공청소기의 옆모습이 어떻게 보이는지 알고 싶어 하지 정면 모습은 신경도 쓰지 않았다. 사람들이 진공청소기를 사는 이유는 깨끗하고 맵시 있게 잘빠졌기 때

문이지 바닥을 청소하기 때문이 아니었다. 이런 사실을 왜 가정용품 매장의 직원들은 알지 못할까? 왜 내가 한밤중에 매장을 돌아다니면서 상품이 보다 잘 팔리게 보이도록 전시하는 일까지 해야 할까?

직원들에게는 고객의 구매 충동을 자극하는 감각이 부족하다는 사실에 밥 서덜랜드는 갑자기 화가 났다. 직원들은 면도나 머리 손질도 하지 않고 끼리끼리 모여서 잡담이나 나누다가 손님이 오면 마치 쥐떼처럼 후다닥 흩어져서 아무 짝에도 쓸모없는 일을 붙잡고 열심히 일하는 체했다. 그러다 손님이 눈에 보이지 않으면 그나마 이 일조차도 손에서 놓았다. 그래도 회사가 돈을 적게 준다고 투덜거리는 일은 잘했다. 밥도 이건 잘 알고 있었다. 감시카메라로 엿들을 수 있었기 때문이다. 감시카메라 가운데 몇 대는 오디오 기능도 장착되어 있다는 사실을 직원들은 알지 못했다. 일을 열정적으로 해서 임금을 올려 받을 생각은 하지 않고 삼삼오오 모여 앉아서 치질 수술 이야기를 나누거나 두 개 일자리를 동시에 해야 해서 하루 종일 힘들어 죽겠다는 이야기만 늘어놓았다. 게다가 진공청소기를 진열대에 올려놓을 때 어느 면이 고객에게 보일지는 전혀 생각도 하지 않았다. 만일 자기가 이렇게 돌아다니면서 점검하고 바로잡지 않으면, 몇 시간 지나지 않아서 전체 매장은 엉망이 되고 말 것이다, 라는 게 밥 서덜랜드의 생각이었다.

밥은 무거운 한숨을 쉬면서 자기 사무실로 돌아갔다. '건강한 허리' 사무용 의자에 몸을 털썩 던진 뒤, 일일 매상 보고 내용을 소리 없이 출력하는 레이저 프린터를 바라보았다. 자기가 없는 동안 걸려

온 전화를 확인하느라 발신자 번호를 하나씩 살펴보았다. 그런데 워싱턴DC에서 온 전화가 음성메시지를 남겼다. 밥은 눈살을 찌푸렸다. 워싱턴DC에서 도대체 누구지? 밥은 송수화기를 들고 그 메시지를 확인했다.

"서덜랜드 씨, 나는 워싱턴DC의 웹청장 켄 스라겐버거루저요. 한 가지 알려주고 싶은 사항이 있어서 전화를 했는데, 당신 웹사이트에 무슨 문제가 있으면 우리한테 문의하지 말고 웹 관리자한테 문의하시오. 이 내용을 당신 직원들에게 똑똑히 일러주시오. 이 멍청한 인간아, 알아들었소?"

딸깍.

가슴이 벌렁벌렁 뛰었다. 정부 고위 관리가 지금 나한테 멍청한 인간이라고 욕을 했어? 손이 덜덜 떨리는 손으로 송수화기를 내려놓았다. 그랬다가 다시 송수화기를 잡았고, 다시 내려놓았다. 심호흡을 몇 차례 했다. 그리고 혼잣말을 하면서 마음을 진정시켰다. 가만, 침착하게 생각해 보자. 어쩌면 이건 처음 들었을 때처럼 진지한 내용이 아닐지도 모른다. 다시 한 번 더 메시지를 들어보았다. 그런데 목소리가 어딘지 귀에 익었다. 딱 꼬집어서 말할 수는 없었지만, 어쩌면 머저리 같은 어떤 직원이 장난을 쳤을지도 모른다는 어렴풋한 예감이 들었다.

서랍에서 직원 전화번호부를 꺼내서 하나씩 살펴보았다. 그리고 맨 마지막 부분까지 갔을 때, 밥은 혼잣말을 했다. 지옥 같은 대가를 치르게 해주마, 라고.

**아주 조심스럽게 케빈은** 점안기에 표백제를 채워 넣었다. 그리고 이걸 오른쪽 앞주머니에 넣고, 방금 바지에 낸 작은 구멍으로 점안기의 주둥이 부분이 바깥으로 나오도록 했다. 이제 허벅지에 조금만 압력을 가해도 표백제가 오줌 줄기와 함께 소변 검사 용기 안으로 들어갈 수 있었다. 표백제 몇 방울만 들어가도 마약 검사에서 양성 반응은 나오지 않는다. 조심할 것은 표백제를 지나치게 많이 넣지 말아야 한다는 점과 소변 검사 용기에서 표백제 냄새가 나지 않아야 한다는 점이었다.

이런 일을 예방하기 위해서 케빈은 지난 이틀 동안 아스파라거스를 줄기차게 먹어댔다. 아스파라거스를 먹으면 오줌에서 기묘한 냄새가 난다. 여기에 표백제까지 더하면 오줌 냄새는 더욱 기묘할 게 분명했다. 여러 가지 것들이 많이 들어가면 많이 들어갈수록 좋았다. 기대하고 바라는 바이지만, 검사실 사람들은 자기가 어떤 일을 했는지 알아차리지 못할 터였다. 케빈이라는 남자의 오줌에서는 여태까지 맡아보지 못한 특이한 냄새가 나는데 이 사람이 마리화나를 피웠을까? 그렇다고 말하기는 어렵다.

교도소에서 나온 지 처음 여섯 달 동안 케빈은 마리화나를 전혀 하지 않았다. 하지만 그때는 마리화나에 대한 갈망보다는 분노에 사로잡혀 살았다. 혼자 외톨이며 또 일자리도 없는 상태에서 자기가 무엇을 할 수 있고 또 무엇을 할 수 없는지 규정하는 사람들은 도대체 뭐란 말인가? 그 인간들은 케빈이 가지고 있던 돈 거의 모두를 강탈하고 그것도 모자라서 실내 재배라는 죄목으로 여름 내내 감옥에 가둬두었다. 그것만으로는 부족했나? 변호사 비용으로 5,000달러, 벌금으로 2,500달러 그리고 법정 상담 비용으로 600달러를 빼앗아갔다. 심지어 교도소에서 석방될 때는 행정 수수료까지 물렸다. 석방 서류 작업을 하는 데도 120달러를 달라고 했다. 이건 박사 학위를 가진 인간이 서류 작업을 했거나, 아니면 그 서류를 출력하는 데 금가루가 든 토너를 썼다는 뜻이었다. 하지만 곧 교도소 바같으로 내보내 주겠다는데 그 비용을 지불하지 않겠다는 사람이 어디 있을까. 결국 케빈은 사회에 진 빚을 갚는 동안 다른 한쪽으로는 신용카드 회사에 엄청난 빚을 질 수밖에 없었다.

모든 게 돈 문제라는 사실을 케빈은 깨달았다. 600달러를 지불한 상담의 내용은 집단 치료였다. 이 치료라는 것도 마약 상습자 세 명

및 연신 하품을 해대는 심리치료사 한 명과 함께 한 방에 앉아서 그 쓰레기 같은 인간들이 어린 시절에 학대당한 이야기를 듣는 게 다였다. 케빈은 자기 차례가 돌아올 때마다 이렇게 말하곤 했다.

"나는 지하실에서 마리화나를 재배하다가 체포되었습니다. 학대를 당한 경험은 없습니다."

하지만 이렇게 고집을 부리다가 결국 나중에는 경찰이 케빈의 몸에 손을 대는 일까지 있었다. 그런데 이 일을 언급했다가는 다시 더 상담을 받아야 했고, 물론 돈도 또 그만큼 많이 들어야 했다.

케빈은 자기가 게임을 벌여야 한다는 사실을 꽤 일찍 깨달았다. 벌금을 내고 선고받은 징역형을 복역하는 게 다가 아니었다. 그 사람들에게 감사하는 마음을 가질 필요가 있었다. 각각의 과정이 끝날 때마다 심리치료사에게 온갖 그럴듯한 말로 고맙다는 말을 포장해야 했다. 심지어 원하지도 않는 조언을 해달라고 부탁을 하기도 했다. 덕분에 판사는 열 차례의 치료가 필요하다고 했지만, 다섯 차례의 치료가 끝나자 심리치료사는 케빈이 치료되었다고 판정했다. 물론 그렇다고 해서 그 상담치료비 600달러의 절반을 돌려받지는 못했다.

케빈은 표백제 병의 뚜껑을 닫아서 잠그고 자동차 밖으로 나왔다. 그리고 주차 미터기에 동전 몇 개를 넣은 뒤에 시市의 법원 건물로 들어갔다. 금속 탐지기를 통과하고, 오렌지색 죄수복을 입고 긴 의자에 묶인 채 줄지어 앉아 있는 흑인 청년들 곁을 지나고, 콘크리트 블록으로 만든 계단을 올라가서, '가석방과 보호 관찰'이라는 글귀가 적힌 무거운 철제 문 안으로 들어갔다. 법원 직원들은 철망이 쳐진 창문 너머에 자리를 잡고 있었다. 혹시라도 가석방 상태의 민원인들이 행패를 부릴지도 몰라서 해놓은 조치였지만, 실내의 분위기는 그런 것과 한참 거리가 멀었다. 차분하고 공손하고 조용하기만 했다. 이 자리에 나온 사람들은 이미 교도소에 있다가 가석방된 사람이었으므로, 법원 서기 앞에서 어떤 감정을 눈에 거슬리게 표출해서 현재 누리고 있는 자유를 위태롭게 할 마음을 전혀 가지고 있지 않았다.

서기들은 이런 사실을 잘 알고 있었기에 잔인하게 굴었다. 민원인과 눈을 맞추는 법이 없었고 철망 유리창을 통해서 마구 지시를 해댔다. 덩치가 크고 안경을 꼈으며 빳빳한 검은색 머리카락의 중년 여자는 상대방을 쳐다보지도 않은 채 이름을 불렀다.

"이름?"

"케빈 거디. 저는……."

"자리에 앉으세요."

케빈은 검은색 비닐로 된 긴 의자에 앉았다. 흑인 청년 두 사람도 그 자리에 앉아 있었는데, 두 사람은 앞만 바라보고 있었다. 얼마쯤 시간이 지난 뒤 여자는 고개를 들고 말했다.

"잭슨."

케빈과 흑인 두 사람은 서로를 바라보았다.

"잭슨!"

다시 반복하는 여자의 목소리가 높아졌다. 지연되는 게 짜증나는 모양이었다.

"누가 잭슨이죠?"

"잠깐 물 마시러 나간 것 같은데요."

남자 가운데 한 사람이 말했다.

"그래요? 그럼 가서 데려오세요. 만일 삼십 초 안에 이 자리에 오지 않으면 출석하지 않은 걸로 처리할 거예요."

그 남자는 자리에서 일어나 잭슨이라는 남자를 찾으러 밖으로 나갔다. 그리고 채 일 분도 되지 않아서 그 남자와 잭슨이 함께 돌아왔다. 잭슨은 조금 전까지 화장실에 있었던 게 분명한 듯 아직도 바지의 허리끈도 미처 다 채우지 못한 상태였다.

"잭슨 씨, 자리에 앉으라는 말은 자리에 앉아 있으라는 말이지 다른 데로 어슬렁거리면서 돌아다니라는 뜻이 아니에요."

"저는 방금……."

하지만 여자는 잭슨의 말을 끊었다.

"디킨스 씨가 당신을 기다리고 있어요."

여자는 화가 났는지 목소리를 높였다. 그리고 철망 창에 난 구멍으로 서류 한 장을 쑥 내밀었다. 잭슨이 서류를 받아서 챙길 때 여자는 뒤쪽 사무실로 통하는 문으로 부저를 울려 신호를 보내고, 잭슨이 그 문 안으로 들어갔다.

"헌트?"

여자가 다시 호명을 했다. 이번에도 대답하는 사람이 없었다.

"좋아요."

여자는 서류 작업을 하기 시작했다. 헌트라는 사람에게 다시 교도소로 돌아가야 하는 운명을 짐 지우는 작업이었다.

"거디?"

케빈이 잽싸게 자리에서 일어났다. 여자가 처음으로 케빈을 보았다. 케빈이 백인인 걸 본 여자의 태도는 미세하게 바뀌었다. 거의 알아차릴 수 없을 만큼 미세한 변화였다. 케빈은 가석방 기간 동안 담당자와 면담을 하려고 이 사무실에 올 때마다 관리들이 뚜렷하게 인종차별적인 모습을 보이는 걸 보았다. 백인 여자는 보통 백인 가석방자에게 조금 덜 끔찍하게 굴었다. 흑인 여자는 모든 가석방자에게 다 끔찍하게 굴었다. 하지만 흑인 여자에게 예외가 있긴 했는데, 바로 젊은 사람이었다. 흑인 여자는 때로 젊은 흑인 남자에게 정중했던 것이다. 하지만 이런 태도도 시간이 가면 사라져 버리곤 했다.

"예, 접니다."

여자가 서류를 유리창 아래로 밀어내며 문으로 버저 신호를 보냈다.

"포처 씨를 찾아가세요."

여자는 케빈이 마치 그런 사실을 알지 못하는 듯이 말했다. 케빈은 가석방 사무실을 지나서 복도를 따라 작은 방들이 죽 늘어서 있는 곳을 지나갔다. 방마다 젊은 흑인이 한 명씩 앉아 있었다. 금방이라도 부서질 것처럼 위태위태한 관공서 의자에 앉은 이 사람들 앞에는 작은 책상이 놓여 있었고, 그 뒤에는 지루하다는 표정을 한 교도관이 한 명씩 앉아서, 가석방자들이 열심히 설명하는 내용을 듣고 있었다. 포처도 이런 교도관들 가운데 한 명이었지만 가석방자 담당자로서는 간부급이었다. 포처에게는 자기 사무실이 있었다. 온갖 서류들이

여기저기 엉망으로 나뒹굴고, 파일 캐비닛들은 반쯤 열린 채로 내용물을 내보이고, 또 모든 서랍마다 온갖 종류의 서류 양식들이 어지럽게 처박혀 있었다.

"앉으시오, 거디."

케빈을 보고 포처가 말했다. 그리고는 몸을 뒤로 돌려서 파일 캐비닛에서 케빈의 파일을 꺼냈다.

"그동안 잘 지냈죠?"

"예, 좋습니다."

케빈은 남자가 그 질문을 하도록 규정으로 정해져 있는지 궁금했다. 어떤 사회적인 상황에서 늘 그렇듯이 말이다. 아니면, 케빈의 현재 마음 상태를 판단하기 위한 공식적인 질문일 수도 있었다. 가석방자가 자기를 담당하는 관리에게 무언가를 말할 때는 매우 조심해야 한다. 조금이라도 부정적인 인상을 줬다가는 곧바로 질문 공세가 쏟아지기 때문이다. 만일 케빈이 한숨이 쉬면서 '그런 셈이죠'라고 말했다면, 아마도 포처는 생활이 완벽하지 못한 이유가 무엇인지, 그리고 스트레스 때문에 케빈이 다시 예전의 범죄자 생활로 돌아가기 직전 상태가 아닌지 파고들 터였다. 이 심사 과정에서는 절대로 어떤 문제라도 있어서는 안 된다.

포처가 보기로는 케빈의 결혼 생활은 썩 괜찮았으며, 개를 산책시키는 사업도 머지않아 잡지 《머니Money》의 표지 기사로 실릴 정도로 훌륭했다. 뿐만 아니라 포처는 마리화나를 재배하거나 피우는 생각만 해도 구토를 할 정도로 케빈은 마리화나에게서 멀어졌다고 생각했다.

“요즘 집에서는 어때요?”

포처는 파일에서 눈을 떼지 않은 채로 물었다.

“아주 좋습니다.”

케빈은 고개를 끄덕이면서 대답했다. 물론 얼굴에 미소를 지으려고 애도 썼다.

“딸이 학교에서 연극을 하는데, 거기에서 주인공으로 뽑혔습니다.”

케빈이 그 이야기부터 먼저 한 데는 이유가 있었다. 엘리 이야기를 할 때면 늘 효과가 좋았다는 사실을 간파했기 때문이다. 어떤 때는 포처가 엘리 이야기에 자극을 받아서 열네 살짜리 자기 아들 이야기를 하기도 했다. 이렇게 되면 심사가 아니라 자기 자식 이야기를 하는 두 아버지의 잡담이 되고 만다. 케빈이 노리는 게 바로 이것이었다. 마약이니 범죄니 교도소니 하는 화제에서 벗어나라. 법원에서 허용되는 최대한의 잡담을 해라. 그리고 이 좆같은 데서 빠져나가라.

“그래요?”

포처의 대답은 퉁명스러웠다. 엘리 이야기가 이번에는 먹히지 않겠구나 싶었다. 세월이 흐르면서 포처는 자기 아들 이야기를 꺼렸다. 케빈은 포처가 아내와 갈라섰으며 어쩌면 아들에 대한 친권을 잃었을지도 모른다는 생각이 들었다. 포처의 전체적인 인상과 분위기가, 케빈이 그를 처음 봤을 때 이후로 상당히 나빠진 게 사실이었다.

포처가 파일을 덮으면서 물었다.

"마약은 계속 안 하고 있죠?"

"그럼요, 당연하죠."

"솔직히요?"

포처가 케빈의 눈을 들여다보았다. 포처의 이런 모습에 케빈은 마음이 불편했다. 이 사람이 뭔가를 알아냈나? 자기 집 지하실에서 일어나는 일들을 창문으로 몰래 훔쳐본 게 아닐까? 이번에는 솔직하게 털어놔야 하나, 아니면 계속 그냥 밀고 가야 하나? 결국 케빈은 본능을 따랐다. 거짓말을 하는 것이었다.

"절대 안 합니다. 절대로요."

여기에다 케빈은 뭔가 한마디를 덧붙이려고 했다. 하지만 바로 그 순간 디스커버리 채널에서 봤던 내용이 문득 떠올랐다. 피심문자가 지나치게 설명을 많이 하는 걸 보고 심문자는 그 사람이 거짓말하는 걸 알아낸다는 내용이었다. 짧고 간단한 대답이 최고라고 했다. 두 사람 사이에는 침묵이 흘렀다. 침묵이 흐르는 동안 케빈은 뭔가를 지껄여서 부연 설명을 하고자 하는 충동을 힘겹게 억눌렀다. 디스커버리 채널에서 한 말이 옳다면, 자기가 하는 말이 새빨간 거짓말이란 걸 포처가 금방 알아낼 테니까.

포처는 서랍으로 손을 뻗었다. 케빈은 포처가 투명한 비닐 컵을 하나 꺼낸다고 생각했다. 마약 검사를 할 테니까 소변을 받아오라고 할 게 분명했다. 하지만 케빈의 예상은 빗나갔다. 포처는 양식서 한 장을 꺼냈다.

"나는 바쁜 사람입니다. 나한테 할당된 가석방자가 무려 쉰여섯 명이나 되거든요."

마음이 놓였다. 여기에 대한 반응으로 케빈은 두 다리를 꼬았다. 그런데 바로 이 순간에 문제가 생겼다. 주머니에 들어 있으며 주둥이가 바지에 찢어놓은 구멍으로 삐죽 나와 있던 플라스틱 점안기가 눌리면서 표백제가 뿜어져 나와 사타구니 주변을 흥건하게 적신 것이다.

케빈은 이 사태가 무엇을 의미하는지 즉각 알아차렸다. 표백제가 음모를 축축하게 적셨다. 마치 작은 벌레들이 음모 사이를 꿈틀거리며 기어 다니는 듯한 느낌이었다. 하지만 표정만은 아무렇지도 않은 척 태연하게 유지했다. 그래도 처음 몇 초 동안 그 액체는 시원한 느낌이었다. 하지만 곧 따뜻해지기 시작했다.

포처는 계속 말을 이었다.

"그래서 나는 지금 당신의 가석방 문제를 매듭지으려고요. 당신은 괜찮은 사람 같거든요. 가정적이고요. 솔직히 한 달에 한 번씩 당신을 여기로 불러야 할 이유가 없다고 나는 봐요. 매번 검사를 했지만 당신은 늘 깨끗했고, 또……."

포처는 계속해서 말했다. 따뜻하던 느낌은 곧 뜨거운 느낌으로 바뀌었고, 이어서 타는 듯한 통증이 시작되었다. 마치 누군가가 사타구니에다 불이 붙은 담배를 대고 있는 것 같았다. 케빈은 포처가 하는 말이 무척 기쁘다는 표정을 지으려고 애를 썼다. 하지만 아무래도 자기 얼굴은 우거지상으로 일그러져 있을 것 같다는 느낌이었다. 이마에는 땀이 송골송골 맺혔다. 게다가 표백제의 강력한 냄새가 코를 찔

렀다. 케빈과 포처는 1미터 정도밖에 떨어져 있지 않았다. 포처가 그 냄새를 맡고 어디에서 나는 냄새인지 궁금해 할 건 시간문제였다.

아아, 씨팔! 불알에 불이 붙었다! 케빈은 이를 악물었다. 마침내 도저히 더는 참을 수 없었다. 케빈은 자기 불알을 잡고서 위치를 옮기려고 애를 썼다. 눈에서는 눈물이 줄줄 흘렀다. 입은 마치 소리 없는 오페라를 부르기라도 하는 것처럼 크게 벌어졌다.

놀라운 일이었다. 포처는 전혀 눈치 채지 못했다. 그는 여전히 떠들고 있었다. 케빈이 얼마나 당당하게 시련을 극복했는지 이야기했고, 케빈을 한 달에 한 번씩 불러서 이런 대화를 나눈다는 것 자체가 얼마나 큰 자원 낭비인지 이야기했고, 또 케빈이 자기가 지도하려는 내용을 얼마나 잘 깨우쳤는지 이야기했다. 케빈은 그가 하는 이야기가 백 번 천 번 옳다는 뜻으로 고개를 끄덕이려고 애를 썼다. 도대체 이 인간 얼마나 더 계속 지껄이겠다는 거지? 갑자기 설사가 나온다고 하고 화장실로 뛰어갈까? 그때 하늘의 축복이 있었다. 전화벨이 울린 것이다. 포처가 전화를 받을 때 케빈은 곧바로 화장실에 다녀오겠다고 했고, 포처는 고개를 끄덕였다.

표백제의 연기를 흩날리며 그리고 고통으로 낑낑거리면서도 케빈은 법원 직원 앞에서는 뛰지 않으려고 애썼다. 금속제 문 뒤에서 급한 내색을 하지 않으려고 애를 썼다. 평범한 상황에서 화장실에 가려는 평범한 사람처럼 행동하려고 최대한 노력했다. 하지만 문을 지나 복도로 나온 뒤에는 전속력으로 달렸다. 화장실에 들어간 뒤에는 수도꼭지 앞으로 가서 청바지 지퍼를 내렸다. 그리고 두 손으로 수도꼭지에서 흐르는 물을 받아서 불타는 불알에다 마구 뿌렸다.

안심이었다. 한 번씩 물을 뿌릴 때마다 고통은 그만큼 줄어들었다. 그제야 케빈은 자기 꼴이 어떤지 눈에 들어왔다. 바지는 완전히 젖어 있었다. 양말과 신발도 젖어 있었다. 하지만 신경 쓰지 않았다. 미끄러졌다거나 하는 식으로 둘러댈 생각이었다. 고통은 이제 멎었다.

그때, 케빈은 남자 화장실에 자기 말고도 다른 사람이 있다는 사실을 깨달았다. 흑인 청년이었다. 열여덟 살쯤 되었을까. 이 청년이 옆자리의 수도꼭지에서 케빈을 쳐다보고 있었다.

청년은 종이 수건을 한 장 뽑아들었다. 그리고는 케빈을 바라보지도 않고 이렇게 말했다.

"완전 좆되셨네요."


**"가석방 면담은 어땠어?"**

집 안으로 들어서자 린다가 물었다. 때로 케빈은 린다를 바라보면서, 집을 독차지하려고 자기가 다시 교도소로 들어가길 바라는 게 아닌가 하는 생각을 했다. 딱 석 달 동안 교도소에 가 있다 돌아왔을 때는 자기가 살던 집에 온 게 맞는지 의심스러웠을 정도로 인테리어가 엄청나게 많이 바뀌어 있었다. 린다는 자기 책상에 앉아서 청구서를 정리하고 있었다. 경험으로 미루어볼 때, 이런 상황이라면 린다가 대화를 이끌지 않는 한 린다는 대화를 반기지 않았다. 대화를 한다고 하더라도 짧게 끝내야 했다.

"좋았어. 이제 다시는 안 가도 돼. 난 완치됐어."

케빈은 신발을 벗고 이어서 젖은 청바지와 속옷을 벗어던졌다. 그리고는 현관 벽장에서 수건을 꺼내들었다. 허리 아래로 벌거벗은 채로 열심히, 그러나 타서 생살이 벗겨진 불알을 문지르지 않게 조심스럽게 몸을 닦았다.

"왜 그렇게 됐어?"

린다의 목소리에는 경악의 감정이 담겨 있었다. 그 사실을 깨달은 케빈은 고개를 숙여서 아래를 바라보았다. 그제야 음모가 하얗게 변했다는 사실을 깨달았다.

"오오, 씨팔!"

케빈은 화장실로 들어가서 샤워기 아래에 섰다.

린다는 웃음을 터뜨렸다. 오랜 세월 동안 듣지 못했던 소리였다. 찬물을 틀었다. 처음에는 몸이 떨렸다. 하지만 쏟아지는 찬 물줄기 아래에 오랫동안 서 있었다. 사타구니에서 후끈거리는 열기가 찬물의 냉기에 서서히 가라앉았다. 케빈은 안도의 한숨을 쉬었다.

린다가 화장실 문을 두드렸다. 린다는 계속 웃고 있었다.

"도대체 어떻게 된 거야? 왜 백자지가 됐는데?"

"금방 나갈 거야!"

케빈이 고함을 질렀다. 방해를 받는 게 짜증났다.

이어서 침묵, 두 사람은 아무 말이 없었다. 십 분 뒤, 케빈이 화장실에서 나왔을 때 린다는 다시 책상에 앉아서 청구서들을 보고 있었다. 케빈은 정신적으로나 육체적으로 한결 기분이 나아진 것 같았다. 수표를 쓰고 있는 린다를 바라보면서, 린다가 조금 전에 그랬던 것처럼 여전히 유쾌한 기분이기를 바랐다. 린다가 즐거워하는 모습을 본 지 정말 오래되었다. 가석방으로 풀려난 것도 정말 오래전의 일이었다. 오늘 같은 날은 외식을 하면서 축하해야 할 것 같았다.

"난 이제 자유야. 오늘로 가석방은 끝나고 완전히 자유야."

"그래, 아까 얘기했잖아. 내가 축하라도 해야 한다는 말이야?"

등을 보이고 있던 린다는 돌아보지도 않은 채 대답했다. 케빈은 짜증이 났다.

"뭐야……. 오늘밤에는 외식을 하고 축하를 할 거라고 생각했는데, 아닌가 보네."

"축하?"

무슨 뚱딴지같은 소리냐는 투였다.

"그래 축하! 하지만 좆 까라 그래."

"축하라……."

린다는 고개를 천천히 저었다. 그리고는 큰 소리로 웃었다. 하지만 조금 전처럼 그렇게 유쾌하고 행복한 웃음이 아니었다.

"웨이터가 우리더러 무슨 일을 축하하느냐고 물으면 뭐라고 대답할 건데?"

"그딴 게 마음에 걸려? 웨이터가 뭐라고 하든 무슨 상관이야?"

"이 시간에 애 봐줄 사람은 또 어디에서 구하고? 게다가 우리는 외식을 할 형편이 못 돼. 이번 달에는 안 돼. 최근에 청구서들이 어디서 얼마나 날아오는지 봤어? 내가 사는 별에 너도 함께 사는 거 맞아?"

말을 마친 린다는 홱 돌아서서 다시 아까 하던 일을 계속했다.

케빈은 깨끗한 속옷과 헐렁한 셔츠로 갈아입었다. 빨리 집에서 나가고 싶었다. 린다가 자기 음모가 하얗게 탈색된 사실에 대해서 드러낸 반응을 보고는 오늘 린다의 기분이 예전과 다르게 한결 좋구나, 린다와 함께 즐거운 시간을 보낼 수 있겠구나, 하는 생각을 했었다. 하지만 천만의 말씀인 게 분명했다. 이제 케빈은 될 수 있으면 빨리 이 집에서 나가고 싶었다. 네 시 삼십 분에 개를 산책시켜야 했고 아직은 겨우 세 시밖에 되지 않았지만, 케빈은 열쇠를 집어 들고 현관으로 향했다.

"케빈, 난 너더러 지하실에서 마리화나 재배하라고 말한 적 없다?"

케빈은 문을 세게 닫아버림으로써 린다의 말을 끊으려고 했지만, 그 전에 린다의 말이 끝나고 말았다.

**"밥 서덜랜드 씨가 자기 사무실로** 오래요."

멜리사가 전한 말이었다. 멜리사는 사무실 매니저였다. 몹시 화가 난 목소리였다. 미치는 뭔가 좋지 않은 일이 자기에게 생겼음을 직감했다. 상사가 화를 낸다고 해서 비서들까지 화를 내는 게 이상했다. 왜 이 지랄일까? 자동차 바퀴에 꽂는 너트에 가격표를 잘못 붙였나? 찰스에게 잔업 칠 분을 승인했다고 그러나? 왜 그러는지 알아내기도 전에 멜리사는 전화를 끊어 버렸다. 빌어먹을. 어쩌면 텔레비전 재고 상황이 잘못되었다는 걸 알아냈을지도 몰라.

"조짐이 좋지 않은데요?"

찰스가 말했다. 미치는 자리에서 일어나서 기지개를 폈다. 찰스와 미치는 방금 재고 물품들을 정리하는 일을 모두 마친 상태였다. 분류 하고 옮기고 쌓았다. 그야말로 한 컨테이너 분량 정도를 해치운 것 같았다. 그래서 한숨을 돌리던 참이었다. 이런 순간에 호출을 받다 니⋯⋯. 미치는 한숨을 쉬고는 클립보드를 찰스에게 넘겼다.

"어쩌면 우리가 다시는 못 볼지도 모르겠네."

미치는 문득 해고될 수도 있다는 생각이 들어서 그렇게 말했다. 여 기저기 기름때가 묻었고 바닥에는 사탕 봉지와 포테이토칩 봉지가 어지럽게 널려 있는 창고에서 미치는 찰스에게 손을 흔들었다.

"어쩌면 내일 이 장소를 너 혼자 독차지할지도 몰라."

찰스의 얼굴에 걱정이 서렸다.

"왜요? 어쨌길래요? 예?"

"아무 짓도 하지 않았어."

미치는 밥에게 가서 할 대답을 연습하는 마음으로 그렇게 말했다.

"모르지, 재고 관리 업무를 하면서 실수를 했을 수도 있으니까."

찰스는 아무 말도 하지 않았다. 미치는 좀 더 그럴듯한 말을 할 수 도 있었다는 사실을 깨달았다. 재고 관리 업무를 하면서 실수를 했을 수도 있다? 적절한 말 같지 않았다. 너무 정치적이고 또 너무 범죄성 이 짙었다. 정치인들이나 할 법한 표현이었다. 사라진 물품 반출증에 대해서는 아는 게 전혀 없다. 본 적도 없다. 이게 훨씬 나았다. 이 거 짓말을 끝까지 죽어라고 우겨야지. 나중에 집에 가서는 그 반출증을 찢어버리든 태워버리든 없애면 되잖아. 그리고 텔레비전을 훔치겠다는 멍청한 생각도 다 버리는 거야. 그러면 이 일이 흐지부지되고 말 거야.

미치가 밥 서덜랜드의 사무실에 갔을 때 거기에 멜리사도 함께 있었다. 그런데 멜리사가 녹음기와 마이크를 가지고 있었다. 미치는 그게 이상했다. 멜리사는 미치와 눈도 마주치지 않고 마이크만 쳐다보았다. 어떤 파일을 읽고 있던 밥은 미치가 방에 들어온 걸 알아차리지 못한 척했다. 화기애애한 회의가 이어질 것 같은 분위기는 전혀 아니었다.

오십 대 여성으로 빳빳한 머리카락의 소유자이며 유능한 비서이고, 아울러 예전에 미치와는 니코틴 중독이라는 세속적 관심사로만 유일하게 한데 엮인 적이 있었던 멜리사는 이제 미치를 전혀 낯선 사람처럼 대하고 있었다. 멜리사는 밥에게 고개를 돌리며 말했다.

"준비 됐습니다."

멜리사가 녹음기의 버튼을 눌렀다.

"자네는 지금 녹음되고 있네."

밥이 말했다.

"내 말을 녹음한다고요? 아, 예……."

미치는 문을 닫으려고 돌아섰다. 그러자 밥이 손을 저었다.

"아냐, 그냥 열어 둬."

미치는 밥의 얼굴에서 분노와 상처와 공격성을 보고는 도무지 무슨 일인지 모르겠다는 표정을 지었다. 그게 최고의 방어 수단이 될 것 같다는 판단을 한 것이다. 그리고 또 미치가 준비한 다른 방어 수

단도 있었다. 구체적이고 세부적인 사항에 대해서는 자기가 약하다
는 말을 계속 되풀이하는 것, 그리고 어쩌면 자기가 실수를 했을지도
모른다고 미리 말하는 것이었다.

"자넨 정말 대단한 인물이야, 안 그래, 미치?"

밥이 말했다. 이런 질문에는 어떻게 대답하는 게 옳을까? 그렇다
고 해야 할까, 아니면 아니라고 해야 할까? 미치는 아무 말도 하지
않은 채 그저 밥을 바라보기만 했다.

"이걸 설명할 수 있겠나?"

밥은 미치에서 작은 숫자들이 수없이 많이 적힌 종이 한 장을 내밀
었다. 중간쯤에 열 자리 숫자 하나에 표시가 되어 있었다. 미치는 그
숫자가 무엇을 뜻하는지 금방 알아보았다. 데이브 라이스, 미치가 전
화를 해서 웹청장 행세를 해달라고 했던 바로 그 데이브 라이스의 전
화번호였다. 미치는 밥이 어떻게 그 사실을 알아냈는지 그리고 과연
텔레비전 반출증이 빼돌려졌다는 사실을 알고 있는지, 그게 궁금했
다. 이런 것들이 모두 발각되면 나는 어떤 벌을 받을까? 일단 최상의
방법은 아무것도 모르는 척하는 것이었다.

"뭡니까 이게? 전화번호를 적은 종이 같은데요?"

"장난은 그만 집어치우지?"

밥이 대번에 쏘아붙였다. 그리고 차가운 미소를 흘렸다.

"그게 뭔지 잘 알잖아."

밥은 의자 깊숙이 몸을 뒤로 젖혔다. 멜리사를 보니, 멜리사는 적
의에 찬 시선으로 자기를 바라보고 있었다. 미치는 멜리사에게 싱

굿 웃어 보였지만, 그녀는 표정을 바꾸지 않았다. 아냐, 어쩌면 이 상황에서도 내가 대답을 잘 하기만 하면 잘리지 않고 살아남을 수도 있어.

"표시를 해놓은 숫자가 있네요."

미치의 뇌는 모든 방향으로 바쁘게 움직였다. 세계에서 가장 멍청한 인간인 밥 서덜랜드가, 자기가 데이브 라이스와 나눈 대화에서 사라진 반출증을 어떻게 찾아낼 수 있었는지 알아내야만 했다. 도대체 무슨 일이 있었던 걸까?

"거기에 대해서 얘기를 좀 해보시지."

"이 숫자에 대해서요?"

미치는 조금이라도 시간을 벌려고 애를 썼다.

"어, 그 숫자에 대해서."

밥은 몸을 뒤로 더 젖히면서 미치를 바라보았다. 그의 얼굴에는 악의가 철철 넘쳤다. 방 안에는 온통 악의로만 가득 찼다.

"칼의 사무실에서 그 숫자의 전화로 누가 어떻게 전화를 하게 되었는지 말이야, 칼이 쉬는 날에."

밥은 분노로 펄펄 끓었지만, 또 다른 한편으로는 즐기고 있었다. 미치는 속으로 생각했다. 좌천이 되는 걸까? 지금보다 더 아래로 떨어질 데가 있기는 있나? 자동차 부품 매장보다 더 더럽고 힘든 어떤 숨겨진 부서가 아쿠-마트에 또 있을까?

"보자……, 그러고 보니까 내 친구의 전화번호네요."

이렇게 말을 한 다음에 미치는 아주 잠깐 동안, 혹시 업무 외적인 일로 장거리 통화를 너무 오래했다고 이러는 건지도 모른다고 상상했다. 그렇다면 전화비를 대신 물겠다고 하면 되었다. 그 정도면 별 문제가 아니었다. 또 다른 상상도 해보았다. 즉 데이브가 전화를 해서 웹마스터인 척했을 수도 있다. 사실 이건 그다지 재미없을 것 같아서 하지 말자는 결론을 내렸었다. 그리고 보다 더 심각한 시나리오들도 미치의 상상 속에서 떠올랐다. 데이브가 예전에 아쿠-마트에 일을 할 때 툭하면 그랬듯이 밥에게 '개호로 자식'이라는 표현을 썼을 수도 있었다. 혹은 또 밥에게 멍청하다고 말했을 수도 있었다. 이것 역시 밥이 없는 자리에서 데이브가 자주 하던 말이었다. 이제 와서 생각해 보니 데이브를 시켜서 밥에게 장난을 치게 한 게 썩 좋은 생각은 아니었던 것 같았다.

"그러니까 이 전화번호가, 자네의 어떤 친구 전화번호다?"

"어…… 예."

미치는 열린 문 바깥에 어떤 다른 사람이 한 명 서 있다는 느낌이 들었다. 거기 누가 지키고 서서 대화를 엿듣는다는 게 미치로서는 당혹스러웠다. 당장 자리에서 벌떡 일어나 문을 닫아버리고 싶은 충동이 일었다. 그런데 고개를 돌려서 바라보니까 경비 직원이었다. 그러고 보니 밥은 자기와 '토론'을 한 뒤에 경비원을 시켜서 자기를 회사 밖으로 내쫓을 생각을 하고 있다는 생각이 번쩍 들었다. 그 순간 미치에게는 갑자기 든든한 자신감이 생겼다. 잃을 것이라고는 아무것도 없는 사람만이 가질 수 있는 자신감이었다.

밥은 이제 슬슬 미치를 가지고 놀 심산이었다.

"미치, 우리는 자네를 보다 유능한 인재로 만들려고 많은 시간과 에너지를 쏟았거든."

미치는 자기에게 시간이 얼마 남지 않았음을 알았다. 그랬기 때문에 다짜고짜 본론을 얘기했다.

"멍청아, 넌 여태까지 내가 함께 일한 사람들 가운데 가장 멍청하고 엿 같은 얼간이였거든?"

미치는 이 말을 최대한 유쾌하게 했다. 하지만 밥은 마치 그런 반응을 예상이라도 하고 있었던 듯 즉각 자리에서 벌떡 일어났다. 얼굴은 벌겋게 달아올랐다.

"꼴값을 떨어요. 웹총장이라고? 정말 궁금해서 묻는데, 솔직히 많이 모자라지?"

하지만 마지막 부분은 밥이 질러댄 고함소리에 묻혀서 들리지 않았다.

"당장 나가!"

밥이 고함을 지르자 문 밖에 있던 경비원이 곧바로 안으로 들이닥쳤다. 미치가 마치 총을 겨누는 상황이라도 되는 것처럼 급박한 움직임이었다. 경비원의 몸무게는 평균보다 40킬로그램은 족히 더 나가는 오십 대 중반이었는데, 그 상황의 긴박감 때문에 많이 흥분했던지 목이 벌겋게 달아올랐다.

미치가 경비원을 올려다보았다.

"왜 그러세요? 심장발작입니까? 곧 쓰러지겠는데요?"

"나갑시다, 당장!"

경비원은 자기가 낼 수 있는 가장 거친 말투로 내질렀다. 미치는 여태까지 이 사람과 단 한 번도 부닥쳤던 적이 없었다. 가전제품 매장에서 텔레비전을 보면서 대부분의 시간을 보내는 이 경비원이야말로 정상인과 얼간이 사이의 경계선에 아슬아슬하게 서 있는 사람이라고 미치는 생각했었다. 미치는 아쿠-마트 직원으로서 자기가 할 수 있는 마지막 행동을 정말 변변찮은 사람을 공격하는 행위로 마무리하고 싶지 않았다. 그래서 될 수 있으면 천천히, 우아하게 자리에서 일어났다. 그리고 적대적인 행위로 의심받을 수 있는 동작은 취하지 않으려고 조심했다. 어쩌면 이 경비원은 미치가 밥에게 모자란다고 했던 말을 듣고는 개인적으로 미치에게 나쁜 감정을 품었을 수도 있었다. 아니면, 미치를 무자비하게 제압하는 모습을 보임으로써 밥과 멜리사에게 깊은 인상을 심어주려 할 수도 있었다. 경비원이 미치의 어깨를 불필요할 정도로 세게 잡고 문 쪽으로 밀쳤기 때문이다.

"살살합시다, 씨팔!"

미치가 쏘아붙였고, 밥은 펄펄 뛰며 악을 썼다.

"녀석을 끌고 나가!"

언제부턴가 고객과 직원들이 문 앞으로 모여들었고, 미치가 밥의 사무실에서 나오자 모든 사람들이 다 미치를 쳐다보았다. 미치가 데리고 있던 고등학생 시급 직원인 데니스는 봉급을 받으러 왔다가 이 광경을 보았고, 미치와 눈이 마주치고는 깜짝 놀랐다. 미치는 이런 상황에서도 얼굴에 커다란 미소를 지었다. 게다가 돌아서서 밥 서덜랜드에게 유쾌한 목소리로 인사까지 했다.

"또 보자, 멍청아!"

경비원이 미치의 등을 떠밀었다. 미치가 돌아서서 경비원에게 말했다.

"한 번만 더 내 몸에 손대기만 해봐."

미치의 얼굴에서 미소는 어느새 사라지고 없었다. 미치는 격렬한 분노가 솟구치는 걸 느꼈다. 경비원도 이걸 느꼈는지 뒤로 물러났다. 이제 밥의 사무실 바깥으로 나왔고, 충성심을 보일 사람도 주변에 없자 경비원은 다시 온순해졌다.

"여기에서 나가줘야 돼."

애원하는 목소리였다. 얼굴은 여전히 시뻘겋게 달아올랐고, 그 얼굴에 땀이 삐질삐질 흘렀다.

"나갑니다."

미치는 나갔다. 미치 앞에서 문이 열릴 때 차가운 바람이 온몸을 휘감았다. 자유의 바람이었다.

"아쿠-마트를 이용해 주셔서 감사합니다."

녹음된 기계음이었다.

"깨져 버려라!"

미치는 문 위에 달린 작은 스피커를 노려보면서 욕을 했다. 한 중년 여자가 문으로 들어가다가 미치가 스피커를 보고 욕을 하는 모습을 보고는, 마뜩찮은 눈으로 미치를 한 번 흘겨본 다음에 매장 안으로 들어갔다.

"아쿠-마트를 이용해 주셔서 감사합니다."

스피커는 즐거운 목소리로 한 번 더 말했다.

"똥이나 처먹고 뒈져라!"

미치가 다시 스피커에다 대고 욕을 할 때, 다른 여자 한 명이 문으로 들어왔다.

"아쿠-마트를 이용해 주셔서 감사합니다."

미치는 그제야 돌아서서 자기 자동차로 걸어갔다.

**"어떻게 여자 친구가 없어요?"**

린다가 물었다.

"거기는 괜찮은 남자잖아요."

더그는 그 질문을 받고 자기 마음이 편안한지 어떤지 확실히 알지 못했다. 두 사람은 쇼핑몰에서 쇼핑을 한 뒤, 집으로 돌아가는 길이었다. 쇼핑을 하면서 린다는 어떤 셔츠가 끝내준다면서 더그에게 꼭 사야 한다고 우겼다. 하지만 더그는 아무리 린다가 끝내준다며 입에 침을 튀겨가며 말한다 하더라도 자기는 그 옷을 입지 않을 것임을 알았다. 진한 녹색에 줄무늬가 있는 기괴한 디자인이었다. 자기가 그 옷을 입으면 사람들의 관심을 끌고 싶어 안달이 난 히피나 히스패닉 계열의 마약 밀매꾼처럼 보일 게 틀림없을 것 같았다. 둘 다 자기가 추구하는 이미지가 아니었던 것이다. 사실 더그가 옷을 고를 때는 경제적인 여유, 다시 말해서 가격만 따졌지 다른 건 하나도 보지 않았다.

그런데 이번에는 그렇지 않았다. 그 옷을 사는 데 무려 42달러나 들였다. 린다의 감정을 다치게 하고 싶지 않았다는 게 가장 큰 이유였다. 또 그 옷을 입으면 성적인 활동이 보다 왕성해질 가능성이 많을 거라고 린다가 은근하게 힌트를 준 것도 더그가 그 옷을 사는 데 한몫했다. 하지만 식당에서 한 시간에 9달러 50센트를 받고 일을 하는 자기가 그 옷을 산 비용을 벌충하려면 이번 주에 몇 시간이나 추가로 일을 더 해야 하는지 계산했다. 세금을 포함한다면 다섯 시간이었다. 일요일 오전의 브런치 근무조가 될 가능성이 높았다. 이 근무조면 다른 라인의 요리사가 기꺼이 자기 근무시간을 내어줄 것이기 때문이었다. 그래서 집으로 돌아가는 차 안에서 더그는 린다 몰래 씨근거렸다. 잠시 쇼핑 한 번 한 대가로 일요일 오전을 일하며 보내야 했기 때문이다. 게다가, 아주 최근에야 괜찮은 사람이라고 인정한 린다는 갑자기 개인적인 질문까지 했다. 대답하고 싶지 않으며, 심지어 생각조차 하고 싶지 않은 질문이었다.

"어…… 잘 모르겠네요."

린다는 더그와 대화를 나누는 게 재미있는 모양이었다. 장난을 치듯 다시 물었다.

"좋아하는 사람은 있어요?"

더그는 창문 밖으로 스쳐지나가는 마을 풍경을 바라보았다. 눈이

내린 뒤의 이런 겨울날이면, 월튼은 무척 더러워 보였다. 그리고 눈이 내릴 때는 모든 사람들이 다 아름답다며 난리를 치지만, 눈이 내리고 나면 사람들은 부지런히 눈을 치웠고, 이렇게 치워진 눈들이 주차장마다 쌓여 있었다. 배기가스로 시커멓게 더러워진 눈이었다. 이런 눈은 모두 자동차 운행과 같은 일상적인 일들이 빚어내는 환경 훼손의 생생한 증거였다. 그리고 낮은 기온과 높은 습도 때문에 버스와 트럭이 내뿜는 배기가스는 공기 속에 무겁게 떠다녔다. 도시는 죽어가는 게 아니라 살해되고 있다는 데까지 생각이 미쳤다.

"여기에서는 누구하고도 데이트를 하고 싶지 않아요."

"월튼에서는요?"

"예."

"왜요?"

더그는 뭐라고 말을 하려다가 손가락으로 창밖을 가리켰다. 마치, '저기 좀 보세요, 여기에서 도망치고 싶은 싶지 않나요?'라고 말하는 것처럼. 린다는 더그의 이런 모습이 화제를 바꾸려는 시도라고 생각하면서 그냥 웃었다. 하지만 다시 한 번 더 물었다.

"왜 그런데요?"

마침내 더그가 입을 열었다.

"서부로 갈까 하고 줄곧 생각하고 있거든요."

"헬리콥터 조종사가 될 생각이라면서요?"

"예, 서부로 탈출하는 거죠."

린다는 잠깐 생각에 잠기는 듯하더니 말을 받았다.

"거기는 여자 친구가 필요해요."

"왜요?"

대화가 진행될수록 더그는 방어적으로 바뀌었다. 그리고 왜 케빈이 린다가 끔찍한 수다쟁이라고 말하는지 알 수 있을 것 같았다. 린다는 자기 주변에 있는 모든 사람을 끊임없이 개선하려는 욕구를 억제하지 못하는 것 같았다.

"그래야 그 여자가 헛소리를 받아주죠."

"내 헛소리는 언제나 진립니다."

린다가 다시 웃었고 더그는 미소를 지었다. 더그는 린다가 케빈을 상대로 하루 종일 이른바 '자기 개발 대화'를 한다는 사실, 그리고 린다는 이런 행위를 본능적으로 한다는 사실을 알았다. 또 린다에게 이런 행위는 전혀 부담이 되지 않는다는 것도 알았다. 그건 마치 고양이가 장난감을 가지고 놀면서 사냥 기술을 연습하는 거나 마찬가지였다.

"편의점에 있는 그 여자는 어때요?"

"오오 젠장, 케빈은 왜 그렇게 입이 쌉니까?"

"예? 케빈이 그런 얘기 하면 안 되나요?"

더그는 투덜거렸다.

"부끄러워서 그러세요?"

"아뇨."

린다는 다시 한 번 더 더그를 놀렸다.

"내가 보기에는 당장 편의점으로 가서 그 여자한테 한 번 보자고

해야겠는데요. 그 셔츠 입고요."

더그는 문고리를 만지작거렸다. 자동차 밖으로 탈출하고 싶다는 바람을 드러내는 일종의 시위였다.

"일하러 가야 돼요."

린다는 더그의 아파트 앞에 차를 세운 뒤에, 놀랍게도 자동차 시동을 껐다. 자기더러 아파트로 들어가자는 말을 해달라고 노골적으로 눈치를 주는 행위였다. 더그가 보기에 린다를 아파트로 데리고 가는 건 좋은 생각이 아니었다. 미치의 자동차가 주차되어 있었기 때문이다. 미치는 한 번도 린다를 좋게 말한 적이 없었다. 게다가 한 시간 뒤에는 자기도 일하러 나가야 했다.

"미치가 집에 있는데……."

더그는 린다가 자기 속마음을 읽어주길 바라면서 그렇게 말했다.

"예, 나도 알아요."

린다는 다시 한 번 더 더그를 바라보았다. 한층 강렬한 눈빛이었다. 부담스러웠다. 어느 한순간 갑자기 린다가 예쁘다는 사실을 발견했고, 그런 사실 자체가 더그에게는 한층 당혹스러웠다. 쇼핑몰 매장에서 자기들과 대화를 나눈 점원들이 자기들 두 사람을 부부라고 생각한다는 사실을 깨달았었다. 또한 자기가 부부 사이나 연인 사이의 한쪽이라는 그런 느낌을 그리워하고 있다는 사실도 깨달았었다. 여자 친구를 사귀어본 적이 얼마나 오래전의 일이었지? 이 년이 다 되어갔다. 마지막으로 사귄 여자 친구는 식당 종업원이었다. 겉으로 보기에는 부끄러움이 많은 히피 여자였는데 어떤 이유에선지 불과 몇 달 만에 집착과 지배욕으로 똘똘 뭉친, 입에 모터를 단 개년으로 바뀌었다. 이 여자는 갑자기 뉴욕시티로 훌쩍 떠나버리더니 한 번도 자기를 부르지 않았고, 이 일로 더그는 감정의 블랙홀에 빠져서 일 년 넘게 거기에서 빠져나오지 못했었다. 이 여자 생각만 해도, 아니 심지어 애널리사라는 이 여자의 이름을 듣기만 해도 겁이 덜컥 나고 무서워서 몸이 덜덜 떨릴 지경이었다. 이런 사실을 안 미치는 마침내 그 여자에게 '입에 올리지 말아야 할 여자'라는 별명을 붙였다. 물론 그건 장난이었다. 하지만 더그에게는 그런 별명이 이상하게도 도움이 되었다. 마치 애널리사라는 이름을 언급하는 행위 자체가 더그를 고통으로 몰아넣기라도 했던 것처럼……

"솔직하게 말해서, 나는 단 한 번도 '입에 올리지 말아야 할 여자'를 좋아하지 않았어요."

미치는 어느 날엔가, 월튼의 외곽에 있는 한 들판에서 그 여자와 함께 마리화나에 취한 상태에서, 매연을 하늘로 뿜어내던 금속 표면 가공 공장의 여러 굴뚝들을 바라보면서 그 여자에게 청혼을 했었다.

"그 여자 이름은 애널리사입니다."

그 말을 하면서 더그는 그 여자와 관련된 모든 시련이 다 끝났다는 걸 알았다. 여전히 두려움이 남아 있긴 하지만, 완전히 극복했음을 알았다. 여자의 이름을 입 밖으로 냈음에도 불구하고 예리한 통증의 참담함은 느껴지지 않았던 것이다. 그 참담함은 줄곧 그를 따라다녔는데, 이제는 사라지고 없었다. 하지만 승리의 쾌감 같은 건 없었다. 그저 마음이 놓일 뿐이었다. 마음이 놓이는 것도 종류가 있었다. 행

복한 기분을 가져다주는 종류가 있고, 몰고 가던 자동차가 길을 벗어나서 가드레일을 들이받고 악어 떼가 우글거리는 강에 추락했지만 다친 데가 없다는 사실을 깨닫는 그런 종류가 있었는데, 더그의 심정은 후자였다. 마음이 놓이긴 하지만 아직도 해결해야 할 문제는 많이 남아 있었다. 어쩌면 상황이 더욱 악화될 수도 있었다.

그런데 이런 자기더러 린다는 다시 그 깊은 계곡으로 떨어지라고 하고 있었다.

"나는 엘리를 데리러 가야 해요."

그렇게 말하는 린다의 목소리가 갑자기 무거웠다. 더그는 린다가 슬퍼한다고 생각했다. 어떤 말인지 모르겠지만 무언가를 말하고 싶어 한다고 생각했다. 그래서 괜찮은지 물으려 했다. 한데 린다가 먼저 입을 열었다.

"약속 하나 해주세요."

"오케이."

"그 셔츠를 입겠다고 약속해 주세요. 딱 한 번이라도."

더그는 그 말이 이상하게도 감동적이었다. 자기가 그 옷을 입지 않을 것임을 알고 있었던 게 분명했다.

"오케이, 약속할게요."

"그 옷을 입고서 편의점에 가서 그 여자에게 데이트 신청하겠다고 약속하세요."

"우와아, 젠장 그건……."

더그는 린다를 바라보며 웃었다. 그런데 린다의 얼굴이 금방이라도 눈물을 쏟을 것 같았다. 왜 그러는지 도무지 이유를 알 수 없었다.

"오케이, 오케이. 맹세합니다."

린다는 더그를 바라보며 슬픈 미소를 지었다. 그리고 말했다.

"전화해요."

"오케이."

"아뇨, 진짜."

"진짜 할게요."

더그는 린다가 왜 자기와 함께 시간을 보내려 하는지 전혀 알 수 없었다. 하지만 린다는 장난이 아니라 진심인 것 같았고, 그런 사실에 더그는 한층 기분이 좋았다. 분위기를 가볍게 할 만한 농담을 하고 싶었지만, 재미있는 말이 떠오르지 않았다.

"나는 엘리를 데리러 가야 해요."

갑자기 린다가 아까 했던 말을 한 번 더 되풀이했다.

"아, 알았습니다."

조금 전만 하더라도 린다는 뭔가를 간절하게 바라는 듯했지만 갑자기 돌변해서 이제는 더그를 차 밖으로 몰아내려고 안달이었다. 더그가 차에서 내리면서 말했다.

"전화할게요."

"오케이."

린다는 그렇게 간단하게 대꾸했다. 마치 더그가 자기에게 전화를 하겠다는 게 자기 요구에 따른 게 아니라 처음부터 더그의 생각이었던 것처럼. 린다는 다시 시동을 켜고, 후진으로 도로로 들어서려고

고개를 돌려 다른 차가 오는지 살폈다. 더그가 문을 닫을 때 린다가 손을 흔들며 말했다.

"안녕!"

더그는 린다의 자동차가 쏜살같이 멀어지는 걸 지켜보았다.

## "나 따라서 일 같이 할래?"

케빈이 물파이프에 마리화나를 준비하면서 물었다. 케빈은 더그와 미치가 사는 아파트에 와 있었다. 해는 떨어져 어둠이 점점 짙어지고 있었고, 미치는 신발을 벗고 카우치 소파에 누워서 천장을 바라보고 있었다. 더그는 방금 일을 하러 나가고 없었다. 외출을 하고 돌아온 더그는 케빈을 보고도 본 체 만 체했다. 미치와 케빈은 이런 더그의 행동을 보고는 이상하다고 생각했다.

미치에게 해고라는 사건이 가져다준 감정적인 격랑이 분출한 에너지는 그사이에 소진되었고, 그 자리를 희미한 안도감이 채웠다. 이제 다시는 밥 서덜랜드를 보지 않아도 된다는 안도감이었다. 그런데 곧 이 안도감도 사라지고 다시 그 자리를 어떤 공포가 차지했다. 자칫하다가는 월세를 낼 수도 없고 날아드는 청구서를 처리하지 못하고 또 자동차 보험료도 내지 못하게 될지도 모른다는 공포, 자기가 가지고 있는 얼마 되지 않은 것들을 몽땅 잃어 버릴지도 모른다는 공포였다. 아침마다 일어나서 일하러 가지 않아도 되고, 또 다음 날도 마찬가지라는 사실에 시시때때로 안도의 한숨을 쉬면서도 미치는, 잔돈을 구걸하는 노숙자 신세로 전락한 미래의 자기 모습을 상상하

며 몸을 떨었다. 이런 끔찍한 상상이 불러일으키는 나쁜 감정을 쫓아
내는 데는 좋은 마리화나가 최고였고, 또 유일했다.

"개 산책시키는 일?"

"응. 도움이 좀 필요하거든. 누가 도와주기만 하면 사업을 확장할
수도 있어. 린다는 늘 사업을 확장하라고 바가지를 긁어대잖아."

미치는 생활비를 벌려고 개를 산책시키는 자기 모습을 상상했다.
미치는 개를 좋아했다. 또한 케빈도 좋아했다. 미치는 자리에서 일어
나 앉았다.

"좋아, 나도 끼워 줘."

케빈은 놀리는 듯한 눈으로 미치를 바라보았다.

"너 이거 딱 이 초 만에 결정했지?"

미치가 어깨를 으쓱했다.

"그래. 아님 뭐 또 생각해야 할 거 있어?"

"그래. 우선 해주고 싶은 말은, 이 일은 우편 배달과 같은 거야. 비
가 오나 눈이 오나 추우나 더우나 하루도 빼먹으면 안 돼. 급한 일이
있어서 하루 빼먹는 거, 이런 거 없어. 만일 하루라도 빼먹으면 개는
온 거실에다 똥 싸고 오줌 싸고 완전 개판을 만들어 놓을 거야. 그럼
개 주인이 뭐라고 하겠어? 바로 잘리는 거야."

"난 안 그래. 씨팔, 마트 출근도 한 번 안 빼먹은 사람이야."

"그럼 됐어. 그럼 내일 아침 일곱 시에 개 몇 마리 데리고 함께 나
가보자구."

"야, 난 방금 잘리고 온 사람이야. 하루쯤은 쉬어야 할 거 아냐."

"씨팔아, 개 산책시킬래 말래?"

"지랄! 회사에서 잘린 사람이 씨팔 하루쯤은 잠을 늘어지게 자야 한다고 생각 안 해?"

케빈은 낄낄거리며 웃었다. 그리고 물파이프로 깊게 한 모금 빨아들였다.

"그래, 알았어."

그렇게 말하는 케빈의 눈이 갑자기 붉어졌다. 눈꺼풀도 무거운 듯했다. 그리고 말도 느려졌다. 물파이프를 미치에게 건네주는 그의 얼굴에는 미소가 가득했다.

"좋아, 하루 빼줄게. 그럼 목요일 일곱 시 삼십 분."

**목요일 아침, 케빈은 미치를 데리고** 개 산책 일을 맡긴 집마다 찾아다녔다. 미치를 개에게 소개하고, 개를 산책시키고 개에게 먹이를 주는 것과 관련해서 필요한 사항들을 가르치고 또 개가 보이는 여러 가지 행동에 대한 지식과 정보를 일러주기 위해서였다. 미치는 그 모든 것을 머릿속에 기억했다. 게이츠빌에 사는 티 하나 없이 깨끗하게 손질된 시추는 부엌문으로 나가게 하지 마라. 이 개가 부엌문 밖으로 나간다는 것은 10,000달러짜리 양탄자에 똥을 싸는 것이나 마찬가지다. 닥스훈트인 한스에게는 코세퀸 알약을 꼭 먹여야 한다. 로트와일러인 렉스와는 장난을 치지 마라. 주인이 이 개를 보다 복종적으로 굴도록 훈련시키고 있기 때문이다. 케빈은 각 개의 이름과 주소 그리고 특별하게 기억해야 할 사항들을 개마다 한 장씩 따로 적어서 가지고 왔다. 미치는 케빈에게 그런 준비성과 조직화의 본능이 있는 줄 미처 몰랐다.

두 사람은 핏불 제프리가 있는 집으로 갔다.

"여기 주인은 또라이야. 비가 오든 눈이 오든 자기 개를 늘 바같에만 둬. 아마 밥도 제때 잘 주지 않을 거야."

케빈이 대문을 열었다. 제프리가 반갑다고 펄쩍펄쩍 뛰면서 케빈에게 달려갔다. 그리고는 미치가 함께 있는 걸 보고는 동작을 멈추고 경계했다. 미치는 제프리의 강건한 몸매와 거대한 머리통을 바라보았다. 그건 오로지 뼈를 으스러뜨리겠다는 유일한 목적으로 진화한 결과물이었다. 미치는 당장 돌아서서 대문 밖으로 달아나 녀석이 따라 나오지 못하게 문을 닫아야 할 것 같은 충동에 사로잡혔다. 하지만 그 충동을 억누르며 발을 움직이지 않았다. 그러자 곧 보상이 따랐다. 녀석이 미치를 바라보며 꼬리를 열렬하게 흔들었던 것이다.

"얘가 널 좋아하네."

미치는 그 개가 어떤 기준으로 자기를 좋아하기로 결정을 내렸을지 궁금했다. 녀석이 하는 이 판단의 진화 체계는 밥 서덜랜드의 체계와는 전혀 다를 게 분명했다. 밥은 언제나 상대방의 결점을 찾으려고 하고 혹시라도 상대방이 무슨 나쁜 음모를 꾸미고 있지는 않나 늘 경계하는 인물이었다. 하지만 이 개는 케빈과 함께 있다는 사실만 보고도 미치를 자기 친구로 받아들였다. 그것만으로 미치는 쉽게 면접에 통과한 것이다. 너는 케빈을 알고 있구나, 그럼 됐어, 합격!

두 사람은 제프리를 산책시켰다. 그리고 녀석에게 사료를 주려고

집 안으로 들어갔다. 오래된 석조 저택이었는데, 부엌 하나만 하더라도 미치가 사는 아파트만큼 넓었다. 미치는 부엌을 돌아다니면서 연방 탄성을 질렀다. 화강암으로 만든 카운터 식탁과 나무쪽 세공을 한 아일랜드 식탁 그리고 구리 마감을 한 냄비 등. 부자들은 이렇게 해놓고 사는구나, 하는 생각을 했다.

"야! 무슨 소리 들리지?"

케빈이 물었다.

"어, 물소리 같은데."

"그래, 이걸 잘 기억해야 돼. 떠나기 전에 꼭 물그릇에 물을 채워줘야 해. 그리고 사료는 이 받침에 보관하니까 알아두고."

"잘 기억할 테니까 걱정 마."

사실 미치는 빼먹지 않고 기억하려고 노력했다. 쓰레기통이 미치의 눈에 보였다. 뚜껑을 여는 지레가 달린 쓰레기통이었다. 미치는 휴지를 버리려고 쓰레기통의 지레를 밟았고, 뚜껑이 휙 젖혀졌다. 그런데 쓰레기 더미 위에 잘게 찢은 종이 쪼가리들이 얹혀 있었다. 케빈은 아까부터 계속 말을 하고 있었고, 미치는 그 소리를 들으면서 그 쪼가리들을 모두 주웠다. 쪼가리들에서는 오렌지 주스 같은 액체가 뚝뚝 떨어졌다.

"너 지금 뭐 해?"

케빈이 물었다.

"야, 이게 뭔지 아니?"

케빈이 미치 쪽으로 와서 고개를 들이밀었다.

"종이 쪼가리잖아. 글자도 있고 숫자도 있고……. 근데 이건 네 게 아니잖아. 주인이 버린 쓰레기 뒤지지 말고 내가 하는 말에 귀 좀 기울여 줄래?"

미치가 종이 쪼가리에 적힌 내용을 읽었다.

"36-L-18-R-22-L-9-R-5. 이건 그냥 숫자와 글자가 아니야. 금고 비밀번호야."

케빈은 하던 동작을 멈추고 미치를 바라보았다.

"그게 뭐라고?"

"금고 비밀번호. 이 집에 금고 있어?"

"개소리 하고 있네, 난 몰라. 난 이 집에서 가본 데라고는 여기 부엌밖에 없어."

케빈이 다시 미치에게 다가와서 완성된 종이 쪼가리 직소 퍼즐을 바라보았다.

"그래, 이게 어떤 금고의 비밀번호라고 쳐. 근데 뭐? 이게 우리하고 무슨 상관이야?"

케빈은 종이 쪼가리들을 쓸어서 다시 쓰레기통에 버렸다. 하지만 미치가 다시 그 쪼가리들을 주워서 주머니에 넣었다. 케빈이 미치를 노려보았다.

"왜 쳐다봐?"

"야, 제발 부탁 좀 하자, 어? 금고 어디 있는지 찾는다고 이 집을 구석구석 뒤지고 돌아다닐 건 아니겠지?"

"안 해, 약속할게."

"진짜지?"

"이번 주까지는."

"뭐야, 너 진짜!"

"야, 케빈, 내 말 들어봐. 네 생각에는 이 쪼가리가 왜 여기 쓰레기통에 있다고 생각하니? 어? 이 질문에 대답을 한번 해봐."

"몰라, 어떻게 알아. 그러거나 말거나 무슨 상관이냐고. 난 지금까지 일 년 동안 이 일을 해왔어. 하지만 나는 내 클라이언트의 쓰레기통은 뒤지지 않아."

"내 클라이언트? 뭐야, 너 변호사라도 되냐?"

"아무튼 난 내 고객을 그렇게 불러. 클라이언트라고."

미치가 한숨을 쉬었다.

"아무튼, 내 생각에는 이 집 주인은 금고를 새로 들여놨어. 그랬기 때문에 비밀번호가 쓰레기통에 있는 거야. 어제나 그저께 이 집에서 일한 사람 없었어?"

케빈은 잠깐 동안 생각했다.

"어제 열쇠장이가 왔었지. 와서 일을 했어. 저기 서재인가 거실인가, 아무튼 뭐라고 부르든 간에 저기에서."

케빈이 한 곳을 가리켰다. 부엌에서 제법 떨어진 곳, 장식용 판자를 붙여서 화려하게 꾸민 공간이었다. 미치가 고개를 끄덕였다.

"그 사람이 저기서 뭘 했을 것 같아?"

잠시 침묵이 흘렀다. 침묵이 흐르는 동안 케빈은 켕겼다가 호기심이 생겼다가 다시 켕기는 눈치였다. 미치가 다시 더 밀어붙였다.

"그냥 한번 보는 건데 뭐 어때서."

제프리의 물그릇에 물을 담는 걸 모두 마친 케빈은 결국 항복했다.

"그래, 하고 싶은 대로 해. 하지만 신발은 벗어."

미치는 신발을 벗고 개가 넘지 못하게 쳐놓은 차단벽을 넘어서 안으로 들어갔다. 벽돌로 만든 벽난로 앞에 체리목으로 만든 커다란 책상이 놓여 있었다. 미치는 일단 그 방의 장엄한 위풍에 깜짝 놀랐다. 페르시아 양탄자, 붙박이 책장에 꽂혀 있는 가죽 장정 책들. 부자들은 정말 멋진 똥 덩어리들을 많이 가지고 있지. 미치는 부자들이 과연 그 책들을 읽는지, 아니면 개를 산책시키는 사람들이나 가정부들, 열쇠장이들, 배관공들의 기를 죽이려고 그냥 전시만 해놓는 것인지 궁금했다. 쓰레기 같은 것에 돈을 처바르는 건, 정교한 세공 작업이 되어 있는 벽난로 불쏘시개나 워터포드 회사 수정 제품을 살 여유가 없는 자기 같은 사람들에게 가운뎃손가락을 쳐드는 짓이나 마찬가지였다. 미치는 벽난로 불쏘시개를 집어 들고 바라보았다. 아마도 수백 달러는 족히 나갈 것 같았다. 이 집에는 아쿠-마트에서 파는 쓰레기들은 없었다.

그런데 목재를 잘랐을 때 나는 냄새가 났다. 아니나 다를까 페르시아 양탄자 오른쪽에 톱밥 같은 게 떨어져 있었다. 누군가가 바로 그 지점 어딘가에서 평벽(내부에서나 외부에서나 기둥이 겉으로 드러나지 않게 바른 벽―옮긴이) 일부를 잘라낸 게 분명했다. 벽을 살펴보았지만 어디에도 그런 흔적은 보이지 않았다. 금박을 입힌 그림 액자가 있었다. 미치는 이 액자를 살짝 건드려보았다. 그러자 액자가 바깥쪽

으로 빙글 돌면서 금고가 나왔다. 미치는 웃었다. 뭐야 이거? 제임스 본드 놀이 하자는 거야?

미치는 때 하나 묻지 않는 금고 손잡이를 바라보았다. 스테인리스 재질에 번호와 눈금이 새겨져 있었다. 미치는 문득 고개를 돌려 뒤를 보았다. 케빈은 안으로 들어오지 않고 입구에 서 있었다. 신발은 벗고 양말을 신은 발이 조심스럽게 서 있었다.

"넌 정말 폭탄이야."

케빈이 말했다. 하지만 미치는 케빈의 목소리에서 어떤 존경심을 느낄 수 있었다.

미치는 그림을 벽 쪽으로 가볍게 밀어 원래대로 해놓았다. 가슴은 쿵쾅거리면서 마구 뛰었다. 하지만 아무렇지도 않은 척 케빈을 돌아보며 말했다.

"가자, 다른 개들도 산책시켜야지."

**그들은 아쿠-마트의 상품 출고장에** 줄을 서 있었다. 그들 앞으로 다른 차 두 대가 더 있었다. 더그는 점점 더 초조해졌다.

"아무리 봐도 이건 좋은 생각이 아닌 것 같아."

케빈은 더그가 그런 생각을 하는지 진작부터 알고 있었다. 한 시간 전에 트럭의 번호판을 바꿔 달았는데, 더그는 그때부터 줄곧 마치 주문을 외우기라도 하듯 그 말을 수도 없이 되풀이했기 때문이다. 끊임없이 징징대며 우는 소리를 해댔기 때문에 케빈은 더욱더 더그를 범행 현장에 공범자로 데리고 오고 싶었다. 더그를 공포심으로 흠뻑 적

서주고 싶다는 가학적인 충동 때문이기도 했고, 또 혼자서는 텔레비전을 훔치지는 않겠다는 진정한 바람 때문이기도 했다.

"좋은 생각이든 아니든 간에 어쨌든 우리는 지금 그걸 하고 있어, 알아? 봐, 지금 우린 줄까지 서 있잖아."

"줄에서 빠져나와서 돌아가면 되잖아, 아직 안 늦었어."

그러자 케빈이 기어를 파킹 위치에 놓고 더그를 바라보았다.

"잘 들어, 앞으로 이 분 뒤에 내가 이 서류를 출고장에 있는 녀석에게 줄 거야, 그럼 우리는 텔레비전을 한 대 받을 수 있어. 이제 조금 있다가 내 옆자리 조수석에 앉아 있는 어떤 얼간이가 식은땀을 줄줄 흘리면서 우는 소리만 해대지 않으면 모든 일은 아주 쉽게 금방 끝날 거야. 됐어?"

"됐어."

더그의 목소리는 부드러웠다.

"침착하게 굴자고."

"알았어. 난 침착해."

더그는 한동안 침착했다. 적어도 그렇게 보였다. 다시 더그가 입을 열었다.

"근데 넌 지금 가석방 기간이잖아?"

"갑자기 그 얘긴 왜 해? 그리고 난 이제 가석방자가 아니고 지난 수요일에 완전히 풀려난 사람이야, 왜 이래?"

한 대가 짐을 싣고 나가자 출고장 직원들이 늘어선 차량들에게 앞으로 전진하라는 수신호를 보냈다. 이제 두 사람 앞에는 한 대밖에

없었다. 앞 차가 짐을 싣고 나면 바로 그다음 차례였다.

"야, 축하해! 근사한데?"

"고마워. 린다보다 훨씬 낫네."

"무슨 말이야?"

"그 개년은 아예 축하를 해줄 마음도 전혀 없더라고. 말이 돼?"

더그는 린다를 '개년'이라고 부르는 소리를 듣자 갑자기 화가 벌컥 났다. 무슨 말이든 해서 린다를 보호해 주고 싶은 마음이 굴뚝같았다. 하지만 참았다. 감당할 수 없는 여러 가지 이유로 해서 더그는, 저번에 자기가 린다와 함께 쇼핑몰에 갔었다는 사실이나 케빈이 없는 자리에서 두 사람이 많은 이야기를 나누었다는 사실을 케빈이 모르길 바랐다.

"미치는 축하해줬어."

케빈이 말했다.

"미치야 최고지."

더그가 말했다. 이 말 뒤에는, 두 사람이 공통으로 인정하는 어떤 사람 즉 미치에게로 화제를 돌리기 위한 노력이 숨어 있었다.

"근데 말이야, 젠장, 저번에 우리가 클라이언트들 가운데 한 명 집에 갔거든. 그런데……"

"잠깐, 클라이언트?"

"어, 클라이언트. 내가 고객을 부르는 호칭이야. 나한테 자기들 개를 산책시키라고 맡기는 사람들 말이야. 그건 그렇고, 미치가 이 사람의 금고를 털고 싶은 눈치더라."

"미치가 금고를 딸 수 있나?"

"못 따지, 멍청아. 미치는 금고 딸 줄 몰라. 하지만 미치가 쓰레기 통에서 비밀번호를 알아냈어. 주인이 금고를 설치한 뒤에 비밀번호를 외워버렸나 봐. 정말 죽이지 않아?"

더그는 웃었다. 그리고 자기들이 하려고 하는 일을 잠시 잊을 수 있어서 기뻤다.

"어쩌면 그게 이 일보다 더 쉽겠네, 뭐."

더그가 유쾌하게 말했다. 하지만 물론 그건 하지 말았어야 할 말이었다. 그 말 때문에 자기들이 1,800달러짜리 텔레비전을 훔치려고 대기하고 있다는 사실을 상기시켰기 때문이다.

차 안에는 다시 침묵이 찾아왔다. 그리고 이제 두 사람 차례가 다가왔다. 앞에 있던 차가 출발하고, 출고장 직원들이 두 사람이 탄 차를 향해 앞으로 나오라고 손짓을 했다.

"침착해."

케빈이 정면을 바라본 채 더그에게 말했다. 그리고 창문을 내린 뒤에 두 번째로 덩치가 큰 사내 앞에 차를 세웠다. 이 남자는 선글라스를 썼고, 아쿠-마트 티셔츠를 입고 있었다.

"수고 많습니다."

케빈은 반출증을 남자에게 내밀었다. 남자는 그 서류를 받아들고는 출고장 건물 안으로 들어갔다. 남자의 모습은 이제 시야에서 사라졌다.

"뭐야? 어디 간 거야?"

"진정해."

"가짜 번호판을 달기를 정말 잘했어."

더그가 말했다. 그리고 두 사람은 한 동안 입을 다문 채, 출고장의 직원들이 서로 뭐라고 고함을 지르는 소리에 귀를 기울이면서 가만히 있었다. 그때 한 사람이 외쳤다.

"42인치 평면 스크린 한 대!"

그 소리에 케빈과 더그는 서로의 얼굴을 쳐다보았다. 그리고 말은 케빈이 했다.

"저거 우리 거야."

두 개의 커다란 문이 벌컥 열리더니 거대한 흰색 상자가 나왔다. 직원 두 명이 이 상자를 번쩍 들어서 케빈의 트럭에 실었다. 이 가운데 한 사람이 트럭 옆을 돌아서 운전석 쪽으로 다가왔다.

"굉장히 큰 짐인데, 묶어 줄까요? 어떻게 할까요?"

"보통 하는 대로 합시다!"

더그가 의심을 사지 않도록 최대한 친근하게 말하려고 애를 썼다. 직원은 이상하다는 듯 더그를 한 번 흘낏 본 뒤에 성의 없이 고개를 끄덕였다.

케빈이 겁이 나는 걸 최대한 억제하며 그 직원에게 말했다.

"저기 주차장에서 내가 직접 하죠, 뭐. 암튼 고마워요."

"그래요, 그럼. 아, 그리고 서명을 하나 해주셔야 하는데……"

직원은 그렇게 말하고는 시야에서 사라졌다.

"씨팔, 어디로 간 거야?"

더그가 초조함을 참지 못했다.

"야, 제발 수상하게 좀 행동하지 마."

"수상하게 행동하는 거 아냐. 너, 진짜 이름으로 서명하지 마."

"내가 바보니? 진짜 이름으로 왜 서명을 하니?"

"'보스턴의 교살자(1960년대의 연쇄 살인범 앨버트 드살보의 별명—옮긴이)'도 그래서 잡혔단 말이야."

"무슨 헛소리를 지껄이고 있어? 보스턴의 교살자가 사람들을 목 졸라 죽인 뒤에 서류에 서명을 했다는 거야?"

"아니면 테드 번디였나? 모르겠네."

더그는 신경질적으로 뭐라고 중얼거렸고, 이 바람에 케빈은 더욱 신경이 날카롭게 곤두섰다. 차라리 혼자 올 걸. 하지만 그때는 혼자 오는 게 외로웠었다.

사라졌던 직원이 다시 나타났다. 클립보드를 들고 있었다. 케빈은 바쁠 게 하나도 없는 사람처럼 느긋하게 보이려고 애를 썼다.

"저 물건, 진짜 예술이죠."

직원이 케빈에게 클립보드를 건네면서 말했다.

"사실은 그렇게 무겁지도 않죠. 몸통이 얇잖아요. 한 40킬로그램이나 될까? 몇 년 전만 하더라도 고화질 텔레비전 가운데 가장 가벼운 거라도 최소 120킬로그램은 됐으니까요. 그리고 이건 소리도 끝내줍니다. 여기에다가 '서원-베가(상표명—옮긴이)' 서브우퍼를 연결하기만 하면, 소리가 아주……."

"아, 그만 가야해서요. 고맙습니다."

더그가 직원의 말을 끊었다. 더그는 이제 땀까지 질질 흘렸다. 이런 모습에 직원은 다시 한 번 더그를 바라보며 고개를 갸웃했고, 케빈은 자기 옆에 동행이 있다는 사실을 아예 모른 척했다.

"예, 바로 그 서원-베가 서브우퍼가 우리 집에 있지요."

케빈이 직원에게 서류를 넘겨주면서 말했다. 남자는 다시 또 얼마 동안 서브우퍼에 대해서 열심히 떠들고는, 뒤에서 기다리던 차에게 손짓을 했다. 그리고 또 마지막으로 케빈의 트럭 옆면을 손바닥으로 치면서 한마디 더 했다.

"밤이 끝내주게 즐거울 겁니다."

케빈은 가속페달을 살짝 밟으면서 차를 출발시켰다.

"아우, 씨팔, 됐어! 우리가 해냈어!"

"성공했어!"

주차장을 가로지르면서 케빈이 말했다. 날은 어두워지고 있었다. 미치가 가장 적절한 시간이라고 했던 바로 그 시각이었다. 출고장은 오후 여섯 시쯤에 제일 바쁘다고 했고 진짜 그랬다. 미치가 했던 모든 말이 다 맞았다. 정말 식은 죽 먹기였다.

도로로 들어섰을 때 더그는 거의 조증을 앓는 환자 같았다.

"우리가 해냈어! 와우, 성공이야! 야, 우리가 성공했어!"

두 사람은 하이파이브를 하고 흥분해서 떠들어대기 시작했다. 두 사람은 방금 전에 있었던 일들을 하나하나 복기하면서 목청을 높였고, 더그가 '보스턴의 교살자' 이야기는 정말 어이없었다면서 또 웃었다.

두 사람이 탄 트럭이 집 앞에 섰다. 미치는 아까부터 기다렸던 모양이었다.

"야, 미치! 정말 쉽더라!"

더그가 트럭에서 내리면서 고함을 질렀다. 이번 달의 집세는 이 텔레비전으로 대신 지불할 테니까 초록색 셔츠를 사는 데 들인 돈을 벌충하기 위해서 지긋지긋한 일요일 브런치 근무를 하지 않아도 된다는 생각이 막 떠올랐던 터라, 더그는 신이 났다.

"목소리 낮춰!"

미치가 말했다. 그리고 빠른 동작으로 네바다 번호판을 떼어내고 케빈의 진짜 번호판을 달았다.

세 사람은 텔레비전 상자를 비좁은 거실로 옮긴 뒤에 포장을 벗겼다. 케이블을 연결하는 일은 더그와 케빈이 했다. 그리고 세 사람은 자리를 잡고 앉아서 42인치 화면에 생명이 들어오는 광경을 지켜보았다.

"이게 바로 사람 사는 모습이야."

케빈이 싸구려 목재 판넬을 댄 아파트 소파에 몸을 기대면서 말했다. 화려한 전자제품은, 한때는 희었지만 지금은 더러운 때가 묻은 카펫과 마리화나 연기로 회색으로 변해버린 벽이 있는 초라하기 짝이 없는 아파트와 어울리지 않았다.

"이틀 동안만이지. 그 다음에는 집주인에게 넘겨야 되니까."

더그가 말했다.

"그럼 사십팔 시간 동안 우리 물건이라고 치지, 뭐."

"좋지!"

세 사람은 소파에 편안하게 기대서 텔레비전 화면을 바라보았다.

**다음 날 아침, 겨울이 왔다.** 이 날은 미치가 하루 온종일 혼자서 개를 산책시키는 첫날이었다. 미치는 재미있고 쉽기만 하다고 생각했던 이 일이 눈보라가 몰아치는 날이면 아쿠-마트에 제품이 왕창 들어오는 날만큼이나 끔찍한 악몽이라는 사실을 깨달았다.

첫 번째 개는 세인트버나드였고 이름은 더피였다. 더피는 눈보라가 치는 날씨를 짜증나는 상황이 아니라 멋진 선물이라고 여겼다. 90킬로그램이나 나가는 거구는 신이 나서 이리저리 미끄러운 인도를 펄쩍펄쩍 뛰고 눈송이를 좇았다. 또 배수도 쪽으로 갑자기 방향을 틀며 줄을 홱 잡아채는 바람에 미치는 하마터면 발을 삘 뻔하기도 했다. 바로 그 순간, 미치는 꾀 하나를 생각해냈다. 더피가 온순하게 보였기 때문에 목줄을 풀어주고 그냥 혼자서 조금만 뛰게 해주는 게 더 안전하겠다고 생각한 것이다. 첫 번째 실수였다.

미치가 줄을 푸는 순간, 딸깍 하는 그 소리를 익히 잘 알고 있던 더피는 빠르게 달아났다. 녀석은 어느새 모퉁이를 돌아 사라졌다. 혼자 남은 미치는 눈 덮인 길에서 목줄을 손에 들고 눈이 내리는 소리만 듣고 있어야 했다.

눈을 저벅저벅 밟고서 모퉁이까지 걸어간 미치는 개가 사라진 방향을 바라보았다. 블록이 끝나는 저 먼 곳에 세인트버나드의 엉덩이가 보였다. 가볍게 깔린 안개 속에 희미하게만 보이는 그 엉덩이는 규칙적으로 아래위로 움직였고, 크기는 점점 더 작아지고 있었다.

망했다! 개 산책 전문가라면 이 상황에서 어떻게 할까? 집으로 가서 개가 혼자 집을 찾아오기를 기다리나? 케빈에게 물어볼 수도 있지만, 케빈은 절대로 목줄을 풀지 말라고 지시했던 터라 그럴 수 없었다. 케빈이라면 하마터면 배수로에 발이 빠지면서 발목을 삘 뻔했다고 이야기하면 이해해 줄 수도 있는데. 착각인가? 미치는 배수로 이야기를 할 때 케빈이 보일 반응을 떠올려 보려고 애를 썼다. 그리고 동정 따위는 케빈에게 전혀 통하지 않을 거라고 결론을 내렸다. 그래서 더피를 좇아서 달리기 시작했다. 그게 두 번째 실수였다.

미치는 곧 빙판 위에 미끄러졌다. 가루눈이 얼굴을 덮었다.

"뭐야아!"

미치는 고함을 질렀다. 그리고 일어나서 신경질적으로 옷을 털었다. 그때 휴대폰이 울렸다. 케빈이었다.

"젠장!"

더피를 잃어버렸다는 말을 하지 않기로 마음먹었다. 케빈을 놀라게 하고 싶지 않았다. 하지만 케빈이 미치를 놀라게 했다.

"야, 놀라지 마. 내가 금고 열었어."

"제프리 집에 있는 금고?"

일을 잘하고 있는지 확인하려고 전화를 한 줄 알았는데 그게 아니라서 다행이었다.

"안에 뭐 있어?"

"약이야. 상자에 또 상자에 모두 약이야. 이 사람, 거의 전부 다 가

지고 있어. 하이드로코돈, 옥시콘틴, 모르핀, 오오 씨팔, 약이 이렇게 많은 건 처음 보네. 이 인간 마약 판매상인가 봐."

"의사 아니었어? 어쩌면 그거 다 합법적인 걸 수도 있어."

"좆 까, 직접 한번 봐봐. 이 많은 게 어떻게 합법적이야?"

미치는 왜 케빈이 이 일로 전화를 했을지 궁금했다. 지난번에는 금고를 찾는 일조차 질색을 하면서 손을 홰홰 저었으면서, 오늘은 무슨 까닭으로 금고를 열고 그 안에 뭐가 들었는지 흥분해서 떠들어댈까? 하지만 미치는 그 약들에 대해서는 별로 마음이 끌리지 않았다.

"마리화나 종류는 없어?"

"없어, 전부 약이야."

"더그는 그거 좋아할 거야. 더그한테 생일 선물 미리 줘."

"더그의 머리를 약으로 채울 생각 없어. 그리고 또 이 약 안 가지고 갈 거야. 그냥 보기만 하는 거야."

케빈은 약을 훔치라는 미치의 말에 상처를 받은 듯했다. 하지만 미치가 보기에 케빈은 텔레비전을 훔친 뒤로 범죄 행위에 대한 열망을 키워온 것 같았다. 확실했다. 둘이서 맥주를 사러 함께 자동차를 타고 가게에 간 적이 있었는데, 가던 길에 케빈은 몇몇 집을 가리키며 쉽게 침입할 수 있겠다고 했고, 몇몇 문들을 가리키며 잠금 장치가 허술해 보인다고 했으며, 또 우체통을 보고는 우체통을 털어 개인 정보를 빼낸 다음에 명의를 도용하거나 신용카드를 훔칠 수 있다고도 했다. 심지어 한 은행을 가리키면서 도로와 골목길이 사방으로 뚫려 있어서 털기 딱 좋은 위치라고도 했다. 케빈은 자기가 무슨 말을 하는지 잘 안다는 식으로 얘기했다. 그래서 미치도, 어쩌면 케빈이 교도소에서 보낸 시간이 완전히 낭비만은 아니었을 수도 있다고 생각했다.

"알았어, 난 여기 일을 해야 돼."

미치는 이렇게 말을 하면서도, 자기가 크게 관심을 보이지 않아 케빈이 실망할 것이라고 예측했다. 하지만 미치에게는 지금 무엇보다도 더피가 얼마나 멀리 달아났는지 그게 제일 걱정이었다. 케빈이 말했다.

"그래, 난 그냥 네가 알았으면 해서 전화한 거야."

그때 뒤에서 우두두두 하는 소리가 점점 가까워졌다. 미치는 소리가 나는 쪽으로 몸을 돌렸다. 더피가 달려오고 있었다. 녀석은 달려오는 속력 그대로 미치에게 펄쩍 뛰어들었다. 그 바람에 미치는 배수로에 처박혔고, 휴대폰은 눈이 쌓이는 바닥에 떨어졌다.

"야, 이 개새끼야!"

미치가 고함을 질렀다. 이 와중에도 미치는 더피의 목줄을 잡았다. 비록 머리에 작은 상처를 입고 눈에 처박혀 있긴 해도 더피를 잡은 게 어딘가. 하지만 더피는 자기들이 장난을 치는 줄 알고, 미치가 몸을 일으키려고 할 때마다 미치를 차가운 물이 흐르는 배수구로 자꾸만 밀어댔다. 결국 미치는 침을 질질 흘리는 더피의 우호적인 얼굴에다 대고 고함을 질렀다. 그러자 더피는 몸을 세게 털기 시작했다. 녀석의 털에 묻은 눈이 날리고, 턱에 질질 흐르던 침이 미치의 눈과 입으로 마구 튀었다.

더피가 달려드는 바람에 놓치면서 케빈과의 통화가 끊어졌던 휴대폰이 다시 울렸다. 이번에는 더그였다.

"웬일이야? 일하는 시간 아냐?"

"나, 잘렸어."

"뭐?"

더그는 그 식당에서 사 년 동안 일을 해왔다. 그동안 자기에게는 다른 목표(예를 들면 헬리콥터 조종사가 되는 것)가 있다고 끊임없이 주장을 하긴 했지만, 그래도 더그의 운명은 그 식당에서 평생 일하는 것이라고 미치는 생각했었다. 미치는 더그가 쉰 살에 마침내 구이 담당 수석 요리사가 되는 모습을 상상했다. 급료는 아마도 시내에서 구이 담당 수석 요리사로는 최고 수준인 한 시간에 12달러나 13달러로 올랐을 것이다. 또, 중년도 저물어가는 시기에 '용접공이 되려고 야간 학교에 다닐 생각이야'나 '커뮤니티 칼리지에서 하는 마사지 요법 강좌를 신청할 생각이야' 따위의 말을 하면서 방황하는 더그의 모습을 상상했다.

"정확하게 이야기하자면 잘린 건 아니고, 식당이 문을 닫았어. 강제 휴업이라고 할까, 뭐 그런 거야."

"문을 닫아? 이십 년 동안 계속 장사를 했는데?"

"그래, 갔는데, 문이 잠겨 있더라 이거야."

"진짜 돌겠구나."

"그래서 말인데…… 개 산책시키는 일 혹시 남는 거 없는지 케빈에게 물어봐 줄래?"

더그는 일자리를 잃은 지 겨우 삼십 분밖에 되지 않았지만 이미 공황 상태였다. 미치는 그 감정이 어떤지 잘 알았다. 개를 산책시키는 일은 아쿠-마트에서 일을 하는 것에 비해 시간이 절반밖에 들지 않았지만 수입 또한 절반밖에 되지 않았다. 그래서 일자리의 반을 나누어달라는 친구가 설령 없다 하더라도, 문제는 여전히 있었다. 장난치기 좋아하는 세인트버나드의 밀치기 공격을 받고 나가떨어지는 일이 자기가 가지고 있는 유일한 패라면, 금고를 여는 데 열중하는 게 나쁜 선택이 아닐 수도 있었다. 미치가 보기에는 세 사람이 모여서 함께 얘기를 나눌 필요가 있었다.

"그래, 오늘밤에 같이 이야기해 보자. 우리 집에서."

"마음이 좀 놓이네."

더그는 자기에게, 금고를 열거나 마약을 파는 일자리가 아니라 개를 산책시키는 일자리가 생기는 줄로만 생각했다.

"고마워, 친구."

"뭘……."

세 번째 실수였다.

전화를 끊었지만 더그는 여전히 공황 상태였다. 출근하려고 식당 앞에 도착해서 굳게 닫힌 출입문 앞에서 서성거리는 웨이터들을 보았다. 그때부터 공황 상태였다. 사람들의 전반적인 의견은 끝장 났다는 거였다. 웨이터 가운데 한 명이 고함을 질렀다.

"끝났어, 씨팔!"

"완전 끝났어, 좆도!"

다른 웨이터가 맞장구를 쳤다.

출입문에는 달랑 쪽지 한 장이 붙어 있었다. 몇 달 뒤에 다시 문을 열 것이며 그동안 성원해 준 고객들에게 감사한다는 내용이었다. 몇 주 전에 직원들끼리 모여서 회의를 한 적 있었다. 하지만 매니저들 가운데 그 누구도 식당이 문을 닫을 거라는 말을 입에 올리지 않았었다. 그 어떤 것보다 끔찍한 일이어서 감히 입에 올리지 못했던 것이다.

"단 한 번도 미리 얘기를 해주지 않다니, 어떻게 이럴 수가 있는 거야? 씨팔, 진짜 좆된 거야!"

더그는 교통 위반 딱지 때문에 법정에 다녀온 뒤로는 '씨팔'이니 '좆도'니 하는 말을 한꺼번에 그렇게나 많이 들어본 적이 없었다. 식당에서 함께 일을 하던 동료들 한 무리가, 현재 자기들이 많은 돈을 잃고 있으며 또한 이런 현실을 받아들일 수밖에 달리 도리가 없다는 깨달음 속에서 더그와 똑같은 충격에 휩싸여 있었다. 더그의 머리에 갑자기 나흘의 무급 휴일도 날아가 버렸다는 생각이 떠올랐다. 날아가 버린 건 또 있었다. 식당에서 운영하던 수업료 보조 프로그램이었다. 이건 헬리콥터 조종사 학교의 꿈을 떠받치던 기둥이었다. 이 모든 게 다 날아갔다. 아무런 사전 경고도 없이, 연기처럼 날아가고 없었다.

더그는 자기 자동차로 돌아왔다. 앞 유리창에 잠시 입김이 서렸다가 사라졌다. 미치에게 전화를 걸었다. 미치는 건성으로만 대답했다. 숨이 찬 모양이었다. 미치는 더그의 현재 상황이 얼마나 심각한지 모

르는 것 같았다. 하지만 그래도 나중에 그 얘기를 진지하게 다시 해

보자고 약속은 해주었다.

더그는 시동을 켜고 자동차를 후진시켜 눈 덮인 도로에 올렸다. 하

지만 채 50미터도 가지 못했는데 경찰차가 따라붙었다.

"자동차 번호판 태그 갱신기간이 지났는데 모르셨나요?"

자동차 번호판 태그 갱신 말소(자동차 번호판에는 정기적으로 갱신해

야 하는 스티커가 붙어 있는데 이것을 태그라고 한다—옮긴이)에 대한 더

그의 생각은 특이했다. 자동차 번호판의 구석에 씌어 있는 작은 글자

들은 자동차가 굴러가는 데 아무런 영향을 미치지 않는다는 것이었

다. 그래서 거기에 들어갈 돈을 연료 펌프 수리하는 데 썼다. 게다가

이 갱신을 하기 전에 가입해야 하는 보험에 들어갈 돈은 브레이크 패

드를 교체하는 썼다. 그리고 자동차 검사를 받는 데 필요한 돈도 고

장이 난 창문을 수리하는 데 써버렸다.

경찰관의 질문에 어떻게 대답해야 하지?  '아뇨, 압니다'라고 대답

하면 운전자의 의무 사항에 대해서 강의를 들을 게 분명했다.  '몰랐

는데요'라고 대답을 하면 운전자의 유의 사항에 대해서 강의를 들을

게 분명했다. 부정적인 대답을 해서는 즉각적으로 그 문제를 해결할

수 있을 것 같지 않았다.

"아, 모르셨어요? 괜찮습니다, 할 수 없죠 뭐. 이제라도 알았으니

얼마나 다행입니까. 며칠 안으로 갱신을 하십시오."

경찰관이 이렇게 말할 리가 없었다. 전혀 없었다. 경찰관은 상당한

금액의 벌금을 매길 게 분명했다. 더그는 경찰관에게 면허증을 주면

서 차라리 아무 말도 하지 않았다. 경찰관은 면허증을 조회한 뒤에 다음과 같이 말했다.

"검사기간도 지났고 보험기간도 지났군요."

경찰관은 더그에게 벌금을 내라는 서류를 한 무더기 안겼다. 더그는 그냥 멍한 눈으로 경찰관을 바라보기만 했다. 미친 듯이 고함을 지르고 싶은 충동이 일었지만 꾹 참았다. 그랬다가는 사태만 악화될 게 뻔했기 때문이다.

"이거는 자동차 검사를 받지 않았기 때문에 받으셔야 하고, 이거는 등록을 하지 않았기 때문에 받으셔야 하고, 또 이거는 보험을 들지 않았기 때문에……."

벌금을 모두 합하니 400달러가 넘었다. 기가 막히게도, 규정을 지키지 않음으로써 아낄 수 있었던 액수와 정확하게 일치했다.

"그리고 이 차는 몰고 가면 안 됩니다."

마지막으로 경찰관이 한 말이었다.

"왜 안 돼요?"

"불법이니까요."

"그럼 난 어떻게 집에 가라고요?"

경찰관은 어깨를 으쓱했다.

"아무튼 나로서는 이 차를 타고 가라고 할 수 없네요."

경찰관은 자기 차로 걸어갔다. 뽀득뽀득 눈을 밟으며 차에 오른 경찰은 그 자리를 떠나지 않았다. 경찰은 어디 자동차를 운전해서 갈 테면 한번 가보라는 듯이 가만히 더그를 지켜보고 있었다.

더그는 운전석에 가만히 앉아서 거울로 경찰관을 바라보았다. 곧 그의 시선은 조수석에 던져놓은 휴대폰으로 갔다. 미치에게 전화를 할까? 그러면 미치가 와서 자기를 태워갈 것이다. 하지만 미치가 과연 자동차 검사를 받았고 또 등록을 했을지 의심스러웠다. 미치를 부른다는 게 미치를 함정으로 끌어들이는 거나 마찬가지가 될 수 있었다. 저 개새끼는 얼마나 더 저기서 기다리겠다는 거야? 오늘은 정말 왜 이렇게 재수가 없을까? 한 시간 전에 집에서 나설 때만 해도 자기가 일자리도 잃고 자동차도 잃을 줄은 정말이지 상상조차 하지 못했다.

그때 린다가 생각났다. 그에게는 자기를 집까지 태워줄 누군가가 필요했다. 그뿐만이 아니었다. 린다와 이야기를 나누고 싶었다. 마치 지난 며칠 동안 줄곧 린다를 그리워했던 것 같았다. 정말 기묘한 일이었다. 린다를 안 지가 벌써 몇 년이나 되었지만 이런 적은 없었기 때문이다. 휴대폰을 집어 들었다. 그리고 번호판을 누르기 시작했다.

**월튼은 결코 아름다운** 곳이 아니다. 하지만 적어도 눈이 내린 뒤에 사진발 하나만큼은 끝내준다. 눈 덮인 산들을 배경으로 우뚝 선 금속 표면 가공 공장의 회색빛 벽돌 굴뚝 세 개는, 예술을 전공하는 신입생에게는 자연에 대한 인간의 비인간성을 포착하는 대단한 사진 작품이 된다. 그런데 시간이 흐르면서 이런 이미지가 월튼의 기본적인 이미지로 자리 잡았다. 펜실베이니아 주립대학교의 학생들은 해마다 봄이 되면 무리를 지어서 월튼을 찾아와, 광산이 파헤친 계곡이나 자기 집 현관 앞에서 진폐증으로 죽어가는 시들시들한 전직 광부의 모습을 흑백 사진에 담았다. 도심 바로 바깥에 있는 채석장들의 황폐한 땅에서부터 버려진 탄광에 이르기까지 몇몇 장소들은 그야말로 인기 폭발이었다. 월튼은 가난과 환경 파괴에 관한 한 그야말로 그림 같은 아이콘이었다.

그동안 월튼 시민들은 가난한 환경 파괴자라는 자기 역할을 수행하는 데 최선을 다했다. 수십 년 동안 환경에 기생해서 살았다. 하지만 1970년대 말, 이들이 어머니 자연에게 약탈할 자원은 고갈되었다. 월튼 시민이 어머니 자연이 날린 '뻑큐!'를 크게 한 방 먹고 좆된 셈이었다. 광산들은 문을 닫았다. 채석장에는 빗물이 고였다. 유일하게 그 금속 공장만이 남아 있었다. 도시 규모가 절반으로 줄고 시내에 있는 대부분의 건물이 비는 데는 십 년밖에 걸리지 않았다. 그래서 정치인들은 투표 때마다 월튼을 재건하겠다는 개소리 같은 공약들을 내세우곤 했다. 물론 이런 공약들은 하나도 지켜지지 않았다. 좋던 시절이 다 지나갔으며 도시의 세원税源이라고 해봐야 거의 대부분 생활보호대상자인 한물 간 탄광촌에 투자하겠다는 사람이 있을 리가 없기 때문이다. 하지만 월튼 시민은 세월이 가고 또 가도 월튼을 벗어나지 않았다. 희망이 없는 상황을 부정하는 것이야말로 월튼에 남은 유일한 공감대였다.

아쿠-마트가 문을 열었을 때 월튼 시민이 다들 얼마나 흥분했는지 더그는 아직도 기억했다. 여기에도 마침내 '위대한 부흥'이 시작되는구나! 아쿠-마트가 문을 열었으니 '베스트 바이'나 '서키트 시티'와 같은 다른 업체들도 들어올 게 분명했다. 머지않아서 도심 바로 외곽에 전자제품 지구가 들어서서 멀리 이리 호湖 인근까지 월튼의 상권으로 흡수될 것이라고 신문은 호들갑을 떨었다. 하지만 실제로 아쿠-마트의 뒤를 이어 월튼에 들어온 회사는 '켄터키 프라이드 치

킨<sub>KFC</sub>' 하나뿐이었다. 석 달 뒤에 고철을 잔뜩 실은 트레일러가 눈길에 미끄러지면서 이 매장을 흔적을 찾아볼 수도 없을 정도로 뭉개버렸고, KFC 본사에서는 월튼 시내에 매장을 새로 짓지 않기로 결정했다. 이로써 위대한 부흥은 공식적으로 종을 치고 말았다.

"내 생각에는 여기를 뜨는 게 장땡이야."

'애버리 힐<sub>Avery Hill</sub>'에서 금속 공장의 굴뚝들을 바라보면서 더그가 말했다. 린다는 더그를 태우러 갔었고, 그 뒤 두 사람이 온 곳이 바로 이곳이었다. 하지만 좀 이상한 선택이었다. 주로 연인들이 오는 곳이었기 때문이다. 그러나 린다가 샌드위치와 음료수를 내놓으면서 혼자 자주 오는 곳이라고 말해서 더그는 긴장이 좀 풀렸다.

눈발이 조금 날리고 있었다. 린다는 호밀빵으로 만든 치킨 샐러드 샌드위치를 먹으며 차창 밖으로 멀리 굴뚝들을 바라보았다. 린다는 샌드위치 반쪽을 말없이 더그에게 내밀었다.

"고맙지만 난 호밀빵 안 좋아해요."

더그는 한숨을 쉬고는, 곧 다시 말을 이었다.

"어딜 가든 여기 같지는 않겠죠."

"어디를 가려고요?"

"애스펀요."

"애스펀? 콜로라도의 애스펀요? 거기서 뭐 하게요?"

"요리사. 거기에는 식당이 많거든요. 아니면 환경보호주의자가 되거나."

"환경보호주의자요? 헬리콥터 조종사가 되고 싶다더니……"

헬리콥터 조종사라는 말이 나오자 더그는 갑자기 짜증이 났다. 자기가 변덕스럽게 보였기 때문이다. 정말 헬리콥터 조종사가 되고 싶다, 젠장, 하지만 두 개 이상의 직업을 가질 수 있다는 사실을 사람들에게 이해시킬 수 있는 방법이 없을까? 환경보호주의자가 되고 헬리콥터 조종사가 되고 또 요리사가 될 수 있다. 돈과 시간만 있다면 얼마든지 그렇게 될 수 있다. 게다가 이미 요리사이니까, 셋 가운데 하나는 이미 된 것 아닌가.

"여러 가지 가능성이 많잖아요. 예를 들면 애스펀에서 헬리콥터 조종사가 될 수도 있고, 애스펀에서 요리사가 될 수도 있고, 여기에서 요리사가 될 수도 있고, 페루 같은 데서 환경보호주의자가 될 수도 있고, 아니면 또 심장 전문 외과의사가 될 수도 있으니까요. 뭐든지 다 되죠. 세상에 온갖 일들이 다 일어날 수 있는 거나 마찬가지로요. 만일 이 가운데서 하나만 골라야 한다면 절대로 고르지 못할 겁니다. 딱 하나 고른 게 잘못되면 어떻게 하냐구요. 예를 들어서 심장 전문 외과의사를 선택했다고 쳐요. 그런데 삼 년 뒤에 이럴 수도 있잖아요. '진짜 미치겠네, 난 심장이 싫어, 질려 버려서 이제는 보기만 해도 토할 것 같아'라고요."

"심장 전문 외과의사가 될 수 있을 거 같아요?"

"아, 씨…… 모르겠어요."

더그는 조수석의 등받이를 뒤로 눕혔다. SUV 천장의 검은색 천이 눈에 들어왔다.

"왜요? 내가 심장 전문 외과의사가 될 만큼 똑똑해 보이지 않나 보

죠?”

“아뇨, 절대로 그건 아니에요.”

린다가 워낙 강하고 진심어린 어조로 말을 했기 때문에 더그는 린다를 믿었고, 자기가 의사가 될 수 있을 정도로 충분히 똑똑하다고 린다가 생각한다고 믿었다. 비록 자기 자신은 자기가 그 정도로 똑똑하지는 않다고 생각하면서도. 어쨌거나 더그는 심장 전문 외과의사가 되고 싶지는 않았다. 하지만 린다가 자기에게 그렇게 말해 주는 게 참 좋았다. 생각해 보니 여태까지 자기에게 그런 말을 해준 사람은 아무도 없었다. 미치였다면 헛소리 하지 말라면서 낄낄 웃었을 테고 또 농산물 시장에서 트럭에서 농산물을 하역하는 일이나 하라고 했을 것이다. 케빈이라면 혹시 텔레비전을 하나 더 훔치고 싶은 마음이 없느냐고 물었을 것이다.

“난 그저 거기가 그런 일을 하고 싶어 한다는 생각을 못했던 것뿐이에요.”

린다는 미소를 지으면서 이렇게 덧붙였다.

“너무 민감하게 생각하지 마세요.”

린다의 얼굴에 핀 미소를 보니 마음이 따뜻하게 풀렸다. 그녀의 얼굴에서 자주 보지 못했던 미소였다. 그래서 참 예쁜 미소를 가지고 있다는 말을 해주려고 했다. 하지만 그 순간, 잘못하면 그 말이 린다를 유혹하는 말로 비칠지도 모른다는 생각이 퍼뜩 들었다. 더그가 이런 생각을 할 무렵, 이미 두 사람은 몇 초 동안 서로의 눈을 바라보고 있었다. 연인이 키스를 하기 직전에 하는 그런 눈 맞춤이었다. 하지

만 두 사람이 키스를 할 일은 없었다. 린다는 친구의 아내였고, 또 더
그는 친구의 아내에게 키스를 할 그런 인물이 아니…….

린다가 상체를 기울여서 더그에게 키스를 했다. 그녀의 입술에서
치킨 샐러드 냄새가 났다. 그래도 더그는 괜찮았다.

**케빈은 '월튼 개 공원'에서** 버치 로저스를 산책시키고 있었다.
이 개 공원은 월튼이 한참 잘나가서 한 도시로서의 자부심을 가지고
있던 시절이 남긴 유물이었다. 이십 년 전에 시민들은 모금을 통해
도시 외곽에 4에이커의 부지를 확보해 울타리를 쳤다. 하지만 이곳
은 세월이 흐른 뒤에 외로운 나무 한 그루만 달랑 서 있는 개똥으로
뒤덮인 쓰레기장이 되고 말았다. 이 나무가 어떤 종류인지는 모르겠
지만 아무튼 개의 오줌과 똥에 특히 잘 자라는 나무일 게 분명하다고
케빈은 생각했다.

테리어인 버치 로저스는 털이 뾰족하며 특히 겁이 많았다. 케빈은
이 녀석을 개 공원에 자주 데리고 나갔는데, 덩치가 큰 다른 개들을
보고는 시키지 않아도 오줌을 잘 눴기 때문이다. 주인에게는 녀석에
게 '조건 반사' 훈련을 시킨다거나 녀석을 '사회화'하는 과정이라거
나 하는 따위의 개 심리학적 전문용어를 동원해서 개 공원에 데리고
나가는 이유를 설명했다. 케빈의 부자 고객들은 이런 전문용어들에
끔뻑 죽었다. 하지만 녀석을 여기로 데리고 오는 이유는 따로 있었
다. 공포에 질려서 흥분하는 녀석의 모습이 은근히 재미있었던 것이
다. 만일 버치가 어느 날 이런 모습을 보이지 않는다면 이 더러운 장

소로 녀석을 데리고 올 일은 절대 없을 거라고 케빈은 이미 마음속으로 정해두고 있었다. 녀석이 셰퍼드나 혹은 자기처럼 바싹 마른 잡종견 앞에서 당당하게 서 있기만 해도 되었다. 그렇게만 한다면 다시 예전처럼 녀석을 자기 집 주변의 평화로운 길로 산책시킬 생각이었다. 하지만 멀고도 먼 일이었다. 버치는 약 50미터쯤 떨어진 곳에서 어린아이 하나가 럭비공을 가지고 노는 걸 보고도 케빈의 다리 뒤에 잽싸게 숨었다. 그리고는 덜덜 떨었다.

"버치, 넌 씨팔 똥개야."

케빈은 허리를 숙여서 개의 목에 줄을 채웠다. 이제 그만 가야 할 시간이었다. 그런데 뒤에서 철문이 닫히는 소리가 들렸다. 누군가 개 공원으로 들어왔다는 뜻이었다. 그리고 이 사람은 자기가 방금 버치에게 한 얘기를 들었을 가능성이 매우 높았다. 케빈은 허리를 펴고 일어나서 뒤로 돌아보았다. 한 남자가 도베르만 피셔를 데리고 바로 뒤에 서 있었다. 교도소에서 재소자로 함께 있었던 사람이었다.

케빈은 교도소에서 만났던 사람에게 무슨 말을 해야 하는지 아는 게 없었다. 그럴 때마다 어색했다. 보통은 서로 모른 체하며 제 갈 길을 갔다. 그렇지 않으면 무슨 얘기를 한단 말인가? 2005년 7월에 있었던 교도소의 화장지 부족 사건을 이야기하겠는가, 아니면 식당에서 준 음식에 진짜 똥이 들어 있었던 사실을 재소자 한 명이 발견했고, 결국 주방에 있던 직원이 몽땅 잘렸던 사건을 이야기하겠는가. 하지만 이번에는 상대방 남자가 케빈의 시야를 온통 가릴 정도로 두 사람은 가깝게 서서 서로를 정면으로 바라보고 있어서, 모른 척하고 지나가기에는 이미 늦었다. 케빈이 먼저 인사를 했다.

"안녕."

"안녕."

상대방은 인사를 하면서 쥐고 있던 도베르만의 줄을 놓았다. 녀석은 버치에게로 훌쩍 뛰어갔고, 버치는 몸을 더욱 웅크렸다. 그리고 녀석이 코를 자기 몸 가까이 대고 냄새를 맡자 아까보다 더 심하게 떨었다. 도베르만은 관심이 없는지 다른 데로 가버렸다.

"재미 좋아?"

사내가 물었다. 케빈은 이 남자의 이름을 떠올리려고 했지만 기억나지 않았다. 하지만 이 사내가 무슨 죄목으로 체포되었는지는 확실하게 기억했다. 컴퓨터 범죄의 일종이었다. 어느 날 식당에서 이 사내가 자기가 선고받은 형량에 대해서 불평하는 내용을 들었기 때문이다. 선고 내용에는 일 년 동안 심리치료사에게 상담을 받아야 하고 평생 컴퓨터 사용을 금지한다는 게 포함되어 있었다. 이 내용으로 보자면 판사도 심리 치료의 효과를 믿지 않는다는 뜻이었다.

"일 년 치나 되는 심리 치료 기간의 비용을 내가 내야 하는데, 컴퓨터를 평생 쓰지 못하게 하는 건 도무지 말이 안 되잖아!"

그때 이 사내는 그렇게 불평을 했었다.

"요즘 괜찮아. 개를 산책시키거든."

케빈은 자기가 상당히 수익성이 좋은 사업을 하고 있다는 뜻으로 그런 말을 했지만, 자기가 생각해도 어쩐지 좀 모자라는 아이가 모자라는 말을 해버렸다는 느낌이었다. 하지만 그건 아무래도 상관없었

다. 사내는 뭔가 하고 싶은 말이 있는 게 분명했기 때문이다.

"혹시 자동차 절도 같은 걸로 들어오지 않았었나?"

케빈은 고개를 저었다.

"아니. 마리화나 소지, 그리고 제조."

"페라리를 가지고 오면 돈을 한 뭉텅이 주겠다는 사람이 있어서 말이야. 페라리를 진짜 가지고 싶은가 봐. 돈은 아주 많이 줄 거야."

케빈은 고개를 끄덕이기만 했다. 남이 무슨 말을 하든 자기 이야기만 하는 부류임을 알았기 때문이다. 사내는 계속 지껄였다. 어쩌면 가벼운 조증을 가지고 있는지도 모른다. 아니면 약을 했을지도 모른다. 또 아니면 개 공원을 여기저기 펄쩍거리며 뛰어다니는 도베르만이 사내를 그렇게 수다스럽게 만들었을지도 모른다. 사실 개는 사람을 종종 그렇게 만들기도 했다. 케빈은 호기심이 동해서 페라리 거래에 대해서 물어보았다.

"내가 아는 사람 중에 이탈리아 출신이 있는데, 이 친구가 자기 여자 친구에게 주려고 페라리를 훔치고 싶어 하거든. 날마다 이 페라리 이야기를 입에 달고 다녀. 미친년이 페라리 한 대 있으면 좋겠다고 아주 지겹게 긁어대나 봐. 아무리 거물 갱이라고 하지만 페라리가 장난이야? 그런데 네가 내 눈에 보인 거야. 나는 네가 자동차 절도로 들어왔다고 알고 있었고, 그래서 이야기한 거야"

케빈이 방금 자동차 절도로 체포되지 않았다고 말을 했음에도 불구하고 사내는 케빈이 자동차 절도에 조예가 깊으며, 자기와 손을 잡을 수 있다고 믿는 것 같았다. 케빈은 점잔을 빼며 천천히 고개를 끄덕였다.

"그 사람 전화번호 줄까?"

사내는 휴대폰을 꺼냈고, 케빈은 그 전화번호 및 관련 정보를 복사했다. 버치를 자동차에 태우고 집으로 돌아가면서 케빈은 페라리를 훔치는 상상을 했다. 사내는 현금 20,000달러를 주겠다고 했다. 그 돈이면 여러 달 치 청구서를 한꺼번에 해결할 수 있다. 어쩌면 린다와 함께 여행도 가고, 잘못된 모든 걸 바로잡아서 좋았던 옛날로 돌아갈 수도 있다. 엘리를 보모에게 맡기고 카리브 해 연안으로 두 달 동안 여행을 가야지. 개 산책시키는 일은 미치에게 맡기면 되니까. 성인이 되어서 처음으로 느긋한 시간을 보낼 수 있을 것 같았다. 감옥이나 돈 걱정 따위는 한 방에 사라지는 거야. 표백제에 불알 껍데기가 벗겨지고 미식축구 팀에서 쫓겨나고 아쿠-마트에서 텔레비전을 훔치는 일 따위는 모두 아스라한 옛날 일이 되고 말겠지. 좋은 남편과 좋은 아버지가 될 수 있다. 온갖 자질구레한 것들이 엿 같이 꼬이기 이전, 모든 게 장밋빛으로 예정되었던 바로 그대로 될 것이다.

**공장 굴뚝이 바라보이는 도로의** 잡초 무성한 갓길에서 세상에서 가장 친한 친구의 아내와 한판 벌이는 섹스는 기분이 정말 더럽다는 걸 더그는 깨달았다. 그랬다. 진짜 시궁창처럼 더러운 기분이었다. 최악이었다. 중학생들에게 마약을 파는 인간조차도 자기를 경멸할 자격이 충분히 있을 것 같았다. 아침에 일어날 때만 해도 자기가 세계의 시민이며 장차 헬리콥터 조종사가 될 거라고 생각했었는데,

지금은 일자리도 없고 자동차도 없고 또 월튼에서 가장 더러운 똥 같은 인간이었다.

한 가지는 확실했다. 이런 사실을 케빈은 알지 못할 것이라는 점이었다. 하지만 케빈은 방금 전화를 해서 자기와 미치에게 어떤 걸 의논하고 싶다고 했다. 얼마 뒤에 자기는 셔츠에 묻은 케빈의 아내 린다의 향수 냄새를 풍기면서 케빈이 하는 말을 듣고 있을 터였다. 그 생각에 더그는 셔츠를 갑자기 마구 털었다. 마치 거기에 온갖 벌레들이 우글우글 달라붙어 있기라도 한 것처럼……. 린다가 눈을 동그랗게 떴다.

"왜 그래요?"

더그와 미치는 거실에서 비디오를 보고 있었다. 사람들이 여러 가지 웃기는 방법으로 자해를 하는 내용이었는데, 지금은 애완동물이 자해를 하거나 자기 주인을 해코지하는 내용이 화면에 흘렀다. 리모콘을 쥐고 있는 미치는 그게 마치 자기 업무와 관련된 교육용 비디오라도 되는 듯 진지했다. 새로 시작하게 된 개 산책 일을 제대로 하려면 한 주에 적어도 몇 시간씩은 할애해서, 독일산 셰퍼드는 웨딩드레스를 씹어대는 경향이 있다거나 고양이는 창문 유리창 너머에서 새 한 마리가 자기를 바라보고 있으면 곧바로 그 유리창에 머리를 박아대는 걸 좋아한다거나 하는 사실을 학습해야 한다고 생각하는 듯했다.

셔츠를 벗은 더그는 어깨를 으쓱하면서 자리에서 일어섰다.

"케빈이 오기 전에 샤워나 해야겠다."

“뭘 한다고?”

미치는 건성으로 물었다. 미치의 시선은 장난을 좋아하는 로트와 일러가 세발자전거에 탄 어린아이를 밀어대고 있는 화면에 고정되어 있었다.

“케빈을 위해서 샤워를 한다고? 야, 너희들 사귀니? 게이야?”

“케빈을 위해서 샤워 한다고 안 했어! 그냥 샤워를 하고 싶어서 하는 거야. 이제 됐어?”

더그가 화장실의 문을 쾅 소리가 나게 닫았다. 하지만 미치의 목소리는 화장실 안까지 따라 들어왔다.

“그래, 그 안에서 조금만 기다리면 케빈이 금방 따라 들어갈 거야!”

샤워기 아래에 선 더그는 수온과 수압이 최대가 되도록 꼭지를 틀었다. 그렇게 해서 죄를 씻을 수 있다면 얼마나 좋을까. 자기가 할 수 있는 유일한 행동은 케빈을 위해서 무언가를 하는 것이었다. 자기가 케빈에게 미친 손해나 고통과 같은 양의 손해나 고통을 입어도 좋았다. 고등학교 3학년 때 읽었던 불교 서적이 생각했다. 그 책이 좋았다. 그 책을 읽고 쓴 독후감으로 더그는 마지막으로 A 학점을 받았다. 그 책은 더그가 마지막으로 읽은 책이기도 했다.

케빈에게 선물을 할까? 아냐, 그럼 더 이상할 것 같았다. 린다의 향수 냄새를 씻어내려고 샤워를 하는 걸 보고 미치는 게이네 어쩌네 하면서 놀려대는 판인데, 만일 케빈에게 선물을 했다가는 정말 미치가 무슨 말을 하고 나올지 모른다. 그리고 케빈도 어떤 반응을 보일

지 모른다. 케빈과 알고 지낸 지가 사 년인데 그동안 딱 한 번 담배 한 갑을 사준 걸 빼고는 한 번도 무언가를 선물한 적이 없었잖아. 그런데 갑자기 케빈의 집으로 불쑥 찾아가서, 그렇지 참 린다의 집이기도 하지, 비씬 선물을 준다면 케빈이 무슨 일인가 하고 잔뜩 궁금할 거야. 참, 린다는 무슨 생각을 할까? 씨팔, 씨팔, 씨팔! 완전히 잘못된 거야.

놀라웠다. 케빈의 목소리를 듣고도 불안하지 않았다. 오히려 마음이 놓이는 것 같았다. 케빈에 대해서 생각하는 게 실제 케빈보다 더 위협적이고 무서웠던 것이다. 어쩌면 자기가 막 시작한 거짓 인생이 자기가 처음 상상했던 것만큼 끔찍하거나 무거운 업보를 짊어지는 게 아닐 수도 있었다. 케빈을 위해서 뭔가 좋은 일을 하긴 하겠지만, 그 일이 무엇이 되어야 할지는 아직 알 수 없었다. 하지만 어쨌거나 선물을 주는 건 아니었다. 시간을 두고 천천히 생각하기로 했다. 그제야 마음이 좀 진정되는 것 같았다. 더그는 샤워를 마치고 아래층으로 내려갔다.

"야, 너 잘렸다면서?"

케빈이 계단을 내려오는 더그를 보고 말했다.

"받아. 이게 도움이 될 거야."

케빈이 10달러짜리 마리화나 봉지를 던졌다.

"대부분 줄기하고 가지지만, 그래도 실직의 고통은 달랠 수 있을 거야."

오오, 하느님. 케빈이 외려 나에게 선물을 주다니! 욕을 하고 주먹

질을 해도 시원찮을 판인데 선물을 하는 이런 좋은 친구인데……. 친구가 자기에게 줄 마리화나를 사려고 열심히 일하는 동안 자기는 이 친구의 아내와 잠을 잤다. 나는 비열하기 짝이 없는 뱀 같은 인간이다!

"어어…… 싫어, 안 받을래."

더그는 자신이 너무 초라하고 비열한 인간 같아서 도저히 그 선물을 받을 수 없었다. 하지만 곧 자기가 보인 반응이 너무나 멍청했다는 사실을 깨달았다. 그냥 고맙다고 하고 피우면 될 걸 거절하는 게 오히려 더 의심을 살 행동이었다. 자기도 모르게 고개를 저었다. 하지만 다행스럽게도 미치나 케빈은 더그의 이런 행동을 일자리를 잃은 충격과 우울한 기분 때문이라고 해석했다.

"괜찮아, 그까짓 거 뭐 어때서. 금방 좋은 일자리 찾을 거야. 걱정하지 마. 집세도 해결됐잖아, 텔레비전으로."

미치가 한 말이었다. 케빈도 의미심장하게 한마디 거들었다.

"어쩌면 내가 벌써 너한테 줄 일자리 하나 따왔을지도 모르잖아."

케빈은 소파에 앉으면서 다리를 탁자 위에 올렸다. 오늘 케빈은 어쩐지 좀 단정치 못한 자기 행동을 마음껏 즐기는 눈치였다. 케빈은 다리를 어디에든 올려놓곤 했다. 미치와 더그가 신경 쓰지 않았기 때문이다. 적어도 미치는 그랬다. 더그는 이따금씩 케빈의 신발에서 떨어진 흙을 걸레로 훔치곤 했는데, 이날은 완전히 입을 다물고 아무 말도 하지 않았다. 더그는 케빈 옆에 앉아서 파이프에 마리화나를 채웠다.

"나한테 줄 일자리라고? 개 산책시키는 거?"

"아니, 그 일은 미치한테 떼 줬잖아. 그 일에는 딱 한 사람밖에 더 필요하지 않아. 그런데 이 일은 돈은 더 많고 일은 더 적어."

더그와 미치가 동시에 케빈을 바라보았고, 케빈은 잠시 뜸을 들이며 두 사람이 보이는 호기심을 즐겼다.

"너희들 혹시 페라리 한 대 훔치고 싶지 않아?"

더그가 케빈을 똑바로 바라보았다.

"뭐?"

"그래, 난 페라리 훔치고 싶어."

미치였다.

"이건 진담이야. 돈을 줄 사람을 알고 있어, 대가는 페라리 한 대에 현금 20,000달러. 아무리 길어야 한 시간짜리 일밖에 안 될걸?"

미치가 바짝 다가섰다.

"괜찮네. 어디다 서명하면 돼?"

아쿠-마트에서 텔레비전을 훔친 뒤로 미치와 케빈은 도둑질에 대해서 완전히 새로운 어떤 존경심을 발전시켜 왔었고, 더그는 이런 사실에 혼란스러웠다. 아쿠-마트의 출고장에서 텔레비전을 받아온 다음 날 아침, 미치는 신문을 읽다가 은행 강도가 체포되었다는 기사를 보았다. 미치는 이 강도가 너무도 멍청하게 굴었다면서 자기들처럼 전자제품을 훔쳐서 팔아치우는 수법을 구사했어야 한다고 결론을 내렸다. 단 한 차례의 범죄 경험을 바탕으로, 미치는 자기가 범죄 세계의 천재라고 여겼다. 하지만 사실 솔직하고 공정하게 판단할 때,

미치는 그 방면에 천부적인 자질을 가지고 있는 것 같다고 더그는 생각했다.

"나는 페라리 가지고 있는 사람 모르는데? 게다가 보안 장치 같은 것도 있잖아."

더그가 말했다. 하지만 미치는 더그의 말은 무시하고 케빈에게 물었다.

"어떻게 아는 녀석이야?"

미치가 물었다.

"교도소에서 만난 친구야."

"뭐야? 그런 녀석을 어떻게 믿어?"

더그가 초를 쳤다. 미치과 케빈이 더그를 바라보았다. 그리고 케빈이 입을 열었다.

"그런 녀석에 나도 포함돼. 나도 갔다 왔잖아."

젠장, 케빈에게 조금이라도 잘하려고 했었는데 오히려 모욕하는 말이나 하다니……. 케빈을 모욕했다. 그리고 몇 시간 전에는 케빈의 아내와 잠을 잤다!

"미안해."

하지만 케빈은 더그의 말을 무시하고 계속 설명했다.

"개 공원에서 우연히 만났어. 나를 다른 사람으로 착각하나 봐. 자동차를 훔치다가 잡혀온 사람으로 말이야. 아무튼 이 친구가 페라리를 주면 현금을 줄 어떤 사람을 소개해 준다고 했어. 전화번호도 받았고. 처음에는 이런 생각이 들더라. 씨팔, 내가 자동차 훔치는 거에

대해서 뭘 알지? 그런데 그때 고등학교 때 일이 생각나지 뭐야."

"고등학교 때 일?"

더그가 물었다. 관심을 가지는 척했지만, 사실은 적절할 때 대화에 끼어들어서 케빈이 제정신이 아니라는 사실을 밝힐 작정이었다. 어쩌면 그게 바로 자기가 케빈을 위해서 해줄 수 있는 좋은 일일 것 같았다. 어리석은 짓을 해서 교도소에서 오 년 동안 썩지 않도록 케빈을 구해야 한다!

"그래, 고등학교 때. 여기에서 한 시간쯤 걸리는 고등학교에 다녔어. 그때 주말마다 내가 최고급 레스토랑의 주차장에서 대리 주차 아르바이트를 했거든. 그 레스토랑에 밤마다 페라리들이 얼마나 많이 왔는데. 또 롤스로이스도 있었고, 뭐 다 그런 것들이었어. 근데 이거 알아? 대리 주차를 할 때 차 문을 잠그지 않아, 열쇠는 매트 아래에 놓아두고 말이야. 물론 십 년 전 얘기이긴 하지만, 아마 지금도 그럴 거야, 틀림없어."

"끝내주는 계획이다!"

미치가 말했다. 더그의 얼굴이 저절로 찌푸려졌다. 끝내주는 계획? 말도 안 되는 소리였다. 콘서트 티켓을 사자는 계획과 전혀 구분할 수 없을 정도로 간단한 그 계획이 끝내준다고? 녀석들은 지금 자기들이 무슨 이야기를 하는지 알고나 있을까? 범죄 행위였다. 그것도 잡히면 한두 달이 아니라 몇 년을 감옥에서 꼼짝없이 썩어야 하는. 더그로서는 정말 하고 싶지 않은 일이었다. 더그는 머리를 흔들기 시작했다. 당장 때려치워야 한다는 말이 목구멍으로 올라왔다.

막 그 말을 하려는 순간, 갑자기 끔찍한 생각 하나가 그의 머리에 스쳤다. 만일 이 일이 케빈에게 좋은 일이면 어떡하지? 케빈을 말릴 게 아니라 열심히 도와야 하는 것 아닌가? 인과응보의 법칙에 따르자면 자기가 하고 싶지 않은 일, 자기는 도저히 하기 싫지만 자기가 죄를 지은 어떤 사람을 즐겁게 해주는 어떤 일을 함으로써 업을 쌓아야 한다고 했다. 이게 바로 그것일지도 모른다. 아니, 확실하게 그것이다.

"좋아."

더그가 말했다.

"정말이지? 같이 하는 거지?"

반대를 예상하고 있던 케빈으로서는 뜻밖이라 더욱 반가웠다.

"그래."

더그는 케빈의 눈을 들여다보았다. 그의 눈에는 더그가 생각하기에 당연히 있어야 할 그 어떤 의심이나 분노나 배신의 감정도 없었다. 오로지 즐거움뿐이었다. 자기 친구 더그를 한 팀으로 엮어서 함께할 수 있다는 즐거움뿐이었다. 그래 이거야, 네가 즐거워하는 일을 해줘야지. 이걸로 계산은 끝났다. 샘샘이다. 아아, 이제 다시는 린다와 자지 말아야지.

**미치는 담배에 불을 붙였다.** 그리고 뒷마당에 내리는 눈을 바라보았다. 케빈은 집으로 갔고, 더그도 우울한 얼굴로 위층으로 올라갔다. 그래서 뒤 베란다의 녹슨 의자와 부서진 PVC 파이프 더미 사이

에서 미치는 오롯이 고독한 시간을 즐길 수 있었다. 일 년 전, 반 달치 집세를 내지 않는 대신 더그와 미치는 부엌 배관을 새로 고쳤다. 하루가 꼬박 걸리는 일이었다. 하지만 뒷정리는 벌써 열석 달째가 되었는데, 아직 끝나지 않았다. 일 년 전 그날, 더그는 일을 성공적으로 마치고는 배관공이 되어야겠다고 결심했었다.

아무튼, 이제 함께 페라리를 훔칠 생각이다. 딱 하루 일해서 20,000달러. 특이한 일이다. 하지만 어디까지나 생계를 해결하기 위해서 열심히 해야 하는 일로 보인다. 아쿠-마트에서 하는 일과 달리 오로지 이런 일이 잘 맞는 것 같다. 이제 독자적으로 결정을 내리고 또 팀의 일원으로 활동한다. 이제 더는 당근과 채찍으로 자기 정체성과 자존감을 끊임없이 확인시켜야 하는 일개미가 아니다. 열심히 하라고 독촉하는 포스터나 플래카드도 없고, 근무시간 기록표도 없고, 제복도 없다. 밥 서덜랜드도 없고, 끝없이 이어지는 지겨운 시간도 없고, 점심시간에 잠깐 눈치를 봐서 마리화나를 피워야 할 일도 없다. 정말 흥미진진하고 생산적인 작업이며, 보수도 좋고, 그 일을 하기에 가장 적합한 소수의 정예 요원으로 선발되었다는 점도 유쾌하다. 사실 아쿠-마트에 처음 채용될 때부터 바랐던 유일한 소망이 바로 그런 인물로 선발되는 것이었지만, 아쿠-마트는 그런 기회를 한 번도 주지 않았다! 엿 먹어라, 개새끼들아!

미치는 자기에게 정말 그런 일을 하는 데 필요한 재능과 기술이 있는지 궁금했다. 케빈은 완벽한 동업자가 될 수 있을 것 같았다. 똑똑하고 적극적이기 때문이다. 하지만 더그가 이런 일에 그처럼 관심을 가질 줄은 몰랐다. 사실 깜짝 놀랄 정도였다. 더그는 어깨를 한 번 으쓱하고는 빠지겠다면서 다른 요리사 일자리를 찾아보러 나가고, 결국은 케빈과 자기가 돈을 반씩 나누게 될 줄 알았는데 그게 아니었다. 더그가 이처럼 적극성을 보인 데는 아무래도 일자리를 잃은 일이 크게 작용한 것 같았다. 그리고 결제해야 하는 온갖 청구서들이 걱정되어서 그 일을 하겠다고 나서지 않았을까 싶었다. 하지만 곰곰이 생각해 보면 그것도 이유가 될 수 없었다. 더그는 아무리 청구서가 날아오고 연체 고지서가 날아와도 전혀 걱정을 하지 않는 사람이기 때문이었다. 보통 미치가 그런 일들을 까맣게 잊고 있는 더그에게 상기시켜 주곤 했다. 만일 미치가 집세 내는 일을 관리하지 않았다면, 두 사람은 이미 벌써 그 집에서 쫓겨났을 것이다.

"너도 달마다 신용카드 요금 꼬박꼬박 잘 내야 해."

언젠가 한 번 미치가 카우치 소파에 연체된 고지서 다섯 장을 발견했을 때 더그에게 설교를 했던 일이 기억났다.

"안 그러면, 네 신용 점수가 엉망이 될 거야."

"걔네들이 내가 요금을 꼬박꼬박 잘 내는지 아니면 잘 안 내는지, 왜 점수를 매기는데?"

미치는 더그에게 신용 체계에 대해서 자세하게 설명했다. 스물여섯 살이나 되는 사람이 그런 것도 모른다는 사실이 놀랍기만 했다. 하지만 알고 보니 더그도 실제 내용은 다 알고 있었다. 신용 체계에 대한 자기 논리를 시험해 보려고 일부러 논쟁을 유도했었다.

"그러니까, 그 사람들이 내 점수를 열심히 매기고, 만일 내가 높은

점수를 따면 집을 살 수 있다?"

더그가 물었다.

"그렇지."

미치도 자기 대답이 어쩐지 의심스러웠다.

"내가 집을 가지지 않겠다면 어떻게 돼?"

"결국 집을 가지고 싶을 거야."

더그가 고개를 저었다. 그리고 단호하게 말했다.

"내가 집을 가지게 되는 일은 없을 거야. 너도 마찬가지야. 우리는 결코 집을 가지지 않아. 그 사람들은 그냥 우리에게 점수 매기는 걸 좋아할 뿐이야. 점수는 계속 매기지만, 우리는 절대로 집을 가지지는 못할 거야."

사실 미치는 더그가 옳다는 생각을 하지 않을 수 없었지만, 언젠가 자기도 집을 가지게 될 것이라는 생각을 떨쳐버리고 싶지 않았다. 집을 가지게 될 날에 대해서는 미래의 어느 날이라는 것만 알 뿐이었다. 어떻게 하면 되는지는 알 수 없었다. 단지 저 언덕 너머에 좋은 일이 기다리고 있다는 사실만 알 뿐이었다. 확신했다. 그래, 신용 제도는 좆이야, 신용 점수는 짜고 치는 사기 게임에 얼마나 열심히 참가하는지 알려주는 숫자일 뿐이다. 하지만 그렇다고 해서 그게 시도조차 해볼 필요도 없다는 사실을 보증하는 근거는 되지 못했다.

그렇다면 어쩌면 더그는 청구서들 때문에 걱정하는 게 아닐 수도 있었다. 자기가 책임을 져야만 하는 다른 이유가 있을 수 있었다. 그래서 페라리 사업에 동참했을 수도 있었다. 실로 몇 달 만에 처음 더그에게 존경심을 느낀 때가 더그가 범죄 행위를 하기로 마음먹은 순간이라는 사실이 무척 역설적이었다. 어쩌면 더그는 변하고 있는 것인지도, 자기들이 보는 앞에서 전혀 다른 사람으로 바뀌고 있는 것인지도 몰랐다. 마침내 지구인의 한 사람으로 자기들에게 합류하는 것인지도 몰랐다.

미치의 생각은 계속 이어졌다. 앞으로는 좋은 일들만 일어날 거야. 곧 페라리 일만 잘 진행되면 모든 카드빚을 청산할 수 있다. 어쩌면 골드카드를 신청할 수 있을지도 모른다. 이어서 계속 좋은 일들이 일어날 거야. 언젠가 멋진 양복을 입을 것이고, 어쩌면 합법적으로 페라리를 사서, 내 명의로 된 내 집으로 페라리를 타고 퇴근할지도 모른다. 나와 더그는 각자 집을 하나씩 가지고 산다. 물론 가까이서 살며 자주 서로의 집으로 가서 하루 종일 마리화나를 피우고 비어퐁 게임(상대방 진영의 컵에 탁구공을 넣으면 상대방이 벌칙으로 그 술을 마시는 음주 게임의 일종—옮긴이)을 하며 아무런 걱정도 하지 않고 산다. 워낙 유능하고 뛰어난 자동차 도둑이라서 시시하고 구질구질한 일은 할 필요가 없기 때문이다. 하지만 물론 이따금씩 케빈을 도와서 개 산책시키는 일은 할 것이다. 개는 근사하고, 또 우리가 그 많은 돈을 어떻게 버는지 국세청에 설명하기에도 좋기 때문이다.

문이 열리고 더그가 바깥을 내다보았다. 기분이 한결 좋아진 얼굴이었다. 실컷 울고 나온 사람처럼 우울함과 인생의 쓰라림도 한결 걷혀 있었다.

"친구, 비어퐁 한 게임 때릴까?"

미치는 낡아빠진 카우치 소파에서 일어나며 담배를 눈 내리는 어
둠 속으로 던졌다.

"좋았어! 코가 비뚤어지게 만들어 주지!"

**케빈의 고향 마을인 이든으로** 가는 길은 아름다웠고, 눈이 내렸고, 또 황량했다. 길은 빙판이었다. 케빈이 워낙 정신 나간 사람처럼 운전을 하는 바람에 미치와 더그는 잔뜩 긴장했고 점점 더 겁을 냈다. 두 사람은 케빈의 픽업트럭 조수석에 처박혀 있었기 때문에 안전벨트를 매지도 못했기 때문이다.

"야! 좀 살살 가면 안 돼?"

더그가 물었다. 이렇게 물으면서도 케빈을 자극할까 봐 무척 조심스러웠다. 더그는 케빈과 눈을 잘 맞출 수 없었다. 하지만 어떤 사람이 자기 아내와 잠을 잤다고 해서 이 불륜 남자를 자동차 사고로 죽여도 좋다고는 생각하지 않았다. 마리화나 기운으로 한참 황홀경을 헤맨다고 더그가 생각했던 미치도 뭐라고 중얼거리면서 더그의 말

에 맞장구를 쳤다.

하지만 케빈은 깊은 생각에 잠겨 있었다. 어른이 될 때까지 살았던 동네를 보자 울적해지면서 자꾸만 옛날 생각이 났다. 그래서 이따금씩 바깥의 풍경이나 사물에 대해서 무작위로 이것저것 선택해서 두 사람에게 설명했다. 오랫동안 잊고 있었던, 그리고 지극히 개인적인 의미를 가지고 있는 사물들이었다. 아마 이 순간의 케빈보다 더 지루하고 재미없는 관광 가이드는 이 세상에 없을 것이다.

"나하고 윌리 라이트가 저기서 놀곤 했어."

케빈이 옛날 생각에 잠긴 채로 배수로를 가리켰다. 미치가 그 배수로를 바라보면서 혹시라도 흥미로운 게 있나 살폈다. 케빈을 위해서라도 그렇게 해야 할 것 같았다. 또 어떤 질문이든 해줘야 할 것 같았다. 마리화나 때문에 흐늘흐늘해진 뇌가 적당한 질문을 찾으려고 했지만, 그때마다 타이밍을 놓쳤다. 자동차는 이미 한 구역을 더 달렸고, 케빈은 나무 한 그루를 가리켰다.

"바로 저기에서 케이티 펠드가 팔이 부러졌지."

미치는 케이티가 어떻게 하다가 다쳤는지 자세하게 묻지 않았다. 대신 자기 머리에 맨 먼저 떠오른 질문을 했다.

"그 여자애 끝내줬어?"

"여섯 살이었다, 이 멍청한 인간아."

그러자 미치가 낄낄거리며 웃기 시작했고, 더그도 함께 낄낄거렸다. 두 사람은 픽업트럭의 조수석에서 한데 엉긴 채 한동안 격렬하게 웃었다. 케빈은 기분이 나빠져서 코를 씨근거렸다.

"아유, 저능아들! 행동들 잘 해, 거의 다 왔으니까."

세 사람은 나무들이 무성한 숲으로 난 자갈길에 자동차를 세웠다. 미치는 그야말로 숲 한가운데라고 할 수 있는 그런 동네에 있는 최고급 레스토랑이라는 게 어떨지 궁금했다.

"농가 주택을 리모델링한 거야."

케빈은 미치가 그런 생각을 할 줄 알고 있었다는 듯 말했다.

"정말 끝내줘. 오늘밤 우린 거기서 저녁을 먹을 거야."

물론 순전히 상상 속의 저녁이란 걸 세 사람 다 알고 있었다. 월튼에서 한 시간이나 걸리는 곳이었고, 세 사람은 맥도날드에 갈 때도 지갑을 열어보고 확인을 해야 하는 형편들이었다. 세 사람에게 외식은 사치스런 선택이었다. 그래서 늘 신문으로 읽거나 텔레비전으로 보기만 했다. 이게 세 사람의 현재 소비 수준이었다. 게다가 레스토랑 주차장에서 페라리를 훔치겠다면, 이 행동을 실행하기 전에 레스토랑에 가서 음식을 주문해 먹는 건 좋은 생각이 아니었다. 레스토랑에서 일하는 사람이나 대리 주차 요원들이 나중에, 페라리 절도 사건이 있기 직전에 세 사람이 얼쩡거리는 걸 본 적 있다고 진술할 가능성이 그만큼 높아질 것이기 때문이었다.

너무도 많은 상상들이 우리 삶을 채우고 있구나, 라고 미치는 생각했다. 온갖 헛소리들을 하면서 얼마나 많은 시간을 낭비했을까? 오늘밤 우린 거기서 저녁을 먹을 거야. 그럼, 당연히 거기에서 먹어야지. 정말 죽일 거야, 안 그래? 그럼! 집사를 시켜서 일곱 자리 예약해둘 걸 그랬나? 그건 모두 동일한 세뇌 과정의 한 부분이었다. 미치는

언젠가 집을 살 수 있도록 신용 점수 관리를 잘하려고 결제 날짜를 정확하게 지키는 일에 집착했고, 케빈은 자기 동네에서 가장 비싼 레스토랑에서 외식을 하자는 제안을 했다. 하지만 셋은 이제 다들 이 짓거리에 싫증이 났다. 미래를 전망한다는 것에 똥 냄새가 날 정도로 물렸다. 세 사람의 미래는 간단했다. 일을 하지 않으면 굶는 것, 그게 미래였다. 그리고 일거리를 얻기는 점점 어려워지고 있었다.

케빈은 주차장으로 차를 몰았다. 주차장은 이미 제설차가 한차례 작업을 한 뒤였고, 아마 레스토랑이 문을 여는 네 시 이전에 한차례 더 작업을 할 게 분명했다. 세 사람은 레스토랑 입구를 화려하게 장식한 목재 공예를 바라보았다. 눈을 이고 있는 간판은 좁은 테두리 덕분에 균형이 잘 잡혀 보였다. 앞치마를 둘렀고 멕시코 출신인 듯한 남자 한 사람이 지하실 문에서 나왔다. 텅 빈 주차장에 픽업트럭 한 대가 공회전을 하고 있었지만, 남자는 눈길도 주지 않았다.

"호르헤야!"

케빈이 눈을 동그랗게 뜨고 말했다.

"접시닦이야. 세상에, 저 사람이 아직 여기에서 일을 하다니……."

"딴 데 가면 일할 데가 있겠어?"

미치가 숲 쪽을 둘러보며 또 자기들이 방금 지나온 죽어가는 마을을 턱으로 가리키면서 말했다. 케빈은 옛날 생각에 잠긴 채 여전히 접시닦이 사내를 지켜보고 있었다. 그러다가 문득 시선을 거두고, 주차창 건너편을 바라보았다.

"저기 보여? 나무들이 서 있는 곳."

케빈은 주차장이 끝나는 부분을 가리켰다.

"우리는 저기 저 숲에 숨어 있어야 해. 될 수 있으면 레스토랑 입구에서 먼 곳에 말이야. 손님이 많이 오는 날 밤에는 바로 저 끝에까지 자동차가 차거든."

"페라리가 저기에 주차될 거라는 걸 어떻게 알아?"

미치가 물었다.

"모르지."

"어떤 날에 페라리가 이 레스토랑에 오는지는 어떻게 알아?"

이번에는 더그가 물었다.

"모르지."

잠시 침묵이 흘렀다. 그리고 케빈이 입을 열었다.

"잘 들어. 한 사람 앞으로 6,000달러씩 나눌 거야, 됐지? 근데 그 전에 우리가 해야 하는 일이 하나 있어."

"예를 들면 어떤 거? 무슨 뜻으로 해야 하는 일이라는 말을 했어? 설마 이 한겨울에 페라리가 나타날 때까지 저 숲에 숨어 있어야 한다는 말은 아니겠지?"

미치는 점점 짜증이 나고 화가 났다. 거기까지 오는 한 시간 동안 조수석에 그야말로 찌그러져 있어야 했다. 더그의 오른쪽 다리가 자기 왼쪽 다리에 가하는 압박을 한 시간 동안 참았다. 다리에는 이미 감각이 없었다. 아마 더그는 기어 때문에 배겨서 자기보다 더 불편할 게 분명했다. 얼마나 오래 기다려야 할지, 그것도 눈이 내린 날 밤에 숲속에서 좁은 좌석에 구겨진 자세로 기다려야 할지 아무도 모르는 이 계획의 실제 모습을 그제야 온전하게 파악할 수 있을 것 같았다. 미치는 자동차를 훔치는 건 상관하지 않았다. 그건 재미있는 일이었다. 하지만 밤이면 밤마다 숲에서 불알을 꽁꽁 얼려가면서 기다려야 할 줄은 정말 몰랐다.

“그래 맞았어, 바로 그거야. 잘 아는구나.”

케빈은 마치 여섯 살짜리 자기 딸에게 하듯 대답했다.

“야, 우리 그러지 말고 우리 눈에 제일 먼저 띄는 차 아무거나 훔치자, 응? 이런 바보 같은 짓이 어디 있냐고!”

“난 찬성.”

더그가 빠르게 동의했다.

“좋아, 바로 그 정신이야.”

케빈이 말했다.

“페라리를 몰고 오는 녀석은 하루에도 늘 세 명은 있으니까 걱정 마.”

곧바로 미치가 반격했다.

“그건 씨팔 십 년 전이잖아! 그 사람들 지금쯤 다 죽고 없어.”

“아 참, 말할 게 한 가지 더 있는데…….”

케빈은 미치를 무시한 채 아예 더그에게만 말했다.

“양복을 입어야 해.”

“양복을 입어? 무슨 좆같은 소리야?”

다시 미치였다.

“그래, 양복을 입어야 해. 만일 우리가 지금 입고 있는 청바지에 구질구질한 재킷 차림으로 차에서 내리면, 대리 주차 애들의 시선이 곧바로 우리한테 집중될 거야. 온갖 질문을 다 해댈 거란 말이야. 하지만 우리가 양복을 입으면? 우리가 뭘 하든 신경도 쓰지 않고 내버려 둘 거야.”

다시 미치가 반박했다.

“그러니까 한 주 동안 양복을 입고 이 좁은 자리에 웅크리고 있어야 한단 말이야? 야, 일찌감치 관두자. 차라리 의사 집으로나 가서 약이 잔뜩 든 금고나 털자.”

약이라는 소리에 더그가 끼어들었다.

“약? 난 처음 듣는 소린데? 약이라는 게 무슨 애기야?”

케빈은 더그를 무시하고 미치에게 말했다.

“미치, 씨팔 뭐가 문제야? 6,000달러가 들어오는 데 며칠 밤 고생하는 게 싫단 말이야? 알았어, 관둬. 나하고 더그 둘이서 할게. 둘이서 10,000씩 나누지 뭐. 솔직히 세 사람까지 필요 없잖아.”

다시 더그가 끼어들었다.

“야야, 잠깐! 약 이야기가 뭐냐니까? 약을 구할 수 있는 어떤 사람을 알고 있는 거야?”

미치는 자기가 너무도 쉽게 잘릴 수 있다는 사실에 놀라서 꽁무니를 뺐다.

“그게 아니라, 깜짝 놀라서 그래. 언제 어디에서 페라리를 찍을지 네가 모든 걸 정확하게 다 안다고 생각했었으니까. 형사처럼 잠복근무를 해야 하는지는 생각도 못했단 말이야.”

케빈은 비록 더그와 마리화나 사업을 한 적이 있긴 했지만 더그와 둘이서 자동차 훔치는 사업을 할 수 있을 만큼 더그가 똑똑하다고 확신하지 못하던 터라, 미치가 고집을 꺾고 다시 셋이서 함께할 수 있게 되어서 마음이 놓였다. 그래서 케빈도 뻣뻣하던 태도를 누그러뜨렸다.

"그래, 어떤 날에 페라리가 우리 손에 들어올 거라고는 말할 수 없어. 하지만 언젠가는 우리 손에 들어올 거야. 계획은 좋다구."

"맞아, 계획은 좋아."

미치가 맞장구를 쳤다.

"참, 근데 너희들 양복은 있어?"

"약 이야기가 뭐냐니까? 너희들 왜 내가 묻는 말에 대답을 안 해? 너희들이 약 가지고 있는 거 내가 이미 눈치 긁었어."

그러자 미치가 나섰다.

"우리한테 약이 어디 있다고 그래? 그런 거 없어. 그냥 농담한 거야."

"농담 아니었어. 그러고 보니 너희들이 약을 훔치네 어쩌네 하는 이야기를 나누는 걸 들은 거 같기도 하고."

"그래, 말 잘했네. 우리가 훔친다, 어쩐다 그랬으면, 그건 우리가 약을 가지고 있지 않다는 뜻이잖아, 안 그래?"

"너희들 양복 가지고 있냐구!"

케빈이 다시 물었다.

"그래, 있어, 우리 둘 다!"

미치의 목소리는 반쯤 고함이었다.

"약이면 무슨 종류야?"

다시 더그가 말했다.

"옥시콘틴? 옥시콘틴 좀 구할 수 있어? 진짜 솔직하게, 내가 옥시콘틴 구경해 본 지 얼마나 오래된 지 알아?"

케빈은 미치에게 눈짓을 했다. 월튼으로 돌아오는 동안 더그는 계속해서 약에 대해 캐물었지만 케빈이나 미치 모두 더그에게 정확한 대답을 하지 않았다.

**돌아오는 길에 케빈은 에디 다스라는** 남자 생각을 했다. 교도소에 있을 때 만난 사람이었다. 두 사람은 어쩌다 우연히 한 방에 있은 적이 있었다. 무척 큰 방이었고, 그날따라 그 방에 있던 재소자들 가운데 백인은 에디와 케빈 둘밖에 없었던 터라 두 사람은 서로에게 자연스럽게 이끌렸다. 에디는 혼자 체스를 두다가 케빈을 불러서 몇 수 가르쳐주었다. 케빈은 체스에 푹 빠졌다. 그때 두 사람이 나누던 대화의 화제는 스포츠였고, 두 사람은 스틸러스와 돌핀스를 놓고 깊이 있는 토론을 했다. 에디는 미식축구에 대해서 잘 알았다. 스틸러스의 공격진 선수들이 어느 대학 출신인지 줄줄이 꿰었고, 또 스틸러스의 역대 감독에 대해서도 훤했다. 이런 대화를 나누면서 두 사람은 간간히 소리 내어 웃었다. 그리고 케빈은 그날 에디와 헤어져서 자기 감방으로 돌아갈 때, 교도소에서 좋은 친구 하나 사귀었다고 생각했다.

그리고 바로 그날에 에디 다스가 여자 열일곱 명을 강간했다는 사실을 케빈은 알았다. 한 명도 아니고 두 명도 아닌 열일곱 명이었다. 에디는 조증을 가지고 있었다. 교도소에 들어간 지 일주일 만에 케빈은 처음으로 진짜 범죄자를 만났던 것이다. 그리고 그때까지만 해도 케빈은 교도소라는 공간이 존재해야 하는 이유가 뭔지 알지 못했다. 백인 거주지를 돌면서 마리화나 봉지를 팔던 흑인 애들, 연줄이 없어서 어쩔 수 없이 교도소라는 울타리 안에 있어야 했던 음주운전자들, 그리고 판사와 경찰관에서 존경심을 충분히 보이지 않았던 마약 상습자들 속에 진짜 흉악한 범죄자들이 몇몇 섞여 있었던 것이다.

에디와 만난 일은 케빈에게 세상을 바라보는 눈을 새로 뜨는 계기가 되었다. 나중에 안 사실이지만, 에디 다스는 카운티 법정에서 재판을 받아야 했기 때문에 케빈이 있던 최소 경비 수준의 교도소에 잠시 와 있었으며, 그달 말에 다시 오십 년 징역형을 복역하려고 최대 경비 수준의 교도소로 돌아갈 예정이었다. 케빈은 다른 모든 사람들을 젖히고 하필이면 이런 사람을 친구로 선택했던 것이다.

케빈은 골똘하게 생각했다. 사람들이 나에 대해서 뭐라고 말했지? 자기는 기본적인 교육을 잘 받았다. 정상적으로 성장했으며 고등학교 때는 인기도 좋았다. 하지만 자기가 개인적으로 선택했던 것들을 보자면 언제나 과격한 방향으로 이끌렸던 것 같다. 도대체 어떻게 해서 이 두 사람, 즉 구제불능 불평가 미치와 마약쟁이 더그와 한 차를 타고서 범행을 계획하게 되었을까? 나도 이 인간들과 똑같은 부류인가? 느낌만으로 보자면 나는 정상이며, 만일 사람들이 내가 이 두 사람과 함께 있는 걸 본다면 아마도 내가 어울리지 않는다고 생각할 거

라는 사실도 잘 안다. 하지만 나는 이들과 잘 어울린다. 이 두 녀석과
그렇게 죽이 잘 맞을 수가 없다.

자기가 이들과 어울리는 걸 린다가 못마땅하게 여긴다는 걸 케빈
은 알고 있었다. 케빈은 언제나 삐딱하고 과격한 쪽으로 기울었고,
이런 게 린다를 괴롭혔다. 처음 지하실에 마리화나를 재배한 것도 돈
이 목적이 아니었다. (물론, 비록 그렇게 해서 버는 돈이 나쁘진 않았지
만…….) 마리화나를 재배하면 미치나 더그 같은 인간들을 만나게 될
것임을 잘 알았기 때문에 그런 일을 시작했다. 당시에 케빈은 자기가
중산층의 지옥으로 막 가라앉기 시작한다고 느꼈다. 그리고 린다는
이미 사친회에 나가고 있었다. 다른 학부모들과 교사를 만나는 진짜
사친회였다. 케빈은 사친회라는 것은 〈새터데이 나이트 라이브
Saturday Night Live〉(NBC 방송국의 코미디 프로그램—옮긴이)와 같은 농담
따먹기 공간이라고 생각했다. 하얀색 나무 울타리처럼 중산층 생활
을 상징하는 것이라고 생각했던 것이다. 케빈은 실제로 사친회 같은
게 있다고는 생각하지 않았다. 하지만 그런 게 있었고, 린다가 그것
을 발견했다.

일이 그렇게 풀리고 말았다. 이제 케빈은 다른 부부들과 어울려서
디너파티를 하고 주택 수리비용이 얼마나 드는지 또 잔디 씨를 가장
잘 뿌리는 방법이 무엇인지 이야기하면서 앞으로 남은 오십 년 세월
을 보내야 할 운명이었다. 어쩔 수 없이 참석했던 디너파티에서 만난
사람들 가운데는, 나는 저렇게 되지 말아야지 하면서 잃어버린 청춘
을 다시금 생각하게 만든 사람들이 있었고, 이런 사람들 가운데 몇몇

은 케빈보다 오히려 나이가 어렸다. 이웃사람 가운데 행크라는 쾌활한 남자가 있었다. 이십대 초반이었고 카키색 바지와 스웨터를 주로 입는, 그야말로 사친회만큼이나 마음에 들지 않는 사람이었는데, 이 사람이 케빈에게 잔디 뿌리에 공기를 주입하는 작업을 할 필요가 있겠다면서 무려 삼십 분이나 원예 기술에 대해 강의했다. 행크가 하염없이 지껄이는 동안 케빈은 식물을 재배해 보는 것도 나쁘지는 않겠다는 생각을 했고, 마침내 그렇게 하기로 마음을 정했다.

다음 날 케빈은 인터넷으로 조명 시설과 종자를 사고 지하실에는 칸막이벽을 설치했다. 린다에게는 혼자 어떤 '작업'을 할 예정이라고 말했다. 그리고 이 작업 공간에 자물쇠를 채우는 방법 대신, 자기가 지하실에서 하는 작업은 너무도 지겨운 일이라서 구경할 가치가 조금도 없다는 식으로 린다가 생각하도록 유도하는 방법을 썼다. 린다는 케빈이 여러 가지 취미를 가지면 좋겠다고 생각했었고, 케빈은 자기가 생각해낼 수 있는 가장 지루한 취미를 선택했다. 그건 바로 조각이었다. 케빈은 지하실에 따로 만든 작업실에서 조각 작업을 한다고 린다에게 거짓말을 한 것이다.

린다는 단 한 번도 케빈에게 쓸데없는 질문을 하지 않았다. 왜 조각 작업을 하는 곳에서 하루에 (평소 사용량의 두 배나 되는) 10킬로와트나 되는 전력을 쓰는지 묻지 않았고, 밤 시간에도 (칸막이 벽 아래로 보이는 것처럼) 작업실을 환하게 켜두어야 하는지 묻지 않았으며, 왜 작업실에서 환풍기 소리가 끊이지 않고 들리는지 묻지 않았고, 또 왜 실습 결과물로 조각 작품을 하나도 만들어내지 못하느냐고 묻지도 않았다. 조각 작품을 만들어내지 못하는 이유를 케빈은 주로 재료 탓으로 돌렸다. 하지만 언제까지고 그렇게 아무것도 내놓지 않고 버틸 수는 없었다. 그래서 아시아인 시장에 가서 이스터 섬 스타일의 머리가 특이하게 큰 몽골인 목각상을 하나 샀다. 케빈이 이걸 자기가 조각한 거라며 린다에게 보이자, 린다는 이렇게 말했다.

"어, 이거? 아시아인 시장에서 나도 봤는데……."

아무튼 그런 식으로 몇 달을 보냈고, 린다는 한 번도 질문을 하지 않았다. 돌이켜 보면, 린다는 케빈이 무슨 일을 하고 있는지 다 알고 있었던 게 분명했다. 틀림없었다. 케빈은 이따금씩 린다에게 등이 떠밀려서 이런저런 디너파티에 함께 참석했다. 그런데 하루는 지하실 리모델링이 화제로 떠올랐다. 사람들은 저마다 한마디씩 했다. 나는 최고급 음향 시설을 설치하고 싶네요, 나는 지하실을 개인 헬스장으로 만들 생각입니다, 수영장으로 만들고 싶습니다, 바를 설치하고 남성 전용 클럽의 아지트로 만들어야죠, 어쩌고저쩌고, 어쩌고저쩌고……. 사람들은 다들 유명 상표의 설비들을 입에 올렸다. 그리고 지하실을 자기 소망대로 꾸밀 수 있다면, 또 거기에 이웃사람들을 초대할 수 있다면 얼마나 좋을지 모르겠다고 했다. 하지만 케빈은 딱 한 가지밖에 생각하지 않았다. 너희들은 아무리 그래봐야, 320와트 미만 조명에서 재배한 아프간 사티바 변종의 맛이 어떤지 정말 궁금하지 않는 한, 내 지하실에는 들어오지 못한다, 라는 생각이었다. 이런 생각을 하자 케빈의 얼굴에는 미소가 저절로 흘렀다. 이 미소를 다른 남자들은 못 본 체 무시했다. 케빈이 별 말도 하지 않으면서 그

런 식으로 웃는 데는 이미 익숙했으며, 기본적으로 다들 케빈을 좋아하지 않았기 때문이다.

그날 밤, 집으로 돌아가는 길에 케빈은 남자들끼리 나누었던 이런 대화 내용을 린다에게 들려주면서 이런 디너파티가 자기에게는 고문이나 다름없다고 다시 한 번 더 강조했다. 하지만 린다는 케빈이 말하고자 하는 내용의 핵심과 전혀 상관없는 질문을 했다.

"그럼 사람들을 불러서 자기 조각실을 구경시켜 주면 되잖아. 어때?"

그 순간 케빈은 린다의 말에 어떤 작은 가시 하나가 박혀 있음을 포착했다. 린다가 하는 말은 가식적이다, 린다는 알고 있다, 이미 예전부터 다 알고 있었다, 다 알고 있으면서도 남편을 귀찮게 하지 않으려고 그냥 모른 척 내버려두고 있다. 이날 밤 케빈은 숲이 우거지고 바람이 많이 부는 길을 따라 월튼으로 돌아오는 동안 내내 그런 생각을 했다.

그리고 어느 순간 케빈은 그 이유를 깨달았다. 자기를 행복하게 해 주는 유일한 방법이 바로 그것뿐이라고 생각했기 때문에 린다가 자기를 그냥 내버려두는 것 같았다. 양심의 가책 때문에 마음이 많이 아팠다. 그러고 보면 린다는 정말 좋은 아내였다. 하지만 지금은 그때와 완전히 달라졌다. 린다는 이제 더는 케빈의 행복을 바라는 마음도 없었고, 그런 마음으로 걱정을 하는 일도 없었다.

"무슨 생각을 그렇게 해? 완전히 얼이 빠진 사람 같잖아."

더그가 물었다.

“아무것도 아냐.”

“아니긴. 솔직하게, 무슨 생각 해?”

케빈은 차창 밖으로 초록색 전나무 숲을 바라보았다. 나무들은 늘어진 가지에 눈을 이고 있었다. 픽업트럭은 빙판길을 편안하지 않은 속도로 달리면서 커브를 돌았다. 더그와 미치는 아무 말도 하지 않았다. 이제는 그냥 포기한 상태로 모든 걸 케빈에게 맡겼다.

“린다 생각을 하고 있었어.”

그 말을 듣는 순간 더그는 얼어붙었다. 재미있고 개인적인 이야기를 하면서 지루한 시간을 보내고 싶어서 케빈에게 말을 붙였는데, 린다 생각을 하고 있었다니……. 더그는 린다 이야기는 하고 싶지 않았다. 적어도 케빈과는 하고 싶지 않았다. 사실, 그 누구와도 린다 이야기는 하고 싶지 않았다.

더그가 아무 말 하지 않자, 케빈은 더그의 그런 반응을 자기에게 계속 린다 이야기를 해보라는 뜻으로 받아들였다.

“아무래도 난 남편으로는 빵점이었어. 어쩌면 너무 늦어 버렸는지도 모르지.”

더그는 말없이 앞만 바라보았다. 눈은 크게 뜨고, 입은 꽉 닫았다. 케빈은 고개를 돌려 흘깃 더그를 보고는, 더그의 그런 얼굴이 자기가 운전을 험하게 하기 때문이라고 생각했다.

“나 지금 빨리 달리는 거 아니야. 그리고 나 이 길 훤하게 잘 알아.”

케빈이나 더그 둘 다 더는 말하지 않았다. 월튼에 도착할 때까지 한마디도 하지 않았다.

**다음 날, 미치는 핏불 제프리를** 산책시키고 녀석을 다시 집으로 데리고 갔는데, 갑자기 금고의 유혹에 이끌렸다. 미치는 더그가 약을 얼마나 좋아하는지 알고 있었다. 그리고 금고 안에 낱개로 된 약들이 좀 있다면 한 주먹 집어서 더그에게 가져다줄 수도 있겠다 싶었다. 씨팔, 좋아하는 약 좀 하게 해주지 뭐, 엿 같은 한 주였는데 느긋하게 훌훌 털게 해주면 좋잖아, 라고 생각했다. 필요한 건 더그가 약을 더 구해달라고 계속 졸라댈 일이 없도록 약을 구한 과정만 그럴듯하게 포장하는 일이었다.

미치는 신발을 벗었다. 그리고 제프리가 실내로 들어가지 못하도록 막아놓은 울타리를 넘어 까치발로 살금살금 서재로 들어갔다. 미치는 자기 행동이 불법임을 잘 알고 있었다. 그랬기에 아드레날린은 쫙쫙 분출되었고 덕분에 청각은 극도로 예민해졌다. 커다란 집의 중앙난방장치에서 나오는 우우웅 하는 소리까지 다 들렸다. 심지어, 떨리는 손가락으로 금박 액자를 살짝 밀칠 때 자기 심장이 박동하는 소리까지 들렸다. 창문을 통해서 눈 덮인 앞마당을 바라보았다. 자기가 있는 곳과 도로 사이에 펼쳐진 원시의 순백은 100미터 가까이 되었다. 설령 의사가 오늘따라 일찍 들어온다 하더라도, 의사가 들어오기 전까지는 충분히 금고를 원래대로 닫아두고 부엌으로 가서 신발을 신을 수 있겠다 싶었다.

미치는 비밀번호를 맞춰서 눈금이 새겨진 손잡이를 돌렸다. 하지만 마지막 번호를 맞출 때는 너무 긴장을 한 나머지 번호를 지나쳐버린 바람에, 레버를 당겨도 금고는 열리지 않았다. 저절로 욕이 나왔다. 심호흡을 한차례 한 다음에 다시 시도를 했다. 그 밖에 자동차 한 대가 도로에 나타나는 바람에 움찔했다. 하지만 자동차는 그냥 지나쳐서 달려갔다. 젠장! 다시 한 번 더 심호흡을 하고 세 번째 시도에 들어갔다. 케빈도 금고를 열었잖아, 그렇게 보면 못 열 것도 아닌데. 이번에는 레버를 당기자 압력이 빠지는 소리가 쉬익 하고 났다. 그리고 문이 느슨해진다. 미치는 금고 문을 홱 열었다.

안에는 작은 우편함이 열 개 조금 넘게 있었다. 그리고 현금도 있었는데, 수천 달러는 되어 보였다. 현금을 쌓아놓은 더미의 높이는 약 15센티미터쯤 되었다. 케빈은 현금이 있다는 말을 하지 않았었다. 그렇다면 이 현금은 그때 이후에 의사가 새로 넣었을까, 아니면 케빈이 일부러 현금 이야기는 하지 않았을까? 만일 케빈에게 이런 사실을 물어본다면, 자기가 금고를 열었다는 사실을 실토해야 한다. 그건 상관없다. 케빈도 금고를 열었으니까, 뭐. 게다가 나는 훔치는 게 아니잖아. 순전히 더그를 위해서 선행을 하는 거니까. 미치는 현금을 대충 집어 들고 보았다. 모두 20달러짜리였다. 100달러짜리인 줄 알았는데 아니었다. 그래도 꽤 많은 돈이었다. 그리고 우편함 하나를 열었다.

포장이 되지 않은 낱개 흰색 알약들이 가득 들어 있었다. 대충 스무 개 정도를 집어서 주머니에 넣었다. 이때 알약 하나가 딱딱한 목재 바닥에 떨어진 다음 양탄자 쪽으로 튀었다. 미치는 알약이 떨어지는 걸 보고 곧바로 바닥을 보았지만 알약은 보이지 않았다. 젠장! 책상 밑으로 들어갔겠지. 우편함을 닫고 원래 자리에 뒀다. 그리고 금

고 문을 닫은 다음 밀어서 원래대로 그림이 보이도록 했다. 그다음에는 바닥에 엎드려서 책상 아래를 살폈다. 거기에 알약이 있었다. 미치는 알약을 주워서 살펴보았다. 깨끗하고 흰색이고 순수하고 윤이 났다. 미치는 곧바로 알약을 입 안에 던져 넣고 삼켰다. 그리고는 혼잣말을 했다.

"그래, 더그가 늘 말하던 기분이 어떤 건지 한번 보지, 뭐."

미치는 다시 일어서서 혹시 자기가 어질러 놓은 게 없는지 살폈다. 아무것도 없었다. 그런데 거기에서 나오면서 보니까, 목재 바닥에 자기가 알약을 찾으려고 엎드린 자국이 찍혀 있는 게 보였다. 먼지가 내려앉은 자리에 찍힌 무릎 자국이었다. 미치는 그 자리로 다시 살금살금 다가가서 양말로 주변의 먼지들을 다 쓸었다. 그리고 다시 물러났는데, 이번에는 양말에 묻었던 먼지가 양탄자에 찍혀 있었다. 그래서 양탄자에 묻은 먼지를 털었다. 그런데 이번에는 또 먼지를 턴 자국이 양탄자에 나 있었다. 그때 미치는 자기가 괜한 짓을 한다고 결론을 내렸다. 집에 들어와서 양탄자가 원대대로 되어 있는지 살피는 사람이 어디 있겠느냐는 생각이 들었던 것이다. 미치는 돌아서서 그곳을 빠져나왔다.

미치는 부엌으로 돌아간 다음 신발을 신고 밖으로 나가 문을 잠갔다. 그리고는 제프리에게 손을 흔들어 인사를 했다. 제프리는 추운지 자기 집 안에서 잔뜩 웅크리고 있었다. 녀석의 코에는 콧물이 반쯤 얼어 있었다. 제프리는 또다시 버려졌다는 절망적인 눈으로 멀어져 가는 미치의 뒷모습을 바라보았다.

**미치는 알약 두 개를** 탁자에 올려놓았다. 물파이프를 씻으면서 텔레비전을 보고 있던 더그는 마치 감전이라도 된 듯 몸을 떨었다. 선잠을 자다가 총소리에 화들짝 놀라서 깨어나는 사람 같았다. 곧바로 물파이프를 집어던지고 알약을 들고 살폈다.

“야, 이게 뭐야?”

“난 모르지. 이게 뭔지는 네가 알 거 아냐.”

전문가 더그는 알약을 손바닥에 올려놓고 찬찬히 살폈다. 그리고는 창문을 통해서 실내로 들어오는 흐릿한 조명의 빛에다 대고 살폈다.

“하이드로코돈이야.”

더그의 목소리는 마치 새로운 발견을 선포하는 과학자처럼 엄숙하게 떨렸다.

“이건 아주 좋은 것들이야. 7.5밀리그램짜리야.”

더그는 미치를 바라보았다. 간절히 애원하는 눈빛이었다.

“내가…… 이거 먹어도 돼?”

“그럼, 네 거야.”

이 짧은 문장이 채 다 끝나기도 전에 더그는 알약 하나를 입에 넣고 삼켰다.

“정말 고마워, 근데 이거 어디서 났어?”

“고맙긴 뭘.”

“더 있어?”

이런, 내가 괴물을 하나 만들었잖아! 미치는 주머니를 털어서 대

략 스무 개 되는 알약을 모두 꺼내 탁자 위에 올려놓으려고 했다. 그런데 바로 그 순간, 사악한 충동 하나가 이걸 막았다. 전지전능한 힘으로 더그를 부릴 수 있을 것 같았다. 갑자기 더그가 잘 길들여진 개로 보였다.

"없어, 그게 다야. 하나는 내가 먹었고, 너 주려고 두 개 아껴뒀어. 그런데 지금 무지하게 가렵네, 바지 속에 개미들이 스멀스멀 기어 다니는 느낌이야."

더그가 웃었다.

"약 때문에 그런 거야. 하지만 기분이 끝내주고 뭔가 좀 빨리 척척 잘되는 느낌이었을 걸?"

사실이었다. 알약을 삼키고 몇 분 지나지 않아서 갑자기 힘이 솟았다. 개를 산책시키는 일이 정말 재미있고 좋았다. 왜 이런 마약이 중독성이 있는지 알 수 있을 것 같았다. 하지만 이 생각은 조금 뒤에 바뀌었다. 바지 속의 개미들이 움직이기 시작했던 것이다. 그날의 마지막 개인 더피를 산책시킬 무렵에는 얼마나 긁어댔던지 온 다리에 벌건 피가 비쳤다. 하지만 아직도 약 기운이 남아 있어서 양복을 입고서 추운 숲 속에 숨어서 밤을 꼴딱 샌다 하더라도 얼마든지 충분히 잘할 수 있을 것 같았다.

"페라리 훔치러 나갈 준비는 됐어? 케빈이 방금 전화를 했거든. 조금 있으면 이리로 온다고 했어."

"아무래도 양복을 입어야겠지?"

"그래야겠지."

"아무리 생각해도 양복을 입는다는 아이디어는 영 마음에 안 들어."

"케빈은 꼭 양복을 입어야 한다고 했잖아."

더그의 말은 마치 맹신도 집단의 어떤 지도자가 내린 가르침을 미치에게 상기시키는 것 같았다. 더그의 말투에는 확실히 그런 게 담겨 있었다. 지난 이틀 동안 더그가 케빈에게 특이할 정도로 공손하게 행동하고 존경하는 마음을 가지고 대했다는 사실을 미치는 간파하고 있었다. 될 수 있으면 케빈을 방해하려 들지 않았고, 또 케빈이 하는 말에는 거의 무조건 동의하고 따랐던 것이다. 뭐라고 딱 꼬집어서 말할 수는 없지만 아무튼 케빈을 대하는 태도가 바뀐 건 분명했다. 평소에 보이던 모습과 비교하면 확실하게 달라진 모습이었다.

두 주 전에 있었던 일을 미치는 분명하게 기억했다. 더그는 케빈이 CD를 빌려가 놓고서는 줄 생각을 않는다고 과격한 어휘를 동원해 가며 심하게 투덜댔었다. 그러면서 케빈이 텔레비전을 훔치는 생각에 너무 골몰해 있다고 했고, 또 케빈이 범죄자로 돌변할 것 같으니까 아무래도 케빈과 어울리는 시간을 좀 줄이는 게 좋겠다는 말까지 했었다. 하지만 이번 주에 들어서는 케빈이 하는 말이면 뭐든 끔뻑 죽었다.

"야, 너하고 케빈 사이에 무슨 일 있었니?"

더그는 텔레비전에 시선을 고정한 채 아무 말도 하지 않았다. 미치는 상체를 천천히 구부려서 텔레비전을 향한 더그의 시선을 가로막았다. 텔레비전에서는 화장실 청소용품을 선전하는 광고가 흐르고

있었다.

"더어어어어어그, 나한테 약이 또 있는데, 나한테 얘기해 주면, 약을 또 하나 더 주우우우우우지."

미치는 마치 노래를 부르듯이 운율을 넣어서 계속 재촉했다. 하지만 더그는 아무 말도 하지 않았다. 계속 텔레비전만 볼 뿐이었다. 변기가 반짝반짝 윤이 나도록 깨끗하게 씻어주는 거품 세제에 짐짓 집중하는 모습이 확실히 수상했다.

"너 케빈교에 들었어? 두 사람 사이에 내가 모르는 거 있잖아, 얘기해 줘."

"그런 거 없어."

그래 놓고선 또 이렇게 덧붙였다.

"너한테 말하고 싶지 않아."

"아하하! 그러니까 있긴 있구나. 말하고 싶지 않은 게 뭔데?"

"아무것도 아니라니까!"

더그가 갑자기 고함을 질렀다. 더그의 목소리에는 걱정이 잔뜩 묻어 있어서, 미치도 물러설 수밖에 없었다. 더그는 늘 편하고 느긋한 인물이었다. 이렇게 고함을 지르는 일은 거의 없었다. 그래서 알약을 가지고 장난을 쳐서는 안 되겠다고 생각했다. 하지만 당혹스러웠다. 더그나 케빈에 대해서는 아주 잘 알았고, 또 두 사람 사이에 있었던 일 가운데서 자기가 모르는 건 아무것도 없었다. 그런데 케빈을 대하는 더그의 태도가 공손하게 바뀐 건 정말 알 수가 없었다. 하지만 케빈은 평소와 다르지 않았다. 적어도 케빈은 그랬다.

미치는 여전히 텔레비전을 향한 더그의 시선을 방해하고 있었다. 이런 상황에서 미치의 머리는 상황을 파악하려고 빠르게 돌아갔다. 케빈은 평소와 다름없이 행동을 하는데, 더그는 그렇지 않다. 그렇다면 더그는 케빈에게 무슨 짓인가를 했다고 볼 수 있다. 그게 뭘까? 뭔가를 훔쳤을까? 아니다, 더그는 절대로 남의 물건을 훔치지 않는다. 적어도 혼자서는 그런 짓을 하지 않으며 또 자기가 아는 사람이나 자기가 좋아하는 사람의 물건은 절대로 훔치지 않는다.

"너, 케빈에게 어떤 나쁜 짓 했지?"

더그가 미치의 시선을 피하며 카우치 소파에서 벌떡 일어났다.

"양복 입어야 해, 빨리."

더그의 목소리는 미세하게 떨렸다. 말을 마치자마자 더그는 위층으로 달려 올라갔다. 전에는 보이지 않던 행동이었다. 키가 크고 마른 체격인 더그는 놀라울 정도로 행동이 굼떴다. 이때처럼 에너지를 한꺼번에 발산하는 행동을 할 때는 보통 무언가가 잘못되었을 때였다. 더그가 이처럼 빠른 동작을 보이는 모습을 미치가 마지막으로 본 것은 미치의 할머니가 심장 발작으로 쓰러졌을 때였다.

"야!"

미치가 등에다 대고 더그를 불렀다. 더그는 계단의 맨 위에서 돌아보았다. 그런데 그의 두 눈은 금방이라도 울음을 터뜨릴 것처럼 빨갛게 충혈 되어 있었다. 뭔지 모르지만 무지하게 심각한 모양이었다. 자기는 그냥 모른 척하는 게 좋을 것 같았다. 미치는 주머니에 손을 넣어서 알약을 모두 집었다. 그리고 그 손을 펴서 더그에서 보여

주었다.

"이거 커피 탁자에 올려놓을게."

더그가 고개를 끄덕였다. 미소가 보일락 말락 했다. 감사의 뜻이 담긴 미소였다.

"약쟁아, 한꺼번에 너무 많이 먹지는 마라."

"안 그럴게."

이번에는 정말로 미소를 활짝 지었다.

"고마워."

**미치는 양복을 입으니 인물이** 달라 보였다. 옷이 몸에 잘 맞았고 또 워낙 비쌌기 때문이다. 200달러가 넘는 돈을 주고 산 옷이었다. 그리고 또 미치는 늘 양복을 입는 남자들이 대개 그렇듯이 머리를 짧게 깎았기 때문에 양복이 더욱 잘 어울렸다. 밖으로 나가기 전에 마지막으로 거울 앞에 서서 자기 모습을 바라보던 미치는, 만일 자기가 다른 인생을 선택해서 살았더라면 날마다 바로 이런 모습으로 세상을 살고 있을 거라는 생각을 했다. 다른 인생을 선택했다면 어떤 것으로 선택했을까? 아마 군대에서 마리화나를 피우는 걸로는 어떤 인생의 출발점을 삼지 않았을 것이다. 그랬다면 육 년이라는 복무 기간을 다 채울 수 있었을 것이고, 제대군인원호법의 혜택을 받고 사 년제 대학교에 들어갈 수도 있었을 것이다. 대학교에서는 아마도 재무학을 전공했을 것이고, 졸업을 한 뒤에는 월스트리트에서 일자리를 구했거나 아니면 로스쿨에 진학했을 것이다. 자기는 확실히 똑똑했다. 거울에 비친 전문직 종사자의 날카로운 이미지를 바라보면서 놓쳐버린 인생의 기회들을 생각하니 마음이 아팠다. 그건 후회였다.

하지만 더그는 애초부터 양복과는 거리가 멀었다. 머리카락은 길었고, 표정은 긴장과는 거리가 멀어서 예술적이고 몽환적이었다. 그리고 더그의 '양복'이라는 것도 볼품이 없었다. 윗옷은 몸에 잘 맞지도 않는 스포츠재킷이었는데, 할머니 장례식 때 할인점에서 샀던 양복바지와 전혀 어울리지 않았다. 더그의 모습은 아무리 봐도 교회에 가려고 아버지나 형의 옷을 빌려 입은 소년의 모습이었다. 누가 말리지 않으면 그 차림 그대로 먼지구덩이나 진흙탕에서 아무 생각 없이 뒹굴며 놀 그런 소년의 모습이었다. 미치는 더그의 이런 모습을 보고는 도저히 가만히 있을 수가 없었다.

"더그, 넌 새 양복이 있어야겠다."

"좆 까. 그럼 너는 뭐 제임스 본드처럼 보이는 줄 알아?"

"너보다야 제임스 본드지."

"그래, 너는 그러니까……."

더그는 흠을 잡아보려고 미치를 훑어보았다. 하지만 흠잡을 데가 없었다.

"뭐해, 어서 말해 봐."

"아우, 약 올라 죽겠네!"

"뭐해, 말해 보라니까? 너는 그러고 있으니까 오스카 와일드 같은데?"

두 사람의 대화는 점점 더 험악해질 태세였지만, 바로 그때 문을

두드리는 소리가 들렸다. 드디어 쇼 타임, 페라리 타임이었다.

**계획상으로는 케빈이 픽업트럭을** 레스토랑에서 보이지 않는 곳에 주차해야 했다. 그리고 더그와 미치가 페라리에 오르자마자 합류해서 두 사람을 페라리 전달 장소로 인도해야 했다. 케빈은 자기 픽업트럭을 레스토랑의 주차장에 세워둘 수는 없었다. 대리 주차 요원 가운데 한 명이라도 이 트럭을 수상하게 보고 차량번호를 적어둘지도 모르기 때문이었다. 그래서 픽업트럭을 레스토랑에서 100미터쯤 떨어진, 지금은 문을 닫은 채석장으로 이어지는 자갈길에 세워두기로 했다. 페라리 한 대가 레스토랑 주차장으로 들어서자마자 더그와 미치는 케빈에게 전화를 걸어서 도로로 나와 대기하라고 연락하기로 했다. 그런 다음에 레스토랑의 손님처럼 보이도록 양복을 차려입은 더그와 미치가 태연하게 페라리에 탄 뒤에, 이 차를 타고 주차장을 빠져나와서 케빈이 기다리고 있는 도로로 나가기로 했다.

그런데 이 계획에서 고려하지 않은 점이 하나 있었다. 미치와 더그가 픽업트럭에서 내려서 작업 장소인 주차장 앞까지 가려면 양복을 입은 채로 숲을 가로질러서 걸어가야 한다는 사실이었다. 즉 양복 차림의 두 사람 신발이 진흙으로 떡이 될 거라는 말이었다. 게다가 양복은 추위를 막는 데는 그다지 효과적이지 않았다. 그랬기 때문에 청바지에다 오리털 재킷으로 든든하게 차려입은 케빈이, 페라리가 도착했다고 더그와 미치가 전화를 할 때까지 차에서 기다리는 동안, 두 사람은 나무 뒤에 숨어서 덜덜 떨어야 했다. 진흙투성이 신발이 꽁꽁

어는 추위를 견뎌야 했다.

"야, 이건 너무 심하지 않냐?"

더그가 말했다. 하지만 미치는 사실 그런 일에 익숙했다. 실외에서 하는 일에 대해서는 이골이 나 있었다. 게다가 줄곧 모험을 즐기는 기분으로 들떠 있었다. 추위를 이기며 기회를 노리는 자기가 어쩐지 매우 중요한 일을 하는 것처럼 느껴졌고, 자기 존재도 그만큼 위대하게 느껴졌다. 중요하지 않은 일을 하는 사람이 잠복 활동을 할 리는 없지 않은가. 그런데 바로 그 순간에 더그가 불평을 하면서 초를 친 것이다.

"진짜 춥네."

미치도 동의했다. 미치는 싸구려 오페라 망원경을 가지고 왔다. 이 망원경은 두 사람이 지금 있는 아파트로 이사를 할 때부터 가지고 있던 물건이었다. 미치는 망원경으로 주차장을 살폈다. 하지만 솔직히 망원경이 없어도 주차장은 훤하게 잘 보였다.

"진짜로 그 망원경이 필요해?"

"시간을 절약할 수 있잖아. 케빈에게 전화할 시간 말이야. 이걸로 보면, 페라리가 주차장에 들어서자마자 곧바로 그게 페라리라는 걸 알아볼 수 있거든."

"그런가? 근데 발에 감각이 없어."

"그럼 케빈한테 가서 트럭에서 같이 기다리든가?"

더그는 잠시 말이 없었다.

"아냐. 그럼 네가 케빈한테 내가 아무런 보탬이 안 된다고 개소리

할 거 아냐."

"진짜 너무 춥네."

미치는 더그의 말을 무시한 채로 여전히 망원경으로 주차장을 살피며 말했다.

"이걸로 보면 창문을 통해서 여종업원도 다 보여, 쟤 진짜 죽이네."

"그게 무슨 상관이야 지금."

"너 자꾸 분위기 깨고 그럴 거면 그냥 케빈한테 가서 기다려."

그 순간 두 사람은 동시에 자세를 낮추었다. 자동차가 다가오는 소리가 들렸기 때문이다. 미치는 오페라 망원경을 눈에다 댔다. 하지만 렌즈에 습기가 끼어서 잘 보이지 않았다. 미치는 손목 깃으로 렌즈를 닦았고, 자동차는 주차장으로 들어서서 대리 주차 요원이 대기하는 주차 부스 앞에 멈췄다. BMW였다. 미치는 망원경으로 그 모습을 바라보았다.

"BMW야."

그러자 더그가 몸을 덜덜 떨면서 대답했다.

"나도 다 보여."

대리 주차 요원은 BMW를 식당 입구에서 세 칸쯤 떨어진 곳에 주차했다. 어떤 녀석인지 몰라도 겨우 20미터밖에 되지 않는 거리에 대리 주차를 시키면서 돈을 내고 있었다. 그리고 보니 문제가 있었다. 설령 그 차가 페라리였다 해도 차 부스에서 너무 가까이 주차되어 있기 때문에, 누가 아무리 살금살금 그 차로 다가간다 하더라도 대리 주차 요원이 금방 눈치를 챌 것 같았다. 게다가 신발은 진흙 범벅이 되어서 꽁꽁 얼은 두 사람이 숲에서 나와서 추워 덜덜 떨며 그 차에 타는 것을 보지 못할 리가 없고, 또 수상하게 여기지 않을 리가 없었다.

"이건 안 되겠다."

더그가 말했다. 하지만 미치는 그 상황을 면밀하게 살폈다. 마치 한창 전투 중인 낙하산 부대의 지휘관처럼 오페라 망원경을 눈에 대고 주차장 이쪽과 저쪽을 부지런하게 살폈다. 미치의 입은 허연 입김이 뿜었다. 더그가 뭘 그렇게 열심히 보느냐고 물었다. 계획에 치명적인 문제가 있다는 더그의 말이 일리가 있다는 사실을 솔직하게 인정하지 않을 수 없었다.

"주차장이 꽉 차지 않는 한 안 되겠네."

"이 양복도 진짜 말이 안 되는 아이디어야."

그랬다. 미치도 그걸 인정할 수밖에 없었다. 양복을 입음으로써 주차 요원의 눈을 속일 수 있다는 발상은 처음에는 썩 괜찮았다. 그러나 추운 겨울에 양복만 입고 바깥에서 몇 시간 있다 보니 그 꼴이 오히려 더 수상하게 보였다. 양복을 입고 진흙투성이 신발을 신은 채로 숲에서 나오는 사람을 보면 비행기 추락 사고의 생존자로 보지, 누가 고급 레스토랑에 식사를 하러 온 사람으로 보겠는가. 게다가 두 사람은 추위에 얼어서 얼굴이 새파랬다.

두 사람은 픽업트럭의 창문을 똑똑 두드렸다. 자동차는 공회전을 하고 있었고, 케빈은 따뜻한 차 안에서 신문을 보고 있었다. 또 그의

손은 따뜻한 코코아가 담긴 보온병을 들고 있었다. 케빈은 유리창을 내렸고, 거기에다 대고 미치가 내질렀다.

"편하고 좋지? 발싸개나 뭐 그런 게 좀 있어야겠어."

"뭐하는 거야, 멍청이들아."

미치가 대답했다.

"계획이 완전히 개판이야. 양복을 입어야 한다는 아이디어는 완전히 개떡이야. 계획을 바꾸어야 돼. 밤새 떨면서 기다리려면, 우선 옷부터 따뜻하게 챙겨 입어야 돼."

"마, 마, 맞아."

더그가 덜덜 떨면서 맞장구를 쳤다.

"위장전이 아니라 속도전으로 가야 해."

어느새 미치에게서는 야전지휘관의 면모가 다시 살아났다.

"우리가 선택할 수 있는 전술은 두 가지야. 하나는 위장전, 우리가 마치 레스토랑의 손님인 것처럼 위장함으로써 페라리에 접근하는 방법이야. 또 하나는 속도전, 숲에서 열나게 페라리로 뛰어가서 타고 는 개들이 어어 하는 사이에 냅다 차를 몰아 달아나는 방법이야. 그럼 개들이 어쩌겠어? 설마 차를 막겠다고 차 앞으로 뛰어들겠어? 우린 유유히 달아나는 거야."

"속도전으로 가기로 우리는 결정했어."

더그가 다시 맞장구를 쳤다. 미치가 더그의 말을 받았다.

"게다가 더그 좀 봐."

미치는 덜덜 떨고 있는 더그를 가리켰다. 물기에 젖은 더그의 머리카락이 두 뺨에 달라붙어 있었다.

"이 꼴이 어떻게 고급 레스토랑에 식사하러 가는 사람 꼴이야?"

케빈이 더그를 바라보았다. 더그의 꼴을 보면 미치의 말이 충분히 일리가 있었다. 더그나 미치 둘 다 대리 주차 요원들의 눈에 사무직이나 전문직 사람으로 비칠 것 같지 않았다. 심지어 레스토랑 주차장에 무슨 볼일이 있는 사람으로 비칠 것 같지도 않았다. 케빈은 고개를 끄덕였다.

"좋아."

케빈은 허리를 굽히고 팔을 뻗어 조수석의 문을 열었고, 두 사람은 차에 탔다.

"코만도 식으로 가는 거야. 몸이 편하고 따뜻하면, 보다 빠르게 움직일 수 있잖아."

미치의 말에 더그가 물었다.

"그럼 속옷도 안 입는 거야?"

"뭐?"

"코만도 식이라며?"

"그게 아니라, 빠르게 그리고 준비를 착실하게 하자는 뜻이야. 옷은 추위에 대비해서 따뜻하게 입고."

"난 또 속옷을 입지 말자는 줄 알았지."

케빈이 한 말이었다.

"무슨 개소리야? 그딴 소리 들어본 적도 없구만."

그러자 다시 더그가 말했다.

"난 속옷 입을 거야."

케빈의 픽업트럭은 월튼을 향해 달렸다. 길가에 나무들이 줄지어 늘어선 도로에 눈이 내리기 시작했다. 더그와 미치는 조수석에서 다투고 있었다. 케빈은 이 두 사람을 흘끗 한 번 쳐다보고는, 그래도 이게 사친회에 참석하는 것보다는 훨씬 낫다고 생각했다.

**신문의 광고란을 뒤지던 더그는** 아동 서적을 집필하면 많은 돈을 벌 수 있다는 광고에 이상하게 끌렸다. 그 광고에 따르면, 아동 서적 시장은 무한하게 팽창하고 또 아동 서적을 집필하는 데는 전문적인 기술이 그다지 많이 필요하지 않았다. 잠시 더그는 상상의 날개를 활짝 폈다. 나는 존경받는 아동 서적 전문 저자가 된다. 그런데 문득, 그게 예전에도 품은 적 있는 환상이라는 사실을 깨달았다.

이 년 전이었다. 식당에서 일할 때였는데, 수조에 들어 있던 랍스터들을 물끄러미 바라보다가 문득 랍스터 한 마리가 수조에서 탈출해서 겪는 이야기를 글로 쓰고 싶다는 생각을 했다. 이야기는 행복하게 끝나야 했다. 랍스터가 무사히 메인에 있는 자기 고향으로 돌아가 가족과 재회한다는 내용으로 이야기를 마무리하고 싶었다. 뜨거운

구이판 앞에서 랍스터의 눈에 굵은 땀방울을 흘리던 더그는 갑자기, 아동 서적 전문 작가로 변신한 자기 모습을 상상하며 전율했다. 그리고 곧바로 그다음 날, 그 이야기를 글로 쓰려고 자리를 잡고 앉았다.

처음에는 모든 이야기가 다 술술 풀렸다. 무대가 설정되었고, 랍스터 한 마리가 탈출을 했고, 마침내 자기 고향 메인을 찾아서 떠나는 행복한 여정에 나섰다. 애널리사는 그 이야기가 무척 마음에 든다면서 다음 번 이야기가 펼쳐지기를 간절하게 기다렸다. 그런데 이야기가 전개될수록 랍스터는 행복한 도망자에서 침울하고 폭력적인 떠돌이로 눈에 띄게 바뀌었다. 아무리 좋게 봐도 랍스터는 아무런 지향점도 가지고 있지 않은 떠돌이일 뿐이었다. 게다가 랍스터는 복수심에 불탔다. 애널리사가 아무리 이야기를 밝고 쾌활하게 끌고 가라고 충고해도 더그는 듣지 않았다. 랍스터는 계속해서 온갖 문제들 속으로 빨려 들어갔다. 랍스터가 록그룹인 피시의 공연장에서 마약을 팔다가 체포되기도 했다. 트럭운전사 휴게소에서 음식을 남긴 것을 놓고 말다툼을 벌인 끝에 도마뱀을 칼로 찔렀을 때는 애널리사가 두 손을 들었다. 그리고 제발 그 이야기는 영원히 포기하라고 더그를 설득했다.

"당신은 진짜 특이한 사람이야."

하지만 애널리사의 목소리에는 더그가 처음 그녀를 만났을 때의 그 상큼한 기쁨은 이미 얼마 남아 있지 않았다. 랍스터 이야기에 매달렸던 그 시기는 애널리사와 사귀던 마지막 몇 주 동안이었다. 더그는 신문의 광고란을 뒤적이면서, 애널리사가 자기 매력에 빠져서 달아나지 못하게 하려고 처음 랍스터 이야기를 시작했던 게 아닐까 하고 생각했다. 더그는 광고란을 바라보고 있었지만 실제로 그걸 읽지는 않았다. 지금 이 순간에 애널리사는 무엇을 하고 있을까, 하는 생각만이 머리에 가득했다. 다른 식당에서 손님의 식사 시중을 들 수도 있고, 손님들에게 자기는 프랑스로 가서 살 거라는 이야기를 하고 있을 수도 있고, 어쩌면 시 쓰기 반의 고급 과정에서 열심히 강의를 들을 수도 있었다. 어쩌면 다른 요리사와 열심히 살을 비벼대고 있을지도 몰랐다. 애널리사는 요리사를 좋아했다. 다른 요리사들과 섹스를 하는 것은 그저 무미건조한 일, 혹은 신물 나는 구닥다리 짓거리, 또 혹은 쿠데타였다. 더그는 신문지의 끝부분을 손가락으로 찢어내고 있었다.

　식탁에는 그의 마지막 봉급 수표가 놓여 있었다. 그날 우편으로 온 것이었다. 198달러였다. 그게 다였다. 그게 여태까지 자기가 추구하던 모든 것의 결과였다. 일자리를 잃었고 자동차를 잃었고 운전면허를 정지당했다. 그리고 친구의 아내와 잠을 잤다. 자기 인생이라고 내놓을 수 있는 건 달랑 198달러짜리 수표 한 장뿐이었다. 그리고 미치가 준 흰색 알약 한 움큼이 있었다. 더그는 알약 하나를 입에 넣고 삼켰다.

　전화벨이 울렸다. 린다였다. 혹시나 걸려오면 어떻게 하나 하고 줄곧 끔찍하게 여기고 있던 바로 그 전화였다. 린다에게 하고 싶은 말이 무척 많았다. 선과 악, 그리고 우정과 배신에 대한 진지한 것들이었고, 지난 며칠 동안 그의 머릿속에서 미친 듯이 뛰어다니던 것들이

었다. 그는 비밀을 지키는 일이 익숙하지 않았다. 그리고 자칫 실수를 해서 미치나 케빈에게 발설하지 않을까 두려워하는 기분 자체가 싫었다. 더그의 유전자에는 속임수 기술이 들어 있지 않았던 것이다.

"잘 지내시죠?"

린다의 목소리는 쾌활했다. 더그가 전혀 예상하지 못했던 목소리였다. 더그는 줄곧 자기와 린다가 나누게 될 대화에서는 '두 번 다시는'이라는 말이 여러 차례 반복되고 수치와 침울함이 철철 넘길 것이라고만 상상했었다. 하지만 린다의 목소리는 행복하고 힘이 넘치고 너무도 친근했다. 그 바람에 더그는 어쩔 줄 몰랐다.

"그럼……요."

더그는 대답을 하면서도 이 전화를 어떻게 처리해야 할지 몰랐다. 어쩌면 린다는 자기 마음속의 고뇌를 전화상으로 나누고 싶지 않아서 그러는 것일지도 모른다고 생각했다.

"어떻게 지내시나 궁금했거든요."

린다는 즐거운 모양이었다. 고뇌를 숨기는 사람의 목소리는 전혀 아니었다.

"보고 싶어요. 이틀 동안이나 이야기를 못했잖아요."

더그는 두 주 전만 하더라도 자기들 두 사람은 전혀 대화를 하지 않고도 아무런 문제없이 잘 지내지 않았느냐고 일러주고 싶었다. 어쩌다 실수로 친구의 아내와 잠을 잔 것도 그랬지만, 이 여자가 전화를 해서는 마치 아무 일도 없었던 것처럼 태연하게 이야기를 하는 것은 모욕적일 뿐만 아니라 혼란스러운 일이었다. 도대체 이게 무슨 뜻

일까? 서로 더도 아니고 덜도 아닌 그저 친구 사이인 것처럼 구는 린다의 행동에 동조를 해야 하나 어째야 하나? 그래, 그렇게 하자. 어쩌면 그게 정답일지 모르고, 린다가 이 정답을 깨달았을지도 모른다. 만일 두 사람이 모두 자기들이 섹스를 한 적이 없는 척하고 행동한다면, 어쩌면 그 모든 일이 아무 것도 아닌것으로 덮일 수도 있었다.

"그야 뭐, 나도……."

더그는 자기도 린다가 보고 싶다는 말을 도저히 할 수 없었다. 그건 여자 친구에게나 하는 닭살 돋는 말이지 친구의 아내에게 할 말은 아니었다. 더구나 룸메이트가 겨우 3미터 떨어진 곳에서 텔레비전을 보고 있는데……. 더그는 평범하고 일상적인 얘깃거리를 생각해 내려고 애썼다. 그저 어떤 친구에게 쉽게 말할 수 있는 그런 것이어야 했다. 하지만 생각이 나지 않았다. 딱 한 가지만 빼고는.

"요즘 아동 서적을 쓸까 생각 중인데……."

"진짜요?"

린다는 그 얘기가 정말 마음에 드는 모양이었다. 그걸 보고 더그는 새로운 친구를 만드는 것이 얼마나 멋진 일인지 새삼 깨달았다. 새로 사귄 친구는 아직 자기를 지겹다고 생각하지 않기 때문이었다. 새로 사귄 친구에게는 상대방이 말하는 새로운 인생 계획이 신선하다. 그 이전에 수도 없이 많이 있었던 실패의 온갖 사연을 이 사람은 아직 모르기 때문이다. 새로 사귄 친구들은 상대방이 어떤 것에 대해서 흥미를 가지고 있으면 그 대상 및 흥미 그 자체를 있는 그대로 받아들인다. 그리고 상대방이 어떤 인생 계획을 이야기하면, 그게 오랫동안

매우 진지하게 생각해서 나온 결론이라고 받아들인다. 적어도 그 대화가 이어지는 동안에는 그렇다. 그게 좋은 점이다.

"이야기가 어떻게 진행되는데요?"

새로운 아이디어가 부족했던 터라 더그는 린다에게 랍스터 이야기를 해줬다. 그리고 이야기를 하는 동안 더그는 예전에 감행했던 모험의 열정이 새로 불붙는 걸 느꼈다. 어쩌면 아동 서적을 쓰는 게 진정한 천직일지도 모른다는 생각이 들었다. 그래 벌써 이게 두 번째 아닌가? 어쩌면 바로 이게 나의 천직이다. 하늘의 계시를 두 번이나 받다니. 더그는 린다에게 원래 생각했던 랍스터의 이야기, 즉 유쾌한 탈출과 행복한 재회의 이야기를 했다. 린다는 그 이야기에 흠뻑 빠졌다.

"당장 쓰세요!"

린다의 목소리에서 따뜻한 지지의 감정을 느낀 순간 더그는 너무나 행복했다. 그래서 자기가 린다와 잠을 잤다는 사실조차 까맣게 잊어버렸다. 그리고 여태까지 가슴을 무겁게 짓누르던 불안도 모두 잊어버렸다.

"엘리에게 읽어줄 거예요. 우리가 랍스터 이야기의 포커스 그룹(테스트 대상 상품에 대해서 토의하는 소비자 그룹―옮긴이)이 되면 되겠네요."

린다의 말에 더그가 뭐라고 대답하려고 하는데 미치가 부엌으로 들어왔다. 위장 재킷에 배기 바지 차림이었다.

"가자, 페라리 타임이야."

미치는 냉장고 문을 열고 맥주 캔 하나를 꺼내면서 물었다.

"누군데?"

"식당에서 같이 일하던 남자."

더그는 이렇게 말을 하고는 본능적으로 두 손으로 머리를 감쌌다. 이런 더그를 미치는 물끄러미 바라보았다.

"야, 케빈! 너도 맥주 한 캔 줄까?"

미치가 거실 쪽으로 고함을 질렀고, 그 바람에 더그는 케빈이 거실에 있는지도 모르고 린다와 계속 통화하고 있었다는 사실을 깨달았다.

"난 됐어, 운전해야지."

케빈이 이렇게 말하면서 부엌으로 들어왔다.

"뭐해, 더그? 옷 입어, 나가야지. 페라리 훔치러 가자."

"지금 거기 케빈이에요?"

린다가 물었다.

"그럼 나중에."

더그는 전화를 끊었다. 그러면서 수화기 쪽이 자기 귀에 제발 딱 들러붙어 있어서 린다의 목소리가 바깥으로 새지 않았기만을 빌었다. 제발이지 자기가 통화하던 사람이 린다였다는 사실을, 아니 그 사람이 여자라는 사실조차도 다른 두 사람이 눈치 채지 못했기만을 간절하게 빌었다. 그리고 두 사람이 자기가 전화기를 내려놓는 모습을 보지 못했다는 사실을 확인하고는, 이미 끊어진 전화에다 대고 한 마디 더 덧붙였다.

"나중에 또 통화하자구, 인마."

'인마'라는 마지막 말에 강조를 했다. 남자와 통화를 하고 있었다는 사실을 분명히 하고 싶었던 것이다.

더그와 미치는 이번에는 따뜻하게 차려입고서 케빈이 화장실에서 볼일을 보고 나오기를 기다렸다. 눈이 내리고 있었다. 더그가 미치를 돌아보면서 말했다.

"근데 말이야, 아무리 인생을 단순하게 살려고 노력해도 인생이 자꾸만 복잡하게 꼬인 적 있어?"

미치가 담배에 불을 붙였다.

"응, 아마 있는 거 같아. 왜?"

"모르겠어. 씨팔, 난 복잡하게 꼬이는 게 진짜 싫어."

"뭐가 복잡하게 꼬이는데? 아까 통화하던 사람 누구야?"

미치가 더그를 정면으로 바라보았다. 더그는 자기가 이야기를 시작했지만 화제를 바꾸고 싶었다.

"아동 서적을 쓰기로 마음먹었어."

"전에도 그거 하지 않았어? 랍스턴가 뭔가 하는 거. 그런데 그 랍스터가 뭐였더라……. 맞아, 비정한 범죄자로 바뀌지 않았어?"

"비정한 범죄자가 아니라 귀여운 범죄자였지. 그런데 이번에는 좀 다르게 쓸 거야."

케빈은 밖으로 나왔고, 세 사람은 픽업트럭에 탔다. 차는 따뜻했고 코코아 냄새가 났다.

"린다는 내가 개를 산책시키는 줄 알아. 그래서 코코아를 타준 거야. 이걸 내가 너희들을 위해서 가져왔고."

린다는 지금 네가 개들하고 이야기하는 거 아닌 줄 다 알아, 라고 더그는 생각했다.

"근데 더그가 아동 서적을 쓰겠대."

"정말? 예전에도 그거 하지 않았나? 자살하는 마약쟁이 랍스터 이야기였지?"

케빈이 물었다.

"왜 이래, 자살하는 거 아니었어. 그냥 몇 가지 문제가 있었을 뿐이지. 그리고 걔는 마약중독자가 아니었어. 그냥 약을 좀 팔았을 뿐이지. 근데 아무튼 이번에는 다를 거야."

계속 예전 이야기를 들추어내는 이런 녀석들과는 아무리 토론을 해봐야 득이 되지 않는다. 젠장, 케빈이 예전에 경찰에 체포되어서 교도소에 갔다는 이야기나 미치가 엿 같은 직장에서 엿 같은 상사에게 잘렸다는 이야기를 자꾸 해대면, 자기네들은 뭐 기분이 좋을까?

케빈이 어깨를 으쓱했다.

"다들 페라리 훔칠 준비됐지?"

"준비 완료."

미치가 말했다. 더그가 말이 없자 케빈은 더그를 바라보며 다시 물었다.

"야, 준비됐어?"

더그는 침울한 얼굴로 창밖을 보았다. 그래서 케빈은 한 번 더 물었다. 다시 또 물었다. 그제야 더그는 준비되었다고 대답했다. 케빈

은 주머니에서 뚱뚱하게 만 마리화나 하나를 꺼냈다. 그리고 길고 느리게 말했다.

"조오오오오아아아아앗써!"


**다음 날, 케빈은 진짜로 개를** 산책시키고 있었다. 페라리가 예전처럼 그렇게 많이 거리에 돌아다니지 않는다는 사실에 대해서 생각했다. 뿐만 아니라 린다에 대해서도 생각했다. 어젯밤 늦게 집에 돌아갔을 때, 린다는 페라리에 대해서 뭐라고 말을 했었다. 어제가 이든 레스토랑의 주차장을 노린 네 번째 시도였고 역시 아무 소득 없이 돌아와야 했다. 그런데 케빈이 화장실로 갈 때 린다가 잠결에서 페라리 이야기를 중얼거렸다. 그리고 잠든 린다가 깰까 봐 까치발로 침대로 다가갈 때도 그랬다.

"페라리는 어떻게 됐어?"

케빈은 이걸 하늘의 계시로 받아들였다. 린다가 마법의 말을 한 것이다. 어쩌면 린다가 행운을 부르는 여자일지도 모른다. 그 자리에 멈춰선 케빈은 반쯤 잠들어, 혹은 깊이 잠들어 페라리 꿈을 꾸는 린다를 바라보았다. 그리고 이렇게 말했다.

"페라리."

린다가 또 뭐라고 말을 하는지 듣고 싶었다. 아울러 린다가 잠을 얼마나 깊이 자는지 알고 싶었다.

"너 페라리……."

린다는 그렇게 중얼거리더니 완전히 곯아떨어졌다. 죽인다! 다음 차례에는 확실하게 페라리를 건질 것이라는 확실한 계시였다. 붉은 색의 아름다운 페라리가 우리를 기다린다! 문은 열려 있고 열쇠는 매트 아래에 있다! 케빈에게는 이제 더그와 미치를 설득하는 일만 남았다. 두 사람은 이제 이 계획에 점점 더 회의적으로 바뀌었다. 카운티 전체를 통틀어도 이제 페라리를 가지고 있는 사람이 과연 있기나 할까 하는 의문을 품기 시작한 것이다.

어쩌면 케빈은 이날 아침 린다의 냄새를 맡을 수 있었기 때문에 린다 생각을 했을 수도 있었다. 이날은 자기 픽업트럭 대신 린다의 차를 가지고 나왔는데, 왜냐하면 린다의 작은 도요타가 운전하기에 더 편했고 또 그 차에서는 린다의 강한 향수 냄새가 났기 때문이다. 케빈은 스카치 파커의 집 앞에 차를 세우고 시동을 껐다. 스카치 파커는 100만 달러짜리 저택의 차고에서 사는 스코티시 테리어였다. 파커 부인이 이 개에 알레르기 반응을 보여서 어쩔 수 없이 실내가 아니라 차고에서 키운다고 들었다. 케빈은 그 말을 믿지 않았다. 파커 씨는 이 개를 무척 사랑했지만 파커 부인은 그렇지 않았다. 그리고 결정적인 사실은 이들 부부의 금실은 좋은 편이 아니었다. 이런 정황을 놓고 볼 때, 스카치가 차고에서 생활하는 것은, 행복하지 못한 결혼 생활을 하는 부부가 서로에게 가하는 일종의 수동공격성의 결과라고 볼 수 있었다. 개를 학대함으로써 적의를 표현하는 현상은, 전문적인 개 산책가가 아닌 사람은 쉽게 상상할 수 없을 만큼 흔했다.

케빈은 차고 문을 열었다. 하지만 스카치는 죽은 채 널브러져 있었다. 케빈은 문을 여는 순간 그 사실을 알 수 있었다.

"씨팔!"

다가가서 우선 입을 살폈다. 움직임이 없이 벌어진 주둥이 옆에는 초록색 액체가 흥건하게 고여 있었다. 부동액이었다. 부동액 특유의 냄새가 역하게 났다. 차고를 둘러보았더니 부동액이 여기저기 여러 군데에 고여 있었다. 부동액이 샌 모양이었다. 그리고 이걸 불쌍한 개가 핥아먹은 게 틀림없었다. 그런데 잠깐, 그게 아니었다. 케빈은 지난 일 년 동안 이 차고를 드나들었지만, 여태까지 한 번도 이 차고에 차가 주차되어 있었던 적이 없었다. 적어도 자기가 볼 때는 그랬다. 그렇다면 실수로 부동액이 샌 게 아니었다. 누군가 의도적으로 개를 독살했다는 말이었다.

분노한 케빈은 911에 전화를 했고, 줄담배를 피우며 경찰 순찰차가 오기를 기다렸다. 물론 케빈은 먼저 개의 주인인 파커 부인에게 전화를 해야 옳다는 사실을 잘 알았다. 하지만 직장에 출근한 이 여자가 범인이라고 케빈은 직감했다. 평소에 개는 많이 짖었고 소음 때문에 주변 사람들로부터 원성을 샀다. 그렇기 때문에 이웃사람이 범인일 수도 있었고, 또 아니면 동네에 사는 어떤 폭력적인 사람이 범인일 수도 있었다. 차고 문은 언제나 열려 있었기 때문에 누구라도 그런 짓을 할 수 있었다. 하지만 케빈은 마음속으로 경찰이 와서 파커 부인이 이 사건에 연루되어 있다는 단서를 단번에 찾아주길 바랐다. 스카치 파커를 무척이나 사랑했던 파커 씨는 벌써 여러 주째 출장에서 돌아오지 않고 있었기 때문이다.

경찰 순찰차가 마침내 차고 앞까지 왔다. 그런데 케빈은 실망했다.

차에서 내린 경찰관이 어리고 무척이나 순진해 보였던 것이다. 범행의 단서를 단번에 찾아낼 것 같지 않았다. 케빈은 자신감과 노련함 그리고 유능함이 철철 넘치는 그런 경찰관을 기대했었다. 예를 들면 텔레비전에서 보는 CSI 요원들과 같은 인물이어야 했다. 온갖 정밀한 전자 장비와 장치 및 스프레이 따위가 들어 있는 가방을 들고 왔어야 했다. 하지만 애송이 하나가 그저 클립보드 하나만 달랑 들고 나타난 것이다. 케빈은 죽은 개를 가리켰다. 그리고 애송이가 별 생각도 없이 차고 주변을 어슬렁거리며 돌아보는 모습을 지켜보았다. 경찰관이 케빈을 바라보며 물었다.

"개가 부동액을 먹은 것 같습니까?"

먹어? 부동액을 먹어? 액체니까 먹는 게 아니라 마셔야지, 멍청한 녀석아!

"예."

"흐음."

경찰관은 다시 주변을 건성건성 둘러보았다. 그 표정으로 보아, CSI 차원의 어떤 수사를 기대하기에는 글렀다는 생각이 들었다. 경찰관은 몇 시간씩 걸리는 서류 작업을 될 수 있으면 피하고 빨리 가서 뜨거운 커피나 한 잔 마시면 좋겠다는 표정이 역력했다. 또 그렇게 할 수 있는 최선의 방법을 찾고 있었다.

"주인이십니까?"

케빈은 개 산책가로 자기를 소개했다. 그리고 개를 산책시키는 일이 자기 직업이라는 설명을 보탰다. 하지만 자기가 제공하는 이 정보

가, 범인이 빠져나갈 수 있는 법률상의 합법적인 허점이 되지 않기를 희망했다. 한편 경찰관은 책임을 피하고 빠져나갈 궁리를 하면서 클립보드에 시선을 고정했다.

마침내 경찰관은 몇 자 끼적였다. 그리고 케빈에게 물었다.

"내가 어떻게 해드리면 좋겠습니까?"

"수사를 하셔야죠."

케빈은 당연한 듯이 대답했다.

"이 집 안주인이 한 짓입니다."

이 말에 케빈은 그다지 많은 감정을 싣지 않았다. 만일 그랬다가는 그 집 안주인 대신 자기가 경찰 순찰차 뒷좌석에 앉을 수도 있다는 사실을 잘 알았기 때문이다. 그렇게 되면 한바탕 소동이 벌어질 테고, 경찰에서는 자기 전과를 조회해서 전과 사실을 알아낼 테고, 그러면 린다에게 전화를 해서 자기를 좀 빼내달라고 해야 하고……. 잘못하다간 일이 복잡하게 커질 수도 있었다. 그렇기 때문에 최대한 평정심을 유지해야 했다.

"잘 아시잖아요. 이웃사람들을 대상으로 탐문을 하고, 범행 현장을 정밀하게 조사하고, 질문을 해야죠."

"내가 사람들에게 이 개를 죽였느냐고 물어보면, 다들 아니라고 할 텐데요, 뭘."

케빈은 될 수 있으면 초조하고 짜증이 나는 모습을 드러내지 않으려고 애를 쓰면서 입을 열었다.

"근데 말입니다, 난 여태까지 경찰 드라마 무지하게 많이 본 사람입니다. 그런데 〈로 앤 오더Law and Order〉에 나오는 경찰관 가운데서 말입니다, '우리가 이 살인사건을 수사한다 하더라도, 범인은 자기가 안 그랬다고 할 텐데요, 뭘'이라고 말하는 사람은 한 사람도 못 봤습니다."

"그 드라마는 사람을 죽인 사건을 다루지, 개를 죽인 사건을 다루지 않잖아요."

경찰관 역시 차분했다.

"나는 당신네들이 우리를 보호하고 우리에게 봉사를 해야 한다고 생각하는데, 내 말 틀렸습니까?"

결국 케빈이 점점 커지는 분노를 참지 못하고 목소리를 높였다. 그러자 경찰관은 순찰차 쪽으로 걸어갔다.

"우리는 사람을 보호하고 사람에게 봉사합니다. 개가 아니라."

경찰관은 차에 올라 시동을 켰다. 그리고는 자기가 생각하기에도 너무 심하게 굴었다 싶었던지 유리창을 내리고 케빈을 바라보았다.

"당신이 직접 수사를 할 수도 있습니다. 하지만 비용은 본인이 물어야 합니다. 부동액 통에 묻은 지문을 채취할 수도 있다는 말이죠. 그런데 지문 테스트 비용이 500달러입니다. 그리고 그 지문의 주인공이 이 집 안주인으로 판명된다 하더라도, 자기 집에서 자기 부동액 통을 자기가 만지는데 뭐가 문제냐고 나오면 할 말 없겠죠."

할 말이 없었다. 케빈은 집에서 빠져나가 도로에 진입하는 경찰 순찰차를 그저 멍하게 바라보기만 할 뿐이었다. 케빈은 직장에 출근한 파커 부인에게 전화를 해서, 그녀의 반응에서 어떤 거짓이나 꾸밈을

간파하려고 귀에 모든 신경을 집중했다. 그리고 스카치의 사체를 자기가 처리해도 되겠느냐고 물었다. 그래도 된다고 했다. 케빈은 스카치의 사체를 쓰레기 봉지에다 담은 뒤 린다의 자동차 뒷좌석에 실었다. 그리고 다음 차례의 개가 기다리는 곳으로 자동차를 몰았다.

**제프리의 집에 도착했다.** 제프리는 살아 있었다. 다행이었다. 그런데 제프리의 주인, 즉 언제 봐도 수상한 구석이 있는 의사가 집에 있었다. 이건 다행이 아니었다. 케빈은 차에서 내리면서 투덜거렸다. 특히나 자기가 돌보던 개의 사체를 자동차에 싣고 다니는 상황에서 케빈이 제일 부닥치고 싶지 않은 또 다른 상황은 다른 사람과 맞닥뜨리는 것이었다. 케빈이 자기 직업을 좋아하고 즐기는 이유 가운데 하나도 개 산책시키는 일을 하면 사람과 맞닥뜨릴 일이 거의 없다는 점이었다.

"하이!"

의사가 인사를 했다. 케빈은 이 의사의 이름을 기억하지 못했다. 제프리를 산책시키는 대가로 받는 수표도 이 의사가 발행한 것이 아니라 제약회사가 발행한 것이라서 의사의 이름을 보거나 들을 일이 거의 없었기 때문이다. 의사는 젊은 사람이었다. 삼십 대 초중반 정도. 머리는 반듯하고 매끄럽게 잘랐으며 옷은 몸에 딱 맞게 입었다. 1980년대의 전형적인 증권맨의 모습이었다. 그래서 케빈은 이 사람을 볼 때마다 보건의료 쪽 전문가가 아니라 영화 〈월 스트리트Wall Street〉에 나오는 어떤 인물을 떠올렸다. 게다가 이 사람은 이런 저택

을 소유하기에는 너무 젊어 보이기도 했다. 하지만 케빈은 의사들이
한 달에 얼마씩 버는지 거의 알지 못했으니까, 그렇게 생각할 근거는
없었다.

"하이."

케빈은 일부러 지친 목소리로 대꾸했다. 될 수 있으면 대화를 회피
하고 싶어서였다. 제프리는 케빈을 반기며 펄쩍 뛰었다. 케빈도 녀석
을 쓰다듬으며 어서 빨리 녀석을 데리고 나가야지 하고 생각했다.

"잠깐만 안으로 들어오시죠. 얘기하고 싶은 게 좀 있어서요."

짜증 나!

케빈은 집 안으로 들어갔다. 실내는 따뜻했다. 그나마 다행이라면
다행이었다. 차가운 겨울바람을 피하는 건 좋은 일이었다. 아주 잠깐
동안이라면 말이다.

"신발은 벗어요."

의사가 무뚝뚝하게 말했다. 의사는 케빈에게 반박의 여지를 주지
않았다. 기본적인 태도가 그런 사람이었다.

"들어와요."

케빈은 족히 이 분 동안은 신발을 벗지 않고 섰다가, 결국 서재로
따라 들어갔다. 몇 주 전에 자기가 금고를 열었던 바로 그 장소였다.
하지만 자기가 그랬다는 사실을 의사가 알아냈을 가능성은 없다고
케빈은 생각했다. 게다가 의사는 기분이 나빠 보이지 않았다. 적어도
불법 침입 사실을 따지겠다는 사람의 표정은 아니었다. 벽난로에는
불이 타고 있었다. 의사는 커다란 체리목 책상 뒤에 앉았다. 그리고

케빈에게 유럽 스타일의 붉은색 펠트 의자를 가리켰다.

"케빈, 뭐 하나 물어보고 싶은 게 있어서요. 화는 내지 말아 줬으면 합니다."

의사는 몸을 뒤로 젖히며 두 다리를 책상에 올렸다. 두 손은 가지런하게 자기 배에 올리며 케빈을 바라보았다. 케빈은 어깨를 한 번 으쓱했다.

"물어보세요."

"마약 때문에 교도소에 갔다 왔죠?"

기습적인 질문에 완전히 허를 찔렸다. 하지만 너무도 확신에 차고 또 직설적인 질문이라서 케빈은 화를 낼 수가 없었다. 이 인간이 도대체 어떻게 알았을까? 직업의 특성상 다른 사람의 집에 들락거려야 하기 때문에 전과 기록은 될 수 있으면 숨기고 싶은 약점이었다.

"맞습니다. 어떻게 아셨습니까?"

"당신에게 우리 집 열쇠를 맡기잖아요. 배경을 알아보는 게 당연하죠."

그보다 더 당연한 게 어디 있겠느냐는 투였다.

"이런 일을 전문으로 다루는 변호사를 고용하고 있거든요."

잘리겠구나, 그런 생각을 했다. 고객 둘을 한꺼번에 잃는 날이었다. 재수 없는 날이었다. 그래, 좆 까, 그럼 어디 나가서 전화 기록 하나 없이 깨끗한 개 산책 전문가가 있는지 눈을 씻고 찾아봐라. 개를 산책시키는 일은 경쟁력이 있는 사업이라고 케빈은 생각했다. 이 분야 전문가이면서 전과 기록 없이 깨끗한 사람을 구하기가 쉽지 않기 때문이었다. 케빈은 조용히 해고 선언이 떨어지길 기다렸다.

"그게 흥미로워서 말입니다."

의사는 그렇게 말하고는 케빈을 바라보았다. 뭔가를 기대하는 눈빛이었다.

"왜요?"

"뭐랄까, 호기심이 생기네요. 그러니까…… 당신이 한 일에 대해서요."

케빈은 등받이에 몸을 기댔다. 자세를 바꾸는 바람에 재킷에 묻어 있던 눈이 의사의 고가구에 떨어지며 스르르 녹았다. 고가구에 떨어져 녹는 눈. 이런 걸 의식하니까 자기가 지금 엉뚱한 자리에 와 있다는 생각이 더욱 강하게 들었다.

"이보세요. 그건 아주 오래전 옛날에 있었던 이야깁니다. 개 산책시킬 사람을 나 말고 따로 구하고 싶다면 그렇게 하세요."

케빈이 몸을 일으켰다.

"아아, 잠깐, 잠깐."

의사는 케빈에게 다시 앉으라고 손짓을 했다. 그리고 애써 친근한 미소를 지었다. 하지만 케빈이 보기에 그 미소는 싸구려 상품을 팔러 다니는 세일즈맨의 억지 미소였다.

"그런 말이 아닙니다. 앞으로도 제프리를 계속 산책시켜 주세요. 난 그냥 궁금해서 그런 것뿐입니다."

만일 의사가 제프리를 계속 맡기겠다면, 피고용인이라는 신분이 그대로 유지된다는 뜻이었다. 그렇다면 피고용인으로서의 공손한

태도를 잊지 말아야 했다. 막 해고된 사람으로 잠깐이나마 느꼈던 자유를 억제해야 했다.

"마리화나였죠?"

마리화나를 재배했다는 사실은 말하지 않을 참이었다.

"마리화나 재배했죠?"

"예."

"여기 재배 및 소지라고 되어 있네요."

"아, 씨, 내 전과 기록을 다 보고 있다는 말입니까?"

의사는 책상에서 다리를 내리고 의자를 책상 쪽으로 가깝게 당기며 허리를 곧추 세우고 앉았다.

"케빈, 나한테 골치 아픈 문제가 생겨서 말입니다. 나를 좀 도와주면 좋겠는데……"

케빈은 의사가 무슨 말을 하려는지 알았다. 금고 안에 들어 있는 수천 개의 알약을 처분해달라고 할 게 분명했다. 물론 케빈은 의사가 금고 안에 알약을 숨기고 있다는 사실을 아는 척할 수 없었다. 그러므로 오 분 동안이나 지루하게 앉아서 보건 의료 체계에 대해서 늘어놓는 온갖 이야기들을 다 들어야 했다. 그리고 이 과정에서 어떻게 해서 수천 개의 알약이 지금 자기 금고 안에 있는지 들어야 했다.

의사는, 자세한 내용은 케빈과 같은 보건 의료 분야의 문외한은 도저히 이해할 수 없을 정도로 복잡하지만, 아무튼 자기가 가지고 있는 알약은 완벽하게 합법적이라고 말했다. 합법적이라는 말을 강조하며 의사는 미소를 지었다. 신뢰를 주는 미소를 의도했지만 의도대로 되지 않았는지, 사실 그건 미소가 아니라 우거지상이었다.

"나는 이 약을 사겠다는 사람을 많이 알지 못합니다. 그래서 거리의 세계를 잘 아는 누군가가 도와준다면 나한테 무척 큰 힘이 되겠구나, 하고 생각한 겁니다."

"나는 약에 대해서는 아는 게 많이 없습니다."

사실 케빈의 머리는 뭐가 뭔지 모를 정도로 복잡해졌다. 하지만 케빈은 적어도 한 가지만은 확실하게 알았다. 의사가 자기가 개인적으로 모은 마약류 알약을, 자기 집의 개를 산책시키는 사람에게 시켜 팔도록 하는 것은 결코 '완벽하게 합법적'이 될 수 없다는 사실이었다. 이 의사에게 '거리의 세계를 잘 아는 누군가'란 바로 쓰레기를 뜻하는 완곡한 표현이었다. 어쩌면 의사의 수첩에 우선적으로 해야 할 항목 가운데 하나로 '쓰레기를 찾아라'가 적혀 있을 수도 있었다. 케빈은 솔직히 이 일에 엮이고 싶지 않았다. 하지만 더그라면 좋아할 것 같았다. 더그가 쓰레기라서가 아니라 얼마 전에 일자리를 잃었기 때문이었다. 게다가 더그는 약을 무척이나 사랑하니까.

"그 방면으로 훤하게 아는 친구가 한 명 있는데, 그 사람을 소개해 드리죠."

"아뇨, 그건 안 되고."

의사를 손사래를 쳤다. 머리까지 함께 흔들었다. 조금 전까지만 해도 합법적이다 어쩌다 하며 자신만만하던 것도 사실이 아님을 알 수 있었다.

"난 이 문제로 다른 사람을 만나고 싶지 않아요. 이 일이 얼마나 민

감한 것인지 잘 알잖아요. 물론 잘만 하면 엄청난 돈을 벌 수도 있긴 하지만."

"좋아요, 그럼 일단 내가 그 친구와 함께 일을 맡는 걸로 하고, 오늘밤에 얘기 한번 해보죠."

오늘밤에 다시 페라리 작전을 나가긴 하겠지만, 현재 병사들이 보이는 동요 및 반란의 조짐으로 보자면 어쩌면 오늘밤이 마지막 작전이 될 수도 있었다. 어쩌면 마약 소매 사업 제안이 들어왔다는 얘기를 하면, 주차장 야간 잠복 작업의 고통이 한층 덜어질 것 같았다.

헤어지기 전에 두 사람은 악수를 했다. 그런데 케빈은 아직도 의사의 이름을 기억해내지 못해서 결국 물어봐야 했다.

"근데 성함이 어떻게 됩니까?"

"빌링스요, 제프리 빌링스."

케빈은 고개를 끄덕이며 별 의미 없이 다시 한 번 더 빌링스의 손을 흔들었다.

살다 보면 때로, 어떤 사람에 대해서 한 가지 사실만 알면 그 사람에 대해서 다 알게 될 때가 있다. 그 마약쟁이는 개의 이름을 자기 이름으로 지었다.


**더그는 나무에 앉아서** 자기와 린다 사이에 있었던 일이 정말로 케빈이 잘못해서 일어난 것인지 아닌지 생각했다. 더그의 판단은 케빈이 잘못했기 때문이라는 쪽으로 점점 기울고 있었다. 자기가 경찰에 고자질을 한 게 아니라는 사실을 케빈이 아직도 백 퍼센트 믿지 않는다는 걸, 더그는 알고 있었다. 그리고 케빈이 이처럼 자기를 믿지 않았기 때문에 결국 자기가 정직하지 않은 행동을 하게 되었다고 생각했다. 케빈이 자기를 좀 더 확실하게 믿어주기만 했더라도 린다와 잠을 자지는 않았을 것이다. 그러고 보니까 애초에 케빈이 잘못했다는 게 딱 들어맞는 설명 같았다.

"야, 더그."

미치가 더그에게 마리화나를 내밀었다. 미치는 더그보다 한 층 더 높은 가지에 앉아 있었다. 거기에서 두 사람은 레스토랑의 주차장을 내려다보며 삼십 분 동안 마리화나를 피우고 있었다. 지금 더그는 느낌이 아주 확 올라온 상태라서, 설령 지금 페라리가 나타난다 하더라도 이제는 임무를 수행하고 싶은 마음이 전혀 없었다. 사실 첫날 이후로 숲에서 주차장을 바라보며 페라리가 들어오길 기다릴 때는 늘 그랬다. 삼십 분만 지나고 나면 페라리고 임무고 다 필요 없었다. 그리고 더그는 매번 허탕을 칠 때마다 남몰래 안도의 한숨을 쉬었다. 사실 더그는 케빈이 페라리를 훔치러 가자고 할 때마다 이중으로 기뻤다. 하나는 이 계획이 절대로 실행에 옮겨질 일이 없지만 자기는 케빈이 페라리를 훔치도록 열심히 돕는 게 되고, 또 자기에게 주어진 업보의 책임을 다하면서도 체포될 위험의 가능성은 전혀 없기 때문이었다. 말하자면 손도 대지 않고 코 푸는 격이었다.

그런데 미치와 더그는 벌써 여러 차례 숲에 숨어서 레스토랑의 주차장을 지켜보았고, 이 과정에서 많은 것들을 알아냈다. 대리 주차 요원들을 아주 가까이에서 그리고 아주 오랫동안 지켜봤기 때문에,

그 친구들과는 친하게 알고 지내는 사이인 것처럼 느껴졌다. 이탈리아 출신으로 보이는 녀석, 뚱뚱한 녀석, 얼빠진 녀석 그리고 여자가 있었다. 여자는 금요일에만 나왔는데 조금은 귀여운 구석이 있었다. 미치와 더그는 망원경으로 그 여자를 지켜보았고, 여자가 다른 주차 요원들과 함께 기다리면서 보여준 외모와 태도는 두 사람이 삼십 분 동안 나눈 대화 내용의 대부분을 차지했다. 그런데 이탈리아아인으로 보이는 녀석은 행실이 좋지 않았다. 주차장에 떠도는 말들을 주워서 종합하자면, 이 녀석은 손님이 주는 팁을 다른 주차 요원들과 나누지 않고 독식한다는 것이었다. 사실 아닌 게 아니라, 나무 위에서 저녁 시간을 거의 다 보내면서 관찰한 결과, 녀석은 동료가 주변에 없을 때는 돈을 곧바로 자기 주머니에 집어넣곤 했다.

"당장 내려가서 한 방 먹여줄까?"

미치가 말을 했고, 한동안은 그게 참 괜찮은 생각 같았다. 하지만 곧 정신을 차렸다. 자기들이 해야 하는 임무는 나무에 앉아서 페라리가 오기를 기다리는 일이었다. 그리고 더그는 몇 시간만 더 기다리면 일은 끝나고, 그러면 집으로 돌아갈 수 있다는 사실을 기억해냈다. 집으로 돌아가면 진짜 일자리, 다른 기업형 식당의 구이 담당 요리사 일자리를 찾아볼 참이었다.

이때 미치의 핸드폰이 울렸다. 무척 큰 소리였다. 레스토랑에서 식사를 하는 사람들도 들었을 게 분명했다. 현관 앞에서 손님을 기다리던 대리 주차 요원 두 사람은 확실하게 들은 모양이었다. 이탈리아 출신인 것 같은 녀석이 두 사람이 있는 곳을 바라보았다. 그레이트풀

데드의 노래를 깡통 소리가 나는 버전으로 바꾼 노래가 숲에서 들리는 게 당연히 이상했을 것이다. 핸드폰을 보니 케빈이었다.

"멍청아, 전화하면 어떡해! 잠복근무 하는 거 몰라?"

"진동으로 해놨어야지, 멍청아!"

"장갑을 끼고 있잖아! 뭉툭한 손가락으로 어떻게 자판을 눌러?"

미치는 소리를 죽인 채 끝까지 자기가 잘했다며 화를 냈다.

"왜 전화했어?"

"이제 그만 슬슬 가야겠어. 린다가 방금 전화했는데, 아무래도 내가 개를 산책시키러 나온 게 아니란 걸 아는 거 같아."

"개소리 하지 마. 난 페라리 없으면 집에 안 가. 우리는 이미 이 사업에 너무 많은 시간을 투자했단 말이야."

미치가 계속 휴대폰에다 대고 속삭였고, 더그는 자기 나뭇가지에 앉아서 멍한 눈으로 미치를 올려다보았다.

더그 녀석, 마리화나로 완전히 맛이 갔구나, 하고 미치는 생각했다. 행복해 보였다. 이걸 보고 미치는 더그가 정말로 페라리를 훔치고 싶은 마음이 없다는 걸 알아차렸다. 아유, 이 인간들을 그냥! 좋아, 그렇다면 혼자서라도 훔치고 말겠어, 하고 미치는 생각했다.

그때 미치는 천사가 부르는 노랫소리를 들었다. 페라리 한 대가 주차장으로 들어온 것이다.

얼마나 아름다운 모습인가. 오 초라는 긴 시간 동안 미치는 페라리에 감탄했다. 페라리의 부드러운 곡선과 기절할 만큼 근사하게 밝은 빨간색에 감탄했다. 페라리는 이든 레스토랑 주차장의 시들어 빠진

노란색 조명등 아래에서조차 놀라우리만치 아름다웠다. 미치는 심장이 쿵쾅거리며 뛰는 걸 느꼈다. 모든 감각이 잠에서 깨어 일어나 예리하게 번쩍였다. 잠들어 있던 내면의 코만도가 자리를 차고 일어났다. 미치는 휴대폰이 마치 백병전 대검이라도 되는 것처럼 입에 물고서 소리 없이 나무 아래로 내려왔다.

더그가 작은 소리로, 씨팔 어쩌구 하며 중얼거리는 것 같았다.

미치는 휴대폰에 묻은 자기 침을 닦고 귀에 댔다. 케빈은 아까부터 뭐라고 계속 지껄이고 있었지만 미치는 이 말을 무시한 채 작은 소리로 속삭였다.

"여우가 닭장에 들어갔다."

"뭐?"

"왔어. 출발해. 여우가 닭장에 들어갔다니까!"

미치는 핸드폰을 끄고 주머니에 집어넣었다. 아드레날린이 쫙쫙 분비되는 게 느껴졌다. 이때 미치 뒤에서 더그가 마치 죽은 코끼리처럼 나무에서 떨어졌다.

"야, 조용히 해!"

미치는 나지막한 소리로 힘주어 말하며 뒤를 돌아보았다. 더그는 온몸을 동원한 육체 언어로 자기는 하기 싫다고 저항했다. 하지만 지금으로서는 철수하기에 너무 늦었다. 케빈이 픽업트럭까지 가려면 오 분은 걸어야 했다. 그것도 관목 덤불을 헤치고 걸어야 했다. 미치로서는 기다릴 수 없었다.

"우린 전진한다."

얼빠진 주차 요원이 페라리 운전자와 이야기를 하고 있었다. 운전자는 자기 차를 특별히 신경 쓰라는 따위의 말을 하는 모양이었다. 녀석은 이제 그 차를 20미터쯤 몰고 가서 주차할 것이다. 혹시 숲 어딘가에서 자기들처럼 페라리를 노리는 다른 녀석들이 있다면 몰라도, 미치는 겁날 게 전혀 없다고 생각했다. 이탈리아인으로 보이는 녀석은 페라리의 조수석으로 쪼르르 달려가서 죽이게 예쁜 금발 여자가 내리는 걸 도왔다. 미치는 페라리에서 내린 남녀가 레스토랑 안으로 들어가는 것을 주의 깊게 살폈다. 얼빠진 녀석이 차에 오르려고 했다. 그런데 이탈리아인으로 보이는 녀석이 얼빠진 녀석을 막았다. 거의 밀쳐내다시피 했다. 뭐하려고 저러지? 미치가 사태를 파악하려고 눈을 굴릴 때 다시 휴대폰이 울렸다. 케빈이었다.

"멍청아! 녀석들이 벨 소리를 다 듣잖아!"

"진동으로 해두라니까?"

"왜 전화했어, 왜?"

미치가 낮은 그리고 힘 있는 소리로 속삭였다.

"근데 너 아까 무슨 소리 지껄인 거야? 여우가 나타났어?"

미치는 한숨을 무겁게 쉬었다. 급박한 순간에 주변에 온통 멍청이들밖에 없을 때, 정상인이 내쉬는 바로 그 한숨이었다.

"내가 이렇게 말했어. '여우가 닭장에 들어갔다.' 오케이? 좆도 페라리가 주차장에 들어왔단 말이야."

"진짜?"

케빈이 긴장하는 눈치를 보았다. 더그도 제발 케빈처럼 이렇게 관

심을 가지고 긴장하면 좋겠는데…….

"그럼 진작 그렇게 말을 하지, 왜 아까는 여우가 어쩌고저쩌고 그랬어?"

"그건 암호잖아, 암호! 오케이? 네가 알아들을 줄 알고 그랬지."

"내가 그걸 어떻게 알아들어? 암호를 사용하겠다면 미리 말을 해 줬어야지. 말도 안 했는데 누가 알아들어?"

"야, 내가 지금 페라리 훔치는 거 보고 싶냐, 아님 돌아가서 네 머리통 날리는 거 보고 싶냐?"

"페라리 훔치는 거."

케빈이 그렇게 말을 하고 먼저 전화를 끊었다. 미치는 휴대폰을 주머니에 넣고 더그 쪽으로 돌아섰다. 더그는 관목 덤불 사이로 주차장을 바라보고 있었다.

"어떻게 됐어?"

"두 놈이 서로 자기가 주차하겠다고 싸우나 봐."

정말 그랬다. 공회전을 하는 페라리의 운전석 문을 열어둔 상태에서 서로 20미터 거리를 운전해서 주차하겠다고 고함을 질러가면서 싸우고 있었다. 하지만 결국, 비록 키는 작지만 덩치가 더 크고 근육이 더 많은 이탈리아인처럼 생긴 녀석이 얼빠진 녀석을 차에서 멀리 밀어내고 운전석에 올랐다.

"완전 쓰레기야."

더그가 말했다. 그러자 미치가 맞장구를 쳤다.

"당장 뛰어 내려가서 녀석을 아주 뭉개버리자."

"차만 훔치면 돼, 그냥 차만 훔치자."

더그는 아예 단념한 모양이었다. 더그의 말이 옳다는 걸 미치도 깨달았다. 아무리 저질 인간이라 하더라도 그 저질 인간을 응징하려고 추운 겨울밤에 다섯 차례나 눈을 맞아가면서 기다린 건 아니었다.

녀석은 페라리를 몰았다. 처음에는 아주 천천히 몰았다. 페라리 이전에 마지막으로 들어온 차 옆에 세울 모양이었다. 그런데 그 주차 자리에 들어서자 페라라는 갑자기 속력을 내면서 크게 원을 그리며 주차장을 돌기 시작했다. 마치 더 좋은 자리를 찾기라도 하려는 것 같았다. 녀석은 페라리 운전을 즐기고 싶은 게 분명했다. 그리고 될 수 있으면 많은 시간을 페라리 안에서 보내며 땡땡이를 칠 모양이었다. 녀석은 벌써 주차장을 두 바퀴나 돌았다. 미치는 초조하고 화가 나서 부르르 떨었다.

"당장 내려가서 녀석의 낯짝을 묵사발로 만들어 버려야지, 밥맛없는 새끼!"

"참아, 참아. 오네, 온다."

녀석은 두 사람에게서 20미터도 채 떨어지지 않은 널찍한 곳에다 그것도 주차 자리 표시를 무시하고 대각선으로 주차를 했다. 아마도 차 주인이 다른 차들이 주변에 대지 못하도록 이렇게 주차하라고 지시한 모양이었다. 그런데 녀석이 차에서 내릴 생각을 하지 않았다. 심지어 전조등도 끄지 않았다. 오히려 녀석은 라디오를 켰다. 음량을 한껏 올려서 페라리의 사운드 시스템을 즐겼다. 랩의 비트가 미치와 더그에게까지 생생하게 들렸다. 녀석은 아예 운전석에 퍼질러 앉아

음악에 맞추어서 어깨와 머리를 흔들어댔다.

"저거 진짜 개새끼네."

미치가 속삭였고 더그는 아무 말도 하지 않았다. 녀석은 음악에 맞춰 계속 머리를 흔들었다. 마침내 노래가 끝났다. 미치는 안도의 한숨을 길게 내쉬었다. 그런데 곧 다른 노래가 다시 시작되었고, 녀석도 다시 몸을 흔들기 시작했다. 이번에는 아예 노래를 따라 부르기까지 했다. 음량도 더 키웠다. 페라리가 덜덜 떨릴 정도였다.

미치의 휴대폰이 울렸다. 미치는 덤불 뒤에 코만도의 자세로 웅크려서 더듬더듬 휴대폰을 꺼냈다. 케빈이었다.

"왜 또?"

"뭐가 이렇게 오래 걸려?"

"개자식이 차에서 안 내려. 음악 듣는다고."

"알았어, 그럼 난 길에서 시동 켜놓고 기다리고 있을게. 아무튼 여기에서 너무 오래 있을 수는 없어."

그때 미치에게 좋은 아이디어가 떠올랐다. 대리 주차 요원들을 관찰한 결과 이들 사이에는 한 가지 규칙이 있었다. 번갈아가면서 손님의 차를 주차한다는 점이었다. 자동차 한 대가 주차장으로 새로 들어왔다. BMW였다. 그러자 얼빠진 녀석이 운전석의 문을 열어서 운전자를 맞았다. 그렇다면 이탈리아인으로 보이는 녀석이 그다음 손님을 맞을 차례란 뜻이었다. 녀석을 페라리에서 내리게 하려면 다른 차한 대가 새로 들어와야 했다. 그런데 다음 차가 들어올 때까지 시간이 얼마나 걸릴지는 아무도 모를 일이었다.

"케빈, 아무래도 네가 주차장으로 들어와서 레스토랑으로 들어가는 척해야 할 거 같아. 입구에다 차를 세우면 녀석도 페라리에서 나올 거야."

"난 거기 안 가. 혹시라도 녀석들이 내 번호판을 보면 어떡해?"

"그럼 너 거기서 밤새 공회전만 하고 있을래?"

얼빠진 녀석이 BMW를 주차하고 자기 자리로 돌아갔다. 이탈리아인으로 보이는 녀석은 여전히 페라리에 앉아 있었다.

나무들 사이로 자동차 전조등이 레스토랑으로 다가오고 있었다. 케빈의 픽업트럭이었다. 픽업트럭은 레스트랑의 긴 진입로를 거친 뒤에 주차장으로 들어왔고, 그 순간 페라리의 엔진과 라디오가 동시에 꺼지고 문이 열렸다. 녀석은 백미러로 픽업트럭이 들어오는 걸 보고 있었던 모양이었다. 녀석은 열쇠를 매트 위에 던져놓고 문을 닫은 뒤 케빈을 맞으러 달려갔다.

"됐어!"

미치가 말했다.

케빈은 얼빠진 녀석을 상대로 무언가를 묻고 있었다. 그건 녀석들의 관심을 분산시키는 데 아주 효과적이었다. 미치와 더그는 덤불 뒤에서 나와 낮은 포복 자세로 페라리를 향해 빠르게 다가갔다. 미치는 운전석 쪽으로 기어갔다. 미치의 눈에는 공회전을 하고 있는 케빈의 트럭과 두 주차 요원이 선명하게 보였다. 미치는 페라리에 올라타면서 케빈이 분명 자기를 보고 있을 것이라고 확신했다. 더그도 조수석으로 페라리에 올라탔다. 미치가 열쇠를 찾아서 시동을 켜는 것과 동

시에 더그에게 말했다.

"머리를 낮춰."

후진 기어를 넣었다. 클러치의 압력이 전혀 느껴지지 않았다. 모든 기어가 다 저절로 들어가게끔 되어 있는 것 같았다. 핸들도 정말 부드러웠다. 비싼 돈을 주고 페라리를 사는 데는 다 이유가 있었다. 미치는 1단으로 변속을 하고 가속기를 밟았다. 자동차는 쏜살같이 앞으로 내달렸다. 힘이 장난이 아니었다. 페라리는 순식간에 주차장을 빠져나왔다. 자동차 뒤로 흩날리는 눈발과 연기가 두 사람을 쫓았다.

"이야호오!"

미치가 탄성을 질렀다. 주차 요원들과 얘기를 나누고 있던 케빈 곁을 페라리가 지나쳐서 달렸고, 그들은 페라리가 마치 총알처럼 빠르게 어둠 속으로 사라지는 걸 보았다. 미치는 그 짧은 순간에 이탈리아인으로 보이는 녀석이 방금 전까지 페라리가 주차되어 있던 곳으로 고개를 돌리는 걸 보았다. 그걸로 그 장면은 끝이었고, 이어서 나무들과 이든 레스토랑 진입로 장면이 이어졌다.

"잠깐! 케빈을 기다려야지. 어디로 가야할지는 케빈이 알잖아."

케빈은 그 레스토랑에서 3킬로미터쯤 떨어진 어떤 차고로 페라리를 몰고 가면 된다고 했다. 하지만 미치와 더그는 한 번도 거기가 어디인지 물어볼 생각을 하지 않았다. 계획상으로는 도로에서 기다리던 케빈을 따라가기만 하면 되었기 때문이다.

미치는 가로수가 줄지어 늘어선 깜깜한 도로에 차를 세우고 픽업 트럭의 전조등이 깜깜한 레스토랑 진입로에서 나타나기만을 기다렸다. 하지만 불빛은 보이지 않았다. 분명히 케빈은 자기들이 자동차를 훔쳐서 주차장을 빠져나가는 것을 보았으며, 그 순간에 케빈은 차를 공회전 시키는 상태에서 주차 요원들과 이야기를 나누고 있었다. 미치는 운전석의 창문을 열고 고개를 밖으로 내밀어 뒤를 바라보았다. 그렇게 하고 있으면 케빈이 조금이라도 빨리 나타날 것 같았다.

"씨팔, 이삼 분만 있으면 경찰이 나타날 텐데, 대체 뭐 하고 있는 거야?"

더그는 돌처럼 굳은 자세로 운전석에 앉아 있었다. 귀에는 페라리의 강력한 엔진이 뿜어내는 공회전 소리가 들렸다. 겨울 숲의 공기는 차갑고 상큼했다. 미치와 더그 둘 다 아무 말도 하지 않았다. 침묵. 그래도 케빈은 오지 않았다.

"우리가 차를 훔친 거 케빈이 알고 있지? 그렇지?"

미치가 내뱉듯이 물었다.

"내 말은 말이야, 이게 불법인 거 녀석도 잘 알고 있지 않느냐, 이 말이야."

미치는 추운 날씨임에도 불구하고 자기 이마에서 땀이 송골송골 맺히는 걸 느꼈다.

더그는 아무 말도 하지 않았다. 똑바로 앞만 보고 있었다. 마침내 미치의 눈에 주차장에서 빠져온 픽업트럭의 불빛이 자기들이 있는 곳으로 전속력으로 달려오는 게 보였다. 가슴을 짓누르던 돌덩이가 치워진 것 같았다. 그제야 숨을 제대로 쉴 수 있었다. 픽업트럭은 나는 듯이 페라리 곁을 지나갔고, 페라리도 곧바로 뒤를 따라붙었다.

케빈은 진입로에서 빠져나와 도로에 합류를 한 다음에도 멈추지 않고 곧바로 오른쪽으로 꺾어서 달렸다. 그 바람에 픽업트럭의 바퀴가 밀어낸 진흙과 나무 지저깨비들이 페라리의 앞 범퍼로 퍽퍽 날아들었다. 평소에 다른 차들이 가까이 범접하지 못하도록 될 수 있으면 먼 곳에 주차하는 수고로움을 아끼지 않았을 페라리의 주인이 이 모습을 봤다면 아마도 입에 거품을 물고 쓰러질지도 모르겠다는 생각에 미치의 얼굴에는 사악한 웃음이 저절로 피어났다.

케빈은 가속페달을 최대로 밟았다. 두 차의 속도는 이미 시속 140킬로미터가 넘었다. 페라리는 4단 기어로 달렸지만 그렇게 빨리 달린다는 느낌은 들지 않았다. 미치가 환호성을 지르기 시작했다.

"이야아아아아아하하하!"

미치는 고함을 지르면서 더그를 보았다. 더그의 얼굴은 불안한지 잔뜩 일그러져 있었다.

"이야하! 얘는 하늘도 날 거 같아!"

"조, 조심해, 빙판이야."

더그의 목소리가 불안하게 흔들렸다. 더그는 안전벨트를 매려고 했지만 벨트를 채우는 곳이 어디 있는지 찾지 못했다. 그러자 안전벨트를 던져버리고 좌석에서 몸을 비틀어댔다. 그런 모습을 보자 미치는 성가신 모양이었다.

"야! 가만히 좀 앉아 있어!"

더그는 아무 말도 하지 않았다. 그리고 관대하게도 꼼짝도 하지 않고 가만히 앉아 있었다. 앞서 가던 케빈이 방향지시등을 켰다. 그리고 몇 초 뒤에 작은 길로 접어들었고, 다시 한 번 더 갈림길에서 갈라진 다음에, 다시 한참을 더 달려서 양옆으로 나무가 줄지어 늘어선 어떤 진입로를 따라서 달렸다. 정말 길고 멋진 길이었다. 그리고 이 진입로 끝에 자동차 두 대도 충분히 들어갈 수 있는 커다란 차고가 있었다. 차고 안에는 불이 켜져 있었다.

케빈은 트럭에서 내려 차고의 출입문으로 가서 벨을 눌렀다. 케빈이 기다리는 모습을 페라리 안에서 더그와 미치가 지켜보았다. 케빈의 입에서는 뿌연 수증기 훅훅 뿜어져 나왔다. 케빈은 숨을 헐떡이고 있었던 것이다.

"나, 이 차에서 내리고 싶은데……."

더그가 미치에게 말했다.

"내려 그럼. 케빈에게 가서 이거 어디에 주차하면 되는지 물어봐."

더그가 차에서 내리기 전에 사내 하나가 문을 열고 나왔다. 작업복을 입고 팔자수염을 기른 억세게 생긴 사내였고, 한 손에는 용접용 토치램프를 들고 있었다. 사내는 주차장 주변을 쓰윽 살펴보고는 케빈에게 인사했다. 사내는 페라리를 보더니 토치램프를 내려놓고 페라리로 다가와서 미치에게 인사했다.

"와우!"

탄성을 토해낸 사내는 차 주위를 돌아다니면서 살폈다.

"죽이네, A599."

그리고는 케빈에게로 돌아섰다.

"로잭은 떼어냈지?"

케빈은 얼어붙었다. 미치도 얼어붙었다. 더그가 차에서 내리면서 말했다.

"그게 뭐야?"

로잭. 미치나 케빈 모두 그게 뭔지 알고 있었다. 지금 그 순간에도 이 페라리가 어디에 있는지 알고자 하는 사람에게 열심히 현재 위치 정보를 보내고 있을 바로 그 장치였다. 하지만 사내의 입에서 로잭이라는 말이 나오기 전까지는, 페라리에 도난 방지 장치가 설치되어 있을 가능성이 높으며 이걸 떼어냈어야 한다는 걸 생각도 하지 못했다.

로잭. 미치는 작은 소리로 중얼거렸다. 좆됐다는 생각밖에 들지 않았다. 케빈의 표정을 보니, 케빈도 자기와 같은 생각을 하는 모양이었다.

"확실히 떼어낸 거 맞지?"

사내가 다시 케빈에게 다그쳤다.

"아니."

미치가 대신 대답했다. 케빈이 너무 큰 충격을 받아서 대답을 못하는 것 같았기 때문이다. 그러자 사내는 깜짝 놀라며, 마치 페라리가 자기를 뜯어먹으려고 달려들기라도 하는 것처럼 뒤로 펄쩍 물러났다.

"이거 끌고 빨리 여기서 꺼져 버려!"

케빈은 고개를 끄덕였다.

"지금 당장!"

사내는 고함을 질러대기 시작했다.

“당장 꺼지라구, 당장!”

사내는 두 팔을 미친 듯이 저어대며 세 사람에게서 떨어졌다.

“지금부터 십 분 안에 경찰들이 이리로 들이닥칠 거야, 당장 여기서 꺼지란 말이야!”

사내는 차고 안으로 들어가더니 문을 닫아버렸다. 쾅! 미치는 여전히 공회전 중인 페라리에 탄 채로 풀이 죽은 얼굴로 서 있는 케빈을 바라보았다.

“이걸 어디에다 버릴까?”

케빈은 잠시 자기 두 신발을 바라보더니 입을 열었다.

“아무튼 아무 데나 갖다 버리자.”

두 사람은 서로의 얼굴을 바라보았다. 페라리의 공회전 소리 말고는 아무 소리도 들리지 않았다. 이상하게도 미치는 머리가 맑아지며 냉정해지는 느낌이 들었다. 내면의 코만도가 다시 살아나는 기분이었다.

“나한테 좋은 생각이 있어.”

시간이 없다는 걸 알기 때문에 미치는 빠르게 말을 이었다.

“이리 오다가 길 옆에 가파른 언덕길이 몇 개 설치되어 있었잖아. 거 왜 브레이크가 고장 났을 때 본 도로에서 빠져나와 언덕으로 쭉 올라가게 해서 저절로 서게 만들도록 한 거 말이야. 페라리를 거기다가 버리고 여기서 빠져나가는 거야. 어때?”

케빈이 고개를 끄덕였다.

“그래, 가자.”

"더그, 너는 케빈과 함께 타. 혹시 모르는데, 우리 둘 다 잡힐 필요는 없잖아."

미치의 말이 끝나기도 전에 이미 더그는 케빈의 픽업트럭에 탔다. 미치는 군데군데 움푹 파인 웅덩이와 깊게 파인 바퀴 자국을 따라서 덜커덩거리면서 진입로를 빠르게 달려 나갔다. 젠장, 페라리 꼴 참 좋네. 어차피 팔지도 못할 거 찌그러지거나 말거나 무슨 상관이겠어. 미치는 페라리를 길에 세웠다. 길은 아직 어둡고 조용했다. 자동차 불빛은 어디에도 보이지 않았다. 그날 밤 그때까지 유일하게 마음에 드는 상황이었다. 길 아래로 멀리 첫 번째 비상정차대가 보였다. 비상정차대 끝부분에는 달려오는 차량의 충격을 완화하고 속도를 늦추기 위해서 모랫길이 깔려 있었고 그 뒤에는 숲이었다. 미치는 그곳을 향해서 최대한 빠른 속력으로 페라리를 힘껏 몰았다. 페라리는 모랫길을 지나 적어도 30미터는 숲 쪽으로 들어갔다. 길에서는 이 페라리가 보일 리 없었다.

미치는 시동을 끄고 차에서 빠져나와 문을 세게 닫았다. 그리고 픽업트럭이 있는 곳으로 달려갔다. 트럭은 비상정차대가 시작하는 지점에서 공회전을 하고 있었다. 케빈이 타자마자 케빈은 가속페달을 밟았고, 미치는 조수석 문을 닫았다.

아무도 입을 열지 않았다. 몇 분이나 지났을까. 케빈은 이제 정상 속도로 자동차를 몰았다. 그리고 몇 초 뒤, 경찰 순찰차 두 대가 경광등을 번쩍이면서 반대편에서 다가오더니 빠르게 스쳐 지나갔다.

"씨팔! 로잭! 누가 그런 걸 생각했겠냐고!"

케빈이 말했지만 아무도 대꾸하지 않았다. 그러자 케빈이 다시 말했다.

"너희들한테 내가 분명히 말했잖아, 자동차 훔쳐본 적 없다고. 나는 내 말에 귀를 기울이는 사람에게는 다 말했어. 자동차 훔친 적 없다고."

그제야 미치가 대꾸했다.

"그래, 이제 모든 사람들이 다 그 말을 믿을 거야."

다시 몇 분이 더 흘렀고, 미치는 두 손으로 머리를 감싸면서 중얼거렸다.

"씨팔, 완전 망했어!"

"이보다 더 나쁠 순 없을 거야."

"더 망할 수 없을 정도로 망했어."

케빈과 더그가 차례로 맞장구를 쳤다.

"그래, 바로 이 정신이야. 이보다 더 나쁠 순 없다, 이보다 더 나쁠 순 없다……."

케빈은 마치 주문이라도 외우듯 그 말을 몇 번이고 반복했다.

월튼이 가까워지자 아드레날린 분출도 이미 끝자락이었고, 셋은 다시 일상의 모습으로 돌아와 있었다. 아무도 페라리 이야기를 입 밖으로 내고 싶지 않았다. 무언가 긍정적이고 희망적인 말을 해야 할 텐데, 라고 생각하던 케빈이 더그를 바라보았다.

"더그, 어쩌면 너한테 일자리가 생길지도 몰라."

"개 산책시키는 일?"

"아니. 우리 셋을 다 소화할 만큼은 개가 많지 않아. 약을 파는 거야. 관심 있어?"

보통 때 같으면 당연히 안 한다는 대답이 나왔을 것이다. 하지만 일자리를 구하는 건 하늘의 별따기처럼 어려웠고, 자동차를 훔치는 일도 기대했던 것처럼 쉽지 않았고 또 수지맞는 일도 아니었기 때문에 더그는 얼른 대답했다.

"어, 그래."

"너는 약을 좋아하는 사람들 많이 알고 있지? 아마도 무지하게 바빠질 거야. 내가 아는 이 사람은 약을 엄청나게 많이 가지고 있거든."

"좋아."

더그는 선선히 대답을 했다. 몇 주 전만 하더라도 헬리콥터 조종사가 되겠다는 생각을 했고, 겨우 몇 시간 전에는 유명한 아동 서적 작가가 된 자기 모습을 상상하던 더그였지만, 지금 상황에서 자기에게 가장 현실적인 일자리는 마약 밀매꾼이라는 걸 본인도 잘 알았다.

"아마도 우리가 손을 잡고 하면 아주 잘할 거야, 틀림없어."

픽업트럭이 미치와 더그의 아파트 앞에 섰다. 케빈은 다음 날 개 산책시킬 일정을 미치와 잠깐 확인했다.

"잠깐 들어가서 한 대 피우고 갈래?"

미치가 자기들 집으로 들어가자고 했지만 케빈은 고개를 저었다.

"안 돼. 벌써 뭔가 일을 저질렀다고 린다가 생각하는 거 같아서 당장 집으로 가야 돼."

픽업트럭은 떠나고 미치와 더그는 집으로 들어가서 카우치 소파에 앉았다. 페라리도 사라지고, 돈도 사라지고……. 더그는 그래도 마음 한구석으로는 안도의 한숨을 내쉰다는 걸 미치는 알고 있었다. 하지만 미치는 아니었다. 완전히 실패였다. 화밖에 나지 않았다. 로잭! 좀 더 알고 달려들었어야 했는데, 왜 그런 생각을 못했을까?

미치는 소파에 웅크린 채 텔레비전을 켰다. 미치의 시선은 텔레비전 화면에 공허하게 고정되었다.

"**도대체 케빈이 어딜 그렇게** 싸돌아다니죠? 당신한테 물어보면
된다는 게 이제 생각났네요."

린다가 쾌활하게 말했다. 그날 더그는 수습 부주방장을 찾는 한 식
당의 매니저를 만나기로 되어 있었다. 이 약속은 린다가 자기가 일을
하는 옷 가게에 있으면서 잡아준 것이었고, 또 린다는 더그가 이 자
리에 나가도록 자동차로 태워다주는 길이었다. 더그는 린다가 자기
일자리를 잡아주려고 팔을 걷어붙이고 나섰음을 알았다. 정말 다행
이고 좋았다. 왜냐하면 여태까지 더그가 일자리를 찾는 방식은 신문
의 구인란을 뒤적이거나 마약 밀매꾼을 하라는 케빈의 말에 귀를 기
울이는 것뿐이었기 때문이다. 물론 솔직히 말하자면 마약을 파는 일
이 수습 부주방장 일보다야 솔깃했다.

더그는 비록 사 년 동안 구이 담당 요리사로 레스토랑에서 일했지만 실제로 요리를 잘하지 못했으며 또 요리를 연구하고 배우는 데 그다지 큰 관심을 가지지도 않았다. 하지만 린다는, 더그로 하여금 자기가 처한 상황을 보다 현실적으로 생각하게 해주었다. 더그는 린다가 자기를 이처럼 걱정한다는 사실에 감동받았다. 너무도 크게 감동받은 나머지, 미리 포장 상태로 준비되어 있던 소스의 포장을 개봉하고 석쇠 위에 고기를 얹고 다 구워지면 치우는 게 자기가 여태 배우고 익힌 유일한 주방 기술이라는 사실을 린다에게 말해 줄 수가 없었다.

"난 모르겠는데요."

더그는 자기가 진정으로 원하지 않는 일자리를 얻으려고, (린다의 차에 태워져서, 억지로) 면접을 보러 가는 동안 내내 린다로부터 정보를 대라는 닦달을 당했다. 더그가 린다의 제안을 받아들여서 어떤 식당의 매니저를 만나러 가는 모험을 감행한 데는 이유가 있었다. 우선 린다와 만나서 이야기를 나누고 싶었다. 그리고 자기들 두 사람은 두 번 다시 생각하고 싶지도 않은 실수를 저질렀으며, 따라서 다음에는 그런 일이 결코 일어나지 말아야 한다는 사실을 린다에게 확인시켜 주고 싶었다.

하지만 린다는 전혀 그런 기분이 아닌 것 같았다. 아무런 근심 걱정이 없는 얼굴이었다. 심지어 콧노래라도 부를 것 같았다. 자기가 괴로워한다는 걸 잘 알면서 오히려 그걸 즐기는 것 같았다. 이처럼 자기를 몰아붙이고 고문을 한다는 사실은, 자기와의 사이에 있었던

일에 대해서 양심의 가책을 전혀 받지 않는다는 뜻이다, 라는 데까지 더그의 생각이 미쳤다.

"어저께도 케빈은 개를 산책시킨다면서 나갔는데, 내가 당신과 전화를 할 때 케빈이 거기 있었잖아요."

린다는 이야기를 하는 동안 계속 밝은 미소를 지었다. 더그는 이 미소가 여자들이 공통적으로 구사하는 속임수, 화제의 내용이 매우 심각하다는 사실을 숨기는 속임수임을 잘 알고 있었다. 애널리사에게 수없이 많이 당했던 바로 그 수법이었다. 불확실한 장래를 화제로 이야기하면서도 애널리사는 그 화제와 어울리지 않는 밝은 미소를 지었고, 그 바람에 더그는 덩달아 미소를 지으면서 경계심을 늦추었다. 그게 실수였고, 애널리사가 쳐놓은 함정에 빠지는 길이었다. 여자는 본능적으로 안다. 남자에게 어떤 심각한 질문을 하려면 남자가 느긋하게 있는 상황에서 불시에 해야지, 그렇지 않고 그런 질문이 나오리라는 걸 충분히 예상하는 상황에서 할 경우 남자는 미리 준비된 답변을 내놓으며 미꾸라지처럼 빠져나간다는 것을. 여자는 진화 과정을 거치면서, 화제와 맞지 않는 쾌활한 미소를 지을 수 있는 능력을 무기로 개발한 것이다. 이런 생각을 하면서 더그는 잔뜩 긴장했다.

"예, 케빈이 거기 있었죠. 우리는 페라리를 찾으려고 함께 나가려 했으니까요."

"페라리요? 진짜?"

린다는 천천히 고개를 끄덕였다. 더그는 이제 그만 화제가 다른 걸로 바뀌면 좋겠다고 생각했다. 하지만 그렇게 될 수 없다는 것도 알았다. 페라리를 언급한 그의 대답 앞에는 수많은 질문들이 기다리고 있었다. 물론 미처 준비를 하지 못해서 아직 충분히 설득력 있게 답변할 수 없는 질문들도 있었다. 린다가 여기에서 질문을 멈추고 화제를 다른 데로 돌릴 가망은 없었다. 차는 월튼의 간선도로를 달리고 있었고, 더그는 차가운 유리창에 머리를 기댄 채 차창 밖으로 흐르는 풍경을 멍하게 바라보았다.

“케빈은 페라리를 좋아하거든요.”

더그가 말했다.

“예.”

린다가 고개를 끄덕였다. 수수께끼를 풀어나가는 린다는 우선 자기에게 주어진 모순되는 정보 즉 서로 전혀 맞지 않는 힌트들을 물고 늘어졌다.

“그런데 왜 케빈이 나한테는 개를 산책시킨다고 하고 나가서는 당신 아파트로 갔으며, 또 페라리 이야기를 했을까요?”

“그럼 직접 물어보지 그래요?”

더그가 쏘아붙였다. 엉겁결에 튀어나온 말이라 더그도 자기가 한 말에 놀랐다.

“그렇잖아요, 지금. 내가 취직을 할 수 있도록 사람을 소개해서 면접 보는 자리로 억지로 데리고 가면서, 자기가 필요한 정보를 빼내려고 나를 달달 볶아대잖아요. 왜 이러는 건데요, 진짜? 아우!”

“내가 왜 당신들 달달 볶…….”

“내려줘요. 차 여기 세우고, 내려주세요. 당신이 대체 나에 대해서 뭘 압니까? 누구를 만날 거라고요? 매니저? 주방장? 그 사람과 약속하기 전에 나한테 먼저 물어봤어야지요, 안 그래요? 그러니까, 내가 언제 다시 또 요리사로 일하겠다고 했냐구요!”

린다가 길가에 차를 세웠다.

“미안해요.”

목소리는 부드러웠고 차분했다.

“돕고 싶어서 그랬어요. 다른 뜻 없었다고요. 나는 그냥……”

더그는 차에서 내려 문을 쾅 닫았다. 그런데 더그가 내디딘 곳에는 차가운 물이 고여 있었다. 물은 발목까지 찼다. 낡은 테니스화의 뚫어진 구멍으로 물이 들어왔다.

“아우, 씨팔!”

더그는 펄쩍 뛰며 돌아섰다. 자동차 유리창에 자기 모습이 비쳤다. 불쌍한 사람, 길을 잃어버린 사람의 모습이었다. 더그는 문을 열고 다시 차에 탔다.

“뭐하는 거예요?”

“그냥 갑시다. 면접 보러 가자구요.”

“난 대단한 당신의 시간을 낭비해 드리고 싶지 않네요.”

린다의 목소리에서 부드러움은 어느새 씻은 듯이 사라지고 없었다. 린다는 차를 출발시키더니 도로 한가운데서 곧바로 유턴을 했다.

“마리화나 피우셔야 하는 시간을 뺏고 싶지 않네요. 내가 억지로 일자리를 찾아주려고만 하지 않으면 얼마나 멋지고 유용한 일을 많이 하실 텐데, 그 시간을 뺏을 수는 없겠죠.”

“억지로가 아니라…… 그렇지 않아도 고맙게 생각하고 있는…….”

“닥쳐요!”

차는 점점 빠르게 달렸다. 바람처럼 빠르게 달렸다. 노란색으로 바뀐 신호도 무시하고 교차로를 그냥 통과했다.

“내가 댁까지 태워다 드릴 테니까 케빈이랑 당신의 그 멍청한 룸 메이트랑 함께 하루 종일 마리화나나 피우세요. 그리고 케빈을 만나면 가서 어떤 여자든 꼴리는 대로 만나서 잘 붙어먹으라고 꼭 전해주세요. 그리고 다시는 집으로 기어들어오지 않아도 된다고요. 부루퉁한 얼굴로 징징 짜는 소리를 하고 불평이나 늘어놓으며 거짓말하는 거 더는 보고 싶지 않으니까요.”

린다는 늘 부드럽게 말하고 쾌활했다. 하지만 지금은 전혀 다른 모습이었다. 더그는 린다가 한 모든 불평을 다 이해하려고 애썼다. 그래야 가장 급한 것부터 먼저 반박할 수 있기 때문이었다. 린다가 정말로 미치를 멍청이라고 불렀나? 정말로 케빈은 다른 여자와 바람을 피운다고 생각하나? 모든 것들을 고려할 때 자기를 공격하기 위해서 그냥 막 갖다 붙인 게 아닐까? 어쩌면 그럴 수도 있었다.

“왜 미치가 멍청이라고 생각하세요?”

하지만 린다는 더그의 질문을 무시한 채 계속 쏘아댔다.

“당신네들한테 이제 정말 질렸어요.”

린다의 얼굴에는 분노가 잔뜩 서려 있었다. 여태까지 보지 못했던

얼굴이었다.

"도대체 내가 뭐라고 생각하세요? 그러니까 어떤 빌어먹을……."

거기에서 잠시 말을 끊자 더그는 린다의 분노가 가라앉는 중이라고 생각했다. 하지만 그게 아니었다. 적절한 단어를 찾고 있었을 뿐이었다.

"어떤 빌어먹을 중년의 영어 교사라도 되는 줄 아세요? 영어 교사가 교실에서 학생들에게 바른 자세로 앉으라고 하고 씹던 껌을 뱉으라고 하는 줄 아세요? 나는 내가 좋아하고 관심을 가지는 사람들이 자기 인생을 변기 물을 내리듯이 그렇게 똥통으로 쓸어내리는 걸 보고 싶지 않단 말이에요. 아, 그렇죠. 그냥 쿨 하게 구경만 할 수도 있겠죠. 그래야 한다고 생각하죠? 아뇨, 조금이라도 상식이 있는 사람이라면 지루하기 짝이 없는 늙어 빠진 잔소리꾼이 될 수밖에 없어요."

더그는 린다가 늙은 잔소리꾼도 아니며 지루한 사람도 아니라고 말하려고 했다. 그래야만 할 것 같았다. 하지만 다행스럽게도 기회를 놓쳤다. 린다가 쉬지도 않고 계속 말을 이어갔기 때문이다.

"내가 뭘 하고 싶은지 알죠? 예, 하지만 아무도 나한테 신경을 안 써요. 지금 이 순간에 내가 행복하다고 느끼려면 나한테 뭐가 필요한지 알죠? 만일 내가 엘리를 데리고 우리 어머니 집으로 간다면, 여기에서 빠져나간다면, 이 엿 같은 사람들 그리고 이……."

이제 할 말은 다 쏟아낸 것 같았다. 그래서 더그는 린다 대신 자기가 문장을 끝내줘야 한다고 느꼈다.

“이 도시에서 탈출하고 싶다고요?”

“닥치세요!”

린다가 날카롭게 쏘아붙였다. 린다는 여전히 빠른 속력으로 차를 몰았다. 커브를 틀 때는 몸이 옆으로 확확 쏠렸다. 더그의 아파트까지 거의 다 왔다. 린다는 더그를 쳐다보지도 않은 채 계속 사납게 말을 뱉어냈다.

“내가 왜 그렇게 안 하는지 아세요? 초등학생인 엘리가 전학생이 되는 걸 바라지 않아서 그래요. 모든 게 다, 마리화나도 그렇고 모든 게 다 그렇지만, 나는…….”

거기에서 린다는 갑작스럽게 말을 뚝 끊었다. 더그는 처음엔 린다가 그냥 입을 다물었구나, 하고 생각했지만, 몇 초 동안 침묵이 이어지자 왜 갑자기 말을 멈추었는지 궁금해지기 시작했다. 그래서 린다가 마지막으로 한 말을 곱씹었다. 엘리, 초등학생, 전학, 마리화나……. 엘리가 마리화나와 무슨 관계가 있지? 린다가 얘기를 하다가 갑자기 입을 다물었다는 것은, 말을 하다 보니까 숨기고 싶은 어떤 비밀이 자기도 모르게 툭 불거졌다는 뜻이었다.

“그래서요?”

그렇게 물으면서도 더그는 자기가 괜히 엉뚱한 상상을 할지도 모른다고 생각했다. 아니면 또 린다의 태도가 바뀌었을지도 모른다고 생각했다. 어쩐지 린다가 갑자기 수세적으로 보였다.

“엘리……. 네, 내 딸이에요. 우리 딸이죠, 케빈과 나 사이에 태어난……. 비록 케빈이 하는 행동을 보면 케빈이 엘리의 아버지라는 걸

알 수 없겠지만 말이죠."

마지막 문장을 린다는 예전에도 여러 차례 말한 적이 있었던 듯 기계적으로 말했다. 어쩌면 옷 가게에서 만나는 여자들에게 그런 말을 했을 수도 있겠다고 더그는 생각했다. 린다에게서 분노는 사라지고 없었다. 폭포처럼 쏟아지던 말도 이제는 끝이 났다. 그저 묻는 말에만 겨우 대답을 할까 말까였다.

"예, 딸이 있죠, 엘리. 근데 엘리와 마리화나 사이에 어떤 관계가 있나요?"

린다는 핸들을 잡고 있던 한 손을 떼어서 격렬하게 저으며 아니라고 했다. 그런데 그 동작이 마치 손부채질을 하는 것 같았다.

"없어요, 전혀요. 아무것도 아니에요. 못 들은 척하세요."

린다의 목소리는 한결 부드러워졌다. 하지만 표정은 개운해 보이지 않았다. 한바탕 난리를 치고 났으니 개운해야 할 텐데 전혀 그런 얼굴이 아니었다.

"아니, 아니, 아니, 솔직하게."

더그는 몸을 앞으로 숙이면서 말했다. 그의 표정은, 텔레비전 드라마에서 범인의 단서를 잡은 노련한 형사의 표정이었다.

"엘리 이야기를 했고 이어서 마리화나 이야기를 하다가 갑자기 말을 끊었잖아요. 엘리와 마리화나 사이에 무슨 관계가 있습니까?"

차는 드디어 아파트 앞에 도착했다. 하지만 린다는 시동은 끄지 않고 그냥 두었다. 린다의 시선은 창문 밖 먼 곳을 향하고 있었다. 린다가 한숨을 쉬었다. 더그는 린다의 이 한숨을, 대답할 가치도 없는 질문이나 헛소리 집어치우고 그만 차에서 꺼지라는 신호로 받아들여야 할지 어떨지 잠시 생각했다. 어쩌면 그게 아닐 수도 있었다. 아니 어쩌면 맞을 수도 있었고. 잘못하다간 여태까지 린다에게 비친 모습보다 훨씬 더 형편없는 개자식으로 비칠 수도 있었다. 그만 내려야겠다고 판단한 더그는 조수석의 문고리를 잡았다. 그 손에 막 힘을 주려는 순간, 린다가 입을 열었다.

"좋아요."

린다의 이 말은, 마치 길고 긴 연설을 시작하기 전에 목을 가다듬으려고 내뱉는 소리 같다고 더그는 느꼈다.

"좋다니, 뭐가요?"

"내가 얘기하지 않은 게 있어요."

더그가 고개를 끄덕이며 대꾸했다.

"예를 들면, 어떤 거?"

린다가 다시 한 번 더 한숨을 쉬었다.

"좋아요. 화내지 마세요."

더그는 자기도 모르게 킬킬거리며 대답했다.

"내가 왜 화를 내요?"

"좋아요. 음…… 케빈은 늘…… 그러니까…… 당신이 자기를 경찰에 찔렀다고 생각하는 거 잘 알죠?"

"예."

더그는 느리게 대답했고, 더그의 이마에 주름이 지기 시작했다.

"예, 나는 당신이 그러지 않았다는 거 알아요."

"예, 그건 나도 알아요. 지난번에도 말했잖아요."

"아뇨, 그런 뜻이 아니라, 진짜로 당신이 안 그랬다는 거 안다고요. 당신이 근사하고 괜찮은 사람이라서 직감적으로 그렇게 생각한다는 뜻이 아니라, 케빈이 어떻게 해서 경찰에 체포되었는지 안다고요."

"아, 예……."

더그는 자기가 알고 있는 정보를 종합하기 시작했다. 만일 린다가 그 이유를 안다면 어째서 케빈은 그 이유를 모를까? 어째서 케빈을 자기가 그 일에 연루되었을지도 모른다는 생각을 마음 한구석에 묻어두고 있을까? 어째서 린다는 이 중요한 사실을 케빈에게 말하지 않았을까?

"어떻게 해서 그렇게 됐는데요?"

"엘리가 마리화나 이파리 몇 개를 가지고 학교에 갔어요. 친구들에게 보여주고 자랑하려고요."

거기까지 말을 한 린다가 낄낄거리면서 웃기 시작했다.

"얘는 그게 예쁘다고 생각한 거예요. 그래서 교실에 있던 모든 아이들 그리고 교사에게까지 자기 아버지는 지하실에서 그걸 재배한다고 자랑을 했답니다."

더그도 함께 웃기 시작했다.

"그 얘기를 왜 케빈에게는 하지 않았나요?"

린다가 웃음을 딱 멈추었다.

"왜냐하면 엘리가 하지 말라고 했거든요. 엘리는 무척 화가 나 있었어요."

더그도 웃음을 멈추었다.

"그런데, 잠깐만요. 내 친구는 자기 친구인 내가 자기를 경찰에 찔렀다고 생각하면서 무려 일 년 동안이나 속병을 앓았는데, 당신은 딸이 화를 낼까 봐 비밀로 했다는 겁니까?"

"이유가 그것만은 아니었으니까요."

린다가 한숨을 쉬었다. 그리고 다시 말을 이었다.

"나는 케빈이 당신네들하고 어울리는 게 싫었죠. 케빈이 경찰에 체포된 뒤에 당신을 의심한다는 것도 알았어요. 그리고 이제부터는 케빈이 책임 있는 성인으로 행동할 것이라고 생각했어요. 그래서 케빈이 계속 그 생각을 마음에 품고 있도록 했던 거예요."

그러자 곧바로 더그가 물었다.

"그러니까 우리가 케빈에게 나쁜 물을 들인다고 생각했다?"

린다는 아무 말도 하지 않았다. 그렇다는 뜻이었다.

"난 어떻게 생각하는지 압니까? 케빈이 나쁜 물을 들인다고 생각합니다."

린다는 생뚱맞다는 표정으로 더그를 바라보았다.

"그게 무슨 말이에요?"

"지난 두 주 동안 우리가 무슨 일을 하고 돌아다녔는지 모르죠? 케빈은 바람을 피우고 다닌 거 아니에요. 페라리를 훔치려고 돌아다녔죠. 그리고 이 아이디어를 낸 사람도 케빈이었고요."

"뭐라고요?"

더그는 케빈이 바람을 피우며 돌아다닌 게 아니라는 사실을 확인

해주었기 때문에 린다가 이제 편안하게 마음을 가라앉히는 일만 남았다고 생각했다. 하지만 린다의 눈빛에서는 충격과 분노가 가득했다. 더그는 진지한 이야기를 너무 오래했고 또 그 대화를 자기가 원하는 방향으로 제대로 이끌지 못해서 녹초가 될 정도로 피곤했다. 그리고 결국 웃음을 터뜨리고 말았다. 린다도 따라서 웃기 시작하자, 더그는 기뻤다.

더그는 페라리 이야기를 천천히 다 했다. 린다가 나중에 다시 또 놀랄 일이 없도록 처음부터 끝까지 하나도 빼놓지 않았다. 로잭에 대한 이야기 그리고 미치가 페라리를 비상정차대에 처박은 이야기를 할 때, 린다는 두 손으로 머리를 감쌌다. 하지만 기분은 아까보다 한결 나아진 것 같았다. 린다는 자기 남편의 멍청한 행동에 웃음을 터뜨렸고 이런 남편을 줄레줄레 따라다닌 더그의 멍청한 모습에도 웃음을 터뜨렸다. 아무렴 비명을 질러대는 것보다야 웃는 게 훨씬 낫다고 더그는 생각했다. 아울러 더그는 길길이 뛰던 린다를 진정시켰다는 점에서 어떤 뿌듯함도 함께 느꼈다.

"그러니까 나쁜 물을 왕창 들이는 사람은 우리가 아니라 케빈이라는 말이죠."

린다는 한동안 아무 말이 없었다. 도요타의 공회전 소리만 들렸다. 한참 만에 린다가 입을 뗐다.

"미안해요."

더그는 담배에 불을 붙였다.

"어쨌든 간에, 다 지나간 일이니까요, 뭐."

"당신은 뭘 할 거예요? 직업 말이에요."

더그는 케빈의 제안을 받아서 마약을 팔 거라는 이야기를 하기 직전까지 갔지만 참았다. 케빈에 대한 이야기를 하루 만에 너무 많이 한 것 같았기 때문이다.

"모르겠어요. 두고 봐야죠. 요리사 일은 지금 당장은 안 맞는 거 같네요."

린다는 상체를 숙여서 더그에게 키스를 했다. 열정적이지는 않았지만 애정이 담긴 따뜻한 키스였다. 게다가 자기 머리를 더그의 머리에 가볍게 부비기도 했다. 사과의 표현이었다. 더그는 린다의 손을 꼭 쥐었다. 그 순간 더그는, 린다가 케빈이 페라리를 훔치려 했던 일에 화를 낸 것은, 그게 범죄 행위였고 목숨을 걸어야 할 정도로 위험했기 때문이 아니라, 자기를 그 일에 끼워주지 않았기 때문이라고 생각했다. 린다는 자기만 따돌림을 받았다고 느꼈을 수도 있다. 뭐, 아닐 수도 있겠지. 하지만 여자에게 그런 일까지 시시콜콜 다 얘기해 줄 수는 없으니까, 아무렴.

"전화할게요."

더그가 차에서 내리면서 말했다.

"말썽 일으키지 마세요, 아셨죠?"

"예."

"농담 아니에요, 예?"

더그는 지킬 수 없는 약속을 하고 싶지 않았다. 그래서 이렇게 대답했다.

"최선을 다할게요."

**미치는 독일산 셰퍼드 러몬을** 산책시키고 있었다. 녀석은 기분이 좋은지 잔뜩 흥분해서 펄쩍펄쩍 뛰었다. 방금 미치는 케빈에게 첫 번째 봉급을 받았다. 400달러 조금 안 되는 돈이었다. 두 주 동안 일을 했고, 시간으로 따지면 40시간이 채 되지 않았다. 하지만 한 달에 800달러 수입으로는 생활을 해나갈 수 없었다. 돈을 낼 수 없는 청구서로 가장 먼저 꼽을 수 있는 게 자동차보험료 청구서였다. 왜냐하면 이 돈을 내지 않는다고 해서 인생이 그다지 크게 바뀔 것 같지 않았기 때문이다. 만일 전기 요금이나 난방 요금을 내지 않는다면 혹은 음식을 먹지 않거나 마리화나를 끊는다면 인생은 엄청나게 많이 바뀔 터였다. 하지만 자동차보험료는 아니었다. 생활비를 우선적으로 써야 할 때는 꼼꼼하게 따져야 할 때가 되면 자동차보험료 같은 건 사치가 되고 만다. 그리고 이런 시기가 빠르게 다가오고 있었다.

하지만 개를 산책시키러 자동차를 타고 이 개 저 개 찾아서 이동할 때 짭새에게 혹시 잘못 걸리기라도 하면 자동차를 빼앗길 수도 있었다. 그럼 한 달 수입은 제로가 되고 만다. 그렇기 때문에, 비록 자기가 아무리 개를 사랑하고 개를 산책시키는 일을 즐기며 케빈과 함께 일하는 걸 즐기고, 또 일을 하러 가서 마리화나에 취해도 자기 눈을 빤히 들여다보면서 알레르기가 있느냐고 질문하는 밥 서덜랜드 같은 인간에게 부대낄 일 없이, 그저 개들의 순수한 마음과 함께할 수 있다 하더라도, 아무리 그렇다 하더라도, 어떤 변화가 있지 않는 한

개를 산책시키는 일을 오래 계속할 수는 없었다. 개들이 보다 많이 있어야 했다.

미치는 이 문제를 나중에 케빈과도 상의할 생각이었다. 하지만 케빈도 자기가 할 수 있는 양을 제외하고는 모든 물량을 넘겨주고 있다는 사실을 미치도 잘 알고 있었다. 그렇다면 미치로서는 다른 종류의 시간제 일을 따로 더 해야 한다는 뜻이었다. 하지만 개를 산책시키는 일의 특성상, 다른 일을 제대로 할 수가 없다. 왜냐하면 개들은 순전히 주인의 필요에 따라서 각기 다른 시간대에 산책을 해야 하기 때문이었다. 그러므로 만일 미치가 시간제로 다른 일거리를 잡는다면, 미치는 케빈에게 전혀 도움이 되지 못하게 된다. 그리고 시간제로 하는 다른 일거리라는 것이 사실상 미치에게 도움이 되지도 않을 터였다. 미치가 하는 개 산책시키기가 이미 시간제 일이기 때문이었다. 엿 같은 상황에서 벗어나려고 해봐야 그를 기다리고 있는 것은 또 다른 엿 같은 상황일 뿐이었다.

미치가 개 산책시키기를 좋아하는 이유는 개를 좋아한다는 것 말고도 또 있었다. 부유하고 조용한 동네에서 시간을 보낼 수 있다는 점이었다. 미치가 더그와 함께 사는 아파트는 금속 표면 가공 공장에서 1.5킬로미터쯤 떨어져 있으며 집세가 가장 싼 곳이었고 집들은 모두 땟국이 줄줄 흘렀다. 또 컨테이너를 실은 트럭이 밤낮을 가리지 않고 시끄러운 소음을 일으키며 지나다녔다. 미치는 개들을 산책시키느라 부자 동네를 걸으면서 자기가 얼마나 시끄러운 동네에 살고 있는지 비로소 깨달았다. 미치가 개를 산책시키고 있었기 때문에 다

른 동네에 사는 사람인 줄 몰라서 그랬을지 모르지만(사실 가난한 동네에 사는 사람이 자기 동네까지 와서 개를 산책시킬 줄 누가 알았겠는가?), 아무튼 부자들은 미치에게 친절하고 호의적이었다. 이에 비해서 미치가 사는 동네 사람들은 편의점으로 오가면서도 담배 한 대 얻으려고 할 때 말고는 눈조차 마주치려 하지 않았다.

미치는 웨스트레이크 로路로 들어서서 러몬을 웨스트레이크 쇼핑 지구로 산책시키기 시작했다. 이곳에는 정말 특이한 가게들이 늘어서 있었다. 지나가는 사람들로 하여금 그곳이 얼마나 비싼 곳이며 얼마나 돈이 많은 부자들이 들락거리는 데인지 과시하는 것 같은, 미치가 보기에 정말로 아무 짝에도 쓸모가 없는 가게들뿐이었다. 우선 골동품 가게가 둘 있었다. 그리고 광을 낸 딸기들로 장식한 맛있어 보이는 파이를 파는 가게가 있었는데, 이 파이의 가격이 30달러였다. 한번은 미치가 마리화나를 피운 뒤에 찾아오는 공복감 때문에 갑자기 배가 고파서 이 가게 안으로 들어갔다가, 가격을 물어보고는 화들짝 놀라서 뒤도 돌아보지 않고 나왔다. 그리고는 얼마 뒤에 편의점에 가서 트윙키(과자 상표명—옮긴이)를 사먹은 적이 있었다. 또 미래적인 느낌을 주는 가구를 파는 가게가 있었는데, 한번은 이 가게의 물품에 붙은 가격표를 보고 미치는 너무 기가 막혀서 웃음밖에 나오지 않았던 적도 있었다. 조지 젯슨(미국의 애니메이션 시리즈물 〈젯슨 가족The Jetson〉의 등장인물—옮긴이)을 위해서 디자인되었음직한 의자의 가격이 무려 3,000달러였다. 미치는 이 의자를, 자기 아파트의 거실에 특히 오랫동안 치우지 않아서 아예 거실의 중심적인 장식물이 되어버린 진공청소기 옆에다 두면 정말 굉장할 거라는 상상을 잠시 하기도 했다. 그리고 마지막으로 건강식품 가게와 꽃 가게와 화랑이 이어져 있었다. 이들 가게에서 파는 물건들은 미치와는 전혀 상관이 없었다.

그리고 이 조용한 가게들 맞은편에 은행이 하나 있었다.

이 은행이 미치의 눈에 들어온 것은 한 주 전이었다. 은행 앞에 현금수송차가 정차해 있었고 경비원 두 사람(한 사람은 나이가 들었고, 한 사람은 뚱뚱했다)이 커다란 현금 자루를 옮기느라 진땀을 빼고 있었다. 미치가 보기에는 현금 자루를 그처럼 허술하게 다루는 곳은 세상에 없을 것 같았다. 하지만 그때에는 그걸 눈여겨보지 않았다. 뇌 가운데 범죄 행위를 관장하는 부분은 온통 페라리 사업에 매달려 있었기 때문이다. 하지만 이제 페라리 사업은 완전히 물 건너갔기 때문에 다른 사업을 자유롭게 상상할 수 있었다. 이 허술한 은행의 현금 수송 체계가 정말 유망한 사업을 보장해 줄 것만 같았다.

상업 지구를 가로지르는 산책 코스에는 단점이 하나 있었다. 러몬이 제대로 오줌을 눌 수 없다는 점이었다. 물론 녀석을 데리고 가로수가 늘어선 이 거리를 얼마든지 산책시킬 수 있었다. 그리고 이 거리에 있는 나무나 우체통들에서는 죄다 다른 개들이 질러놓은 오줌 냄새가 진동했다. 그래서 러몬에게 아무 데서나 오줌을 누게 할 수 있는 가능성은 그만큼 넓게 열려 있다고 볼 수 있었다. 하지만 이런 사실과 러몬이 주차미터기나 장식용 관목 덤불에 오줌을 눠서 근엄한 얼굴을 한 채 지나가는 귀부인의 발목에 오줌이 튀게 하는 행위는

전혀 별개의 문제였다. 애완견을 환영한다는 표지판이 거리에 나붙어 있긴 하지만, 이것은 귀부인이 라사 압소나 시츄와 같은 애완견을 데리고 골동품 가게에 들어가도 된다는 뜻이지 러몬과 같은 괴물이 잘 가꾸어 놓은 화단에 오줌을 한 양동이씩 싸도 좋다는 뜻이 아니란 걸 미치가 모를 리 없었다. 그랬기 때문에 미치는 현금수송차를 정찰할 수 있는 시간에 맞추어야 했다. 거기에서 너무 오래 얼쩡거리다가는 사람의 이목을 끌 수 있었기 때문이다.

현금수송차는 지난주와 정확하게 같은 시각에 은행 앞에 와서 섰다. 이런 사실을 알고 미치는 흥분했다. 비록 자기 경력에 불미스러운 문제가 있긴 했지만 그래도 미치는 시간을 정확하게 지키는 것을 대단히 높이 쳤다. 조수석에서 나이 많은 경비원이 문을 열고 나와 경계를 하는 눈으로 주변을 한 번 둘러보았다. 키가 크고 백발이며 호리호리한 체격이었다. 미치는 이 사람을 바라보면서, 그가 움직일 때마다 관절이 우두둑거리는 소리가 들리는 것 같다고 느꼈다. 뚱뚱한 경비원은 운전석에 그대로 앉아서 서류 작업을 했고, 늙은 경비원은 굼뜬 동작으로 차의 뒷문을 열었다.

현금수송차의 뒷문은 마치 중세의 성문처럼 끼이익 하는 육중한 소리를 내며 열렸다. 미치가 서 있던 자리에서는 차량의 뒤쪽이 보이지 않았다. 하지만 길을 얼른 건너가면 내부도 볼 수 있었을 것 같았다. 물론 경비원들에게는 너무 가까이 다가가지 않도록 조심해야 했다. 만일 그랬다가는 경비원들이 총을 뽑아들 수도 있었기 때문이다. 까딱하다간 총에 맞을 수도 있었다. 하지만 이런 두려움은 전혀 쓸데

없는 것이었다. 왜냐하면 미치가 늙은 경비원에게 다가가자, 경비원이 러몬을 귀엽게 보고 미치에게 유쾌하게 말을 걸었던 것이다.

"안녕하시오. 엄청나게 큰 놈이네요, 그놈 참."

경비원은 마치 자기 뒤에 돈 자루들이 놓여 있다는 사실을 잊어버린 듯했다.

"나도 옛날에는 셰퍼드를 길렀죠. 아주 오래전 얘기이긴 하지만."

러몬은 자기 이야기를 하는지 알아채고는 꼬리를 흔들고 엄청난 에너지를 폭발하며 경비원에게 다가갔다. 미치는 줄을 꽉 잡고 버티면서 녀석이 경비원에게 풀쩍 뛰어들지 못하게 했다. 만일 녀석이 거대한 앞발로 경비원의 어깨에 안기려 했다가는 경비원은 곧바로 뒤로 자빠질 것 같았다. 미치가 줄을 짧게 쥐고 러몬이 날뛰지 못하게 하자 경비원은 허리를 굽혀서 녀석의 머리를 쓰다듬었다. 현금수송차의 내부에는 커다란 자루 네 개만 들어 있었고 다른 것은 아무것도 없었다. 그 자루 안에 든 내용물이 지폐일 거라고 미치는 짐작했다.

뚱뚱한 경비원이 뒤로 걸어왔다. 씩씩거리는 숨을 내쉬었으며 얼굴은 붉게 상기되어 있었다. 아마도 운전석에서 내려오는 동작이 힘들었던 모양이었다. 뚱뚱한 경비원은 미치에게 짧게 한 번 고개를 까딱거린 뒤에 문을 활짝 다 열고 자루 하나를 잡고 다른 하나를 늙은 경비원 쪽으로 밀었다. 두 사람 사이에서 일어난 이 행동을 통해서 미치는 두 사람의 관계를 대충 알 수 있을 것 같았다. 뚱뚱한 녀석은 행정적인 사무를 담당하며 사교적이지 않았다. 그리고 둘 가운데 책

임자일 가능성이 높았다. 아마도 머지않아 있을 정년퇴직 생각만 하고 있을 것 같은 늙은 경비원은 붙임성이 많았다. 미치는 이 둘을 보면서 이런 상상을 했다. 뚱뚱한 경비원은 툭하면 상사에게 가서 늙은 경비원이 일을 제대로 잘하지 못한다고 불평하면서 젊은 사람과 일하게 해달라고 사정한다. 그러면 상사는 대충 알아서 잘 부려보라고 말한다…….

미치는 또한 두 사람이 허리에 권총을 차고 있다는 사실도 알아냈다. 또 전기충격기도 가지고 있었다. 굼떠 보이는 두 사람이지만 범죄자에게 얼마든지 심각한 충격을 가할 수 있는 무기를 가지고 있던 것이다.

"두 분, 좋은 하루 보내십시오."

미치는 러몬을 끌고 자리를 떴다. 늙은 경비원은 그제야 무거운 자루 쪽으로 관심과 시선을 돌렸다. 미치의 등 뒤에서 뚱뚱한 경비원이 늙은 경비원에게 거친 말을 하는 게 들렸다. 뚱땡이 자지 같은 새끼, 라고 미치는 혼잣말로 중얼거렸다.

러몬은 이미 경비원에 대해서 다 잊어버리고 빵집 앞에 장식해둔 관목 덤불에서 냄새를 맡았다. 그러자 빵집 직원과 손님들이 러몬을 바라보았다. 이들의 시선에 못마땅함이 담겨 있다고 미치는 느꼈다. 그때 러몬은 왼쪽 다리를 번쩍 쳐들었다. 그리고 적어도 다섯 사람이 지켜보는 가운데서 인도에다 오줌을 쏟아내기 시작했다. 오줌 줄기는 끝도 없이 이어졌다. 녀석이 볼일을 다 보고나자 주변의 인도는 흥건하게 젖었다. 마치 고무호스로 물을 뿌린 것 같았다. 빵집 주인이 뭐라고 얘기를 하려고 문 쪽으로 다가오는 게 유리창을 통해서 보였다. 미치는 얼른 미소를 지어보이고 또 손을 흔들어 미안함을 표시한 뒤에 러몬을 잡아끌고 자리를 피했다. 처음에는 러몬이 미치에게 처졌지만 녀석은 어느 사이엔가 미치를 따라잡았고 또 앞서 갔다. 녀석은 달릴 기회가 있으면 절대로 놓치는 법이 없었다.

**집에 도착하자 비가 억수같이** 쏟아지기 시작했다. 겨울에 이런 비가 내릴 때면 미치는 늘 영화 〈택시 드라이버Taxi Driver〉의 첫 장면이 생각났다. 트래비스 비클이 억수같이 내리는 비가 거리의 온갖 쓰레기들을 완전히 쓸어버리는 이야기를 하는 장면이었다. 미치는 깨지고 못 쓰게 된 플라스틱 파이프들이 어지럽게 흩어져 있는 뒤 베란다에서, 트래비스 비클이 얘기하던 바로 그 모습을 볼 수 있었다. 세상의 모든 사물에 더께가 졌던 오물과 때가 마당의 물웅덩이에서 검게 번쩍거렸다.

캔 맥주를 하나 땄다. 문이 열리고 더그가 베란다로 나왔다. 만일 더그의 머리에 아직도 남아 있는 마리화나 연기가 없었다면, 아마도 더그는 이제 막 잠에서 깨어난 줄로 오해받았을 것이다.

"야."

더그가 나무로 만든 긴 의자에 무겁게 앉아서 눈을 비비면서 미치를 불렀다. 더그의 눈은 마치 토끼의 눈처럼 빨갰다.

"네가 밖에 나가 있는 동안 마리화나 좀 샀어."

"그래, 냄새가 나네."

"네 걸로도 좀 샀어."

"고마워. 얼마어치?"

"오십."

"잘했어. 이따 줄게."

"아무 때나 줘."

더그는 한동안 그 자리에 꼼짝도 하지 않고 앉아 있었다. 취하는 모양이었다. 하지만 미치는 더그가 긴장을 했거나 아니면 화가 나 있다는 걸 알 수 있었다.

"괜찮아?"

"일자리를 어디서 어떻게 구해야 할지 정말 골치 아파. 패스트푸드 파는 데서는 진짜 일하기 싫거든."

빗줄기는 굵고 세게 내리쳐서 미치가 앉은 자리까지 빗물이 튀었다. 얼굴로도 튀었다. 지금이 이야기를 꺼내기 딱 좋을 때라고 미치는 생각했다.

"딱 사십오 분 만에 백만 달러 버는 방법을 알고 있거든?"

더그가 웃음으로써 미치의 말을 무시했다.

"앞으로 인생을 어떻게 살아야 할지 모르겠다."

"농담 아니야."

더그는 그제야 미치의 얼굴을 제대로 바라보았다. 그리고 정말 농담이 아니란 걸 알았다.

"백만 달러?"

"아마도."

"뭐가 아마도야? 백만 달러란 거야, 아니란 거야?"

"현금 자루가 네 개야."

더그가 자세를 고쳐서 똑바로 앉았다.

"얘기해 봐."

미치는 더그의 이런 반응이 마음에 들었다. 페라리 작업 때 그랬던 것처럼 징징거리며 우는 소리를 할 줄 알았는데 그게 아니어서 기분이 좋았다. 아마도 몇 주 동안 수입이라곤 한 푼도 없는 생활이 계속되면서 범죄 행위를 바라보는 태도가 바뀐 모양이었다. 더그는 지금 범죄를 존경의 눈으로 바라보고 있었다. 어쩌면 더그는 페라리 작업을 하면서 보여줬던 자기의 멍청한 모습을 범죄 행위를 하기에는 자기가 형편없이 부족하다는 사실을 증명하는 것으로 보지 않고, 훈련용의 생생한 체험으로 여길지도 몰랐다. 사실 이런 태도는 사물을 보다 효과적으로 바라보는 방법이라고 미치는 생각했다.

"그래, 현금 자루 네 개가 어디에 있는데?"

미치는 모든 걸 상세하게 설명했다. 심지어 두 경비원의 나이와 비만 정도까지 다 말했다. 더그는 생각에 잠긴 채 고개를 끄덕이며 미치의 말에 귀를 기울였다. 페라리 작전은 훌륭한 전술적 경험이었다고 했고, 그걸 통해 많은 것을 배웠다는 해석도 보탰다. 예를 들어서 날씨에 대비해서 옷을 입어야 한다는 건 정말 중요한 사항이었다. 현금 호송 차량을 털 때 양복을 입을 필요는 전혀 없었다. 그리고 무선 추적 장치가 설치되어 있을 가능성에도 대비해야 한다는 사실, 나아가 예상치 못했던 여러 가지 돌발 상황들에 대해서도 대비해야 한다

는 사실을 배웠다.

미치가 설명을 모두 마치자 더그는 고개를 끄덕이고는 담배에 불을 붙였다.

"괜찮은데. 조금 있으면 케빈이 올 거야. 약 한 상자를 가지고 올 거야, 내가 팔 거. 케빈이 오면 어떻게 생각하는지 한번 물어보자."

"좋지."

"기회가 노크를 하면 레모네이드를 만들어라."

더그가 말했다.

"그런 표현이 아닌 것 같은데……. 내 생각에는 기회가……."

더그는 미치의 말을 막으며 큰 소리로 웃었다. 무언가 엉뚱하고 바보 같은 말을 했을 때, 웃자고 일부러 농담으로 한 말인지 아니면 진짜 정확한 표현을 몰라서 한 말인지 미치가 헛갈리도록 하려고 할 때면 늘 그랬다. 사람들은 대부분 더그를 처음 보고는 더그의 지능을 과소평가했다. 더그가 상대방을 격려하기 위한 의도로 이런 식의 잘못된 속담이나 경구를 인용하기 때문이다. 물론 미치도 이런 사실을 잘 알고 있었다.

"현금수송차 한번 털어보자구."

더그가 보여주는 새롭고 적극적인 모습에 미치는 만족한 얼굴로 고개를 끄덕였다.

"좋았어! 무장 현금수송차여, 어서 오시라!"


**오랜 시간이 흐르는 동안** 집 안에서 피운 마리화나의 연기는 천장 가까이까지 벽을 회색으로 변색시켰다. 하지만 이건 카우치 소파에 누울 때만 알아챌 수 있었다. 이 자세는 미치가 집에서 마리화나를 피운 뒤에 보통 처음 취하는 자세였다. 그래서 새로운 종류의 마리화나를 사서 처음 피울 때마다 미치가 하는 말은 한결같았다. 아파트에 걸어놓은 보증금을 잃어버리지 않으려면 거실에 페인트칠을 새로 해서 깨끗하게 보이도록 해야 한다는 내용이었다.

"야, 넌 이거 하고 눕기만 하면 꼭 그 얘기를 하더라."

더그의 말에 케빈도 맞장구를 쳤다.

"맛이 갔으니까."

세 사람은 거실에 대자로 뻗고 누웠다. 실내에는 마리화나 연기가 만들어낸 두꺼운 회색 구름이 가득했다. 하지만 이런 구름의 모습은 방 안에서 구름을 만들어낸 사람은 알아채지 못했다. 때로 이들은 텔레비전을 보면서 마리화나를 피우기도 했는데, 예를 들어서 피자 배달원처럼 다른 곳에 있다가 이 거실에 들어오는 사람은 늘 이 구름 이야기를 했다. 그러면 미치는 아파트를 빌리면서 맡긴 보증금이 날아갈지 모른다는 걱정으로 더욱 스트레스를 받으면서 페인트칠 이야기를 했다.

세 사람은 오후 내내 이른바 '위대한 계획'을 놓고 토론을 했다. 하지만 결국 마리화나가 대화를 삼켜 버렸고 토론은 침묵 속의 환상으로 변해 버렸다. 그러나 회색 연기 속에서 세 명이 생각해낸 위대한 계획은 놀라울 정도로 완벽해 보였다. 우선 신문 광고란을 뒤져서 부품 재활용 용도의 똥차를 한 대 산 다음에 이것을 분해하는 게 아니

라, 고쳐서 달릴 수 있게 만든다. 이렇게 만든 무등록 자동차를 탈출용 차량으로 쓴다는 것이었다.

더그에게는 초능력에 가까운 세 가지 능력이 있었다. 어떤 마약이든 모두 종류별로 구별해낼 수 있으며 각각의 효과를 정확하게 말할 수 있는 능력, 1970년대부터 1990년대까지 활동했던 록음악 연주자를 한 명도 빼지 않고 다 말할 수 있는 능력, 그리고 마지막으로 뭐든 만지고 두드려서 작동하게 만들 수 있는 능력이었다.

일단 더그가 무등록 자동차를 만들어내면, 여기에다가 오래된 네바다 번호판을 붙여서 그 은행 건너편에 세워두고 기다릴 생각이었다. 물론 그 어떤 경찰도 그 네바다 번호판에 관심을 가지지 않기를 빌어야 했다. 비록 위험하긴 하지만 그 적은 가능성을 뚫는 수밖에 다른 방법이 없다는 데 세 사람은 의견을 모았다. 그러려면 우선 그 은행 주변에서 이루어지는 경찰 순찰 사항을 확인해야 했다. 그래서 경찰관이 나타나서 무등록 차량의 오래된 네바다 번호판에 관심을 가질 가능성이 거의 없다는 사실을 분명하게 검증해야 했다. 이 일은 미치가 맡았다. 미치는 러몬을 데리고 그곳에 갈 때마다 그 작업을 하기로 했다.

현금수송차가 나타나면 미치와 더그가 늙은 경비원을 제압하고 돈 자루를 챙겨서 케빈이 운전석에 앉은 네바다 번호판의 무등록 차량에다 싣고 2킬로미터쯤 달려서 한적한 곳으로 간다. 거기에는 케빈이 미리 세워둔 픽업트럭이 대기하고 있는데, 범행에 사용한 차는 네바다 번호판을 떼어낸 뒤에 산골짜기 아래로 밀어버린 뒤에 돈을 챙겨서 유유히 월튼으로 돌아온다. 이게 세 사람이 짠 시나리오였다.

그런데 위대한 계획은 벌건 대낮에 대로에서 진행될 것이기 때문에 기습이라는 요소가 매우 중요했다. 오가는 사람들이 많을 테기 때문에 스키 마스크는 필수였다. 하지만 경찰만 없다면 모든 게 순조롭게 진행될 수 있었다. 전기충격기도 하나 구입하기로 했다. 만일 문제가 생길 경우 경비원들을 '제압'하기 위해서였다. 이건 어디까지나 마지막 수단이었을 뿐이었지만, 미치는 특히 '제압'이라는 그 단어가 마음에 들었다.

마리화나로 물렁물렁해진 뇌를 써서 충분히 얘기할 만큼은 다 했다. 그리고 마침내 마리화나가 빚어낸 에너지는 모두 소진되었다. 세 사람은 소파에 길게 뻗어서 거실의 인테리어 문제를 놓고 토론하기 시작했다.

"사람이 살다 다른 곳으로 이사를 갈 때마다, 당연히 페인트칠은 새로 해. 보증금이라는 건 벽에 구멍이 났다거나 카펫을 망가뜨렸을 때 깎는 거지 벽과 천장이 변색했다고 깎지는 않아."

케빈이었다. 그러자 미치가 발끈했다.

"왜 말을 못 알아들어? 집이 깨끗하게 보이도록 유지하는 건 세입자의 의무야. 저기 좀 보란 말이야."

미치는 형광등 옆에 회색으로 변색된 부분을 가리켰다. 더그와 케빈은 미치가 가리키는 곳을 충실하게 보긴 했지만 아무런 대꾸도 하지 않았다. 그게 미치를 더 화나게 했다.

비록 미치는 어떤 권위든 간에 권위에 대해서 고분고분 고개를 숙

이지 않았고 또 자기 앞으로 날아온 청구서들에 꼬박꼬박 돈을 내는 데 관심이 없긴 했지만, 집주인의 권리는 진짜 놀라울 정도로 충실하게 지켜주려고 애를 썼다. 단지 집주인에게 밉보여서 쫓겨날지도 모른다는 두려움 때문이 아니었다. 미치의 아버지는 '스모크-이터' 판매 사업이 비수기를 맞을 때면 건물 관리 일을 하곤 했는데, 아버지는 일을 마치고 집에 돌아와서는 세를 들어 사는 사람들이 얼마나 집을 험하게 쓰는지 모른다면서 불평하곤 했다. 미치는 아버지가 했던 그 불평을 지금까지도 기억하고 있었다. 개가 카펫에 똥을 눠도 금방 이사를 갈 거라면서 그 똥을 치우지도 않는 사람이 있었고, 또 심지어는 냉장고에 썩은 음식을 가득 놔둔 채 그냥 이사를 가는 사람도 있었다. 미치는 훌륭한 세입자가 되려고 노력했고, 이런 노력의 연장선에서 집주인에게는 충실하게 복종하는 태도를 취했다. 다른 누구에게도 보이지 않는 사근사근함을 집주인에게는 보였던 것이다. 그리고 또 이런 문제로 주변 사람을 닦달했다.

"내가 보기에는 미치가 집주인에게 홀딱 빠진 거 같은데……."

더그에 말에 케빈이 맞장구를 쳤다.

"너, 집주인과 잔 거 아냐, 미치?"

"아쿠-마트에서 텔레비전을 훔친 것도 다 집주인을 위해서 그랬던 게 아닐까 싶은데? 결국 텔레비전을 집주인에게 줬잖아."

"너희들 좀 닥쳐줄래? 난 농담이 아니라 진지하게 말하는 거야. 이 벽을 좀 보란 말이야, 어? 우리가 처음 이사 왔을 때는 흰색이었어."

"미치가~ 집주인을~ 뜨겁게 원한다오~."

더그가 유쾌한 가락을 붙여서 노래했다.

"그래, 알았어. 돼지 우리처럼 그냥 내버려두자, 그럼 되겠지? 아니, 차라리 그냥 이 집을……."

마리화나가 생각의 흐름을 뚝뚝 끊어버린 바람에 미치의 말은 거기에서 잠시 끊어졌다가 다시 이어졌다.

"불 질러 버리면 어때?"

이 말이 다시 이어졌을 때는 이미 한 박자 늦은 터라서 애초의 의도했던 반어의 강렬함은 찾아볼 수 없었다.

시간이 흘렀다. 다들 마리화나에 취해 있었기 때문에 말하기가 힘들었다. 하지만 미치가 생각하기에 다들 인테리어 화제는 잊었다고 생각하고도 한참이 지난 뒤에, 더그가 마침내 입을 열었다.

"네 말이 맞는 거 같아, 페인트칠을 해야 돼. 현금수송차를 턴 뒤에 하자."

"정말 훨씬 멋지게 보일 거야. 하고 나면 정말 잘했다 싶을걸?"

"그리고 새 가구도 좀 들여놓자."

더그였다. 그러자 케빈이 벌떡 일어났다.

"뭐야, 인테리어를 새로 하겠다고? 앞으로 여섯 달 동안은 꼭 필요한 곳 외에는 아무 데도 돈을 쓰지 않기로 했잖아."

말을 끊은 케빈은 잠시 더그와 미치를 바라보았다.

"이게 계획이야. 계획을 세웠으면 철저하게 지켜야지. 여섯 달 동안은 그냥 돈을 깔고 앉아 있기만 해야 돼."

정색을 한 케빈을 더그가 달래고 나섰다.

"아, 그럼, 멋진 계획이잖아. 내 말이, 털고 나서 여섯 달 뒤라는 말이지."

"그렇게 말하지 않았어. 이 문제에 대해서는 진짜 진지해야 돼."

"왜 이래, 우리도 지금 진지하잖아."

"온 도시 사람들이 다 어떤 세 녀석이 벼락부자가 된 것처럼 행동하는지 찾아내려고 눈에 불을 켤 테니까 말이야."

하지만 이렇게 말을 하는 케빈도 점점 집중력을 잃고는 다시 카우치 소파에 털썩 몸을 눕혔다.

"근사해. 앞으로 여섯 달 동안은 꼭 필요한 곳 외에는 아무 데도 돈을 쓰지 않는다. 바로 그거야."

미치였다.

"바로 그거야."

더그도 맞장구를 쳤다. 케빈은 한숨을 쉬었다.

"일이 끝나고 한 주 만에 너희를 찾아온다. 그런데 뒷마당에 수영장을 만드는 공사가 진행되고 주차장에 페라리 두 대가 서 있다면, 아마 너희들이겠지?"

"절대로 페라리는 아니야."

미치였다. 미치는 영국식 발음으로 말을 이어갔다.

"더글러스, 솔직히 말해서 나는 페라리가 별로야. 당신은?"

"당연히 아니지 미첼. 롤스로이스쯤 되어야 하는 거 아닌가 싶은데. 끝내줄 거야."

"그리고 집사. 집사가 있어야 해."

"그래, 꼭 집사를 고용해야지."

그러자 케빈이 자리에서 일어나며 초를 쳤다.

"아주 쌍으로 지랄들을 해요."

케빈은 흐리멍덩한 기운을 털어내려고 머리를 가볍게 좌우로 흔들었다.

"그만 집에 가야겠다. 린다는 지금쯤 내가 어디 가 있나 하고 있을 테니까."

"담에 보자. 그 약은 말이야, 내가 어떻게 하면 쫙 풀 수 있을지 생각해 볼게."

더그가 손을 흔들었고, 케빈은 문으로 갔다. 그런데 가다가 돌아섰다.

"좋은 생각이 하나 있어."

그리고는 뜸을 들였다. 뜸이 제법 길어서 미치와 더그는 그 좋은 생각이라는 게 케빈의 머릿속 마리화나의 쓰레기 세상으로 휙 날아가 버렸다고, 그래서 케빈은 다시 돌아서서 문으로 향할 거라고 생각했다. 하지만 그게 아니었다. 케빈이 계속해서 말했다.

"너희들 둘, 영국식 발음 꽤 괜찮더라?"

"어, 뭐, 그래서? 좋은 생각이란 게 뭐야?"

미치가 물었다.

"우리가 현금수송차를 털 때 말이야, 스키 마스크도 쓰지만 영국식 발음으로 말하는 거야. 있잖아, 거 왜…… 〈저수지의 개들Reservoir Dogs〉에서도 그러잖아. 생각 안 나? 다들 서로 '미스터 핑크'니 '미스

터 그린'이니 하는 호칭으로 부르잖아. 그런데 우리는 영국식 발음으로 말하는 거야."

"근사하다."

"죽인다."

"됐어. 난 갈게."

케빈이 돌아섰다.

"잘 가시게, 친구여!"

미치가 말했다. 그러자 더그도 어린아이 말투로 장난을 쳤다.

"빠빠아아이!"

**모든 위대한 계획들이 다 그렇듯이** 세 사람이 세운 위대한 계획에도 초기 비용이 필요했다. 아무리 쓰레기 수준의 자동차라 하더라도 공짜는 없었다. 게다가 전기충격기와 스키 마스크는 더욱 그랬다. 여기에 들어가는 돈을 마련하는 일은 더그가 책임졌다. 약을 팔아서 그 돈을 마련할 계획이었다. 그런데 더그는 이 제안을 받았을 때 미치와 케빈에게, 약을 파는 일은 사실 수익성이 매우 높은 사업이며 또 원래 계획은 자기가 모든 위험을 부담해야 하기 때문에 약을 팔아서 버는 돈도 모두 자기 몫이라는 점을 상기시켰다. 그러므로 위대한 계획의 비용으로 들어가는 돈은 엄밀하게 따지면 자기 돈이며, 따라서 나중에 현금 자루를 손에 넣고 나면 이 돈을 자기가 우선적으로 변제받아야 한다고 했다. 미치와 케빈은 더그가 이 사업에

들일 금액을 모두 합하면 대략 500달러쯤밖에 되지 않을 것으로 보았고 또 자기들이 현금수송차에서 털 돈은 100만 달러가 넘을 것이기 때문에 그 500달러를 놓고 성가시게 이러쿵저러쿵 따지고 싶은 마음이 없었다.

하지만 더그는 100만 달러를 셋이서 나눌 때 500달러라는 작은 돈은 넣으나 빼나 거의 아무런 차이가 나지 않는다는 사실을 이해하지 못하는 모양이었다. 그래서 미치와 케빈은 결국 더그에게 두 손을 들었다. 현금수송차에서 턴 돈에서 우선 더그가 500달러를 가져가고, 나머지 돈을 셋이서 나누기로 했다.

하지만 문제가 생겼다. 더그는 케빈으로부터 약 이야기를 들은 바로 그날, 약이 있으니 사고 싶은 사람은 연락하라고 아는 사람들에게 소문을 냈지만, 엿새가 지나도록 아무도 전화를 하지 않았다. 심지어 아침마다 전화를 해서 숙취 때문에 머리가 아파 죽겠다면서 약이 있으면 좋겠다고 아우성치던 식당의 요리사들조차 전화를 해오지 않았다. 아마도 해고를 당하고 난 뒤라서 지출의 우선순위에서 약은 뒤로 밀린 모양이었다. 더그는 돈이 많은 고객을 찾을 필요가 있다고 생각했다. 그래서 미치에게 전화했다.

"야, 우리 클럽이나 뭐 이런 데 가야겠어."

"왜?"

미치는 러몬을 산책시키던 중이었다. 경찰이 순찰을 하는지 보고 있었는데, 부근에 경찰관이라고는 한 명도 보이지 않아서 무척 기분이 좋은 상태에서 더그의 전화를 받았다.

"약을 팔아야 하잖아. 아마 몇 백 달러는 금방 벌 거야. 그러면 일이 착착 진행되는 거지."

"난 클럽 같은 데 안 가. 그런 엿 같은 데를 왜 가? 그리고 월튼에는 클럽이란 클럽은 다 문을 닫았고."

"그럼 다른 데 있는 클럽이라도 가야지, 월튼을 벗어나서."

미치는 잠시 고개를 갸웃하고 눈을 굴리면서 더그의 의도를 의심했다. 좋아하는 록그룹 가운데 하나가 공연하는 걸 보려고 자기 차를 태워달라고 거짓말하는 것일 수도 있었다.

"다른 사람한테 얘기해. 아무튼 난 클럽에는 안 가니까."

소리를 죽인 상태로 텔레비전을 보며 미치와 통화를 하던 더그는 미치가 자기를 의심하며 눈알을 부지런히 굴리는 소리를 들었다. 미치는 레프드 아웃렛이나 포티쉐드와 같은 밴드를 좋아하지 않았다. 미치에게 대놓고 말한 적은 없었지만 감각이 떨어지기 때문이라고 더그는 생각했다. 심지어 미치는 정말 세계 최고의 음악에도 아무런 감동을 받지 않았다. 미치에게는 일흔두 살의 노인을 전기충격기로 지지는 일보다 댄스 클럽에 가는 일이 더 어렵다는 걸 더그도 잘 알고 있었다. 아무리 눈알을 굴려도 도무지 방법이 떠오르지 않았다. 사정을 하는 수밖에 없었다.

"내가 아는 사람에게는 다 물어봤어. 하지만 약을 살 돈이 없다는데 어떡해."

"좋아, 그럼."

미치의 코만도 인격이 다시 등장했다.

"하지만 우리는 우선 약을 조금이라도 팔아야 해. 그래야 그 돈을 가지고 클럽에 들어갈 거 아냐."

"팔 수가 없다니까 그러네?"

"그럼 나이트클럽에서는 확실히 팔 수 있다는 거야."

"아무래도 여기보다는 낫지."

"좋아, 내 신용카드로 긁을게."

그렇게 하기로 하고 두 사람은 전화를 끊었다. 미치가 러몬을 데리고 집으로 돌아갈 때 눈이 내리기 시작했다. 젠장, 미치의 입에서 욕이 저절로 나왔다. 미치가 가장 싫어하는 게 빚을 더 내는 것이었다. 특히 댄스 클럽에 가려고 빚을 내는 건 더욱 그랬다. 귀도(하층 계급의 이탈리아 출신 이민자들로 육체노동에 종사하는 사람들을 일컫는 속어—옮긴이)나 금목걸이를 걸고 다니는 패배자, 스킨로션이나 향수 냄새를 팍팍 풍기면서 케케묵을 정도로 뻔하고 뻔한 작업 멘트를 서로에게 날리는 인간들이 아니면 아무도 거기에 가지 않았다. 미치는 벌써 여러 해 동안 스틸러스가 하는 경기를 본다는 목적이 아니고서는 술집에도 간 적 없었다. 그리고 가장 최근에 댄스 클럽에 갔을 때는, 디스커버리 채널에서 방영하는 자연 다큐멘터리 프로그램의 한 장면으로 짝짓기 의식이 자기 눈앞에 펼쳐지는 듯한 느낌을 받기도 했다.

자기가 알기로 분명 더그는 음악 애호가였다. 그리고 춤을 추는 것도 싫어하지는 않았다. 그래서 미치는 더그가 하룻밤 따분한 집에서 벗어나서 음악을 듣고 춤을 추고 싶어 꼼수를 쓰는 것일지도 모른다고 생각했다. 좋아, 녀석이 정말 그렇게 클럽에 가고 싶다고 한다면 바에 앉아서 물이나 마시게 할 수도 있지. 자기는 마티니를 홀짝일 생각이었다. 사실 미치는 마티니도 좋아하지 않았다. 아무튼 미치는 더그가 진짜 약을 팔려고 그런 건지 아니면 꼼수를 쓰는 건지 직접 보기로 했다.

미치는 웨스트레이크를 삼십 분 동안이나 걷고 있었음에도 불구하고 경찰 순찰차는 단 한 대도 보지 못했다는 사실을 문득 깨달았다. 그리고 잘만 하면 진짜로 돈방석에 앉을 수도 있겠다고 생각했다. 그래, 약을 팔려면 어쩌면 진짜로 클럽에 갈 필요가 있을지도 모르지. 그런 일에 관해서는 자기와는 다르게, 더그가 제대로 알고 있을 것 같았다. 게다가 더그는 팀의 일원이 아닌가. 미치는 더그에게도 마티니를 한 잔 사줘야겠다고 마음먹었다.

**갈 만한 가치가 있는 클럽으로** 가장 가까운 곳은 피츠버그에 있었다. 자동차를 타고 바람 부는 시골길을 한 시간이나 달린 뒤에 다시 주간州間 고속도로를 타고 조금 더 가야 했다. 피츠버그가 가까워지면서 도로가 점점 넓어졌다. 미치는 갑자기 여기에 눌러앉아서 일자리를 찾고 싶은 충동을 느꼈다. 윌튼으로 다시 돌아가고 싶지 않았다. 79번 주간 고속도로에 오르자 가로로 또 세로로 줄지어 늘어선 건물들이 눈앞에 끝없이 펼쳐져 있었다. 건물뿐만 아니라 주차장이나 담장도 펜실베이니아의 도시에서 보는 것들과 다르지 않았지만 어쩐지 그런 풍경이 발산하는 느낌이 달랐다. 그건 바로 승리감이었

다. 승리의 느낌이 충만해 있었다. 피츠버그의 건물과 주차장과 담장은 마치 전경全景을 압도하며 승리를 호령하는 것 같았다. 월튼에서는 자연이 언제든 반격을 해올 것 같았고 이길 것 같았다. 퀸즈에서 성장한 미치는 월튼 외곽에 있는 도로들을 따라 늘어서 있는 나무들을 보면서 늘 이런 생각을 했다. 이 나무들이 이 도시를 탈환하기 위해서, 그리고 환경적으로 무책임한 거주민들을 몰아내고, 처음 도시를 개발한 사람들이 갈아엎은 자연의 모습을 원래대로 복원하고자 하는 음모를 꾸미고 있다는 생각. 하지만 비록 피츠버그의 외곽이었음에도 불구하고, 여기에서는 나무들이 모반의 꿈을 완전히 접은 게 확실했다. 적어도 미치의 눈에 그렇게 보였다.

"추해."

길게 늘어선 스트립 몰(상점이 한 줄로 늘어서 있고, 그 앞에 주차 공간이 한 줄로 마련되어 있는 쇼핑센터—옮긴이)과 가로등의 노란색 불빛을 받고 늘어선 양탄자 가게들을 바라보면서 더그가 말했다. 방금까지 미치는 정반대로 생각하고 있었다. 도시는 에너지로 넘쳤다. 상징적으로도 그랬고 실제로도 그랬다. 전선, 변압기, 중계기, 교통 신호등 그리고 휴대폰 중계탑 등 모든 것이 다 일자리를 의미했다. 그걸 유지하고 보수할 사람들이 있어야 한다는 뜻이었다. 그건 바로 기회였다. 여기에는 할 일들이 참 많겠다, 그런데 왜 사람들은 돌아가려고 할까?

"성공하면 피츠버그로 이사 오자."

"그건 절대로 안 되지."

더그의 대답을 들으면서 미치는 자기와 더그 사이에 커다란 계곡이 가로놓여 있음을 깨달았다. 그리고 바로 이런 이유로 해서 어느날 두 사람이 더는 친구가 될 수 없을지도 몰랐다. 더그는 월튼에서 성장했으며 가족주의적인 것을 좋아했다. 그리도 비록 멀리 떠나겠다는 말을 자주 하는 편이긴 해도 나머지 세상, 아니 미국의 다른 지역에 대해서 관심이 없다는 걸 미치는 알고 있었다. 다른 도시로 가서 피쉬의 공연을 보긴 하겠지만 그 도시 자체를 구경할 마음은 없었다. 더그는 애스펀이나 몬테레이 혹은 여행 전문 채널에서 본 비키니 차림의 여자들과 절벽이 있는 어떤 곳으로 이사를 가겠다는 말을 온 열정을 담아서 하곤 했다. 하지만 이 열정은 금방 식었다. 그리곤 쭈그리고 앉았거나 창문 밖으로 금속 표면 가공공장의 굴뚝을 바라보곤 했다. 예를 들어서 '추하다'와 '이사 오자'라는 이런 인식의 차이는 두 사람이 가장 피상적인 방법으로만 논의했던 주제였다. 그러나 두 사람 사이에 타협의 여지가 없는 차이점을 생생하게 증명하는 것이기도 했다.

"아우, 씨팔 히피 같은 놈."

"미안하지만 나는 매연과 쓰레기와 먼지가 싫어."

더그는 대도시의 환경을 지적한다고 그렇게 말했지만, 사실 그런 건 월튼에도 널려 있다는 걸 모르는 모양이었다.

이 인간은 장밋빛 안경을 끼고 월튼을 바라보는 게 틀림없어, 라고 미치는 생각했다. 더그에게 월튼은 '즐거운 나의 집'이었다. 하지만 오늘밤 빈손으로 거기로 돌아갈 수도 있다는 불안이 마치 통증처럼

엄습했다 그 통증을 진정시키려고 미치가 입을 열었다.

"정말 처음 보는 사람들에게 약 한 상자를 다 팔 수 있겠어?"

"꼭 그렇다고 장담할 수는 없지."

더그는 미치가 기대하던 위안의 말을 해주지 않았다.

"무얼 판다는 건 다 일종의 투기니까."

"하지만 가능성이 있다고 생각하잖아?"

"그야 물론이지. 가능성이 없다면 아예 말도 안 꺼냈지."

미치는 고개를 끄덕였다. 미치는 더그가 아주 드문 사회적인 재능을 가지고 있다고 생각했다. 그건 바로 진정한 열정을 가지고 사람을 만나는 태도였다. 파티장이나 콘서트장에 함께 가기라도 하면 더그는 거기에서 처음 만난 사람과 몇 시간씩 이야기를 나누다가 돌아오곤 했다. 그렇게 만난 사람들과 영혼을 찾는 대화를 나누었다고 했고, 또 이 대화를 통해서 어떤 계몽을 받았다고 했다. 그리고 케빈이 경찰에 체포되어 감옥에 갇히기 전에 더그는 이런 개방성을 내세워서 낯선 사람들과 한 주에 1,000달러 규모의 사업을 벌이기도 했다. 미치는 더그가 이런 재능을 발휘하는 걸 본 적이 너무도 오래되었기 때문에, 날마다 소파에 드러누워서 텔레비전의 리모컨을 조작하면서 시간을 보내는 한심한 인간의 내면에 놀라운 통찰력과 에너지가 들어 있다는 사실을 까맣게 잊고 있었다.

번쩍거리는 네온 간판은 그곳이 '뉴욕 시티 와나비 댄스 클럽'임을 가리켰다. 그 클럽은 미치가 끔찍하게 여기던 정확하게 바로 그런 종류의 클럽이었다. 피츠버그의 북부 지역에 사는 사교계의 잡초들이 8달러짜리 술을 사서 자기들이 마치 유럽의 쓰레기라도 되는 양 으스대면서 밤 시간을 보낼 수 있는 그런 곳이었다. 주차장에 차를 세우면서부터 미치는 속이 불편했다. 배꼽까지 보이게 실크 셔츠를 풀어헤친 이탈리아인 두 명이 정문에서 두 사람을 기다렸다.

"야, 잠깐 더그. 여기가 바로 진짜 네가 생각할 수 있는 가장 좋은 데란 말이야? 저 인간들 좀 봐라. 진짜 들어가기 싫다."

"우린 여기 약 팔러 왔잖아, 안 그래?"

"그래, 하지만…… 여기는 이탈리아 놈들 천지야. 여기 컨트리음악 하는 술집이나 뭐 그런 거는 없어?"

"네가 언제부터 컨트리음악을 좋아했어?"

미치는 다시 한 번 더 툴툴거리면서 핸들에 머리를 박았다. 더그는 미치가 댄스 클럽을 얼마나 싫어하는지 알았다. 두 사람은 댄스 클럽을 놓고 여태까지 수도 없이 많은 토론을 벌였지만 단 한 번도 의견 일치를 본 적이 없었다. 댄스 클럽은 여자를 쉽게 만날 수 있도록 한 공간이었다. 하지만 이건 미치에게는 해당되지 않는 사항이었다. 미치에게는 오히려 불리한 공간이었다. 미치는 말은 잘했지만 춤은 영 서툴렀다. 귀청을 때려대는 음악은 미치가 구사할 수 있는 무기를 박탈해 버렸다. 이런 클럽은 쇼핑에 대한 이야기 말고는 어떤 대화도 이끌 줄 모르고 그저 뱅뱅 돌기만 잘할 줄 아는 꿀 먹은 벙어리 인간들에게 절대적으로 유리한 장소라고 미치는 생각했다.

"긴장 풀어, 재미있을 거야."

"그래 좋다, 내가 희생한다. 팀을 위해서 내가 한 번 희생하는 거야."

그때 꽉 끼는 미니스커트를 입고 하이힐을 신은 여자 두 명이 자동차 옆으로 지나갔다. 미치는 놀라서 입을 벌린 채 여자들이 클럽의 문을 향해 걸어가는 걸 보았다. 그 순간 미치는 갑자기 자기가 진짜 살아 있는 매력적인 여자를 실제로 본 적이 얼마나 오래되었는지 생각났다. 그래, 진짜로 월튼을 떠야 해.

"그래 좋도, 재미있을지도 모르지, 뭐."

미치는 여자들의 뒷모습에 반짝거리는 시선을 고정한 채 한마디 더 덧붙였다.

"아마 나쁘지 않을 거 같네."

**클럽 내부의 풍경은 미치가** 예견한 그대로였다. 우선 엄청나게 큰 소리. 미치는 그걸 음악이라고 부르기 어려웠다. 이 엄청난 소리가 마치 홍수가 난 물처럼 클럽을 구석구석 채우며 흘렀다. 게다가 또 왜 그렇게 공간에 비해서 사람은 많은지. 업주가 보기에는 흐뭇한 광경일지 몰라도, 소방 책임자가 이 광경을 봤다면 아마 밤에 악몽이라도 꿀 게 틀림없었다. 아무튼 일단 겉으로만 보자면 약을 파는 일이 충분히 가능할 것 같았다.

"일단 장소는 골 때리네."

미치가 더그에게 말했고, 더그는 미치가 무슨 말을 했는지 알아듣지 못했음에도 고개를 끄덕였다. 더그는 술을 마시자는 동작을 취하며 미치에게 바를 가리켰다. 그 순간에도 더그는 저격수와 같은 예리한 눈으로 과연 누가 약을 원할 것 같은지 사람들을 훑었다.

그리고 마침내 그런 사람들을 발견했다. 더그는 미치의 손을 잡아 자기를 보라고 하고서는 난간 곁에 서 있는 남자 둘을 가리켰다. 두 사람은 맥주병을 들고 있긴 하지만 여자나 춤에는 관심이 없는 듯했으며, 방금 더그가 보였던 바로 그 저격수의 눈으로 사람들을 훑어보고 있었다. 둘 가운데 한 명은 빡빡머리에 근육질이었고 티셔츠를 입고 있었으며, 손님이 아니라 클럽의 경비원처럼 보였다. 또 한 사람은 평범하게 생긴 남자였으며 더그나 미치처럼 간소한 차림이었다.

미치로서는 이들의 존재를 결코 알아채지 못했을 것이었다. 더그는 두 사람을 가리키고는 고개를 한 번 끄덕였다. 그리고 다시 바를 가리키고는 가서 맥주를 사두라고 손짓했다. 미치는 사람들 숲을 뚫고 나아갔다. 스피커에서 울려나오는 진동은 뱃속까지 덜덜거리게 만들었다.

미치는 군대에 있을 때 병력 수송용 장갑차에 짐짝처럼 실린 적이 있었다. 다른 병사들과 몸과 몸이 밀착했고, 소총이나 야전삽 따위가 온몸 구석구석을 찔렀다. 그때 이후로 미치는 이런 상황이 무척 불편했다. 단조롭게 반복되는 박자는 퉁탕거리던 장갑차의 엔진 소리를 연상시켰다. 그때와 다른 게 있다면 디젤 엔진에서 뿜어져 나오는 연기가 없다는 것뿐이었다. 사람들이 이런 불편한 상황에 일부러 몸을 맡기면서 돈까지 지불하는 이유를 미치는 도무지 알 수 없었다.

바에서는 사람들이 세 겹으로 몰려 있었다. 다들 바텐더의 관심을 끌려고 돈을 높이 쳐들고 흔들어댔다. 차라리 당장 주차장으로 가서 차를 집어타고 맥주 대리점으로 가서 맥주를 사오는 게 시간이 덜 들

것 같다는 생각이 들었다. 그때 더그가 미치의 어깨를 두드렸다. 아까 보았던 사내 둘과 함께 있었다. 더그는 밖으로 나가자는 몸짓을 했다. 미치로서는 반가운 일이었다.

미치는 놀랐다. 더그는 어떻게 그 많은 사람들 속에서 정확하게 잠재적인 고객을 찍어낼 수 있었을까? 약을 사겠다는 사람의 냄새를 정확하게 맡은 것이다. 보통 재능이 아니었다. 말하자면 인간 개코나 다름없었다. 주차장에서 서로 소개를 하고 미치는 두 사내와 악수를 했다. 하지만 악수한 손을 푸는 순간, 평소에 늘 그랬듯이 상대방의 이름을 잊어버렸다. 그리고 더그와 미치는 사내들의 차로 가서 함께 탔다. 고급스런 SUV였다. 미치는 자기가 충실하고 듬직한 똘마니 역할을 하고 있다는 생각을 하면서 안락한 좌석에서 편안하게 몸을 뻗었다. 만일 거래가 잘못되는 경우 미치가 할 일은 더그가 뒤통수를 맞지 않도록 막아주는 것이었다. 하지만 사내들은 약을 사고 싶어 안달이 난 듯 완벽하게 우호적이었다. 그래서 미치는 느긋하게 창문 밖으로 시선을 둔 채 세 사람 사이에 오가는 대화를 들었다.

"이건 진짜 최고야. 모두 7.5(밀리그램)짜리들이야. 이건 형씨들이 구할 수 있는 약 가운데 제일 세거든. 10짜리도 있지만, 이제 더는 구경도 못하니까."

더그의 말에서는 프로의 면모가 여실히 드러났다. 마치 이사회장에서 프레젠테이션을 하는 전문경영인 같았다. 더그는 금방이라도 주머니에서 온갖 도표와 차트를 꺼내서 레이저 포인터로 짚어가면서 하이드로코돈의 위력을 상세하게 설명할 것만 같았다.

빡빡머리는 약을 엄지와 검지 사이에서 잠시 굴려보더니 자기가 그걸 먹어도 되겠느냐고 물었다. 더그는 고개를 끄덕였다.

"환영이지. 약을 사는 사람이 그걸 먹는다면, 짭새가 아니라는 뜻이니까."

자기가 경찰관이 아니라는 사실을 증명하려고 안달이 난 다른 사내도 더그의 작은 상자로 손을 뻗어서 약을 하나 집어서 삼켰다. 그리고는 물었다.

"얼마를 원해?"

"하나에 5달러씩은 문제없이 받을 수 있거든. 하지만 얼마나 많이 사느냐에 따라서 달라져. 많이 사면 깎아줄 수 있다는 얘기지."

더그가 훌륭한 장사꾼임을 미치는 알 수 있었다. 더그는 상자 속에 천 개의 약을 가지고 있었다. 케빈에게 이 약을 준 의사는 한 알에 2달러만 원했다. 그렇다면 더그는 벌써 3,000달러라는 수익 가능성을 안고서 협상을 시작한 셈이었다.

세 사람은 흥정을 하느라 옥신각신했고, 여전히 창문 밖을 바라보고 있던 미치는 이상하게도 그 모든 것이 짜릿한 흥분으로 느껴졌다. 마침내 최종 가격이 정해졌다. 2,800달러였다. 이 거금을 빡빡머리는 지갑에서 꺼냈다. 미치가 몇 달 동안 다 합쳐서 구경했던 돈보다 더 많은 돈을 지갑에 넣고 다녔던 것이다. 미치가 여태까지 손에 수백 달러의 돈을 쥐어봤던 유일한 때는 집을 빌리려고 우체국에서 은행환을 받아올 때였다. 두 사내는 부자처럼 보이지 않았다. 그런데도 고급 SUV를 가지고 있었고 또 현금으로 3,000달러씩이나 가지고 있

었다. 어떻게 사는지 물어보고 싶은 충동이 일었다. 뭘 해서 돈을 벌까? 가족은 있을까? 하지만 아무리 궁금해도 주차장에서 마약을 거래하는 사람들끼리 사실과 다르지 않은 진짜 정보를 주고받을 일이 없다는 것쯤은 미치도 알고 있었다.

거래가 끝나고 악수를 나누었다. 미치와 더그는 SUV에서 나왔다. 800달러를 벌었다. 미치는 자기들 차로 걸어가면서 아드레날린 마구 분출되는 느낌이 들었다.

"우와 씨팔, 죽인다! 진짜 끝내주더라, 너!"

미치는 더그의 팔뚝에 주먹을 날렸다.

"800달러! 이 돈이면 죽이는 차도 살 수 있겠어."

"스키 마스크도 사야 하고 레이저 충격기도 사야 하잖아."

조수석에 몸을 던진 더그는 돈을 셌다.

"이렇게 쉬울 줄은 진짜 몰랐다. 야, 우리 다 때려치우고 아예 이 길로 나설까?"

더그는 어깨를 으쓱했다.

"정말 그러고 싶어? 현금수송차 터는 거 대신 이거 하자는 말이야?"

미치는 시동을 걸면서 곰곰이 생각했다. 오늘은 확실히 쉽게 돈을 벌었다. 하지만 날마다 그렇게 쉽지는 않을 것이다. 어쩌면 진짜 운이 좋았을 뿐일지도 모른다. 게다가 기술, 지식 그리고 협상력까지 모든 건 더그가 다 가지고 있다. 그렇다면 내가 기여하는 건 별로 없다는 말이잖아.

"아냐. 내 말은 깊은 감동을 받았다는 뜻이야. 게다가 너 혼자 다 했잖아. 내가 한 건 운전기사 노릇뿐이었으니까."

"나는 진짜 아예 이 길로 나서서 전업으로 이걸 할 수도 있어. 어쩌면 현금수송차를 털려고 나설 게 아니라, 이 일을 해야 하지 않을까 싶어."

"자신이 없어서 그래?"

"모르겠어. 점점 더 겁이 나서 그래. 그러니까…… 난 돈이 조금만 있으면 돼. 그냥 먹고 살 정도로만. 부자 되는 거는 좆도 필요 없어. 백만 달러씩 필요도 없어. 돈으로는 행복을 살 수 없잖아."

"물론 그렇지."

미치도 유쾌하게 맞장구를 쳤다.

"커트 코베인(미국의 록 그룹 '너바나'의 보컬로 1994년에 27세의 나이로 요절했다—옮긴이)을 봐."

미치는 현기증이 날 정도로 기분이 좋긴 했지만, 갑자기 분노가 치솟는 걸 느꼈다. 사람들은 툭하면 이런 말로 스스로를 위안하지만 미치는 이런 논리가 싫었다. 화가 날 정도로 싫었다. 자동차 범퍼나 냉장고 벽면에서도 이런 문구는 쉽게 찾아볼 수 있다. '돈으로는 행복을 살 수 없다.' '신은 어떤 계획을 가지고 있다.' '결국에는 신의 계획대로 이루어질 것이다.' 하지만 이건 완벽하게 계산된 빌어먹을 세뇌 과정일 뿐이잖아. 자기가 아닌 다른 누군가를 위해서 돈을 버는 데 평생을 바친다면 멋진 인생을 사는 거 아닌가? 부인할 수 없는 사실이잖아. 그러니 돈은 가치 없는 것이라는 따위의 논리로 날 설득하

려 함으로써 내 지성을 모독하지 마라. 그렇게 말하는 너는 모든 걸 다 가지려고 하잖아!

미치는 더그가 아주 소박한 소망을 가지고 사는 사람이란 걸 물론 잘 알고 있었다. 그리고 정말 아주 조금만 가지고 있어도 더그는 충분히 행복하게 살 거라고 생각했다. 사실 그런 점에서 보자면 미치도 마찬가지였다. 그런데 그건 모두 돈과 관련된 문제는 아니었다. 아쿠-마트에 관한 문제였고, 군대에 관한 문제였고, 압류된 더그의 자동차와 관련된 문제였다. 자기를 초라하게 만든 것, 누군가에게 진 빚을 꼭 받아야 하며 앞으로 보다 많은 일을 해야 하고 또 여태까지 자기가 보여준 행동이 충분하지 못했다는 생각이 들게 만든 모든 것에 대한 것이었다. 짧은 순간에 이런 생각을 한 미치는 더그의 말을 반박했다.

"커트 코베인은 마약중독자였잖아. 부자로 살면서 자살을 하는 사람들은 다 마약중독자야. 재니스 조플린, 헨드릭스, 짐 모리슨……. 마약중독자는 돈으로 행복을 살 수 없어. 왜냐하면 이들은 언제든 마약을 왕창 살 수 있거든. 그래서 현실을 회피하고 황홀경의 세계에서 노닐잖아. 그래서 부자들은 이런 사람들을 보고 이렇게 말하는 거야. '돈으로는 행복을 살 수 없어, 이 쪼다 같은 새끼들아. 커트 코베인이 어떻게 됐는지 봤지? 그러니 돈을 더 벌어보겠다고 아등바등하지 마. 돈은 도움이 되지 않으니까.' 이 개새끼들은 우리한테 돈을 더 주지 않으려는 핑계로 그런 개소리를 하는 거야. 그리고는 자기들이 다 가지잖아. 그리고 버뮤다의 해변에서 낄낄거리며 즐기고……. 좆 까는 소리 말라고 해. 돈으로 행복을 살 수 없다면, 왜 그 개새끼들은 총을 든 경비원을 시켜서 돈을 지키게 하겠어?”

미치는 말을 끊고 심호흡을 한차례 했다. 그리고 다시 또 열변을 토했다. 더그는 조수석에서 그런 미치를 빤히 바라보기만 했다.

“그 인간들은 우리가 똥이나 처먹길 바라는 거야. 우리가 ‘우와, 돈으로는 행복을 살 수 없구나, 이제 알았네. 친구, 나는 돈이 한 푼도 없는 개털이라서 정말 기쁘다오. 만일 내게 돈이 많았다면 그 돈을 몽땅 털어 마약을 사서 다 처먹었을 텐데, 얼마나 다행인지 모르겠네. 솔직히, 돈은 차라리 부자들이 다 가지고 있는 게 좋지 않은가? 우리가 돈을 조금이라도 가지고 있어 봐야 마약을 하느라, 그리고 마약에 취해서 하루 온종일 다 보내 버릴 테니까 말이야’라는 개소리를 하기를 바란단 말이야.”

“이야아, 너……”

미치가 갑자기 열을 내자 놀란 더그가 입을 열었다. 하지만 그게 다였다.

“누구나 돈만 있으면 행복을 살 수 있어. 좆도, 내기를 해도 이길 자신 있어. 돈이 있으면 정신적인 평화가 찾아와. 왜 그런지 알아? 돈이 있으면 걱정할 일이 없어지거든. 걱정이 없으면 그게 행복이지 뭐야.”

“걱정할 게 많아?”

더그가 물었다. 이 말이 미치의 귀에는 너무도 순진하게 들렸다. 마치 세상 물정을 전혀 모르는 어린아이가 하는 말 같았다. 마약을

성공적으로 팔고 800달러나 수익을 올렸는데 괜히 찬물을 끼얹는 말을 했다는 생각이 들었다. 하지만 미치는 싫었다. 자기 친구가 세뇌당한 사람처럼 말하고 행동하는 게 정말 싫었다.

"물론이지. 넌 없어?"

"없어."

더그는 아주 간단하게 대답했다.

"사필귀정. 난 세상의 모든 것들이 결국은 제자리를 찾아갈 거라고 봐."

미치는 이를 악물었다.

"나는 하루 종일 걱정을 하거든. 청구서에 대해서 걱정을 하고, 집세에 대해서 걱정을 하고, 다른 어떤 걸 사거나 할 여유가 없는 내 처지에 대해서 걱정을 해. 가고 싶은 곳이 있어도 가지 못하고, 하고 싶은 것이 있어도 하지 못하거든. 한번 봐라, 우리가 텔레비전으로 미식축구 경기를 볼 때 어떤 광고가 나오니? 산악자전거 타기, 여행, 해수욕, 콘서트, 휴가……. 이 세상에는 이처럼 멋진 것들이 좆도 넘쳐나는데 우린 뭐냐 말이야. 우리는 그 세상에 발도 들여놓지 못하고 있어. 우리는 거기의 일부분도 아니야. 솔직히 좆도 우리한테 작은 취미라도 있냐? 그런 여유도 없잖아. 그래서 나는 걱정이 많다는 거야."

자동차는 이미 주간 고속도로를 달리고 있었다. 자동차가 고속도로에서의 정상 속도로 달리자 미치는 더그의 침묵이 자기 말에 동의한다는 뜻인지, 아니면 생각에 잠겨 있다는 뜻인지 궁금했다.

"마치 우리는 거대한 벌집에서 살고 있는 것 같아. 우리는 열심히 일을 하는 일벌들이야. 하루 종일 그저 열심히 날갯짓을 해서 꿀을 따다가는 여왕벌에게 바치기만 하지."

"흠……."

더그가 반응을 보였다. 하지만 그것만으로는 미치의 궁금증이 해소되지 않았다. 더그가 동의하는지 혹은 반대하는지 여전히 알 수 없었다. 미치는 자기가 주장하는 내용을 정확하게 잘 표현한 것 같지 않았다. 꿀을 따다가 여왕벌에게 바친다? 어쩐지 좆같이 시적이었고 마음에 들지 않았다. 미치는 더그가 자기만큼 화가 나 있지 않음을 알았다. 하지만 더그도 자기만큼 화가 나야 당연하다고 생각했다. 얼마 전에 직장에서 잘렸음에도 불구하고 더그는 전혀 화가 난 것 같지 않았던 것이다.

실제로 미치에게는 더그가 현금수송차를 터는 일에 함께해 주길 바라는 이유가 따로 있었다. 그 일이 더그가 사는 삶의 한 부분이 될 것이기 때문이었다. 그리고 만일 자기에게 중요한 어떤 것이 더그가 사는 삶의 한 부분이 아니라면, 두 사람은 찢어져서 각자 자기 갈 길을 가게 될 것임을 미치는 알았다. 최근 들어서 미치는 자기들이 결국에는 필연적으로 갈라설 수밖에 없을 것이라는 생각에 점점 더 많이 사로잡혔다.

오랜 침묵이 흘렀고 두 사람은 앞만 바라보았다. 도시의 불빛들은 뒤로 희미하게 사라지고 있었다. 미치는 어떻게 하면 더그를 완벽하게 설득할 수 있을지 생각했다. 판매원이 고객을 완벽하게 사로잡아

구매 행위를 하도록 이끌듯이 그렇게 해야 하는데, 자기에게는 그런 판매원의 수완이 터무니없을 정도로 모자란다는 걸 미치는 잘 알고 있었다. 이런 면은 언제나 결정적인 순간에 미치의 다리를 걸어서 고꾸라지게 만들었다. 아쿠-마트라는 기업계 생활이 그렇게 형편없이 끝나버린 이유도 거기에 있었다. 아쿠-마트에서 잘리지 않고 좀 더 버텨 지금도 여전히 아쿠-마트의 직원으로 있다 하더라도, 결국에는 그렇게 끝날 수밖에 없을 것임을 미치는 잘 알고 있었다.

차는 언덕을 향해 올라가고 있었다. 피츠버그는 어느새 백미러에 하나의 점이 되어 있었다. 콘크리트 도로를 달리는 자동차가 내는 소음이 마치 백색 소음처럼 최면술을 거는 주문으로 들렸다. 미치가 다시 말을 시작했다. 그의 목소리는 한결 부드러웠다. 미치는 긍정적으로 생각하기로 마음먹었다.

"나는 현금수송차 털기를 진짜 기대하고 있어. 멋진 휴가 여행을 앞둔 사람처럼 마음이 설레. 왜 그런지 궁금하지 않아?"

"왜 그런데?"

"학교에 다닐 때부터 모든 사람들이 다 나에게 교훈을 준답시고 뭔가를 가르치려고 들었거든. 아쿠-마트에서나 군대에서나 늘 그랬어. 똑바로 앉아라, 마리화나 끊어라, 이걸 해라, 저걸 해라, 제발 좀 멍청한 짓거리로 말썽을 일으키지 마라, 등등."

더그가 고개를 끄덕였다.

"그런데 나 자신의 교훈을 얻었어. 이제부터는 진짜 멍청한 짓거리로 말썽을 일으키며 시간을 낭비하지 않을 생각이야. 다시는. 알겠

어? 좆도 다시는 안 한다고. 멍청한 짓거리로 말썽을 일으키는 인간
이 되고 싶지 않아. 다음에 내가 정말로 말썽을 일으킨다면, 아마 그
건 진짜 엄청난 사건일 거야."

"흠……."

더그가 보인 반응은 그게 전부였다.

## "바로 이거야, 바로 이런 데라고."

케빈이 자동차를 진흙이 얼어붙은 진입로로 몰고 들어가면서 말했다. 진입로 끝에 금방이라도 쓰러질 것 같은 차고가 하나 있었고, 그 옆에 세 사람이 사러 온 자동차 1980년식 쉐비(시보레의 애칭—옮긴이) 임팔라가 서 있었다. 신문의 광고란에 300달러에 판다고 나왔던 물건이었다.

세 사람은 광고란에서 임팔라가 매물로 나왔다는 사실을 알고는 우선 흥분했다. 이런 오래된 대형차는 엔진에 어떤 장치를 할 수 있는 공간이 엔진룸에 충분히 마련되어 있기 때문이었다. 케빈은 요즘 나온 차들은 컴퓨터 제어장치다 뭐다 하는 온갖 것들을 엔진룸에 빡빡하게 채워 넣어서, 엔진오일을 한번 갈려고 해도 사실상 엔진을 들어내야 할 정도라면서 늘 투덜거렸었는데, 이 오래된 차들은 그렇지 않았다. 그랬기 때문에, 솔직히 말해서 마누라에게 쫓겨나서 갈 데가 없어도 엔진룸에 들어가서 두 발을 뻗고 누울 수 있을 정도야, 라고 미치와 더그에게 말할 수 있었다. 이 말에 두 사람은 서로의 얼굴을 멀뚱하게 바라보았다.

"왜들 놀라? 그냥 그만큼 엔진룸의 공간이 넓다는 뜻이야."

일단 계획은 차를 점검하고 손을 좀 봐서 달릴 수 있게 만드는 것이었다. 물론 등록은 하지 않을 생각이었다. 8기통 엔진에다 방탄차의 외모를 갖춘 임팔라는 현장 탈출용 차량으로는 딱이었다. 이 차에 네바다 번호판을 붙이고 은행으로 몰고 간 다음에 돈 자루를 싣고 미리 약속한 숲속의 한적한 장소로 갈 계획이었다. 물론 거기에 픽업트럭을 미리 주차해 놓아야 했다. 그리고 그곳에서 임팔라를 절벽 아래 골짜기로 밀어버리고(그렇기 때문에 이들이 합류할 지점에는 반드시 절벽이 있어야 하고 그 아래 골짜기가 있어야 했다) 유유히 사라지면 그걸로 끝이었다. 그러면 세 사람은 부자였다.

그러므로 임팔라를 파는 사람에게 꼭 가짜로 이름을 대야 했다. 혹시라도 경찰이 버려진 임팔라를 발견한다면 그 차량을 마지막으로 소유해서 등록했던 사람을 추적해 올 수 있었기 때문이다. 그래서 세 사람은 미리 가명을 하나씩 지었고, 혹시라도 실수를 할지 모른다는 생각에 연습까지 했다. 더그는 심지어 가발을 쓰고 가짜 수염을 달자는 제안까지 했다. 하지만 이 제안은 기각되었다. 가짜 수염의 성능에 대해서 잘 아는 사람이 아무도 없었기 때문이다. 임팔라를 내놓은

사람과 흥정을 하는 와중에 가짜 수염이 툭 떨어질 가능성이 높다고 보았던 것이다. 게다가 임팔라를 내놓은 사람이 사는 곳은 월튼에서 25킬로미터쯤이나 떨어진 동네였고 또 사건이 벌어질 웨스트레이크 에서도 32킬로미터나 떨어져 있었기 때문에, 별문제가 없을 거라고 보았다.

세 사람은 자동차를 보러 가기 전에 전체 계획의 마지막 부분도 정밀하게 다시 검토했다. 마지막 부분이란 일을 끝낸 뒤에 어떻게 행동할 것인가, 즉 적어도 여섯 달까지는 훔친 돈을 한 푼도 쓰지 않는다는 사항이었다. 돈을 한 사람 앞에 하나씩 세 무더기로 나누어서 따로 땅에 묻기로 했다. 장소는 페라리 계획의 굴욕을 고스란히 기억하는 장소, 즉 페라리를 버렸던 바로 그곳으로 정했다. 세 사람이 모두 잘 아는 장소였으며, 아울러 범죄 행위에 실패한 멍청이들이 아니라 성공한 범죄자로서의 새로운 위상을 상징적으로 과시하고 싶었기 때문이다. 그렇게 할 경우 로잭을 개발한 회사 및 이 회사의 제품에 가운데손가락을 세워 보이는 셈이 된다고 보았던 것이다.

"야, 이 차에서 냄새가 나."

뒷자리에 앉은 더그가 말했다. 케빈은 자기 픽업트럭이 아니라 린다의 차를 몰고나왔다. 세 사람이 함께 임팔라를 보고 싶었는데, 더그와 미치가 픽업트럭의 조수석에 한 데 엉켜서 가는 데는 진저리를 쳤기 때문에 뒷좌석이 있는 린다의 차를 대신 가지고 나왔던 것이다. 그런데 더그가 보기에는 아무래도 최근에 이 차에서 정말 고약한 냄새가 나는 짓을 누군가 한 것 같았다.

“혹시 엘리나 뭐 다른 사람이 뒷자리에서 이상한 짓 한 거 없어?”

“엘리는 이제 겨우 여덟 살이야, 개새끼야. 너 무슨 뜻이야, 그게?”

“여기 뒷자리에서 냄새가 난단 말이야.”

“상관없어.”

“각자 자기 이름 대봐.”

다시 야전지휘관의 면모를 되찾은 미치가 말했다. 하지만 미치가 ‘릭’이라는 캐릭터에 몰입을 하려는 순간에도 더그와 케빈은 쓸데없는 걸 놓고 계속 말다툼을 하고 있었다. 1980년식 쉐비 임팔라를 사려는 릭이라는 인물은 할인소매점의 헌신적인 직원이었다. 바로 이 캐릭터의 이미지를 미치는 차를 팔려는 사람에게 각인시킬 생각이었다. 하지만 더그와 케빈에게는 이만저만 실망하지 않았다. 이들도 각자 자기의 가짜 이름에 걸맞은 가짜 캐릭터를 구체적으로 자세하게 연구했어야 하는데 전혀 그렇게 하지 않았던 것이다.

게다가 솔직히 더그는 자기 가명을 기억이나 할지 의심스러웠다. 미치가 보기에 두 사람은 가짜 캐릭터를 별로 중요하게 여기지 않는 것 같았다. 하지만 이런 안일한 태도는 어떻게 보면 가짜 수염을 대충 붙인 바람에 임팔라를 팔려고 내놓은 사람과 흥정하는 와중에 수염이 떨어지는 것과 똑같은 낭패를 불러올 수도 있었다. 정말이지 아마추어 같은 모습에 미치는 화가 났다.

미치는 차에서 내려 집의 현관문을 두드렸다. 아무런 대답이 없었다. 한 시간 전에 전화로 통화할 때의 목소리로 미루어보면 나이가

많은 사람 같았다. 어쩌면 자기와 전화를 한 다음 전화를 끊고 나서는 임팔라를 사기로 한 사람과 통화한 사실조차 까맣게 잊어버렸을 수도 있었다.

"야, 진짜 지독한 냄새가 난다니까? 여기 분명히 뭐가 있어."

더그가 투덜거리는 소리를 등 뒤로 들으면서 미치는 잠시 생각에 잠겼다. 녀석들은 아직도 린다의 차에서 냄새가 나느니 마느니 하는 문제로 불평을 하고 있었다. 확실히 냄새가 나는 건 사실이었다. 차를 타고 오는 동안 속이 메슥거려 죽는 줄 알았다. 하지만 그게 뭐 어쨌다는 거야? 지금 이 상황에서는 일에 집중해야 하는 거 아닌가? 왜 녀석들은 집중하지 못하지? 앞으로도 계속해서 사소한 일에 불평을 하거나 계속 엉뚱한 샛길로 빠진다면, 과연 이 계획을 성공적으로 마칠 수 있을지 의심스러웠다. 팀의 리더 역할을 자임해서 뭔가 확실하게 해두어야겠다는 생각을 하며 미치는 두 사람을 향해 돌아섰다.

"야, 너희들!"

정상적으로 상황을 판단한다면 녀석들은 당장 차에서 내려 정차되어 있는 임팔라를 살펴봐야 했다. 그런데 더그라는 녀석이 운전석 아래에서 뭔가를 끄집어내고 있었다. 그 순간 케빈의 얼굴이 하얗게 질렸다.

"으아아아!"

"도대체 뭔데 그래?"

미치가 다가갔다. 미치는 그 예상치 못한 반응에 어느새 두 사람을 향하던 화는 사라지고 없었다.

"아아, 미치겠네, 이 봉지에서 냄새가 나!"

더그가 비닐봉지를 자기 몸에서 최대한 멀찍이 든 채로 말했다. 진초록색의 쓰레기 봉지였다. 안에 무언가 들어 있는 것 같았다. 그런데 더그가 비닐봉지를 잡은 위치를 조금 바꾸자 내용물이 더그의 발 앞에 툭 떨어졌다.

스카치 파커였다.

문드러진 테리어의 사체에 더그는 기겁을 하며 뒤로 펄쩍 물러났다. 사체가 비닐봉지에서 빠져나오는 것과 동시에 썩는 냄새가 주변에 진동했다. 미치는 헛구역질을 했다. 눈에 물기가 맺히는 게 느껴졌다. 고개를 들어 케빈을 보니 두 손으로 얼굴을 가리고 있었다. 구역질이 나기보다는 부끄러워서 얼굴을 들지 못하는 것 같았다.

"미쳤어? 왜 개 썩은 걸 운전석 아래에다 쑤셔 넣고 다니냐?"

케빈은 이상하게도 아무 말이 없었다. 그러자 곧바로 미치가 거들었다.

"야, 묻잖아. 진짜 좋은 질문인데, 대답 좀 해 봐."

세 사람은 모두 테리어의 사체를 바라보았다. 부패해서 퉁퉁하게 불어 있었다. 미치는 숨을 한 번 크게 들이마신 뒤에 좀 더 자세하게 보려고 가까이 다가갔다. 개의 두 눈은 반쯤 열렸고, 혀는 벌어진 주둥이 사이로 삐져나왔고 작은 이빨은 모두 노출되어 있었다. 대부분의 사람들은 어떤 종이든 간에 죽은 동물을 보면 저절로 여러 가지 생각을 하게 마련이다. 그리고 살아 있을 때 한 번도 본 적이 없는 어떤 동물의 사체를 바라보는 것은 아무런 편견 없이 죽음을 연구할 수

있는 매우 드문 기회이기도 했다. 미치는 참았던 숨을 쉬다가 갑자기 헛구역질을 했다.

"야, 케빈, 우리 이거 빨리 묻어버리자."

"녀석 이름은 스카치야."

케빈의 목소리는 어쩐지 서늘했다. 미치는 케빈의 이런 태도에 흠칫 놀라며 더그를 바라보았다.

"같이 좀 묻자."

더그가 고개를 끄덕이며 반쯤 무너진 차고 쪽으로 걸어갔다. 썩어가는 장작을 쌓아둔 곳에 녹슨 삽 한 자루가 세워져 있었다.

"아유, 씨팔!"

케빈이 고함을 질렀다. 장작더미 곁에 막 구덩이를 파기 시작한 더그와 미치가 케빈의 고함소리에 화들짝 놀랐다.

"씨팔! 씨팔! 씨팔!"

케빈이 있는 힘껏 폐 깊숙한 곳의 공기까지 토해내며 고함을 질렀다. 그리고는 린다의 차 앞으로 가서 전조등을 발로 마구 찼다. 조짐이 안 좋은데, 라고 미치는 생각했다. 아무런 소동 없이 현금으로 깔끔하게 임팔라 대금을 지불하고 자리를 떠야 했다. 주인에게 특별한 인상을 심어줘서는 안 되었다.

"왜 그래? 뭐가 문제야?"

더그가 미치에게 물었다.

"나도 몰라."

알 수 없긴 미치도 마찬가지였다. 미치는 더그에게 삽을 건네주고 케빈이 고함을 질러대는 곳으로 갔다.

"야, 케빈."

미치는 케빈의 어깨에 손을 얹었다.

"왜 그래? 도대체 무슨 일인데 그래?"

케빈은 온몸에 힘이 빠진 듯 목을 구부정하게 숙였다.

"좆도……."

"죽은 개 때문에 그래?"

케빈은 갑자기 분노가 다시 폭발한 듯 있는 힘을 다해 자동차의 범퍼를 찼다.

"씨팔!"

미치가 케빈을 진정시키려고 애를 썼다.

"진정해, 괜찮아, 됐어."

"내가 여태……."

케빈이 입을 열었다. 고함을 질러대며 흥분했던 탓에 숨이 가쁜 모양이었다.

"……좆도 개를 운전석 아래에 처박아 뒀었어."

케빈은 몸을 돌려 미치를 바라보았다.

"좆같은 내 인생 이야기하고 너무 똑같지 않아?"

미치는 케빈을 진정시킬 수 있는 어떤 말을 찾으려고 애쓰면서 대답했다.

"아냐. 무슨 그런 생각까지 해? 비약하지 마. 근데 하지만 왜 죽은 개가 거기 있었는지 진짜 궁금하다."

케빈이 다시 고함을 지르기 시작했다. 자기 몸에 마지막까지 남은 힘을 쥐어짜듯 한마디 한마디를 있는 힘을 다해서 토해냈다.

"죽은 개를! 운전석 아래에다 뒀고! 페라리는 숲에 처박았고! 좆 같은 약쟁이 의사는! 나더러 자기 대신! 약을 팔라고 하고!"

케빈은 마치 다친 동물처럼 흥분해서 길길이 뛰었다. 주변에 다른 집들이 없어서 그마나 다행이라고 미치는 생각했다. 만일 자기 동네에서 이런 소동이 벌어졌다면 사람들은 창문으로 몰래 구경하면서 경찰을 불렀을 것이며, 아마 지금쯤 경찰이 벌써 왔을 거라고 생각했다.

"야! 목소리 좀 낮춰!"

구덩이를 파던 더그가 외쳤다. 더그는 열심히 자기 일을 하고 있었다.

"좆도, 씨팔! 좆같은 씨팔 인생이다, 좆도!"

케빈이 다시 전조등을 발로 찼다. 하지만 힘이 많이 빠진 기색이었다. 그래도 케빈이 토해내는 분노는 더욱더 아프게 느껴졌다.

"좆도…… 미치."

케빈은 어떤 심오한 지혜의 한마디를 할 것 같은 얼굴로 미치를 바라보았다.

"왜?"

"좆이라고."

미치도 고개를 끄덕였다.

"나는 일을 제대로 하는 게 없는 인간이야. 좆도 단 하나도 제대로 못해.”

케빈의 목소리는 곧 흐느낌으로 바뀔 것 같았다. 얼굴에는 웃는 것도 아니고 우는 것도 아닌 미소를 띠고 있었다. 미치는 케빈의 마음이 어느 쪽으로 기울고 있는지 종잡을 수 없었다.

“좆도 죽은 개를 차 안에 내버려두고 아내와 딸이 날마다 이 차를 타고 다니게 했단 말이야, 그것도 일주일씩이나! 그리고, 놈들이 녀석을 부동액으로 독살시켰어, 알아?”

“독살? 누가?”

“부동액이랬잖아아아아!”

케빈이 다시 고함을 질렀고, 미치는 움찔했다. 케빈에게는 아직도 분노의 용암이 남아 있었던 것이다.

“그런데 짭새 새끼는 좆도 수사를 않겠다는 거야. 수사를 하고 싶으면 내 돈 500달러를 들어서 직접 수사를 하래. 500달러를 내고! 너한테는 수사비 500달러 있냐, 미치?”

케빈은 말을 끊고 잠시 쉬었다. 아마도 다른 말을 하려고 힘을 더 모으는 모양이었다. 이때 미치가 마치 초등학생이 교사에게 발언권을 청하듯이 손을 번쩍 들었다.

“야, 그건 됐어. 우린 이제 현금수송차를 털 거잖아.”

미치의 말을 듣고 케빈은 잠시 생각에 잠겼다. 자기가 친구에게 해줄 수 있는 유일한 희망과 위로의 말이 은행의 현금수송차를 털자는 것이라는 사실에 그 말을 한 미치도 황당한 기분이었다. 어쩌면 자기들 사정이 정말로 죽은 개 같이 절박할지도 모른다는 생각이 들었다.

"아마 난 그것도 망쳐놓을 거야."

케빈의 말은 아까보다 한결 누그러져 있었다. 미치는 케빈의 몸에는 이제 분노의 용암이 하나도 남지 않고 모두 분출되었다고 생각했다. 정말 하느님이 보우하사 1980년식 임팔라를 팔 노인이 집에 없는 게 정말 다행이었다.

"아냐, 우리는 망쳐버리지 않을 거야. 제대로 할 거야, 진짜로!"

케빈은 한동안 마당의 잔디를 말없이 응시했다. 얼마 뒤 고개를 든 케빈의 얼굴은 갑자기 쾌활해져 있었다. 미치가 놀라서 움찔할 정도로 충분히 갑작스러운 변화였다. 감정 변화가 그처럼 순식간에 바뀔 수 있다니 놀라웠다. 거의 정신병자 수준이었다.

"좋아, 해보는 거야!"

어느새 케빈은 생기에 차 있었다.

"그럼 가서 임팔라 한번 볼까?"

미치가 조심스럽게 물었다.

"그래! 가서 보자!"

케빈의 두 눈이 이번에는 미친 사람처럼 번뜩였다.

"너 괜찮니?"

개를 묻는 작업을 막 끝내고 삽을 제자리에 가져다 둔 더그가 물었다.

"그럼, 괜찮아!"

케빈의 얼굴과 목소리에서 열정과 생기가 묻어났다. 더그와 미치가 놀라서 서로의 얼굴을 바라보았다. 미치가 어깨를 으쓱했다. 세 사람은 임팔라의 엔진룸 뚜껑을 열고 내부를 들여다보았다. 상태는 놀랄 정도로 양호했다.

그때 뒤에서 사람 발자국 소리가 들렸다. 뒤를 돌아다본 미치는 청바지에 플란넬 셔츠를 입은 노인이 서 있는 걸 보고 깜짝 놀랐다.

"안녕하세요."

미치가 놀란 기색을 최대한 숨기며 인사를 했다.

"거기 계신 줄 모르고…… 어디서 나오셨습니까?"

노인은 성가신 눈치였다.

"뒷문으로 나왔지. 하도 시끄러워서 무슨 일이 생겼나 하고 보려고. 당신네들 그 차 살 거요? 살 거면 300달러 내요."

"저는 릭이라고 합니다."

미치가 손을 내밀었다. 노인은 미치의 손을 건성으로 잡았다가 놓았다. 심술이 얼굴에 덕지덕지 붙은 노인은 상대방을 거의 쳐다보지도 않았다. 가발과 수염으로 변장하는 수고를 굳이 들이지 않길 잘했다는 생각이 들었다.

"그 차 살 거면 300달러 내요."

"가긴 갑니까?"

케빈이 물었다.

"가지 그럼, 아무 문제없이. 혹시 캐딜락 신차를 사려고? 흥! 300달러니까, 돈 내고 가져가든가, 아님 그냥 꺼지든가."

심술궂고 언짢은 표정을 얼굴에 담고 있는 사람을 사랑해야 한다고 미치는 생각했다. 이런저런 질문을 하지 않기 때문이었다. 이런

사람은 말 많고 시끄러운 이웃과는 정반대다. 이런 사람들이 많으면 세상이 얼마나 좋을까, 하고도 생각했다.

더그가 주머니에서 300달러를 꺼내 노인에게 줬다.

"매매꾼이오?"

노인이 돈을 세면서 물었다.

"아뇨, 무슨 말씀을…… 그냥 머리가 긴 남잡니다. 내 헤어스타일은 아무런 의미가 없습니다."

더그는 마약 밀매꾼이냐고 물은 줄 안 모양이었다. 노인이 이상하다는 듯 더그를 바라보았다. 그러자 미치가 더그에게 속삭였다.

"중고차 매매업자냐고 묻잖아."

그러자 더그가 웃음을 터뜨렸고, 노인은 짜증스런 표정을 지었다.

"이거 가지고 얼른 꺼지시오, 당장."

노인은 손을 홰홰 젓고는 돌아섰다.

"왜 이렇게 시끄럽게들 떠들어대는지, 원. 부끄러운 줄도 모르고, 부끄러운 줄 알아야지, 원."

그래 개새끼야 간다, 라고 미치는 속으로 중얼거리면서 노인이 계단을 통해 집으로 들어가는 걸 지켜보았다. 어쨌든 쉽게 끝났다. 그리고 탈출용 차량도 확보했다.


**탈출용 차량의 성능이 밝혀졌다.** 최고 속력은 시속 24킬로미터였고, 가벼운 오르막길에도 힘겹게 허덕였다. 월튼에는 가파른 길이 없어서 그 문제는 괜찮다고 하더라도, 튠업을 하고 점화플러그나 기타 여러 곳을 손보기 전에는 자기들을 현장에서 그다지 멀리까지 탈출시켜 줄 것 같지 않았다. 더그가 나섰다.

"내가 손볼 수 있어. 하지만 튠업을 하려면 타이밍 라이트가 있어야 하는데, 가격이 아마 200달러쯤 할 거야."

"야, 괜찮아. 다음 주면 우리는 각자 수십만 달러를 벌 건데, 뭘."

"아냐, 계산은 분명하게 해야지. 나중에 몫을 계산할 때 이 돈도 다 비용으로 빼고 계산해야 한다고 봐."

"그래, 알았으니까 됐어."

케빈이 더그에게 쏘아붙였다. 케빈의 침울한 기분은 노인의 집을 벗어나자마자 다시 돌아왔다.

"우리는 좆도 백만 달러를 나눌 거야. 하지만 비용을 뺀 나머지 가운데 좆도 35센트를 챙겨줄 테니까 걱정하지 마, 어?"

"왜 이래. 흥분하지 마."

미치가 나섰다. 말다툼이 전면전으로 비화되면 안 된다고 생각했다. 그렇게 되면 동업자 관계고 현금수송차고 뭐고 다 날아가 버릴 테기 때문이었다. 미치는 자기가 이 팀의 리더일 수밖에 없다고 속으로 생각하고 있었다. 케빈처럼 죽은 개의 시체를 차에 싣고 다니지도 않았으며, 또한 더그처럼 황당한 소리를 하지도 않기 때문이었다.

"다들 진정해. 마음을 차분하게 가지란 말이야."

"미치, 좆 까는 소리 하지 마, 우리는 개 산책시켜야 해."

케빈이 린다의 도요타를 손가락으로 톡톡 두들기며 말했다.

더그는 아무런 반응도 보이지 않았다. 이건 평소에 케빈이 하는 말

이면 뭐든 수긍하고 따르는 태도의 일환이라고 미치는 생각했다. 아무래도 더그는 케빈에게 어떤 큰 빚을 지고 있는 것 같았다. 미치는 또 자기가 너무 나대는 게 아닌가 하는 생각도 했다. 어쩌면 더그나 케빈 어느 누구도 자기를 리더로 생각하지 않을 수도 있었다. 그래서 두 사람을 중재하려고 애를 쓰기보다는 집으로 들어가서 마리화나 나 한 대 피우자고 제안했다. 더그는 좋다고 했다. 하지만 케빈은 아니었다.

"너 더피를 산책시켜야 하잖아? 나도 여러 마리를 산책시켜야 해."

"딱 한 대만 하고 나서 더피 산책시킬게."

"좋을 대로 해, 난 갈 테니까."

케빈의 차가 떠났다.

"난 케빈이 걱정이야."

미치의 말에 더그는 아무 말도 하지 않았다.

집으로 들어간 두 사람은 마리화나를 피울 준비를 하면서 작업에 필요한 것들을 상세한 것까지 모두 이야기했다. 임팔라는 사람들의 호기심 어린 눈길이 닿지 않도록 아파트 뒤쪽의 초지에 두기로 했다. 그리고 자동차를 고치는 작업은 될 수 있으면 은밀하게 하기로 했다. 그리고 더그 힘으로 고치지 못한다 하더라도 카센터는 절대로 찾아가지 않기로 했다. 카센터의 기술자는 분명 그 차를 기억할 것이기 때문이었다. 1980년식 쉐비 임팔라는 너무도 쉽게 눈에 띄는 차종이었으니까.

"난 케빈이 걱정이야."

미치가 아까 했던 말을 한 번 더 했다. 이번에도 더그는 아무 말도 하지 않았다. 미치는 이런 더그 또한 걱정이었다. 두 사람은 함께 마리화나를 피울 때마다 깊은 철학 이야기를 나누거나 문득 머리에 떠오르는 생각들을 나누곤 했는데, 최근에 더그가 가지고 있는 생각들을 보면 더그가 죽음 혹은 적어도 어떤 변화를 의식하고 있다는 사실을 알 수 있었다.

"왜 법정이나 초등학교에서는 '휴식 시간recess'이라는 말만 쓰지? 일에서는 그 단어를 쓰면 안 되나?"

최근에 마리화나를 피우면서 더그는 또 이런 말을 자주 했다.

"치과 기록으로 신원을 확인당하면 기분이 더럽겠지."

더그는 깊이 빨아들인 뒤 카우치 소파에 기댔다.

"야, 만일 우리가 현금수송차를 털다가 총에 맞을 경우, 차가 폭발하거나 불에 타서 사람들이 우리를 알아보지 못하는 일은 제발 없었으면 좋겠다. 치과 기록으로 신원을 확인당하는 기분 정말 더러울 거야."

"했던 말 두 번 하기 없기."

미치가 말했다. 미치도 길게 한 모금 빨고는 바닥에 드러누워 천장을 바라보았다.

"야, 천장이 회색이다. 페인트칠 해야겠다."

"했던 말 두 번 하기 없기."

이번에는 더그가 말했고, 두 사람은 낄낄거리며 웃었다.

"우리에게는 변화가 필요해."

미치가 말했다. 침묵이 흘렀다. 미치의 말은 허공에 무겁게 매달렸다. 두 사람 다 그 변화가 다가오고 있음을 알고 있었기 때문이었다.

**그다음 주는 준비를 하느라** 무척 바빴다. 더그는 남는 시간을 이용해서 임팔라가 조금이라도 빨리 달리게 하려고 온 힘을 쏟았다. 그러려면 연료 필터를 갈아야 하고 점화플러그를 새 걸로 갈아야 했다. 더그는 엔진 튠업을 할 계획이었지만, 대략 3킬로미터만 타고 절벽 아래로 밀어버릴 생각이었기 때문에 엔진 튠업에 필요한 타이밍 라이트를 살 경비를 절약하기로 했다. 대신 그 돈으로 편의점 덤스터 뒤에 살던 마약중독자에게 카스트레오를 샀다. 그리고 점화 플러그가 완벽하게 순서를 맞춰 불꽃을 일으키도록 일하는 대신, 현금수송차가 오기를 기다리는 동안 음악을 들을 수 있도록 카스트레오 설치하는 작업을 했다.

케빈과 미치는 개를 산책시키는 틈틈이, 퍼스트 서스퀘해나 저축은행의 웨스트레이크 지점 가까이에 있는 골짜기가 있는 절벽을 찾으러 숲을 헤매고 다녔다. 숲은 많았다. 심지어, 은행에서 채 2킬로미터도 떨어지지 않은 숲으로 이어지는 비포장도로도 있었다. 하지만 이 길은 줄곧 평탄한 지형을 달리고 있어서 길 주변에는 절벽이 없었다. 이 길에 끝나는 곳에 작은 배수로가 있긴 하지만 이 배수로로는 임팔라를 온전하게 숨길 수 없었다. 게다가 비가 한 번만 와도 거기에 사는 농부가 배수 상태가 좋지 않다는 걸 알 테고 당장 어떻게 된

일인지 알아보려고 나설 테고, 그러면 임팔라가 사람들 눈에 띄는 건 시간문제였다. 그렇기 때문에 그곳은 적당한 장소가 아니었다.

"우리에게 필요한 것은 채석장 같은 데야. 그래야 차를 밀어버릴 수 있지."

미치의 말에 케빈이 대답했다.

"채석장이란 채석장은 모두 30킬로미터는 가야 나와."

"임팔라를 몰고 30킬로미터를 갈 수는 없겠지?"

"절대 못 가지. 어느 정도 속력을 내서 10킬로미터라도 가면 다행이지."

"빌어먹을……. 돌아다니면 다 절벽일 텐데, 네가 말하는 절벽이라는 건 도대체 어……."

갑자기 케빈이 미치의 말을 끊었다.

"태워버리는 건 어때?"

"그건 안 돼. 웨스트레이크 하늘로 거대한 연기가 피어오를 텐데. 만약 우리가……."

미치는 '만약 우리가 잡히면'이라고 말하려다 불길한 말을 입에 올리는 게 꺼림칙해서 다른 표현을 찾으려고 했다. 미신을 믿어서가 아니라 성공하는 사람들은 실패를 생각하지 않기 때문이었다.

"만일 우리가 그러니까…… 그러니까 방화죄를 덮어쓸 가능성을 피하고 싶다면 말이야. 방화죄가 얼마나 큰데."

"어차피 우리가 하려는 게 큰 거 아닌가?"

그랬다. 심각한 범죄였다. 하지만 현금수송차를 턴 뒤에 탈출용 차

량을 태우려고 혹시 산불이라도 낸다면 피츠버그가 아니라 미국 전역으로 매스컴을 탈 수도 있었다.

"불태우는 건 안 돼. 다른 거 없을까?"

"강으로 처넣어 버릴까?"

"제일 가까운 강이라도 10킬로미터는 가야 해."

두 사람은 배수로를 바라보며 서 있었다. 절벽과 골짜기만 있으면 정말 완벽하게 해치울 수 있는데…….

"그럼 그 차를 저기 있는 나무들 뒤에 주차해 두면 어떨까?"

"누가 발견할 거야. 사냥꾼도 있고, 아이들도 있고……. 온갖 사람들이 다 가잖아."

"땅에 묻어 버릴까?"

"그걸 다 묻으려면 구덩이를 얼마나 크게 파야 하는데? 말도 안 되는 소리야. 포클레인을 한 대 불러야 될걸."

두 사람은 함께 웃었다. 얼마 뒤, 케빈이 마리화나에 불을 붙여 미치에게 건네며 말했다.

"태워버리면 안 될까?"

"그 얘긴 조금 전에 했잖아."

"아, 그랬지, 참."

"이러면 어떨까?"

"어떻게?"

"저기 저 나무들 뒤에 내버려두는 거야. 그럼 하루나 이틀 뒤에 누가 발견하겠지. 그러면 경찰이 추적해서 그 노인을 찾아갈 거 아냐.

그런데 그 노인은 우리에 대해서 아무것도 몰라. 우리 이름도 물어보지 않았잖아."

"차에 묻은 우리 지문을 몽땅 지워야겠지."

케빈도 거들었다.

"몽땅 다. 장갑을 끼지 않고는 절대로 차에 타지 않아야지."

"더그한테 이야기해야겠다. 엔진을 만지고 있을 텐데. 연료 필터에 지문을 덕지덕지 묻힐 거 아냐."

"이야기해야겠지."

하지만 케빈은 여전히 미심쩍은 얼굴이었다.

"아무래도 절벽을 찾아내야 할 거 같아."

"야, 이 주변에는 절벽 같은 게 없단 말이야."

"계속 더 찾아봐야 하지 않을까?"

두 사람 다시 나란히 서서 배수로를 바라보았다.

"린다가 이혼 얘기를 해. 이혼 서류를 작성할 거라네."

그러자 미치가 마리화나를 케빈에게 건네며 말했다.

"엿 같네. 안됐다."

케빈은 어깨를 한 번 으쓱했다.

"근데 너는, 돈이 우리 손에 들어오면 모든 게 바뀔 거라고 생각해?"

케빈의 얼굴에는 미치가 전에 본 적이 없었던 쓸쓸한 표정이 서려 있었다. 금방이라도 무릎을 꺾고 앉아서 울음을 터뜨릴 것 같은 절망의 표정이었다.

“그럼! 모든 게 다 변할 거야.”

미치는 케빈을 위해서 일부러 쾌활하게 대답했다.

“생각 한번 해봐, 갑자기 백만 달러라는 돈이 생기는데 변하지 않을 인생이 있을까?”

“근데 이상한 점이 있어. 린다가 페라리 건에 대해서 아는 거 같거든. 린다가 그걸 어떻게 알았을지 도무지 알 수가 없단 말이야. 어제 린다가 나한테 뭐라고 한 줄 알아?”

“뭐라고 했는데?”

“감옥으로 면회를 가지 않겠대. 내가 자기와 엘리를 위해서 뭐든 다했다고 말할 걸 다 알고 있으며, 또 그 말을 듣고 싶지 않아서 그렇다네.”

“무슨 말이야? 넌 감옥에 안 가.”

“린다가 그렇게 많이 안다는 게 이상하지 않아?”

“린다는 네 아내잖아. 그러니 이상할 거 하나도 없지.”

“차를 나뭇가지 같은 걸로 덮어놓을까? 위장이라는 거 있잖아.”

“그건 관두고 닦아내기나 하자, 지문 말이야. 그럼 괜찮을 거야. 그 영감은 우리가 누군지 알지도 못해. 등록증 같은 건 생각도 안 했잖아. 그냥 현금 받고 차만 달랑 건넨 거야. 괜찮을 거야.”

케빈은 생각에 잠긴 얼굴로 고개를 끄덕였다. 절망의 빛은 어느새 사라지고 자기 일에 정력적으로 열중하는 사람의 진지한 표정뿐이었다.

“그래, 우리가 할 일은 지문을 없애는 것뿐이야.”

"지문을 없애자고."

"내가 트럭을 바로 여기에 주차해 둘게."

케빈이 평평하게 드러난 땅을 가리키며 말했다.

"은행 앞에서 여기까지는 사 분 삼십 초밖에 안 걸려. 경찰차가 온다고 해도 아마 우리와는 반대쪽 방향에서 웨스트레이크 로路로 올 거야. 이것도 유리한 점이지. 그 고물차를 타고도 아무리 늦어도 오 분 안에는 여기 도착할 수 있어."

"적재함에다 방수포를 준비하는 게 좋겠어. 돈 자루를 덮게 말이야. 앞자리에 돈 자루를 싣고 사람까지 다 타기에는 너무 좁잖아."

"방수포라……. 한번 알아볼게. 그것뿐 아니라 여러 가지 작업 도구들도 실어놓는 게 좋겠어. 송풍기나 갈퀴나 전지 가위 같은 거, 정원사 일을 하는 사람들로 보이게 말이야. 참, 더그는 스키 마스크 샀나?"

"아직 안 샀어."

"뭐야? 그럼 하루 종일 뭐 했대?"

"약을 팔잖아, 네가 시킨 일……."

미치는 괜히 어떤 오해가 생기고 다툼이 생길까 봐, 애써 유쾌한 목소리로 대답했다.

"좋아."

케빈은, 적어도 이 일이 끝날 때까지는 더그의 실직 후 무기력증을 탓하지 말자는 미치의 속뜻을 알아차렸다.

"그건 그렇고, 아무래도 절벽을 찾아봐야 하지 않겠어?"

"절벽 같은 거 없어."

미치가 픽업트럭으로 걸어가면서 대답했다.

"여기가 최상의 장소라니까?"

"그런데 절벽이라는 게 정확하게 어떤 거야?"

"자동차 한 대를 밀어 넣을 수 있는 거대한 구덩이가 있는 곳이지."

미치가 마리화나 꽁초를 배수로에 던지면서 계속 말을 이었다.

"그런데 그런 게 이 주변에는 없단 말이야."

케빈은 작은 물웅덩이 한가운데에 모습을 드러낸 땅을 바라보았다. 그리고 천천히 걸으면서 제자리를 돌았다. 그리고는 무겁게 입을 뗐다.

"우리가 정말 잘해낼 수 있을까?"

케빈이 던진 질문은 몇 초 동안 허공에 머물렀다. 그 뒤에야 미치는 이 질문이, 이 모든 짓거리를 그만두는 게 어떠냐는 진심 어린 질문임을 깨달았다. 또한 케빈이 다시 교도소에 가는 걸 걱정한다는 것도 깨달았다. 최악의 시나리오가 전개되고 난 뒤의 결말이 어떤 것인지는 세 사람 가운데서 케빈만이 유일하게 알고 있었다.

"왜 그래, 넌 감옥에 안 갈 거야."

"넌 모든 게 다 잘될 거 같아?"

"넌 감옥에 안 간다니까? 내가 보장할게."

케빈은 트럭에 타서 시동을 걸었다.

"타. 여기서 나가자."

**다음 날, 미치는 쇼핑몰에 있는** 서점에 갔다. 리더십에 관한 책을 둘러보고 싶어서였다. 리더십에 관한 책은 수십 권이나 되었다. 하지만 대부분은 중간관리자들을 대상으로 한 내용이었다. 이런 책들이 제시하는 조언들 가운데 공통적인 것으로는 전문가답게 옷을 입어야 한다는 것이었다. 붉은색 넥타이를 보통 추천했다. 그리고 물을 마실 것, 그것도 많이, 그러면서 끊임없이 긍정적인 태도를 보일 것. 위대한 지도자들은 웃기도 많이 웃고 오줌도 많이 눠야 한다는 사실을 미치는 깨달았다. 마지막 책을 진열대에 다시 올려놓으면서 정리된 생각이었다. 미치는 보다 실용적인 책을 찾아보았지만, 절도 특히 현금수송차를 터는 데 필요한 조언을 해주는 책은 없었다.

범죄는 이게 문제였다. 범죄의 경험과 기술을 배우고자 하는 사람

은 책에서는 도움을 받을 수 없었다. 현금수송차를 털어본 경험이 있는 사람이 쓴 아주 간단한 매뉴얼만 있어도 엄청나게 큰 도움이 되겠지만, 그런 도움을 주는 책이 서점에 있을 리 없었다. 그렇게 해서 성공을 거둔 사람이 있다면 조용히 잠수를 타지, 미쳤다고 출판계와 독자에게 관심을 끌려고 나서겠는가 말이다. 이런 문제에 대해서 기꺼이 활발하게 토론할 사람을 만나볼 수 있는 유일한 데가 교도소이다. 교도소에만 가면, 모든 종류의 절도 및 강도 행위를 하면서도 잡히지 않는 방법을 훤하게 꿰뚫고 있는 귀인을 만날 수 있을 텐데……. 사실, 잡히지 않는다는 건 무엇보다도 중요한 조건이고 목표였다.

그래서 미치는 현금수송차를 터는 내용을 다룬 영화를 보기로 했다. 그리고 비디오 대여점에서 삼십 분 동안 뒤진 끝에 〈히트Heat〉를 찾아냈다. 개봉될 때 극장에 가서 본 영화였다. 이 영화에 나오는 녀석들을 보자 미치는 자기들이 너무 초라하다는 생각이 들었다. 영화 속의 강도들은 수천 달러 규모의 장비를 가지고 있었다. 각자 무전기와 야간투시경 및 M16을 하나씩 가지고 있었다. 로버트 드니로가 연기한 캐릭터는 바닷가 별장에서 살았다. 미치는 그런 여유가 있는 녀석들이 증권에 투자를 할 것이지, 왜 굳이 현금수송차를 털려고 개지랄을 하는지 알 수 없었다. 미치는 만일 자기에게 바닷가 별장이 있고 더그와 함께 하루 종일 마리화나를 피워댈 수만 있다면, 강도질을 하러 나서지 않을 것 같았다. 자유가 주어졌는데 왜 그 자유를 걸고 위험하게 도박을 해? 미치의 계산으로는, 드릴이나 권총, 더블백, 망원경 따위는 뺀다고 쳐도 M16 한 자루 사는 데만도 적어도 한 해 동안 아무것도 쓰지 않고 꼬박꼬박 저축해야 할 것 같았다. 그래서 〈히트〉를 다시 제자리에 올려두었다.

미치가 책도 없이 그리고 비디오도 없이 다시 집으로 돌아왔을 때, 더그는 식탁에 앉아서 투명하고 깨끗한 플라스틱 통으로 포장된 칫솔을 바라보고 있었다.

"거기서 뭐 해?"

"방금 '치킨 버키즈'에 일자리를 구하러 갔다 왔어."

더그의 목소리에서 쓸쓸함과 절망이 묻어났다. 미치는 비록 다른 친구들이 자기를 리더로 인정해 주지는 않지만, 그래도 이들이 기운차고 쾌활한 감정 상태를 유지하도록 하는 게 자기가 해야 하는 일이라고 다시 한 번 속으로 다짐했다. 그런데 현금수송차를 터는 거사를 불과 며칠 앞둔 상태에서 더그가 취직을 하려고 일자리를 알아보러 다니는 이유가 궁금했다. 아니, 혼란스러웠다. 현금수송차를 터는 일은 그야말로 불확실성 그 자체였다. 하지만 한 가지 분명한 사실은, 성공을 하든 실패를 하든 그 일을 하고 난 뒤에는 치킨 버키즈의 일자리는 전혀 필요가 없다는 점이었다.

"왜?"

더그가 어깨를 으쓱했다.

"모르겠어. 그냥……. 알잖아, 나는 늘 직장이 있었고 출근해서 일을 했는데, 하루 종일 가만히 앉아 있자니 돌아버리는 거 같아서."

"그 칫솔은 뭐야?"

"마약 검사용이야. 면접을 봤는데, 이걸 주면서 입안을 문질러서

달래. 그런데 웃기는 게, 자기들이 보는 앞에서 그 자리에서 바로 하라는 게 아니고 집에 가서 해가지고 오래. 내 생각에는, 그 자리에서 마약 검사를 하면 죄다 다 걸릴 테고, 그럼 끝내 직원을 채용할 수 없게 될 테니까 이런 웃기는 수작을 하는 거 아닐까 싶어.”

미치가 칫솔 통을 들고 칫솔을 살폈더니, 정말 칫솔 대가리에는 솔 대신 부드러운 스펀지가 달려 있었다. 더그가 미치에게서 칫솔을 채 갔다.

“근사하지 않아? 그런데 문제가 뭐냐 하면, 도대체 누구 침을 묻혀야 통과할 수 있을지 모르겠다는 거야. 녀석들이 나보고 이걸 집에 가서 해가지고 오라고 했을 때는 나더러 다른 사람의 침을 묻혀 와도 된다고 노골적으로 얘기하는 건데, 어떤 놈의 침을 묻혀가야 통과할 수 있을지 모르겠다는 거야. 녀석들이 그냥 붙여 주겠다는데도 떨어질 판이니, 이거 진짜 환장할 노릇 아냐?”

미치는 냉장고에서 캔 맥주 하나를 꺼내서 딴 뒤, 더그의 옆자리에 앉아서 함께 생각에 잠겼다. 린다? 아냐, 린다도 가끔씩은 마리화나를 해. 집주인? 집주인에게 마약 검사에 통과할 수 있게 침을 대신 묻혀 달라고 부탁을 해? 그럴 수는 없었다. 가끔 보이는 변덕스런 모습이나 해롱거리는 모습을 보면 메테드린이나 코카인에 절어서 사는 인간일 수도 있었다.

“엘리는 어때?”

“케빈의 딸?”

미치가 어깨를 으쓱하며 대답했다.

"사람 침이면 되지 뭐. 그게 그 사람들이 가져오라는 거 아냐?"

두 사람은 서로의 얼굴을 바라보았다. 미치가 웃음을 터뜨렸지만, 더그는 계속 진지한 표정이었다. 더그는 칫솔 통을 미치에게 내밀었다.

"내일 케빈 만나면, 엘리에게 이걸로 입을 한 번 닦아서 갖다 달라고 부탁해 줘."

미치는 여전히 콧구멍으로 맥주를 푹푹 뿜어내면서 웃었다. 더그는 고개를 끄덕였고, 곧 거실로 나가 텔레비전을 보았다. 어쩌면 이런 게 리더십의 덕목이 아닐까 하고 미치는 생각했다. 다른 사람들이 안고 있는 문제를 해결해 주는 거…….

**자기 역시 다른 평범한** 사람들과 마찬가지로 세상과 평범하게 연결되어 있다는 생각을 하면서 미치는 뉴스를 보기로 했다. 현금수송차를 턴다고 생각하니까 세상에서 배제되었다는 느낌이 드는 게 아니라 세상 속에 포함되어 있다는 느낌이 들었다. 개들을 산책시키는 동안 내내 미치는 자기를 기다리고 있는 멋진 나날들을 상상했었다. 영화에서만 보았던 카리브 해의 한 섬에 있는 해변에서 더그와 함께 맥주를 마시고, 가죽옷을 입은 늘씬한 미녀들과 농담 따먹기를 하고 또 장난을 쳤다. 일을 마치고 집에 돌아와서는, 피츠버그로 이사 가는 상상을 했다. 시내에 멋진 아파트를 장만한 다음, 고화질 평면 텔레비전과 검은색 가죽 카우치 소파를 들여놓는다. 그리고 학교에도 다시 다닌다. 어쩌면 카네기멜론이나 피츠버그대학교에서 입

학을 허락해 줄 것 같다. 전공은 컴퓨터공학 같은 걸 한다. 그리고는 개인 회사를 창립해서 컴퓨터 관련 사업을 한다. 돈과 멋진 아파트를 가지고 있고 시간도 남아돌기 때문에 이 모든 것을 다 할 수 있을 것 같았다.

하지만 뉴스를 보자마자 기분이 잡쳤다. 뉴스는 선거에 출마한 여러 입후보자들의 선거 유세 내용을 쏟아냈다. 미치는 후보자들이 '자유'라는 단어를 몇 번이나 말하는지 세기 시작했다. 후보자들은 각자 내건 정책과 상관없이 다들 자유를 부르짖었다. 시의 감사관조차도 자유를 부르짖으면 박수를 받을 판이었다. 자유는 마법의 단어였다. 이 단어는 곧바로 멍청한 사람들을 사로잡았다. 하긴 이 사람들이 들으려고 하는 게 이 단어 말고 또 뭐가 있겠는가.

미치는 생각에 잠겼다. 자유라……. 누가 우리의 자유를 박탈하고 우리를 노예로 삼으려고 할까? 우리는 군사적으로 최강의 국가이다. 세상의 거의 대부분의 국가들은 우리에게 머리를 조아린 채, 미국이 필요로 하는 자원이 자기 나라 국토에 있다는 사실을 들키지 않으려고 필사적으로 애를 쓴다. 자유는 좆같은 소리지. 자유를 위협하는 유일한 존재는 선거 유세를 하는 바로 저 인간들이다. 시의 감사관들이다. 빌어먹을! 미치는 그 인간들이 갑자기 꼴도 보기 싫어졌다.

더그가 거실로 나왔다. 물파이프를 들고 있었다.

"한 번 할래?"

"좀 있다가."

더그는 마리화나를 피울 준비를 했고, 미치는 텔레비전 대신 더그를 지켜보았다. 더그의 손길은 매우 섬세했다. 더그가 준비한 건 자기가 한 것보다 언제나 효과가 강했다. 더그는 세밀한 작업을 할 때 집중력이 돋보였다. 자기는 죽었다가 깨어나도 더그의 이런 수준에는 도달하지 못할 거라고 미치는 생각했다. 이는 뇌 작용의 차이에서 비롯된 것이며, 이 차이는 이미 어린아이 시절에 결정되었을 것 같았다. 하지만 더그는 현금수송차를 털 생각을 하거나 계획을 세운 적이 한 번도 없었다. 사람마다 제각기 잘하는 게 따로 있는 것 같았다. 어쩌면 자기는 현금수송차를 털기 위해서 태어났을지도 모른다는 생각이 들었다. 여태까지 자기가 시도했던 그 어떤 일도, 현금수송차를 터는 일처럼 운명적으로 자기가 잘할 수밖에 없다는 생각이 들었던 적은 없었다.

"금요일이야. 우린 두 시에 만날 거야."

미치가 말했다.

"왜 두 시야? 세 시에 치킨 버키츠에 가서 마약 검사용 칫솔을 줘야 한단 말이야."

"제발 더그…… 그건 조금 늦어도 되잖아."

더그가 어깨를 으쓱했다.

"알았어."

선선히 받아들이다니 다행이었다. 미치는 길고 긴 논쟁이 있을 걸로 예상했었다. 그리고 그 논쟁이라는 것은 더그가 일을 함께하고 싶지 않다는 의사 표시이기도 했다.

"치킨 버키츠라……."

미치가 싱긋 웃었다.

"거기는 엿 같은 데야."

"아냐, 거기 치킨 나쁘지 않아. 튀김 용기를 특수하게 제작해서 쓰는데, 일종의 압력솥 같은 거야."

"너 정말 패스트푸드점에서 일하고 싶어서 그래? 종이로 만든 모자를 쓰고 일해야 하는데?"

더그가 또 한 번 어깨를 으쓱했다.

"여섯 달 동안은 그 돈을 쓰면 안 된다면서? 그럼 씨팔 그동안 난 뭘 하고 있어야겠어?"

미치는 감동받았다. 더그는 훨씬 멀리까지 내다보고 있었던 것이다. 더그가 일에 끼고 싶지 않았던 게 아니었다. 더그가 변화를 받아들이기 싫어한다고 보았던 미치의 해석은 잘못된 것이었다. 더그는 그야말로 팀 플레이어였다. 이제는 걱정을 놓아도 되었다.

"잘될 거야."

물파이프 준비가 다 되었기 때문에 더그는 미치를 보지도 않고 고개를 끄덕이며 말했다.

"채널 좀 바꿀 수 없을까? 제발 딴 거 좀 보자. 뉴스는 다 개소리야."


**다음 날, 케빈은 미치 대신** 러몬을 산책시키러 나섰다. 은행 앞 거리의 분위기를 직접 느껴보고 싶어서였다. 마지막 일 초 부분까지 모든 걸 철저하게 계획해야 했다. 케빈은 거사를 일으킬 바로 그 지점에 섰다. 짜릿한 전율이 일었다.

은행 건너편의 한 지점을 바라보았다. 바로 저 지점에 임팔라를 주차할 것이다. 그리고 두 건물 사이에 움푹 들어간 후미진 공간이 있는 것도 무척 다행이었다. 미치와 더그는 바로 여기에 숨어서 현금수송차가 오기를 기다릴 것이다. 그리고 이 차는 곧 은행 앞에 나타나 정차한 다음 돈 자루를 내릴 것이다. 케빈은 도로를 가로질러 건너면서 거리가 얼마나 되는지 계산했다. 아무리 돈 자루를 들고 뛰어도 길어봐야 이삼 초밖에 걸리지 않을 것 같다. 돈 자루, 현금이 가득 든 돈 자루……. 이 말이 왜 이렇게 기분 좋게 들리는지 몰라. 아무튼 돈 자루를 실은 뒤에 임팔라는 모퉁이를 돌아서 번개처럼 달린다. 그리고 얼마 뒤에는 비포장도로로 들어선 다음 숲으로 들어가서 배수로 앞에 선다. 거기까지 가는 데 걸리는 시간은 사 분 삼십 초다. 네 번이나 재봤으니 확실하다. 그리고 위장용으로 조경 설비들을 실어둔 픽업트럭의 적재함에 돈 자루를 옮겨 싣고 방수포로 덮는다. 스키 마스크와 입고 있던 옷을 벗는다. 그리고 자리를 뜬다.

속도가 최대 관건이다. 무조건 빨라야 한다. 우리로서는 어쩔 수 없는 변수들이 분명 나타날 텐데, 과연 이 돌발 변수들로는 어떤 게 있을까? 어쩌면 어떤 눈 밝은 경찰관이 임팔라에 붙여놓은 네바다 번호판을 알아볼 수도 있다. 하지만 그렇다 하더라도 이제는 어쩔 수 없다. 우리가 할 수 있는 건, 임팔라의 후미를 최대한 뒤차 가깝게 주차해서 번호판이 잘 보이지 않도록 가리는 것뿐이다. 또 뭐가 있지? 현금수송차가 현장에 도착하는 시간이다. 평소에는 늘 정각 세 시에

온다고 미치가 말했다. 하지만 얼마든지 늦을 수 있다. 몇 분은 더 기다려야 할 수도 있다는 가능성에 대비해야 한다. 그런데 스키 마스크가 문제다. 이 마스크를 너무 일찍 쓰고 있다가는 사람들이 수상하게 볼 게 틀림없다. 은행 앞에서 건장한 청년 둘이 스키 마스크로 얼굴을 가린 채 어슬렁거리는데 수상하게 보지 않을 사람은 아무도 없다. 그러니 언제 스키 마스크를 써야 할지 정확하게 미리 약속을 해둬야 한다.

날이 춥거나 눈이 내리면 많은 도움이 될 수 있다. 모자를 푹 눌러 쓸 수 있어서 얼굴을 숨기는 데는 한결 유리하다. 눈보라가 세게 몰아친다면 경찰이 현장까지 달려오는 시간도 그만큼 지연될 수 있다. 하지만 이 경우, 현금수송차가 늦게 도착할 수도 있다. 그러니 눈보라가 치더라도 적당히 많이 쳐야만 한다. 또한 예상치 못한 변수가 작동해서 유리할 수도 있고 불리할 수도 있다. 하지만 무슨 일이 있어도 모든 걸 완벽하게 파악하고 장악해야 한다. 그리고 일을 하기 전에는 마리화나를 절대로 하면 안 된다. 그렇지, 이걸 미치나 더그에게 분명하게 주지시켜야 한다. 케빈은 미리 준비해간 수첩을 꺼내서 메모를 했다.

취하지 말 것.

그 아래에 다시 또 이렇게 덧붙였다.

추위 혹은 비, 유리함.

그걸로 끝이었다. 이제 준비는 끝났다. 이제 실행만 남았다.

**"그걸로 끝이라고?"**

미치는 케빈의 수첩을 보고 읽었다.

"취하지 말 것, 추위 혹은 비, 유리함……, 이라고?"

미치는 과학적이고 철저한 준비의 상징인 그 수첩을 카우치 소파에 던지고 낄낄거리며 웃었다. 케빈이 화를 내고, 심지어 마음의 상처를 받았다는 걸 미치는 금방 깨달았다. 그러자 최근에 개발하고 있던 새로운 리더십 기술을 동원해서 이렇게 말했다.

"지문은? 응? 임팔라 주변에서 얼쩡거리거나 탈 때는 반드시 장갑을 껴야 한다는 걸 썼어야지."

케빈은 수첩을 주워들고 '지문'이라고 썼다.

"지문, 흠……."

더그가 말했다.

"참, 더그, 너 스키 마스크 샀어?"

"아니, 아직……."

"내일인 거 몰라? 씨팔 너 대체 뭘 기다리고 있는 거야? 전기충격기는 어떻게 됐어? 샀어?"

이렇게 물으면서도 케빈은 더그가 어떤 대답을 할지 이미 알고 있었다. 하지만 더그 대신 미치가 대답했다.

"전기충격기는 좋은 생각이 아닌 것 같아서 그거 없이 그냥 가기로 했어."

"무슨 소리야, 혹시라도……."

"전기충격기 없이 돈을 빼앗지 못할 거라면, 돈은 포기한다. 인터

넷에서 알아봤는데 말이야, 무기를 사용할 때와 무기를 사용하지 않을 때는 완전히 달라. 무기를 사용하지 않으면 최대 이 년인데, 전기 충격기를 사용하면 거기다가 삼 년을 더 살아야 하거든. 물론 잡혔을 때 이야기이긴 하지만."

케빈은 잠시 생각한 뒤에 대답했다.

"좋아."

거실은 침묵 속에 팽팽한 긴장감이 감돌았다. 여태까지는 한 번도 없었던 일이었다. 이제 스물네 시간만 지나면 모든 게 끝날 터였다. 최근에 노르망디 상륙 작전에 관한 다큐멘터리 프로그램을 본 적이 있는 케빈은, 자기들이 마치 작전 개시를 앞둔 연합군의 사령관들 같다는 생각을 했다. 지금 할 수 있는 일은 그저 정해진 시간이 올 때까지 기다리는 것뿐이었다. 참, 또 한 가지가 있었다. 스키 마스크를 사는 일이었다.

케빈은 거실을 휘둘러서 공범자 두 사람을 바라보았다. 마치 난생 처음 보는 것처럼. 더그는 어쩐지 낯설고 냉담했다. 여태까지 이야기한 수많은 것들과 아무런 상관이 없는 것 같았다. 아무리 봐도 더그는 아직도 마음을 정하지 못한 것 같았다. 하지만 미치는 달랐다. 의욕이 넘쳤다. 다만 세부적인 사항에 대해서는 마음에 들지 않는 눈치였다. 좋은 징조였다.

케빈은 이 두 사람이 자기를 어떻게 바라볼지, 자기가 어떤 모습일지 갑자기 궁금했다. 잔뜩 긴장한 모습일까? 냉담한 모습일까? 확고하게 결심한 모습일까? 케빈은 방의 분위기가 묘하다는 걸 느꼈다.

세 사람 다, 다른 사람이 모든 것을 없던 걸로 하자고 말하길 기다리면서도 정작 자기는 아무 말도 하지 않는다는 느낌이었다. 케빈은 이 가운데 누구든 한 명이 금방이라도 자기는 못하겠다고 말할 것만 같았다. 아무래도 더그가 그럴 가능성이 가장 높아 보였다. 이런 일이 일어나기 전에 얼른 자리를 떠야겠다고 케빈은 생각했다.

"난 그만 집에 가야겠어. 린다가 볼일을 보러 나가야 된다네, 얼른 가서 엘리를 봐야 해."

"야, 잠깐만……."

더그였다. 더그가 카우치 소파에서 일어났다. 드디어 네가 발을 빼는구나, 라고 케빈은 생각했다. 자기는 빠지겠다고 할 게 분명했다. 좋다, 그럼 나하고 미치 둘이서 하면 되지. 그럼 내게 떨어지는 몫도 그만큼 더 많아지니까, 뭐.

"부탁이 있는데……."

"뭔데?"

케빈이 곁눈으로 더그를 바라보았다. 더그는 플라스틱 통에 든 칫솔을 내밀었다.

"뭐야?"

"이걸로 엘리 입 안의 침을 좀 묻혀다 줄래? 마약 검사를 받아야 돼."

케빈은 칫솔을 바라보았다.

"그러지, 뭐."

케빈은 부탁을 한 더그가 계면쩍어 하지 않도록 해주려고, 그리고

미치가 분명 속으로 킬킬거리며 웃고 있을 터이므로, 한마디 더 덧붙였다.

"나도 가석방 기간에 심사를 받을 때 한번은 엘리 오줌을 대신 쓰기도 했잖아."

미치는 큰 소리로 웃었다. 긴장으로 팽팽하던 방 안의 분위기가 누그러졌다. 한결 좋았다.

"빨리 꺼지기나 하고, 내일 보자."

미치가 한 말은 표면적인 의미보다 더 깊은 의미를 담고 있었다. 그건 마치 세 사람 다 아침이면 노르망디 해변으로 상륙 작전을 감행할 것임을 선언하는 것 같았다. 케빈은 그 순간의 어떤 극적인 드라마틱한 느낌이 좋았다. 지금은 사소한 것처럼 보이는 모든 것이 평생 동안 자기 인생에서 어떤 강력한 역사적인 의미를 지닐 것이라는 그 느낌이 좋았다. 예를 들면 지금 이 순간 자기가 문의 손잡이를 잡고 돌리는 행위도 그랬다. 이 행위는 이제 두 번 다시 일어나지 않을 수도 있었다. 집으로 돌아가서 엘리를 보는 것도 그랬다. 저녁에 집으로 가서 엘리를 보는 게 마지막이 될 수도 있었다. 아니야, 이런 생각은 하지 말자. 케빈은 고개를 흔들어 그런 생각을 털어냈다.

"친구들, 내일 보자."

케빈은 뒤로 문을 닫았다. 어쨌거나 오늘이 마지막이다. 내일이면 모든 게 달라진다. 대박이 터질 수도 있고 쫄딱 망할 수도 있다. 어느 쪽일지는 시간이 대답해 줄 것이다.

**눈이 내리고 있었다.** 그것만으로도 케빈은 기분이 좋았다. 특히 기상 채널에서 이렇게 눈이 올 거라고 정확하게 예보하지 못했기 때문에 더 그랬다. 케빈은 이걸 좋은 징조로 바라보았다. 그야말로 신의 계시였다. 케빈은 이런 말을 몇 번이고 반복했고, 마침내 미치가 제발 그 이야기는 좀 그만 하라고 했다.

"오버하지 마라. 그냥 눈이 내리는 것뿐이잖아."

무신론자인 미치는 만일 하늘에 신이 있으며 또 이 신이 현금수송차 습격에 관심을 가지고 있다면, 아마도 자기들이 아니라 경비원 편을 들 가능성이 더 높다며 케빈에게 핀잔을 주었다. 그제야 케빈은 눈 이야기를 하지 않았다.

"스키 마스크는 샀지?"

케빈이 픽업트럭 운전석에 타면서 더그에게 물었다. 더그는 아무 대답 없이 주머니에서 낡고 닳은 초록색 털모자 세 개를 꺼냈다. 모두 구멍이 뚫려 있었다. 아마도 더그가 나름대로 열심히 뚫은 게 분명했다. 케빈이 털모자를 보고는 다시 더그를 바라보았다.

"야, 너 씨팔 장난쳐? 스키 마스크 사라고 했는데 왜 안 샀어?"

"이게 뭐 어때서 그래? 스키 마스크 대용으로 쓰면 되잖아."

미치가 끼어들었다.

"야야, 그것도 괜찮아."

미치는 케빈이나 더그 둘 가운데 한 사람이, 모든 계획과 일정이 수포로 돌아가도록 일부러 싸움을 크게 몰아가지 않을까 걱정이었다. 지금은 싸울 때가 아니었다. 이런 생각을 하지 못하는 녀석들이

안타까울 뿐이었다. 하지만 여태까지 자기들은 당연히 검은색 스키 마스크를 쓰고서 현금수송차를 습격해야 한다고 생각했던 케빈은 그냥 물러설 기색이 아니었다.

"가게 가서 검은색 스키 마스크 사는 게 그렇게 힘든 일이었어?"

"나한테는 차도 없잖아. 그러니 힘들지. 그리고 말이 나왔으니까 말인데, 나중에 우리끼리 앉아서 '야 진짜 그때 스키 마스크의 색깔만 달랐어도 훨씬 더 좋았을 텐데'라는 이야기를 하진 않을 거 아냐!"

"내가 임팔라를 몰고 갈게."

미치는 일부러 두 사람의 말다툼을 무시했다. 미치는 모든 게 물거품이 될 것만 같아서 초조했다. 그래서 미치의 목소리는 평소보다 빠르고 또 컸다. 어떻게든 두 사람을 떼어놓아야 한다는 마음이 앞섰기 때문이다.

"앞장서서 가, 뒤에서 따라갈게."

미치는 그렇게 말을 하면서 케빈을 강력한 시선으로 바라보았다. 자기의 그 강력한 시선에 케빈이 제발 스키 마스크 이야기를 잊어주면 좋겠다 싶은 마음이 간절했다. 그 순간 더그가 픽업트럭에서 내리며 말했다.

"나도 임팔라 타고 갈게."

그거 참 잘됐다, 라고 미치는 생각했다. 더그와 케빈이 떨어져 있으면 유치한 싸움은 그걸로 끝이 날 테기 때문이었다. 케빈이 고개를 끄덕였고, 더그는 트럭의 문을 닫았다.

"쟤, 왜 저래, 뭐가 문제야?"

임팔라에 타면서 더그가 미치에게 투덜거렸다.

"지금 우리가 패션쇼 하러 가는 거야, 강도질 하러 가는 거야?"

"별거 아냐, 뭘 그것 가지고 그래? 케빈은 구체적인 것들에 집착해서 그런 거야."

"하지만 아무리 그래……."

"장갑은 끼고 있어."

더그가 무심코 장갑을 벗으려 했기 때문이다. 전날 밤에 무려 한 시간 동안이나 혹시라도 묻어 있을지 모를 지문을 지우느라고 운전석 계기판, 라디오, 연료 필터, 공기 필터를 엔진에 밀착시키는 윙너트 등을 땀 흘리며 닦아낸 사실을 그새 잊어버린 게 분명했다. 만일 지금 다시 맨손으로 임팔라의 어떤 것을 만지면 차를 세우고 그 작업을 다시 해야만 했다.

"야, 이 차 왜 이렇게 안 나가?"

케빈의 차는 벌써 저만치 앞서가는데 임팔라는 시속 25킬로미터도 내지 못했다.

"고친다더니 안 고쳤어?"

"엔진은 잘 돌아가. 아직 휘발유가 잘 안 돌아서 그런 거야. 엔진을 좀 더 덥혀야지."

미치는 가속페달을 최대한 밟았다. 그러자 임팔라가 갑자기 쿨렁거렸고, 그 바람에 미치의 머리가 머리받이를 세게 때렸다. 쿨렁거리는 현상은 계속 이어졌고, 이번에는 미치의 이마가 핸들을 박을

뻔했다.

"고급 휘발유를 넣었는데……. 아마도 너무 오래 세워둔 바람에, 휘발유에 섞인 물 때문에 점화가 잘 안 돼서 그렇지 않을까 싶은데……."

"그런데 휘발유는 얼마나 넣었어? 계기판을 보니까 거의 비어 있네?"

"2갤런(대략 7리터―옮긴이)."

"2갤런? 가득 채우지 왜 그랬어?"

"고급 휘발유가 얼마나 비싼데……. 아깝게 돈을 왜 그냥 갖다버려? 어차피 우리는 이 차 몇 킬로미터만 타고 버릴 거잖아."

"이건 씨팔, 우리 탈출용 차량이란 말이야, 씨팔!"

미치는 차를 세우고 케빈에게 전화를 했다.

"야, 우리 기름 넣어야 돼."

"뭐야, 씨팔 기름도 안 넣어놨어?"

그렇지 않아도 케빈이 이런 말을 할 것 같아서, 그의 목소리가 더 그에게 들리지 않기를 바라면서 미치는 휴대폰을 귀에 딱 붙이고 있었다. 모든 게 계획대로 착착 진행되는 지금 미치가 걱정하는 최악의 상황은, 케빈과 더그와 싸워서 계획 자체가 무산되는 것이었다.

"오케이, 알았어!"

미치는 케빈이 뭔가 긍정적인 말이라도 한 것처럼 그렇게 대답하고 전화를 끊었다. 그리고 처음 보이는 주유소로 들어갔다. 멕시코 여자가 일을 하는 편의점의 주유소였다. 그러고 보니까 요즘 들어 더그는 이 여자 이야기를 거의 하지 않았다.

"네가 가서 돈 좀 내라."

미치가 더그에게 말했다. 미치는 자기가 더그에게 그 여자와 말을 할 수 있는 기회를 주는 거라고 생각했다. 하지만 곧, 짠돌이 더그는 분명 기름을 조금밖에 넣지 않을 것임을 깨달았다. 후회했지만 소용없었다. 말없이 차에서 내린 더그는 이미 가게 안으로 들어서고 있었다. 미치는 창문으로 더그가 여자에게 돈을 지불하는 걸 지켜보았다. 더그는 이번에도 역시 여자에게 아무 말도 하지 않았다. 벌써 삼백 번째였다. 물론, 범죄 행위를 실행하러 가는 길이 여자를 상대로 작업을 하기에 썩 좋은 상황은 아니었다.

"십 달러어치. 나한테 그것밖에 없어서."

차에 탄 더그가 말했고, 미치는 고개를 끄덕였다. 참 신기한 일이었다. 더그가 그 멕시코 여자 이야기를 한동안 하지 않다니. 더그는 그 여자 이야기를 입에 달고 다녔었다. 어떻게 하면 자연스럽게 대화를 이끌어낼지 늘 온갖 새로운 계획을 세우곤 했었다. 그랬던 더그가 그 여자 이야기를 싹 끊어 버리다니 무슨 일이 있었던 게 분명했다. 나한테 이야기하지 않은 무언가가 있었던 게 분명해. 주유기를 주유구에 넣으면서 미치는 더그가 수상하게 행동하던 여러 상황들을 떠올렸다. 케빈에 대해서 지나치게 신경 쓰던 모습, 정체를 알 수 없는 상대와 나누던 전화 통화. 그 순간 전날 케빈이 하던 말이 퍼뜩 떠올랐다. 린다가 페라리 사건에 대해서 알고 있더라고 했다.

이상한 일이었다. 그 일을 아는 사람은 세상에서 자기들 셋뿐이었

다. 그런데 자기와 케빈은 분명 린다에게 그 이야기를 하지 않았다. 그렇다면 한 사람밖에 남지 않는다.

씨팔, 더그가 린다에게 얘기한 게 틀림없구나!

미치는 주유를 멈추고 잠시 고개를 들고 하늘을 바라보았다. 더그가 린다에게 페라리 이야기를 한 이유가 정확하게 무엇일지 알아내려고 애를 썼다. 도대체 어떤 사연이 있었기에 더그가 린다에게 페라리 이야기를 해야만 했을까? 도대체 무슨 까닭으로 더그는 린다를 따로 만나서 그런 이야기를 나눴을까? 더그와 린다의 관계가, 더그가 멕시코 여자 이야기를 하지 않게 된 일과 어떤 관련이 있을까? 씨팔, 지금 현금수송차를 털러 가다가 지금 내가 무슨 생각을 하고 있지? 지금 이런 걱정을 하고 있는 게 옳을까?

주유를 마치고 다시 운전석에 앉은 미치가 더그를 바라보았다. 더그도 그런 미치를 바라보았다.

"왜?"

"아무것도 아냐."

그러면서도 미치는 계속 더그를 바라보았다.

"씨팔, 뭐야, 왜 계속 쳐다봐?"

"아무것도 아냐."

미치는 시동을 걸었다.

"자, 가자! 일하러 가자!"

**눈은 아름다웠다. 미학적인 차원에서** 그렇다는 뜻은 아니었다. 미치는 눈을 증오했기 때문이다. 경찰이 자기들을 추격해서 체포하기 어렵게 되었다는 점에서 눈은 아름다웠다. 게다가 눈은 굳기 시작해서 더욱 아름다웠다. 유일하게 염려가 되는 것은 은행이 문을 일찍 닫거나 현금수송차가 제시간에 나타나는 않는 상황이었다.

케빈은 전날 와서 배수로를 바라보았던 그 자리에 픽업트럭을 세웠다. 물론 미리 생각해 뒀던 대로 조금이라도 빨리 뜰 수 있게 차를 돌려놓는 것도 잊지 않았다. 미치는 임팔라에서 내려 운전석을 케빈에게 양보했고, 케빈이 말없이 그 운전석에 앉았다. 미치는 아무도 말을 하지 않는 그 상황이 마음에 들었다. 말이 필요 없을 정도로 모든 임무를 완벽하게 숙지하고 있는 코만도들 같아서 뿌듯했다.

케빈이 비포장도로를 따라 왔던 길을 돌아나가면서 입을 열었다.

"너희들 영국식 발음으로 말할 거지?"

영국식 발음은 정말 멋진 아이디어 같았다. 하지만 미치는 자기들이 영국식 발음으로 대화를 한다고 해서 그날 일에 크게 도움이 될 것 같다고는 생각하지 않았다. 게다가 지금은 처음 그 아이디어가 나왔던 분위기가 아니었다. 마리화나와 황홀경의 도취 상태가 전혀 아니었던 것이다. 차 안은 긴장과 두려움으로 터질듯이 팽팽했다.

"아니."

미치가 그렇게 대답했고, 그 뒤로 아무도 아무런 말을 하지 않았다.

임팔라는 웨스트레이크 로路로 들어섰고, 길 건너편에 있는 은행을 지나쳤다. 케빈은 은행에서 100미터쯤 더 간 다음 차를 돌렸다. 거리에는 세 사람 말고는 아무도 없었다. 길가의 모든 주차 공간이 텅 비어 있었다.

"씨팔, 은행이 문을 안 닫아야 할 텐데."

미치의 말을 케빈이 받았다.

"아직 열려 있잖아. 문이 열려 있다는 건 현금을 배달하러 온다는 뜻이야."

케빈이 손목시계를 보았다.

"십 분 남았어, 정확하게 온다면. 길 건너편에 가서 기다릴래?"

"너무 추워. 몇 분이라도 더 이 차 안에 있어야겠어."

하지만 더그는 미치와 생각이 달랐다.

"나는 차라리 다리를 뻗어야겠어."

더그가 차에서 내린 뒤 임팔라의 무거운 문을 닫았다. 그리고는 아무 말 없이 곧장 길을 건너갔다. 이런 더그의 뒷모습을 바라보던 케빈이 미치에게 물었다.

"쟤 괜찮아?"

"언제는 안 그랬냐?"

두 사람은 다시 더그를 바라보았다. 더그는 골동품 가게 옆에 안으로 쑥 들어간 작은 공간에 자리를 잡고 떨기 시작했다.

"가서 후드나 좀 뒤집어쓰라고 얘기해. 벌써부터 스키 마스크를 쓸 필요는 없지만, 그래도 맨머리로 서 있는 건 좀 아니라고 봐."

"아무도 없는데 뭘. 상관없어."

케빈이 한쪽 무릎을 달달 떨었다. 그 무릎이 핸들에 닿아 탁탁 소리를 냈다.

"흥분돼?"

"아니."

하지만 케빈의 목소리는 미치가 예상했던 것보다 훨씬 더 긴장해 있었다.

"아무래도 네가 더그한테 가서 이야기를 좀 해야 할 거 같아. 뭔가 잘못된 거 같아서. 별로 말도 하지 않고, 또 스키 마스크를 쓰기로 계획을 세웠는데 머리에 모자도 쓰지 않고 길거리에 서 있잖아. 저 녀석은 첫날부터 줄곧 이 계획을 말아먹을 뻔했던 말이야. 아슬아슬하게. 너도 알잖아. 우선 자기가 해야 할 일을 하지 않았다구. 스키 마스크 사는 거 말이야. 그래서 우리는 이 좆같은 털모자를 써야 하고,

씨팔."

케빈은 털모자로 손을 넣은 뒤에 구멍으로 손가락을 쑥 내밀었다. 그의 눈은 분노로 이글거렸다.

"알았어. 내가 가서 이야기할게."

미치가 차에서 내렸다. 길을 건너면서 발아래로 눈이 우두둑 밟히는 소리를 들었다. 그러자 혹시 눈에 난 이 발자국이 경찰에게 단서가 될지도 모른다는 생각이 들었다. 그래서 발자국이 뚜렷하게 찍히지 않도록 하려고 될 수 있으면 발을 질질 끌면서 걸었다.

미치는 더그 옆에 나란히 서서 함께 떨었다.

"괜찮아, 더그?"

"난 괜찮아."

더그가 담배에 불을 붙였다. 그때 검은색의 커다란 SUV 한 대가 모퉁이에서 나타나더니, 두 사람 바로 앞에 멈춰 섰다. 그 바람에 두 사람의 시선이 완전히 가려졌다. 이제 은행 앞의 거리에 있는 차는 두 대가 되었다. 임팔라와 SUV. SUV는 실내가 보이지 않도록 검은색으로 선팅이 되어 있었고, 두 사람 앞에서 공회전을 했다.

"씨팔, 이거 뭐 하자는 거지?"

"야, 지금 내가 잘하고 있는 건지 모르겠다."

미치는 이 순간이 올 줄 알고 있었다. 하지만 모든 게 다 끝날 때까지 더그가 잘 참아주기만을 기대했었다.

"왜? 어쩌려고?"

"난 돈이 그렇게 절실하게 필요하지 않아. 무슨 말인지 알잖아. 치킨 버키츠에서 일하면 된다구. 지금쯤 치킨 버키츠에 가 있어야 하는데. 마약 테스트 칫솔도 제출하고……."

미치는 더그가 무슨 생각을 하는지 알고 있었다. 사실 벌써 오래전부터 다 알고 있었다. 모든 정황이 다 그랬다. 임팔라에 기름을 2갤런밖에 넣지 않은 것도 그랬고, 스키 마스크 대신 털모자에 구멍을 뚫은 것도 그랬다. 이런 철저하지 못한 준비 상태가 더그의 마음을 대변해 주는 것이었다. 하지만 그럼에도 미치는 줄곧 그 사실을 부정하며 더그가 이 일에 열성적으로 임하는 것처럼 생각해 왔다. 진작 더그를 뺐어야 했다. 그리고 케빈과 둘이서만 이 자리에 왔어야 했다. 하지만 이 일은 셋이서 함께 생각한 것이었고, 더그는 늘 세 사람 가운데 한 명이었다. 셋은 팀이었던 것이다.

"씨팔, 그럼 진작 얘기를 했어야지."

미치는 담배에 불을 붙였다. 지금 더그는 구체적으로 말을 하지 않았지만 자기더러 이 일에서 빠져도 되는지 묻고 있었다. 빠질 테니까 허락해 달라고 부탁하고 있었다. 이런 사실은 미치도 잘 알고 있었다. 하지만 미치는 더그가 빠지는 걸 바라지 않았다. 만일 더그가 가 버린다면, 두 사람 사이는 예전처럼 돌아가지 못할 것임을 미치는 잘 알았다. 둘 사이의 우정은 그걸로 끝날 게 분명했다.

"그럼 왜 여태까지 가만히 있었어?"

더그는 자기 체중을 오른발에 실었다 왼발에 실었다 하는 동작을 반복했다. 여태까지 더그가 이처럼 불안한 모습을 보인 적은 한 번도 없었다. 잠시 두 사람은 아무 말 없이 검은색 SUV만 바라보았다. 이

제 미치는 차 안에 누가 타고 있는지 제대로 알아보았다. 여자와 딸인 듯한 십대 소녀였다. 어머니는 딸에게 평행주차를 가르치고 있었다. SUV는 벌써 몇 번째 주차 자리로 터무니없는 각도로 후미를 들이대길 반복했다. 그러다가 서서는 다시 벌컥 앞으로 튀어나가곤 했다.

"나, 너한테 할 얘기가 있어."

더그가 그 말을 하는 순간, 미치는 곧이어 천사들이 노래하는 소리를 들었다. 체인을 감은 자동차 바퀴가 철커덕 거리는 소리가 점점 가까워졌던 것이다. 그리고 현금수송차가 모퉁이를 돌아서 나타났다. 그리고 은행 앞에 와서 섰다. 미치는 부지런히 움직이는 와이퍼 뒤로 낯익은 얼굴들, 뚱뚱한 경비원과 늙은 경비원을 보았다. 두 사람이 폭설 속에서도 정확하게 시간을 지켜서 나타났다. 이 경비 회사의 철저한 정확성이 그토록 반가울 수 없었다.

"드디어 왔네. 근데 할 얘기란 게 린다 이야기야?"

미치는 대화의 화제를 다른 쪽으로 바꾸고 싶었다. 린다라는 이름을 듣자 더그는 마치 뒤통수를 한 대 얻어맞은 표정이 되었다.

"맞지? 진작부터 알고 있었어."

"어떻게, 어떻게 그걸……. 케빈도 알아?"

"아냐, 물론 모르지. 야, 지금 난 저거 털어야 돼, 알겠지? 가고 싶으면 가, 지금. 나중에 보자."

미치가 말을 다 끝내기도 전에 더그가 길로 뛰어들었다. 그 순간 SUV가 갑자기 후진을 했고, 쿵 하는 소리와 동시에 더그가 고통스런 비명을 내지르며 나뒹굴었다.

“으아아아아!”

SUV가 덜컥 하면서 섰다. 미치는 깜짝 놀라서 제자리에 얼어붙었고, 조수석이 벌컥 열리더니 중년 여자가 밖으로 뛰어나왔다. 얼굴은 새파랗게 질려 있었다.

“세상에 어쩜 좋아! 죄송해요, 딸에게 평행주차 방법을 가르치다가……”

여전히 그 자리에 서 있던 미치의 눈에 늙은 경비원이 쓰러진 더그에게 달려오는 게 보였다. 그 뒤로 뚱뚱한 경비원이 어기적거리며 다가오고 있었다. 미치의 위치에서는 SUV의 내부가 훤하게 다 보였다. 십대 소녀는 두 손으로 머리를 감싼 채 어깨를 들썩이고 있었다. 아마도 우는 모양이었다. 하지만 미치에게는 그게 중요하지 않았다. 두 경비원이 모두 쓰러져서 비명을 지르는 더그를 도우러 현금수송차를 비웠다는 사실이 중요했다.

미치의 다리는 머리가 지시를 하기도 전에 먼저 움직였다. 건물을 따라 걸으면서 주머니에서 털모자를 꺼내서 썼다. 현금수송차의 뒷문이 활짝 열려 있었고, 커다란 갈색 가죽 가방 두 개가 안에 놓여 있었다. 미치는 두 팔을 뻗어서 가방 두 개를 한꺼번에 잡고 끌어당겼다. 그리고는 가슴에 안고 임팔라를 향해 뛰었다.

“빨리, 빨리, 빨리!”

미치는 케빈에게 고함을 질렀다. 임팔라를 공회전 시키고 있던 케빈은 이미 털모자를 쓰고 있었다. 미치는 임팔라의 뒷문을 열고 돈 가방을 던져 넣은 뒤에 앞문을 열고 조수석에 탔다. 그 뒤로 누군가

가 고함을 지르는 소리가 들렸다.

"이봐!"

"더그는?"

케빈이 임팔라를 출발시키면서 물었다. 임팔라는 요란한 소리를 내며 앞으로 왈칵 내달았다.

"달려, 달려, 달려!"

임팔라는 도로로 들어섰고, 경비원 두 사람이 자기들 쪽으로 달려오는 게 미치의 눈에 보였다. 뚱뚱한 경비원이 권총을 꺼내려고 총집을 더듬거리고 있었다. 케빈은 이 경비원 바로 곁으로 차를 몰아 지나갔다. 늙은 경비원은 뒤뚱거리다가 미끄러져서 엉덩방아를 찧으며 넘어졌다. 케빈은 늙은 경비원 곁을 지나쳐 더그 옆에 차를 세웠다. 더그는 SUV에서 내린 여자 옆에 서 있었다.

"빨리 타!"

미치가 고함을 질렀다. 그리고는 몸을 뒤로 돌려서 뒷문을 열어주려고 애를 썼다. 더그와 이야기를 나누던 여자는 임팔라를 바라보았고, 딸이 사고를 내었을 때보다 더 놀라며 공포에 질렸다. 임팔라에 탄 두 사람이 털모자를 뒤집어쓰고 있었기 때문이다.

"영국식 발음!"

케빈이 고함을 질렀다. 한편 더그는 자기가 왜 임팔라를 타야 하는지 잘 모르는 눈치였다. 미치가 문을 박차고 내렸고, 매끄러운 연결 동작으로 더그의 옷을 잡은 다음 뒷문을 열고 안으로 밀어 넣으려고 했다.

탕!

총소리가 났고 누군가 비명을 질렀다.

"씨팔!"

미치가 고함을 질렀다. 미치가 뚱뚱한 경비원을 보았다. 경비원은 아까 임팔라로 지나쳐 온 바로 그 자리에서 사격 자세로 몸을 웅크리고 있었으며, 그의 총에서는 연기가 모락모락 피어났다. 미치는 총을 맞은 사람이 자기는 아님을 알았다. 더그가 맞았나? 누가 비명을 질렀지? 그런 생각이 머리를 스치는 동안 미치는 더그를 차 안으로 밀어 넣고 뒷문을 닫았다.

"가, 가, 가!"

미치가 외쳤고, 케빈은 가속페달을 최대한 밟았다. 그런데 곧 교차로 정지 신호 앞에서 차가 미끄러진다는 걸 미치는 느꼈다. 케빈이 브레이크를 밟은 것이다.

"서지 마! 씨팔 장난해? 우린 지금 탈출하는 중이야, 멍청아!"

"다른 차에 받히고 싶지 않아서 그런 거야."

여전히 털모자를 쓰고 있는 케빈이 차분한 목소리로 말했다. 교차로를 벗어나자 다시 가속페발을 힘껏 밟았다.

"ㅇㅇㅇㅇ!"

더그가 신음했다.

"야, 너 총 맞았어?"

미치가 뒷좌석 쪽으로 고개를 들이밀었다. 더그는 돈 가방 위에 누워서 다리를 붙든 채 계속 신음만 할 뿐 아무 대답을 하지 않았다.

"야, 더그가 총 맞았나 봐."

미치가 케빈에게 말했다. 케빈이 털모자를 벗으면서 말했다.

"씨팔, 말도 안 돼!"

"그 뚱땡이가 우리한테 총을 쐈어. 총소리를 들었어."

"그래, 나도 들었어."

그러면서 케빈은 룸미러로 더그 쪽을 보면서 물었다.

"더그! 총 맞았어?"

"으으으아아, 도대체 무슨 소릴 지껄이는 거야? 나 차에 치었잖아, 못 봤어? 발목이 나간 거 같다구!"

미치는 몸을 뒷좌석 쪽으로 완전히 젖혀서 더그의 몸에 핏자국이나 총알 자국이 있는지 살폈다.

"안 맞았어?"

미치는 더그의 몸을 계속 더듬으며 상처가 난 곳을 찾았다. 핏자국도 없고 상처 자리도 보이지 않자 서서히 마음이 놓이기 시작했다.

"그만 좀 더듬어, 제발!"

"더듬는 거 아냐. 총 맞았는지 보는 거야."

"총 맞은 거 아냐. 씨팔 아까부터 무슨 개소리야, 자꾸? 나 자동차에 치는 거 못 봤어?"

"정말 총 맞은 거 아니지? 진짜지?"

"다리에 감각 있어?"

이번에는 케빈이 고함을 질렀다.

"다리에 감각 있냐구!"

케빈은 목을 빼서 뒤쪽을 보려 했고, 그 바람에 차가 도로를 벗어 날 뻔했다.

"야, 넌 운전이나 해!"

"그래, 감각 있어. 한쪽 다리 발목이 겁나게 아파. 으으으…… 부러졌나 봐."

핏자국은 어디에도 없었고 더그는 정신이 멀쩡했다. 미치는 더그가 총을 맞지 않았다고 확신했다. 안심이었다. 케빈이 다시 말했다.

"진통제는 무지하게 많으니까 걱정 마. 집에 가면 마음대로 먹어도 돼."

"안 그래도 그럴 거야."

미치는 자세를 바로하고 다시 조수석에 앉았다.

"그 얘기는 안 해도 돼. 그 방면으로는 더그가 더 전문가잖아."

임팔라는 비포장도로로 들어섰다. 이제 길은 완전히 눈으로 덮여 있었다. 케빈은 픽업트럭을 세워둔 곳을 지나서 임팔라를 될 수 있으면 숲 깊숙한 곳에다 세웠다.

"아무래도 이 차를 밀어버릴 수 있는 절벽 같은 데가 있으면 좋겠는데."

미치의 말에 케빈이 대꾸를 했다.

"이제는 어쩔 수 없어."

"으으으으, 아파!"

"참아. 엄살 부리지 말고."

미치와 케빈은 돈 가방을 픽업트럭의 적재함에 싣고 방수포로 덮

은 다음, 혹시라도 집에 가는 동안 적재함에 떨어지지 않도록 방수포를 단단히 조였다. 이 작업을 하는 동안 미치가 가방 하나를 열어보았는데, 그 안에는 또 다른 가방이 들어 있었다. 그 모습을 보고 케빈이 재촉했다.

"지금은 보지 마. 이따가 보고 빨리 타."

세 사람은 픽업트럭에 탔다. 미치의 부축을 받는 더그는 심하게 절뚝거렸다. 케빈은 앞 유리창의 눈을 쓸어내고는 시동을 걸었다. 그리고 미치에게 말했다.

"털모자 벗어."

미치는 그때까지 털모자를 계속 쓰고 있었고, 더그의 털모자는 이 모든 일이 벌어지는 동안 단 한 번도 사용되지 않았다.

세 사람은 한동안 아무 소리 하지 않고 아까부터 계속 켜두었던 라디오에서 흘러나오는 컨트리 뮤직에만 귀를 기울였다. 그러다가 마침내 케빈이 입을 열었다.

"야, 우리가 해냈어."

그리고 기어를 넣고 차를 출발시켰다.


**세 사람은 모두 더그와 미치의** 집 거실에 앉아 있었다. 다들 아직도 흥분을 삭이지 못한 채 들떠 있었다. 얼음으로 감싼 더그의 발목은 커피 탁자에 놓여 있었고, 더그는 여전히 신음을 내뱉었다. 하지만 미치는 더그가 진통제를 더 많이 먹고 싶어서 엄살을 부린다고 생각했다. 부풀어 오른 발목 상태를 보면 그다지 심각해 보이지 않았고, 게다가 더그는 평소에도 조금만 다쳐도 곧 죽을 것처럼 비명을 질러댔기 때문이다.

미치는 텔레비전을 켜고 다섯 시 뉴스를 기다렸고, 케빈은 노획물인 갈색 가죽 가방을 열고 내용물을 거실 바닥에다 쏟았다. 안에서는 또 다른 가방들이 나왔다. 파란색이었고 자물쇠가 채워져 있었으며, 얼른 보기에도 쉽게 부서지거나 찢어질 것 같지 않은 플라스틱 재질이었다. 세 사람은 자물쇠와 가방을 번갈아보면서 어느 쪽이 더 쉬울지 생각했다.

"자물쇠를 깨려면 볼트 커터가 있어야겠어."

케빈이었다. 그러자 미치가 말했다.

"내가 보기에는 스테이크 나이프로 플라스틱을 찢을 수 있을 것 같은데?"

그러더니 곧바로 스테이크 나이프를 가지고 와서 가방을 찢으려는 시도를 했다. 하지만 몇 차례 시도 끝에 자기 손만 다치고 말았다.

"아아, 씨팔!"

"우리 집에 볼트 커터가 있는데."

하지만 더그나 미치 모두 고개를 저었다. 케빈이 자기 집에 가서 그 공구를 가져올 때까지 기다리고 싶지 않았던 것이다.

"이거 방탄조끼 만들 때 쓰는 거 아냐?"

미치가 물었다.

"맞아, 케블라야."

더그의 말이 끝나기도 전에 미치는 다시 칼로 가방을 찢으려고 시

도를 했지만 칼은 미끄러지고 튕겨나가기만 했다. 그러다 결국 다시 자기 손을 베고 말았다. 상처에서는 피가 흐르기 시작했다.

"아유, 씨팔!"

그러자 더그가 제안했다.

"렌치로 자물쇠를 잘라낼 수 있지 않을까? 하나가 안 되면 두 개로. 내가 한쪽에서 잡고 있을 때 네가……."

더그의 말이 끝나기도 전에 미치는 뒷문 쪽으로 가더니 들고 올 수 있는 모든 공구는 다 가지고 와서 거실에다 쏟아놓았다. 렌치 두 개에 면도칼 하나, 펜치 하나 그리고 해머 하나였다. 미치는 이 공구들을 들고 하나씩 차례대로 시도했다. 하지만 가방은 여전히 열릴 생각을 하지 않았다. 만일 이 가방들을 영원히 열지 못하면 어떻게 하지? 페라리 일도 멍청하게 끝나 버렸고, 그 다음에 약을 팔아 달라는 제안을 받았고, 계획을 세우고, 드디어 실행해서 돈 가방을 가지고 오는 데까지는 성공을 했는데, 이 돈 가방을 끝내 열지 못하면 어떻게 하지? 아마도 결국은 체포되어서 전국적으로 망신을 당하겠지? 멍청한 강도 세 명이 현금수송차를 털었지만 결국 가방에서 돈을 꺼내는 방법을 알아내지 못한 채 경찰에 체포되었다는 20초짜리 보도가 CNN 방송을 통해서 전국으로, 아니 전 세계로 방송되겠지? 씨팔!

그 순간 자물쇠가 우지끈하고 부러졌다.

"감사합니다!"

미치는 환호성을 지르면서 가방의 내용물을 바닥에 쏟았다. 지폐였다. 엄청나게 많은 지폐였다. 세 사람은 깜짝 놀라서 서로의 얼굴을 바라보았다.

아무도 말을 하지 않았다. 현금수송차를 턴다는 목표를 자기들이 정말로 달성했다는 사실을 도무지 믿을 수 없었다. 실제로 그 돈을 보기 전까지는 모든 게 아직은 비현실적이었다. 어쩌면 애써서 가방을 열면 그 안에 약속어음이나 신용장이나 희귀 동전 따위가 있을지도 모른다는, 전혀 논리적이지 않은 생각에 사로잡혀 있었다. 오늘역시 아니나 다를까 또 한 번 엿을 먹는 날이 되고 말 것이라는 생각에 사로잡혀 있었던 것이다. 하지만 아니었다. 현금이었다. 어디에서나 통용되는 미국의 지폐였다. 맨 먼저 침묵을 깬 사람은 케빈이었다.

"죽이네, 진짜."

"얼마인지 세어 봐. 난 다른 가방 또 열게."

미치가 공구를 들고 두 번째 가방의 열쇠를 두드리기 시작했다. 그런데 이때 미치는 이미 상당히 많은 피를 흘리고 있어서, 파란색 가방은 붉게 물들었다. 두 번째 가방의 열쇠가 깨질 무렵에는, 돼지 한마리를 그 가방에 올려놓고 잡은 것처럼 보일 정도로 가방은 피로 떡칠이 되어 있었다.

"징그럽다, 가서 상처 좀 싸매."

미치가 두 번째 가방의 내용물을 거실 바닥에 쏟을 때, 더그가 절뚝거리며 소파에서 일어나 말했다. 두 번째 가방에서는 아까보다 더많은 돈이 쏟아졌다. 미치는 자리에서 일어나서 거실 바닥을 내려다보았다. 온갖 액면가의 지폐들이 널려 있고, 케빈은 부지런히 돈을

세어서 무더기를 차례대로 만들어가고 있었다. 미치의 손에서는 핏방울이 뚝뚝 떨어져서 카펫을 적셨다. 미치는 숨이 가빠서 헐떡거리고 있다.

"가서 상처 좀 싸매라니까?"

다시 더그가 미치를 재촉했다. 바닥에 앉은 케빈은 부지런히 돈을 세며 미치에게 말했다.

"오는 길에 계산기도 좀 가지고 오고."

**미치는 위층으로 올라가서** 약품 선반을 열고 거즈나 일회용 반창고를 찾다가 문득 거울 속의 자기 모습을 보았다. 피를 흘린다는 사실만 빼고는 전과 달라진 게 아무것도 없었다. 그런 사실이 놀라웠다. 무시무시한 괴물이 거울 속에서 자기를 바라볼 줄로만 알았는데 그게 아니었다. 자기는 이제 엄청난 범죄를 저지른 범죄자이고, 따라서 자기 모습이 엄청나게 많이 변했고 또 이 세상에서 보다 특이하게 눈에 잘 띄게끔 변했을 줄로만 알았는데, 그게 아니었던 것이다.

세면대는 피로 점점 붉게 변했다. 약품 선반에는 수백 개의 알약이 든 가방 하나뿐이었다. 미치는 알약 두 개를 삼키고는 움찔했다. 지난번에 경험했던 가려움증이 생각났던 것이다. 손에 난 상처는 그다지 심각하지 않았다. 단지 마음을 좀 진정시키고 싶었을 뿐이었다.

미치는 거울 속의 자기 모습을 바라보다가 갑자기 끔찍한 생각이 들며 소름이 확 돋았다. 지금까지는 잘되어 왔지만 어쩌면 앞으로는 그렇지 않을지도 모른다. 평생 살면서 이처럼 일이 술술 잘 풀린 적이 없었다. 늘 그랬던 것처럼 머지않아서 일이 꼬일 게 분명했다. 예감이 좋지 않다! 이런 사실을 더그와 케빈에게 알려야 한다!

미치는 화장지를 둘둘 말아서 상처를 감쌌다. 하지만 곧바로 피가 스며들어 미처 다 감싸기도 전에 축축해졌다. 그래서 휴지를 걷어낸 다음 군대에서 배운 응급처리 요령대로 다친 손을 높이 쳐들었다. 효과가 있었다. 피가 더는 나오지 않았다. 다시 화장지로 다친 손을 둘둘 말았다. 미치가 이 꼴사나운 지혈 작업을 모두 마칠 즈음에는 화장실도 역시 돼지 한 마리를 잡은 것처럼 온통 피범벅이었다. 미치는 아까의 그 끔찍한 전망을 그대로 가슴에 안은 채 아래층으로 내려왔다.

"계산기 가지고 왔어?"

케빈이 물었다. 케빈 주변에는 벌써 돈 무더기들이 예닐곱 개나 쌓여 있었다. 미치는 고개를 저었다.

"그러지 말고 휴대폰을 써. 휴대폰에 계산기 기능 없어?"

"그거 좋은 생각이네."

케빈이 고개를 끄덕였다.

"그 무더기는 얼마짜리들이야?"

"각각 2,000씩이야."

케빈은 다시 돈을 세기 시작했다.

"죽이네."

놀라운 일이었다. 그 한 무더기만으로 여태까지 자기가 한 번도 가져본 적이 없는 차를 사거나, 이 년 치 집세를 한꺼번에 내거나, 혹

은…… 뭐든 할 수 있었다. 미치는 더그를 바라보았다. 더그 역시 미치처럼 넋이 나간 얼굴로 카우치 소파에 앉아 있었다.

"너 아직도 치킨 버키츠에서 일하고 싶어?"

"글쎄, 그래도 난 치킨 버키츠가 좋네."

유쾌하게 말하는 더그를 바라보면서 미치는 자기도 모르게 웃었다. 그리고 더그 옆에 앉으면서 이렇게 말했다.

"난 여길 뜰 거야."

"왜?"

"방금, 안 좋은 예감이 들었거든."

더그는 아무 말도 하지 않았다. 그때 텔레비전에서 뉴스가 시작했고, 더그가 소리를 키웠다.

"주요 소식을 말씀드리겠습니다. 피츠버그 동물원이 판다를 맞이할 것 같습니다. 그리고 대낮에 웨스트레이크에서 강도 사건이 발생해서 노인 한 명이 사경을 헤매고 있습니다. 잠시 뒤에 자세하게 전해드리겠습니다."

"사경을 헤매?"

케빈이 벌떡 일어나서 화면을 응시했다. 더그도 깜짝 놀라서 물었다.

"사경을 헤맨다고? 그 사람이 왜 사경을 헤매? 심장 발작이나 뭐 그런 거 아닐까?"

"우리 탓으로 돌리고 있잖아."

케빈이 말했다. 미치는 얼굴을 잔뜩 찌푸린 채 머리를 흔들었다.

하지만 다른 두 사람과 달리 그다지 놀라지는 않았다.

　　"내가 그랬잖아. 예감이 좋지 않다고."

**"씨팔 판다 얘기는 그만 해.** 제발 그 얘기 좀 그만 하라고!"

케빈은 화가 나서 텔레비전 화면에다 대고 고함을 질렀다. 뉴스는 벌써 오 분 동안 판다 이야기만 하고 있었다. 세 사람은 이제 판다에 대해서 궁금한 것보다 훨씬 더 많은 내용을 알았지만 여전히 판다 이 야기는 끝나지 않았다. 심지어 판다가 짝짓기를 하는 자료 영상이 나오고 또 새끼 판다에게 사육사가 젖병으로 우유를 먹이는 느린 화면까지 나왔다.

"그래 알았어, 판다가 얼마나 귀여운지 이제 충분히 잘 알았으니까, 씨팔 다른 뉴스 좀 해줘, 응?"

케빈이 다시 한 번 더 텔레비전에다 화를 냈다. 미치는 두 손을 머리를 감싼 채 앉아 있었고, 더그는 다친 발을 커피 탁자 위에 올려놓은 채 꼼짝도 하지 않고 텔레비전만 응시했다. 케빈은 리모컨으로 다른 뉴스 채널들로 돌려보았지만 다들 판다 이야기였다. 미치가 혼잣말처럼 조용하게 말했다.

"판다가 만일 내 앞에 있으면 목을 졸라 버리고 싶다."

이번에는 더그가 말했다.

"어쩐지 치킨 버키츠에 가고 싶더라. 그런데 이제 살인 미수범, 아니 살인범으로 수배가 되고 말았어. 아니 어쩌면……."

더그가 우는 소리를 하자 미치가 그의 말을 자르며 고함을 질렀다.

"야, 닥쳐!"

드디어 텔레비전이 강도 소식을 전했다.

"대낮에 웨스트레이크에서 강도 사건이 발생해서 노인 한 명이 사경을 헤매고 있습니다."

세 사람은 서로에게 조용히 하라고 집게손가락을 입술에 댔고, 더그는 소리를 조금 더 키웠다. 단어 하나라도 놓쳐서는 안 될 것 같았다. 앵커는 그 꼭지의 뉴스 원고를 다 읽었다. 하지만 어느 대목에서도 강도가 노인에게 총을 쏘았는지, 혹은 이 사건의 와중에서 노인이 총격을 당했는지는 구체적으로 언급하지 않았다. 이어서 화면은 은행 앞에 서 있는 담당 형사의 인터뷰로 넘어갔다. 형사의 머리 위로 눈이 떨어지고 있었다.

"이건 분명 전문가들이 저지른 짓입니다."

형사는 자기 앞에 들이댄 마이크가 어색하고 불편한 모양이었다.

"일부러 경비원들의 관심을 다른 데로 돌린 뒤에 현금수송차를 덮

쳤습니다.”

형사가 뭐라고 말을 더 한 것 같았지만 인터뷰 내용은 거기에서 잘리고, 시리얼 광고가 이어졌다.

“우리더러 전문가래.”

더그가 기분 좋은지 활짝 웃었다.

“여태까지 나는 전문가라고 불려본 적이 한 번도 없는데……. 기분 좋은데?”

그러다가 갑자기 자기들이 누군가에게 총격을 가한 혐의를 받고 있다는 사실을 떠올리고는 입을 꾹 다물었다.

“진짜 끝내주게 똑똑했어. SUV에 뛰어든 거. 너희들 그거 바로 그 자리에서 생각해낸 거야?”

케빈의 물음에 더그와 미치는 서로 얼굴을 바라보았다. 그리고 미치가 대답했다.

“응.”

“놈들도 우리가 그 사람을 쏘지 않은 걸 알고 있어.”

케빈이 여전히 시선을 텔레비전 화면에 고정한 채 말했다. 하지만 그의 얼굴에는 여전히 걱정이 가득했다.

“우리가 총을 쐈다는 이야기는 한 번도 하지 않았잖아.”

하지만 곧바로 미치가 반박했다.

“이 뉴스를 보는 사람 가운데 그 사실을 눈치 챌 사람이 있을 거 같아? 놈들은 우리가 총을 쐈다는 인상을 주려고 교묘하게 조작하고 있어. 무슨 말이냐 하면, 강도 사건이 벌어졌는데 이 와중에 누군가 총상을 입고 쓰러졌고 강도들은 다 도망쳤다고 한다면, 다들 강도가 총을 쐈다고 생각할 거 아니냐구.”

“좆됐잖아, 우리는 일부러 전기충격기도 안 가지고 갔는데…….”

케빈이었다. 그러자 미치가 다른 추정을 내놓았다.

“어쩌면 다 뻥 아닐까? 그냥 누가 총격을 당했다고 뻥치는 거야, 사람들이 관심을 가지게 말이야.”

“난 총소리 들었어. 너희들은 못 들었어?”

“총 소리에 누가 비명 지르는 소리까지 들었어.”

케빈의 맞장구에 미치가 입을 열었다.

“뚱땡이가 총을 가지고 있는 걸 봤어. 그리고, 보자…… 그래, 그 사람이 그 현장에서 유일하게 총을 가지고 있는 사람이었어. 그리고 총을 쐈어. 그리고…….”

“씨팔! 나는 아침에 차킨 버키츠에 갈 수도 있었는데, 씨팔!”

더그가 고함을 지르고는 머리를 두 손으로 감쌌다.

“내 말 들어봐.”

미치가 두 사람에게 말했다. 마치 밝고 선명한 논리의 빛을 어리석은 인간에게 베푸는 현자처럼 근엄한 목소리로 말했다.

“만일 총이 한 자루밖에 없었고 한 놈이 그 총을 쐈고, 또 한 놈이 맞았다면, 총을 쏜 놈은 총을 가지고 있던 그놈이야.”

“경비원이지.”

케빈이 맞장구를 쳤다.

“뚱뚱한 경비원이 늙은 경비원을 쏜 거야.”

그 말을 끝으로 세 사람은 앞 다투어 각자 당시의 현장 상황을 정리하는 자기 생각을 쏟아냈다.

"그리고 그 사람이 뭐라고 비명……."

"늙은 경비원을 쏜 사람이 우리라고 개지랄하는……."

"왜냐하면, 책임이 모두 자기에게 돌아가니까……."

"그래도 씨팔 그런 게 어디 있어. 왜냐하……."

"놈들도 그건 다 알고 있다니까? 그러……."

"탄도검사 같은 거 해보면 다 나오잖아."

한참 동안 떠든 뒤에 세 사람은 모두 입을 다물었다.

"나는 여길 뜰 거야."

미치였다. 그러자 케빈이 고개를 저었다.

"떠버리면 안 돼. 여섯 달 동안은 잠수 타면서 버티기로 했잖아."

미치는 고개를 저으며 한숨을 쉬었다.

"그건 나도 알아. 하지만 좆도, 모든 게 우리가 세운 계획과 달라져 버렸잖아."

"아냐, 그렇지 않아, 진정해. 일단 마리화나나 한 대 빨자. 그러면 괜찮을 거야. 놈들은 우리를 절대로 찾아내지 못해."

"아냐, 예감이 안 좋아."

미치가 다시 예감 타령을 했다. 케빈이 자리에서 일어나 바닥에 쌓아놓은 돈 무더기들을 바라보았다.

"이걸 보고도 예감이 안 좋아?"

케빈은 휴대폰을 보면서 말을 계속 이었다.

“모두 합해서 육만 육천 이백 사십일 달러야, 한 사람 앞으로.”

미치는 케빈이 말한 숫자를 잠시 머릿속으로 그렸다. 아쿠-마트에서 삼 년 동안 일해야 벌 수 있는 돈이었다.

“미리 계획한 대로 땅에 묻자, 여섯 달 동안.”

미치는 고개를 저었다.

“예감이 안 좋다니까. 너희들 것만 묻어. 내 몫은 더블백에 챙길 거야.”

“안 돼.”

“왜 안 돼? 그냥 하고 싶은 대로 하게 둬.”

더그의 말에 케빈이 대답했다.

“만일 놈들이 집을 뒤지면, 금방 찾아낸단 말이야. 우리는 좆된다는 뜻이야.”

케빈은 다시 카우치 소파에 앉으면서 고개를 한 번 더 저었다.

“미치, 예감이 좋지 않다는 좆같은 소리를 듣고 싶지 않아. 당장 가지고 나가서, 진짜 제대로 처리해야 돼.”

텔레비전이 여전히 뭐라고 지껄여대는 가운데 미치가 케빈을 바라보았다. 미치는 여전히 확신이 없는 얼굴이었다.

“계획을 세울 필요가 있어. 비상사태에 대비한 대비책, 비상 계획.”

미치의 말에 더그가 동의했다.

“동의해, 비상 계획.”

하지만 미치는 더그가 ‘비상 계획’이라는 말을 온전하게 이해하는

지 미심쩍었다. 그래도 자기 말에 맞장구를 쳐줘서 다행이다 싶었다. 케빈이 입을 열었다.

"좋아, 비상 계획을 세워보자."

**담당 형사인 로버트 스콧은** 범행이 정말로 범인들의 천재성이 발휘된 결과인지 아니면 단지 갑작스럽게 눈이 많이 내린 까닭으로 인한 우연의 결과인지 곰곰이 생각했다. 범인들이 한 행동들 가운데 많은 것들이 우연의 일치 같았다. 그리고 경비원의 관심을 끌려고 벌인 소동이라는 것도 어쩐지 의도적이었던 것 같지는 않았다. 딸에게 평행주차 방법을 가르치던 여자가 범인과 한 패가 아니라면, 어떻게 그런 일이 가능할 수 있단 말인가. 그리고 그 여자가 범인과 한 패가 아님은 이미 명백하게 밝혀졌는데.

게다가 눈이 내린 것도 범인들이 인위적으로 조작할 수 있는 요인이 아니지 않은가.

스콧 형사는 기자에게 이야기할 때, 일부러 범인들이 헷갈리게 말을 했다. 사실 그건 매우 효과적인 방법이었다. 일반 시민들의 공포가 커지면 커질수록 범인들 사이에서 배신자가 나타날 가능성은 그만큼 높았다. 그래서 스콧 형사는 기자에게 사건을 설명하면서, 경비원이 실수로 동료 경비원을 쏘았다는 말을 일부러 뺐다. 그러자 기자는 세부적인 사항을 물어보지도 않고 스콧 형사가 말한 내용 그대로 카메라 앞에서 읊었던 것이다.

경비원은 자기가 동료를 쏘았다는 사실을 인정하고 싶지 않았을 것이다. 이 경비원은 적어도 삼십 초 동안은 범인들이 무장을 했다고 주장하려 했을 것이다. 하지만 SUV에 탔던 모녀가 강도 행각에 참가한 사람들 가운데 무장을 한 사람은 아무도 없었다고 주장하고 나서자, 이런 시도를 아예 포기했을 게 분명하다. 부상당한 경비원이 들것에 실려 구급차에 탈 때 동료 경비원을 보고 '야 이 멍텅구리 돼지 녀석아!'라고 몇 번씩이나 고함을 질러댔고, 그 말을 들은 경비원은 얼굴이 시뻘겋게 되어서 아무 말도 못한 걸로 미루어 보더라도, 뚱뚱한 경비원이 자기 동료를 쏘았음은 분명했다.

제복 경찰관이 스콧 뒤로 다가왔다.

"눈 때문에 다른 차량의 흔적은 찾아볼 수 없습니다. 임팔라에서는 지문도 없었습니다. 번호판에 대해서도 아무런 정보를 확인할 수 없고요. 네바다의 운전면허국에서는 삼십 년이나 된 번호라서 카슨시티(네바다 주의 주도州都—옮긴이)로부터 어떤 정보를 얻으려면 월요일 아침까지 기다려야 한다고 말합니다."

스콧은 이를 악문 채 고개를 저었다. 금요일, 그것도 금요일 오후에 발생하는 사건이 제일 더러웠다. 물론 범죄자들은 대부분 금요일에 범행을 하면 수사가 곧바로 진행이 되지 않는다는 걸 잘 알았다. 금요일 오후만 되면 특히 바빠지는 것도 다 이유가 있었다.

"카슨시티의 시장에게 전화를 해서 허락을 받을 수도 있습니다. 새로 마련된 반테러법에 따르면 우리는 얼마든지……."

스콧은 고개를 저어 경찰관의 말을 끊었다.

"그럴 것까지는 없고, 차량등록번호는?"

"임팔라가 마지막으로 등록된 연도는 1988년이고, 마지막 소유자는 로날드 라이트란 사람이고, 뉴캐슬에 삽니다."

"그 사람한테나 가보지 뭐."

이 젊은 경찰관은 스콧이 알기에 보통 교통국에서 일했고, 사건이 발생할 무렵은 이미 그의 근무시간이 거의 끝나갈 무렵이었다. 임팔라를 찾아내고 지문 검사를 할 때까지만 해도 벌써 근무시간을 세 시간이나 넘긴 뒤였다. 스콧은 이 경찰관의 얼굴에서 어쩔 수 없이 연장 근무를 하게 되어서 화가 나지만 어쩔 수 없다는 복잡한 심경을 읽을 수 있었다.

"새로 근무 교대를 해서 나온 경찰관 있나?"

"있습니다."

젊은 경찰관은 눈빛을 반짝였다.

"누군가?"

"페스키입니다."

"그 친구 나한테 보내고 자네는 퇴근해."

"알겠습니다!"

**비상 계획은 복잡하지 않았다.** 더그와 케빈이 5,000달러를 비상금으로 빼놓고 나머지 돈은 미리 계획했던 장소인 페라리를 버렸던 바로 그곳에 숨기기로 했다.

그리고 미치는 자기 몫의 돈을 더블백에 넣어두기로 했다. 미치는 또한 긴급 상황이 발생하면 곧바로 뜰 수 있게 필요한 짐을 챙겨 두기로 했다. 갈아입을 옷 몇 벌과 좋아하는 물파이프(이건 이베이에서 산 유리 수제품 물파이프였다) 그리고 여기에 채울 마리화나도 조금 챙 겼다. 그 밖의 물건들과는 모두 작별을 고하기로 했다. 사실 많지도 않았고, 미치에게 중요하지도 않았다.

세 사람이 입을 맞추는 것도 중요한 사항이었다. 이것이 중요하다 는 사실에는 모두가 동의했다. 케빈은 운전을 했고 또 털모자를 쓰고 있었기 때문에 케빈의 이름은 무슨 일이 있어도 입 밖으로 내지 않기 로 했다. 혹시라도 더그나 미치가 범행에 가담했음이 밝혀져서 조사 를 받을 경우 임팔라를 운전한 제삼의 인물은 잘 알지 못하는 사람이 었고 돈을 모두 들고 튀어 버렸다고 대답하기로 했다. 케빈은 자기가 더그나 미치보다 특별히 더 보호를 받아야 한다고 주장하고 싶지는 않았다. 하지만 자기에게 아내와 딸이 있으며 또 전과 기록이 있다는 사실을 고려한다면, 어쩔 수 없었다.

확고한 계획을 가지고 있는 유일한 사람은 더그였다. 미치가 함께 월튼을 뜨자고 했지만, 그렇게 할 수 없다는 걸 더그는 잘 알았다. 경 찰에게 케빈은 아무 상관이 없다고 설명하고 경찰을 설득할 사람은 자기밖에 없다는 사실은 너무도 명백한 진실이었다. 만일 자기가 미 치와 함께 월튼을 트면 케빈이 체포될 건 뻔했다. 이런 상황에서 더 그는 자기가 케빈을 위해서 무엇을 해야 할지 잘 알고 있었다. 약을 팔아주는 일이 아니었다. 그건 애초에 케빈이 자기를 위해서 마련해 준 일이지, 케빈을 위한 일이 아니었다. 케빈에게 아무 얘기도 하지 않고 케빈을 위해서 해줄 수 있는 좋은 일은 케빈 대신 교도소에 가

는 일이었다.

물론 이런 일은 경찰이 뭔가를 밝혀냈을 때의 일이었다. 그리고 케빈은, 미치가 끊임없이 의문을 제기함에도 불구하고 아무 일도 없을 거라고 말하지 않는가.

비상 계획을 마무리한 뒤에 세 사람은 카우치 소파에 기대앉아서 물파이프에 마리화나를 채워 넣었다. 케빈은 린다에게 전화해서, 개를 몇 마리 더 산책시켜야 한다는 핑계를 대며 조금 늦을 거라고 했다.

"만일 미치가 월튼을 뜨면, 내가 미치 대신 개를 산책시킬 수 있을까? 치킨 버키츠보다는 그게 나을 것 같은데."

"그럼. 하지만 미치는 안 뜰 거야."

"너 정말 여길 뜰 거야?"

미치는 아무 말도 하지 않았다.

## "라이트 씨? 라이트 씨?"

스콧 형사는 금방이라도 부서질 것 같은 문을 계속 두드렸다. 문을 두드리는 소리가 숲에서 메아리쳐 돌아오며, 소리 없이 내리는 눈 속의 침묵을 뒤흔들었다. 집 안에서는 분명 텔레비전 소리가 들렸다. 스콧은 라이트라는 사람은 노인이거나 귀가 많이 먹었다고 생각했다. 마당에는 온통 1980년 이전에 구입한 물건들뿐이라는 사실로 볼 때, 아마도 노인임에 틀림없었다.

이십칠 년이라는 경찰관 경험으로 볼 때 젊은 사람보다 노인이 훨씬 다루기 어려웠다. 사람들은 보통 경찰관에게 무례하게 구는 사람은 노인이 아니라 젊은 사람이라고 생각하지만, 사실은 그게 아니었다. 물론 말썽을 일으키는 사람은 주로 젊은 사람이지만, 노인은 보통 경찰관의 임무 수행 과정을 존중하지 않았다. 툭하면 욕을 해댔다. 아마도 죽을 날이 멀지 않았으므로 자기들로서는 잃을 게 그다지 없다고 생각하기 때문이 아닐까 싶었다. 스콧은 라이트라는 사람은 그런 부류가 아니길 바랐다. 친절하고 협조적이고 정의감이 투철한 사람이면 좋겠다고 생각했다. 하지만 집의 외양만 놓고 볼 때는 그럴 가능성은 별로 없었다.

문이 벌컥 열리고 노인이 나타나서, 화가 난 얼굴로 스콧과 페스키를 바라보았다.

"왜 그러시오?"

"안녕하십니까, 라이트 씨? 로날드 라이트 씨 맞죠?"

"뭔 일이 났기에 빌어먹을 이 밤중에 문을 두들겨 대냐고 묻잖소?"

거우 여덟 시였다. 하지만 스콧은 그 사실을 지적하고 싶지는 않았다.

"저는 월튼 경찰서의 형사 반장 로버트 스콧입니다. 이 사람은 페스키 경찰관이고."

"왜 그러시오?"

"1980년 쉐비 임팔라를 소유하고 계시죠?"

"뭐라? 그것 때문에 이 난리요? 신문에 그거 판다고 광고를 넸고,

또 팔아치웠소, 저번 주에."

"명의 이전을 하고 서류를……."

"팔았다니까? 경찰이 할 일도 없나, 그딴 고물 똥차를 왜 사려고
해?"

"라이트 씨, 우린 그 차를 사려는 게 아닙니다. 누구에게 팔았는지
알고 싶어서요. 차를 팔 때는 의무적으로 명의 이전 서류를……."

노인은 스콧의 말을 뚝 잘랐다.

"내 나이 여든넷이오."

"아무리 나이가 많다고 해도, 그건 명의 이전을 하지 않은 핑계가
되지 않습니다."

"개소리지. 멍멍, 개소리."

노인은 문을 닫으려고 손잡이를 획 잡아챘다. 하지만 스콧이 발을
슬쩍 밀어 문을 막았다.

"라이트 씨, 그 차가 강도 사건에 이용되었습니다. 만일 협조해 주
시지 않는다면, 이 사건에 연루되었다고 보고 이 젊은 친구를 시켜서
당신을 체포할 수도 있습니다."

나이를 앞세워 막무가내로 행동하던 노인의 태도는 곧바로 협조
적으로 바뀌었다.

"뭘 도와드리면 됩니까?"

"자동차를 사간 사람의 인상착의를 말씀해 주십시오."

"세 사람이 왔어요. 그 가운데 한 사람은 히피 같았고요."

"히피요?"

"머리가 긴 사람, 몰라요? 빌어먹을 히피 말이오."

스콧은 점점 거세지는 눈보라를 뚫고서, 노인을 몽타주 전문가 앞까지 데리고 갈까, 잠시 생각했지만, 그 일은 다음 날로 미루기로 했다. 이 사건은 세기의 범죄 사건이라고 할 사건은 결코 아니었다. 범인들은 모두 비무장이었고, 게다가 몽타주 전문가나 이 노인을 밤에 몇 시간씩 붙잡아 두고 싶지도 않았다. 그래서 다음 날 다시 오겠다고 말하고 돌아섰다. 바로 그때 노인이 중얼거리면서 한마디 했다.

"그 녀석들이 마당에다 뭘 하나 묻던데……."


케빈은 돈을 묻은 뒤에 집으로 돌아갔다. 벌써 자정이 가까운 시각이었다. 그런데 린다의 자동차가 늘 있던 자리에 있지 않았다. 아무 데도 보이지 않았다. 가슴이 덜컥 내려앉았다. 케빈은 오 분 동안 꼼짝도 하지 않고 픽업트럭의 운전석에 가만히 앉아 있었다. 그런 다음에 천천히 차에서 내렸다. 린다의 차가 집 앞에 보이지 않는다고 해서 린다가 엘리를 데리고 영영 떠났다고 단정할 수는 없었다. 자기 어머니 집에 잠깐 다니러 갔을 수도 있으니까.

거실에는 쪽지가 남아 있지 않았다. 그건 좋은 징조였다. 하지만 엘리의 장난감과 책이 모두 없었다. 이건 분명 좋지 않은 징조였다. 케빈은 침실의 불을 켜고 린다의 서랍장으로 곧장 다가가서 서랍들을 열어 보았다. 모두 비어 있었다.

모든 게 끝났다.

케빈은 침대에 앉아서 화장대 거울에 비친 자기 모습을 바라보았

다. 아직도 눈을 머리에 이고 있었다. 은행을 턴 남자, 그리고 아내와 아이들이 버린 남자……. 내가 허수아비 같은 아버지와 남편의 역할을 얼마나 오랫동안 했지? 가족은 혹이었다. 거의 처음부터 그랬다. 결혼을 너무 일찍 했다. 여기에는 여러 가지 잘못된 이유가 작용했다. 지난 몇 년 동안 미치와 더그가 늘 부러웠다. 거실에서 토끼처럼 빨간 눈을 하고서는 텔레비전을 보며 거리낌 없이 마리화나에 취하던 그 모습이 부러웠다. 어쩌면 그런 게 바로, 성인 남자라면 아버지와 남편이라는 역할을 떠맡기 전에 몇 년 동안에 당연히 누려야 하는 생활인데. 십 대에서 벗어나자마자 여유를 누리기도 전에 너무 급하게 아버지와 남편이 되었다, 아쉽게도.

좆 까…….

이상하게도 후회가 되기보다는 마음이 편안했다. 마음이 편하다, 라고 케빈은 혼잣말을 했다. 정말 너무도 많은 일이 일어났던 하루였다. 현금수송차를 털었고, 바로 이날에 아내가 자기를 버리고 떠났으니. 케빈은 자기가 현재 느끼는 감정의 실체를 제대로 파악해야 한다는 생각이 들었다.

헝클어진 것들을 바로잡을 수 있을까? 모든 것을 예전처럼 돌릴 수 있을까? 그럴 수 있을 것 같았다. 아마도 많은 노력이 필요할 것 같았다. 62,214달러 11센트가 있으니, 이 정도면 얼마든지 잘해낼 수 있는 충분한 자원이 된다. 이런 생각을 하자 케빈의 마음은 한결 가벼워졌다.

게다가 어영부영 그 집을 자기 혼자서 쓰게 되었다. 바로 그때 어떤 생각 하나가 머리에 떠올랐다. 린다가 떠난 것은 자기가 늘 어영부영 살았기 때문이라는 생각이었다. 사실 케빈은 그 집을 자기 혼자 독차지하고 살고 싶었다. 지난 팔 년 동안 늘 그랬다. 생각해 보니 확실히 그랬다.

케빈은 자기가 너무 많은 생각을 한다고 생각했다. 내일 생각하자. 모든 걸 다 내일로 미루자. 지하실로 내려가서 물파이프와 마리화나를 챙겨서 침실로 가지고 와 피웠다. 린다와 엘리가 함께 있을 때는 상상도 하지 못하던 일이었다.

길게 한 모금 빨아들였다. 뭐라고 할 사람은 아무도 없었다.

그게 바로 자유였다.


다음 날 아침, 사나운 폭풍우가 지나가고 나면 보통 그렇듯이 하늘은 화창하게 개었다. 눈은 빠르게 녹았고, 뒤 베란다의 처마에 걸린 고드름에서 떨어지는 물방울들이 못쓰게 된 플라스틱 배관에 떨어지며 사방으로 물을 튀겼고, 그 바람에 담배를 피러 나왔던 미치의 양말이 축축하게 젖어들었다. 좋지 않은 예감이 어제보다 더욱 무겁게 미치를 내리눌렀다. 미치는 미리 준비해둔 가방을 집어 들고 더그에게 작별 인사도 하지 않은 채 달아나고 싶다는 충동을 가까스로 누르고 있었다. 전날부터 줄곧 그런 상태였다. 케빈이나 미치는 나쁜 일들이 우리에게 다가오고 있다는 사실을 알고나 있을까?

그때, 문을 두드리는 소리가 들렸다. 그 소리에 미치는 깜짝 놀라 그 자리에 얼어붙었다. 아아, 씨팔, 드디어 왔구나! 몸이 저절로 덜덜

떨리기 시작했다. 미치는 자기 손에 들린 담배가 흔들거리는 걸 바라보면서, 비상 탈출 가방을 어디다 뒀는지 생각했다. 짭새들이 문을 박차고 들어오기 전에 가방을 챙겨서 이웃집 울타리를 넘을 수 있을까? 미치는 까치발로 살그머니 베란다 끝으로 가서 고개를 길게 빼고 주변을 살폈다. 케빈의 트럭이 보였다.

씨팔. 돌아버릴 것 같았다. 숨을 길게 내쉬었다. 공포에 질려 벌벌 떠는 자기 모습에 놀랐다. 미치는 대답을 하면서 현관으로 갔다. 자기 얼굴에 남아 있을지도 모를 공포의 그늘을 지우려고 애쓰면서. 케빈이 활짝 웃는 얼굴로 들어왔다.

"나 때문에 깬 거 아냐? 오늘도 개를 몇 마리 산책시켜야 하거든. 딴 거 아니고 마리화나 한 봉지 얻어가려고."

"그러지, 뭐."

미치가 가서 가지고 오면서 물었다.

"오늘 토요일인데도 개를 산책시켜?"

"고객 두 사람이 주말여행을 간다잖아."

케빈은 잠시 뜸을 들였다가 지나가는 말투로 덧붙였다.

"린다가 어젯밤에 떠났어."

미치는 뭐라고 말해 줘야 할지 몰랐다. 뭔가 위로가 되는 말을 해야 할 것 같았다. 무슨 말로 위로를 할까, 잠시 생각했다.

"좆됐구나."

말은 그렇게 했지만 사실 케빈이 자기 말에 동의하는지도 확실하지 않았다. 케빈의 쾌활한 태도로 보자면 가족을 잃어 버렸다기보다는 등에 지고 있던 무거운 짐을 내려놓았다는 게 더 정확한 표현일 것 같았다. 어떤 결혼생활은 힘들게 계속 끌고 가느니 차라리 깨버리는 게 더 낫다고 미치는 생각했다. 물론 미치는 결혼생활에 대해서 아무것도 모르며, 또 알고 싶은 마음도 없었으며, 이런 사실을 스스로도 잘 알고 있었다.

더그가 졸린 눈으로 아래층으로 내려왔다. 침대에서 막 일어난 듯 머리는 헝클어져 있었다. 미치가 케빈에게 마리화나 봉지를 건넬 때 케빈의 휴대폰이 울렸다.

"야, 커피 마실 사람?"

더그가 부엌에서 소리 질렀다. 미치는 더그에게 대답하지 않고 케빈을 바라보았다. 케빈이 전화를 받았다.

"예. 아, 예, 제가 녀석을 차에 싣고 갔죠. ……. 예, 제가 묻었습니다. …… 내가 묻었다고요, 마당에."

전화를 건 사람의 목소리가 미치에게도 들렸다. 케빈이 전화를 끊으면서 말했다.

"이상하네."

"커피 마실 사람 없어?"

더그가 다시 고함을 질렀다.

"이상하다는 게 무슨 뜻이야?"

"짭새들이 스카치 파커의 사체를 찾았대. 목줄에 주인 전화번호가 적혀 있는데, 그리로 전화를 했나 봐. 파커 부인인데, 왜 경찰관들이 아침에 자기 집으로 찾아와서 자기 집 개가 그 영감 마당에 묻혀 있

었는지 물었다고 하네."

"짭새가 왔대? 개 때문에?"

더그가 부엌에서 다시 고함을 질렀다.

"개가 뭐 어쨌다고?"

미치의 심장은 조금 전에 그랬던 것처럼 다시 쿵쾅거리며 뛰기 시작했다. 미치는 안절부절못하며 그 상황이 아무것도 아닐 수 있는 어떤 이유를 찾으려고 머리를 짜냈다.

"그 영감이 괜히 장난치는 거 아냐? 진짜 경찰이 아닐 수도 있잖아."

"세 놈이 왔대. 심각하더라는데?"

더그가 거실로 나왔다. 케빈과 미치의 얼굴 표정을 보고는 눈을 껌벅거리며 물었다.

"경찰이 그 영감 집으로 찾아갔단 말이야?"

세 사람은 다시 또 다른 사람의 말을 서로 끊어가면서 자기 이야기를 했다.

"그게 무슨 뜻이냐 하면……."

"임팔라를 찾아냈다는……."

"씨팔, 내가 뭐랬어? 그러니까 내가 절벽을 찾아내야 한다고 했잖아. 절벽이 있어야 했다고. 임팔라를 거기다 두는 게 아니었어!"

케빈의 말에 미치가 천천히 대답했다. 말을 하면서도 미치는 사태를 파악하려고 온 신경을 집중했다.

"그렇지만, 녀석들은 개 주인을 찾아갔단 말이야."

잠시 세 사람은 아무 말 없이 서서 서로의 얼굴만 바라보았다. 누군가 아무 걱정 하지 않아도 된다고 자신할 수 있는 확실한 어떤 근거를 제시해 주기만을 기다렸다.

"그렇다면 그 부인은 아마 네 전화번호를 가르쳐 줬을 거야."

"그랬겠지."

케빈이 대답했다. 미치가 카우치 소파에 털썩 주저앉으면서 말했다.

"우린 이제 좆됐어."

"결국 그 빌어먹을 개 때문이네. 씨팔 창문 밖으로 그냥 내던져 버렸어야 했는데……."

"그래, 우린 이제 좆됐어. 이건 사실이야."

이렇게 말하는 미치에게서는 다시 야전지휘관의 인격이 되살아났다. 미치는 자리를 박차고 일어나더니 옷장의 문을 열고 코트를 입었다. 그리고 신발을 찾느라고 두리번거렸다. 마침내 신발을 찾아서 발에 꿰었다. 그리고 급하게 신발 끈을 묶으면서 말했다.

"자, 결정의 순간이야. 어쨌든 간에 우린 끝났어. 그리고 다들 준비는 되어 있잖아? 비상 계획 말이야. 너희들 돈은 땅에 잘 숨겨져 있어. 그리고 케빈 넌, 더그와 내가 임팔라를 사러 갈 때 자동차로 태워 주기만 했을 뿐 아무것도 모른다고만 해. 그럼 돼. 자, 가서 개 산책 시켜."

케빈이 돌아서면서 말했다.

"다들 미안해."

"미안해."

여전히 커피포트를 들고 있던 더그였다.

"담에 보자."

미치는 부산하게 여기저기 뛰어다니면서 짐을 챙겼다. 더블백을 열었다. 돈과 양말과 속옷이 있었다. 청바지도 한 벌 더 넣어야 할지 고민했다. 씨팔, 필요하면 사면 되잖아! 케빈은 아직도 가지 않고 문 앞에 서 있었다.

"아참, 케빈, 아까 줬던 거 다시 줘. 그리고 짭새들이 네 물건이고 집이고 다 수색할 테니까 조심하고."

케빈은 마리화나가 든 작은 봉지를 미치에게 건넸다. 케빈의 손은 눈에 띄게 떨렸다.

"빨리 여기서 나가. 가서 개를 산책시키라구."

케빈은 나갔고, 곧 케빈의 픽업트럭이 떠났다. 그러자 미치가 더그를 바라보았다. 더그는 그때까지도 커피포트를 든 채 그 자리를 지키고 있었다.

"야, 마지막 기회야. 만일 내가 너라면, 난 나를 따라서 여기를 뜬다."

더그는 공포에 질린 얼굴이 아니었다. 더그의 얼굴에서는 당황하는 빛을 찾아볼 수 없었다. 오히려 평온한 미소를 띠고 있었다.

"아냐, 난 괜찮아."

"감옥에 갈 거야, 알잖아? 감옥에서 내일 아침을 맞을 거라고!"

더그는 고개를 끄덕였다. 미치는 더그에게 다가가 손을 내밀었고,

두 사람은 악수를 했다.

"다음에 보자."

"그래, 다음에."

미치가 돌아섰다. 하지만 곧 다시 또 더그를 돌아보았다.

"서로 연락은 될 거야. 변호사 비용도 대줘야지."

더그는 고개를 저었다.

"됐어, 케빈에게 하라고 할 거야."

두 사람은 잠시 말없이 서로를 바라보았다. 그리고 더그가 물었다.

"어디로 갈 거야?"

"몰라."

"행운을 빌게."

"너도."

문이 닫혔다. 미치는 계단을 내려가고 도로로 나서면서 결국 천장과 벽에 페인트칠을 못하게 되었다는 생각을 했다.

**케빈이 개를 산책시키고 돌아오자** 경찰이 기다리고 있었다. 세인트버나드 더피를 산책시키는 동안 케빈은 경찰 순찰차들이 갑자기 나타나서 자기를 포위할 거라고 생각했지만, 그런 일은 일어나지 않았다. 경찰은 그냥 집 앞에서 자기가 돌아오기를 기다리고 있었다.

경찰은 정중했고 케빈은 경찰을 맞을 만반의 준비가 되어 있었다. 케빈은 경찰과 맞닥뜨리는 순간 곧바로 목제 현관 바닥에 얼굴이 처박히고 두 손은 등 뒤에 결박될 것이라고 예상했다. 바닥에서 벗겨진 페인트칠 조각 몇 개가 입 안에서 버석거릴 것이라는 예상까지 했었다. 하지만 그런 일은 일어나지 않았다. 담당 형사는 텔레비전에서 인터뷰를 하던 바로 그 사람, 어딘지 모르게 친절해 보이는 나이 든 사람이었다.

"안녕하십니까, 거디 씨?"

케빈이 고개를 끄덕이고 대답했다.

"죽은 개 때문이죠? 파커 부인이 전화를 했더군요."

케빈은 담당 형사를 포함한 세 명의 경찰관을 둘러보면서 태연하게 말했다.

"정말 죄송합니다. 죽은 개를 남의 집 마당에 묻는 게 이렇게 심각하게 법을 어기는 일이 될 줄은 몰랐습니다."

형사는 알 듯 말 듯 한 미소를 지으면서 고개를 끄덕였다.

"어제 오후 세 시쯤 어디 있었습니까?"

케빈은 미리 준비해 뒀던 대답을 했다. 개들을 산책시켰다고. 그러면서 자기가 개를 산책시킨 내용을 시간대별로 정확하게 설명했다. 물론 케빈은 그날 그 사건이 일어나기 한 시간 전까지 개들을 산책시켰었다. 이번에도 형사는 믿지 못하겠다는 표정으로 케빈을 바라보았다.

"임팔라를 살 때, 누구와 함께 있었죠?"

마음이 아팠지만 어쩔 수 없었다. 계획에 따라야 했다. 케빈은 더그와 미치의 이름을 댔다. 그러면서 더그가 최근에 일자리를 잃었고 자동차를 압류당했다는 사실을 강조했다. 뿐만 아니라, 더그와 미치에 대해서 경찰관들에게 좋은 인상을 심어줄 수 있는 이야기를 생각나는 대로 모두 다 했다. 그리고는 마지막으로 질문 하나를 했다. 오로지 죄를 지은 사람만이 잊어버리고 하지 않는 바로 그 질문이었다.

"그런데 왜들 이렇게 난리를 칩니까? 그냥 죽은 개 한 마리를 묻었

을 뿐인데요?"

**더그는 카우치 소파에서 텔레비전을** 보면서 경찰이 오기를 기다렸다. 미치가 간 뒤에 더그는 커피를 한 잔 마신 뒤에 자기가 여전히 자기 의지대로 할 수 있는 일이 무엇인지 생각했다. 정확하게 말하면 경찰이 들이닥칠 때 무엇을 하고 있을지 생각했다. 사실 텔레비전을 보는 것 말고 몇 가지 다른 상황을 상상했었다. 우선 책을 읽고 있을 수도 있었고, 마리화나를 피우고 있을 수도 있었고(사실 이런 상황에서 마리화나를 피운다고 해서 죄가 더 무거워지는 것도 아니니까), 텔레비전을 보고 있을 수도 있었다. 또 청소를 하고 있을 수도 있었지만, 이건 확실히 아니었다. 오랜만에 하는 청소인데 청결함의 혜택을 온전하게 누릴 수 없을 테기 때문이었다. 노동의 열매를 즐기지도 못할 걸 미쳤다고 힘들게 해?

문득 그런 생각이 들었다. 편의점에 가서 멕시코 여자에게 말을 걸기에 정말 좋은 날이 아닌가 하는 생각. 자기가 여태까지 그 여자에게 말을 붙이지 못했던 건 다음 날 자기가 무엇을 하고 있을지도 모를 만큼 미래에 대한 확신이 없었기 때문이었다는 사실을 깨달았다. 하지만 이제는 다음 날 자기가 무엇을 하고 있을지 확실하게 알았다. 하지만 그 여자에게 말을 붙이는 일은 하지 않기로 했다. 새로운 인간관계를 시작하기에는 그다지 적절한 시간이 아니라는 생각이 들었기 때문이다. 어쩌면 내가 형기를 마치고 나와도 어쩌면 그 여자는 계속 그 편의점을 지키고 있을지도 모른다, 라는 생각도 들었다.

커피를 모두 마신 뒤에 마리화나를 한 대 피웠다. 그다음에는 모든 물파이프며 마리화나를 버렸다. 마음이 아픈 일이었지만 참아야 했다. 구태여 상황을 더 나쁘게 만들어서 고생을 더 많이 할 필요는 없었던 것이다.

그런 다음에 텔레비전을 켜고, 집으로 다가오는 자동차 소리가 들리는지 귀를 기울였다.

정오쯤에 자동차가 와서 서는 소리가 들렸다. 두 대였다. 둘 다 배기량이 큰 엔진이었다. 그렇다고 해서 트럭은 아니었다. 두 대의 승용차는 천천히 다가왔다. 주변을 점검하는 눈치였다. 더그는 텔레비전의 소리를 조금 줄였다. 사실 더그는 텔레비전을 보고 있던 게 아니었다. 텔레비전 화면이 야영장의 모닥불인 것처럼 그저 멍하게 시선을 거기에다 두었던 것뿐이다. 경찰관들이 곧 들이닥치는 상황이었지만, 이상하게 마음이 평온했다.

두 대의 자동차 엔진 소리가 모두 멈추었다. 문이 열리고, 또 닫혔다.

한 사람이 집 뒤로 돌아가는 발자국 소리가 들렸다. 뒤쪽으로 달아날 때에 대비하는 모양이었다. 최대한 발소리를 죽이려고 애를 썼지만, 구둣발이 새로 내린 눈을 밟을 때마다 뽀드득 뽀드득 하는 소리가 선명하게 들렸다.

곧 문을 두드리는 소리가 들렸다. 탕, 탕, 탕! 더그는 대답을 하고 현관으로 나가서 문을 열었다. 친절한 얼굴을 한 나이가 많은 형사 한 사람과 제복을 입은 경찰관 한 명이 어 있었다. 두 사람 모두 매우

굳은 표정이었다.

"더글러스 카이어 씨입니까?"

"네, 접니다."

더그는 문을 활짝 열어서 두 사람이 안으로 들어오게 했다. 두 사람은 더그의 이런 행동이 놀라운지 서로 얼굴을 쳐다보았다. 경찰관들이 집 안으로 들어왔다.

"미첼 올던은 집에 있습니까?"

"미치는 갔어요."

사복을 입은 형사가 젊은 경찰관에게 지시를 내렸다.

"위층을 살펴봐."

젊은 경찰관이 위층으로 올라가면서 권총을 꺼내들었다. 그 모습을 바라보던 사복형사의 시선이 다시 더그를 향했다.

"어제 오후에 뭐 했는지 얘기해 주실 수 있나요? 대략 오후 세 시쯤에……."

"오후 세 시라……."

더그는 어렵게 기억을 떠올리는 듯 얼굴을 잔뜩 찌푸리며 생각에 잠겼다. 젊은 경찰관이 계단에서 내려오며 말했다.

"깨끗합니다. 아무도 없습니다."

"아, 생각이 나네요. 대략 오후 세 시쯤에 그러니까…… 웨스트레이크에 있었던 것 같네요."

"거기에서 뭘 했습니까?"

"그러니까 뭐…… 현금수송차를 털었죠."

**택시를 타고 버스를 타고** 기차를 타고……. 미치는 편의점에서 택시를 타고 버스 정류장으로 가서, 버스를 타고 피츠버그로 간 다음, 거기에서 다시 기차를 타고 클리블랜드로 갔다. 현금으로 기차표를 사면서 미치는 지나치게 새 돈으로 보이지 않게 하려고 일부러 지폐를 구기면서, 자기의 천재적인 두뇌에 칭찬을 아끼지 않았다. 역사상 그 어떤 범죄자도 클리블랜드로 달아나지는 않았을 거라고 생각했다.

눈 덮인 오하이오의 농장 지대가 차창 밖으로 스쳐지나가는 걸 바라보면서 미치는 왜 공항에서는 짐을 검색하면서 기차역에서는 그런 일을 하지 않는지 생각했다. 누구든 시한폭탄이 들어 있는 가방을 들고 기차에 탈 수 있지만, 비행기를 탈 때는 그 누구도 물병조차 들고 갈 수 없다는 사실이 너무도 이상했다. 자기가 알지 못하는 어떤 사항이 있을지도 모른다고 생각했다. 어쩌면 보안 검색이라는 행위가 일종의 쇼일 수도 있었다. 금속탐지기를 통과시키고 신발을 벗어 검사하는 게 다 테러 위협에 대응하는 겉치레뿐일 수도 있었다. 현금이 가득 든 더블백을 꽉 끌어안은 미치는, 사람들에게 겁을 주는 행위는 쇼를 진행하는 사람들에게는 언제나 유익하고 즐거운 일일 것이라 생각했다.

기차를 타고 갈 수 있다는 게 얼마나 다행한 일인지 몰랐다. 기차를 타고 갈 경우에는 어떤 보안 조직도 승객의 짐을 풀어헤치며 수색하지 않는다. 하지만 감수해야 할 고통이 있었다. 클리블랜드까지 비행기로 가면 한 시간밖에 걸리지 않지만 기차로 가면 일곱 시간이나

걸렸다. 만일 시애틀이나 로스앤젤레스까지 가려면 달리는 기차 안에서 여러 날의 시간을 죽여야 했다. 그리고 미치는 잠시라도 더블백을 손에서 뗄 수 없었다. 하지만 기차 여행이 아무리 힘들다고 한들, 더그가 당하는 일보다야 힘들지는 않을 것이라고 생각했다.

클리블랜드에 도착하면 무엇을 할지 생각했다. 일단 호텔에 방을 잡을 것이고, 옷도 좀 살 것이다. 그리고 이발을 할 것이다. 될 수 있으면 전문직 종사자처럼 보이도록 이발을 할 생각이었다. 그 다음에는 현금의 대부분을 여행자수표로 바꿀 것이다. 어쩌면, 비록 위험할 수도 있겠지만 가짜 신분증을 만들 수도 있었다. 그리고 일자리를 구해서 몇 달 동안 조용히 지내면서 모든 게 잠잠해질 때까지 기다릴 것이다. 그다음에 무엇을 할지는 그때 가서 생각할 것이다. 어쩌면 캐나다로 뜰 수도 있었다. 아니면 시애틀로 갈 수도 있고…….

현금이 가득 든 가방을 안고서 활짝 열린 길로 달리고는 있었지만, 어쩐지 상상했던 것만큼 자유로운 느낌은 아니었다.

**미치와 더그, 이 좆만 한 새끼들……**, 케빈은 속으로 두 사람의 이름을 불러보았다. 미치는 월튼을 떴고 더그는 교도소에 가 있었다. 그래서 미치나 더그로서는, 월튼에서 여섯 달 동안 돈을 쓰지 않는다는 약속을 지키기 쉬웠다. 하지만 케빈은 사정이 달랐다. 린다와 엘리에게 생활비를 보내야 했고 개를 산책시키면서 받는 봉급을 담보로 빌린 돈을 갚아야 했기 때문에 케빈은 한 달 만에 결국 삽을 들고 돈을 묻어둔 곳으로 갔다.

다행히 비가 억수같이 내렸다. 그 바람에 설령 그 주변을 지나가는 차가 있다 하더라도 운전자는 다른 데는 신경 쓰지 않고 오로지 운전에만 신경 쓸 터였다. 케빈은 도로를 지나가는 차의 운전자가 보지 못하도록 픽업트럭을 숲 깊숙한 곳에 세웠다. 비 때문에 운전자는 안전하게 집에 가야겠다는 생각만 할 것이고, 또 비 덕분에 흙은 물기를 머금어 삽질하기에 한결 편할 게 분명했다. 케빈은 트럭에서 내렸다. 그리고 금방 온몸이 흠뻑 젖었다. 비는 얼음물처럼 차가웠다. 또 숨이 찼다. 돈을 묻은 곳까지 걸어 가기도 전에 빗물이 속눈썹을 파고들어 앞이 잘 보이지 않았다. 웬일인지 웃음이 저절로 슬몃슬몃 새어나왔다.

나무들 사이를 지나가면서 케빈은 갑자기 자유를 느꼈다. 무엇보다도, 이러고 있다가 집에 돌아간다고 하더라도 어디에 있다가 왔는지, 왜 비 맞은 생쥐 꼴이 되었는지 캐물을 사람이 없었다. 린다는 좋은 여자였다. 적어도 자기보다는 좋은 사람이었다. 하지만 젠장, 너무도 많은 걸 물어댔다. 린다와 함께 있는 날은 늘 가석방 담당 직원과 면담하는 것 같았다. 어디 있었느냐? 왜 거기 있었느냐? 누구와 있었느냐? 그럼 처음부터 다시 물어보겠다. 어디? 왜? 누구?

돈을 묻어둔 자리는 아무도 건드리지 않은 것 같았다. 그 사실을 확인하자 혹시나 하던 걱정은 단번에 날아갔다. 케빈은 부드러운 흙 속으로 삽을 박아 넣었다. 지난 몇 주 동안 눈과 비가 워낙 자주 또 많이 내렸기 때문에, 아무리 이 분야 전문가라고 하더라도 여기에 누가 구덩이를 팠다는 사실은 알아채지 못했을 것이다. 정말 다행스런 일이었다. 사실 사슴 사냥철이었기 때문에, 최근에 그 지점을 지나쳤을 사람들은 거의 다 이 방면에서는 전문가들이라고 할 수 있었고, 그렇게 볼 때, 자주 또 많이 내린 눈과 비가 정말 고마울 따름이었다. 케빈은 파낸 흙을 구덩이 옆에다가 얌전하게 쌓으면서 삽질을 계속

했다. 문득 이런 생각이 들었다. 땅 속에서 흙이 다른 곳으로 쓸려가면서 돈도 함께 쓸려가지는 않았을까? 그럼 어떡하지? 케빈은 어깨를 으쓱했다. 그래, 그럼 어쩌겠어. 운에 맡겨야지……. 열두어 차례 삽질을 하고 나자 삽 끝에 흙이 아닌 다른 무언가에 닿는 느낌이 왔다. 젠장, 이렇게나 깊이 파묻었던 것 같지는 않은데. 케빈은 마침내 돈이 든 가방을 꺼냈고, 썩은 나무 둥치에 앉아서 비닐봉지로 감싼 가방을 열었다.

돈이었다. 케빈이 처음 움켜쥔 한 다발은 20달러짜리 한 묶음이었다. 그 돈을 무릎에 올려놓고 바라보았다. 그 순간 눈에 눈물이 맺히는 느낌이 들었다. 너무도 뜻밖의 일이라서 케빈은 두 손으로 머리를 감싸고 고개를 숙였다. 그 바람에 돈이 바닥에 떨어졌다. 더 많은 눈물이 흘러 차가운 빗물과 함께 섞여 뺨을 타고 흘렀다. 그리고 얼마 뒤에는 흐느껴 울었다. 케빈은 이런 감정이 너무도 신비해서 굳이 울음을 멈추려 하지 않았다.

얼마 뒤에야 케빈은 열린 가방 안으로 빗물이 들어간다는 사실을 깨닫고 가방을 닫았다. 이런 동작을 하면서 눈물은 그쳤다. 그리고 바닥에 떨어진 돈을 바라보았다. 아까처럼 눈물이 나지 않아서 다행이었다. 돈을 집어서 주머니에 넣었다. 그 돈다발은 대략 3,000달러쯤 되었다. 케빈은 비슷한 크기의 돈다발 두 개를 가방에서 더 꺼내 주머니에 넣은 다음에 가방을 다시 닫고, 원래대로 구덩이에 넣고 흙을 덮었다. 그리고 그 위로 낙엽이나 나뭇가지 따위를 흩뿌린 뒤에 발로 밟아서 다졌다. 그리고 시간이 조금 흐르고 나면 누가 거기를 삽으로 팠다는 흔적은 전혀 남지 않을 터였다.

픽업트럭으로 돌아온 케빈은 돈을 조수석에다 던져놓고 바라보며 생각에 잠겼다. 도대체 내가 왜 울었지? 십 대 이후로는 울어본 적이 없었다. 마지막으로 울었던 이유가 무엇이었더라? 아마도 좌절이었던 것 같다. 늘 따라다니던 바로 그 좌절이었다.

돈다발은 워낙 비에 많이 젖었던 터라 여기에 묻어 있던 물이 흘러서 비닐 좌석에 작은 물웅덩이를 만들고 있었다. 바로 자기 돈이었다. 자기를 울게 만들었던 게 바로 그 돈이었다. 자기가 번 돈이었다. 물론 훔친 것이긴 하지만, 그 일을 제대로 해냈다. 미식축구 팀에서 쫓겨나고, 학교에서 자퇴를 하고, 아버지 역할도 못하고 남편 역할도 못하고, 마리화나를 재배하다 교도소에 갔다 왔다. 하지만 마침내, 교도소에서 심리치료사가 충고한 내용대로, 목표를 설정했으며 그 목표를 이루었다. 조수석에 놓은 물이 뚝뚝 떨어지는 돈다발이, 자기가 평생을 살면서 정말 처음으로 어떤 일을 제대로 잘했음을 증명하고 있었다.

케빈의 사업도 확장일로를 걸었다. 개를 산책시키는 일은 정말 경기가 좋았다.

이제는 보상을 받아야 할 때가 충분히 되었다고 생각했다. 케빈은 트럭에서 내려 다시 삽을 들었다. 그리고 10,000달러를 더 꺼냈다. 새 트럭을 한 대 살 생각이었다. 일을 제대로 잘하는 사람은 이십 년이나 된 낡은 픽업트럭을 몰고 다니지 않았다. 이제 인생에 빛이 들기 시작했는데, 케빈은 굳이 그걸 숨기고 싶지 않았다.

## "내 변호사는 사기꾼입니다."

더그가 송수화기에다 대고 말했다. 더그는 유리창 너머로 린다를 보고 있었다.

"살인 미수로 오 년을 살았기 때문에 이 안에서 누릴 수 있는 온갖 요령에 대해서는 빠삭한 사람입니다. 내가 완전히 뻑 갔으니까요."

"다행이네요."

린다가 말했다. 더그 앞에 섰을 때부터 린다는 잔뜩 경직된 표정이었다. 금방이라도 터질 것 같은 울음을 참는 모양이었다. 린다가 울면 더그가 불편할 건 분명했다. 더그는 린다와 면회를 하기 전에 변호사와 십오 분 동안 대화를 나누었는데, 이 변호사는 감시 직원이 알아듣지 못하도록 은어를 동원해서 약이든 대마초든 뭐든 원하는 건 다 교도대원들을 통해서 제공하겠다는 제안을 했다. 수감자들에게는 하버드의 로스쿨 출신보다는 교도대원들을 잘 아는 변호사가 더 필요하다는 사실을 더그는 확실히 깨달았다.

더그의 변호사는 교도소에서 복역하면서 법률 공부를 해서 인생역전에 성공했다. (물론 자기 고객들에게 마약을 제공하는 일은 예전과 다름없이 계속하긴 했지만 말이다.) 펜실베이니아에서는 정식으로 로스쿨에 다니지 않아도 변호사가 될 수 있었다. 이런 사실을 잘 아는 더그도 자기 변호사가 걸었던 길을 걸어서 장차 변호사가 되겠다는 포부를 품었다. 교도소에 들어간 첫 주에 그런 결심을 했지만, 모든 사람이 다 재판을 받는 공간에 있다 보니 법률 서적은 늘 대출 중이었다. 남아 있는 전문 직업 서적으로는 요리책뿐이었다. 결국 더그는 요리에서 벗어날 수 없을 것 같았다. 아무래도 변호사가 되기보다는 요리사로 남을 것 같았다. 아니면, 케빈을 거들어서 개 산책가가 되거나.

더그가 느끼기에는 린다가 자기에게 잔소리를 해대고 싶어 안달이었다. 하지만 오렌지색의 죄수복을 입고 있는 사람에게 잔소리를 해봐야 아무 소용이 없다는 걸 이미 알고 있는 눈치였다. 린다는 무척 슬퍼 보였다. 그래서 더그도 기분이 좋지 않았다. 내가 그렇게나 불쌍해 보이나? 더그는 우울한 분위기를 바꾸려고 짐짓 쾌활한 목소리로 말했다.

"케빈은, 내가 여기서 나가면 자기하고 함께 개를 산책시키자고 그러던데요?"

"그때가 언제쯤인데요?"

"공판이 목요일에 있는데 변호사는 일 년 반을 예상하더군요. 보통은 오 년을 받는데, 경비원이 다른 경비원을 쐈다는 이야기를 아무에게도 하지 않기로 합의를 해주면 경비회사에서도 세게 밀어붙이지 않겠다고 이야기하나 봐요. 진짜 이상한 게, 그 문제만 신경을 쓰더라구요. 그리고 또 돈 문젠데, 그 사람들은 돈이 어디 있는지 가르쳐 주기만 하면 당장 다음 주에라도 나갈 수 있게 해주겠대요."

린다는 깜짝 놀라서 목소리를 높였다.

"풀려날 수 있으면 그렇게 해야죠! 하지만 안 그럴 거죠?"

더그는 상체를 앞으로 숙이더니 송수화기를 입에 바짝 대고 목소리를 낮췄다.

"돈 없이 밖에 있는 것보다 돈을 가지고 여기 있는 게 더 자유로워요. 열여덟 달에 60,000달러잖아요. 계산을 해봤는데, 치킨 버키츠에서 매니저로 일해서 버는 돈의 세 뱁니다, 세 배!"

린다는 자기도 모르게 웃음을 터뜨리고 말았다. 더그는 린다의 미소가 좋았다. 뭔가 낭만적인 어떤 이야기, 예를 들면 '당신이 그립다' 따위의 말을 하고 싶다는 충동을 느꼈지만, 꾹 참았다. 그리고 그 충동을 더욱 강하게 억누르려고 케빈의 안부를 물었다.

"잘 있어요. 개를 산책시키면서. 일은 잘되나 봐요. 자기 말로 그래요. 지난번에 보니까 트럭을 새로 샀더군요."

"여섯 달 동안은 꼼짝 말고 기다리기로 했는데."

거기까지 말을 한 더그는 아차 싶었다. 자기들의 계획을 린다까지 알게 할 필요가 없다는 걸 깨달은 것이다. 그래서 화제를 서둘러 돌렸다.

"두 사람은 다시 합칠 생각 없어요?"

린다는 고개를 저었다. 그때 부저가 울렸다. 면회 시간이 끝났다는 신호였다. 린다는 그 부저가 무엇을 뜻하는지 알았다. 드디어 거기에서 놓여난다는 생각에 금속과 콘크리트로만 만들어진 그 작은 면회실을 새삼스럽게 둘러보았다. 사실 면회실의 분위기는 언제나 황량했으며, 린다뿐만 아니라 모든 면회객에게 십오 분이라는 시간보다 더 오랜 시간을 그 분위기 속에서 있기란 결코 쉬운 일이 아니었다.

"여기도 그렇게 나쁘지 않아요."

더그가 린다에게도 또 한 번의 미소를 기대하면서 쾌활하게 말했

다. 하지만 린다는 작별 인사를 할 때 슬픈 미소를 보였다. 린다는 더그에게서 시선을 떼지 않은 채 천천히 방을 빠져나가면서 손을 흔들었다. 이 모습을 바라보며 더그는 린다가 울음을 터뜨리면 어떡하나 두려웠다.

하지만, 빈말이 아니라 거기에 있는 게 정말 나쁘지 않다고 더그는 생각했다. 절대 거짓말이 아니었다. 밖에 있을 때보다 거기에 있으니 약도 더 쉽게 구할 수 있었다. 그리고 교도소에 있으면 인생이 잘 풀릴 여지가 아예 없으니 거기에 대해서 고민할 필요도 없었고, 또 그러니 인생이 잘 풀리지 않는다고 스트레스 받을 일도 없었다.

또 압박감이 없었다. 그건 정말 좋은 일이었다. 자기가 어떤 장한 일을 할 것이라고는 아무도 기대하지 않았다. 교도소에서는 싸움에만 말려들지 않으면 그날은 좋은 날이었다. 그리고 또 훌륭하게 살았다고 칭찬과 보상을 받았다. 바깥세상에서도 싸움에 말려들지 않고 하루를 무사히 보내기만 하면 공무원이 찾아와서 잘했다고 상을 준다면, 인생이 얼마나 편하고 좋을까? 교도소에서는 자기만 괜찮게 행동하면 모든 사람들이 다 좋아한다. 그러니 압박감을 느낄 이유가 없었다.

아무런 압박감이 없었고, 또 약물 및 술 중독 상담을 해주는 심리치료사가 행동을 잘하고 있다고 항상 칭찬해 주기만 한다면, 더그는 자기 인생이 정상 궤도에 오를 수 있다는 생각이 들었다. 방법은 알 수 없었지만, 어쨌거나 그렇게 될 것 같았다. 헬리콥터 조종사가 되는 건 아무래도 힘들 것 같았다. 심지어 무한하게 낙관적인 심리치료사조차도 그렇게 보았다.

하지만 더그는 아동 서적을 집필하겠다는 생각은 여전히 가지고 있었다. 마약을 끊고 또 그 누구도 칼로 찌르지 않을 수 있는 랍스터에 대한 이야기를 자기가 틀림없이 쓸 수 있다고 확신했다. 감옥은 글을 쓰기에는 완벽한 환경이었다. 감옥에서 소설을 쓴 노벨상 수상작가가 없었나? 찰스 디킨스나 오스카 와일드 혹은 영국의 어떤 작가 가운데 그런 사람이 없었나? 그러다가 더그는 고등학교 때 영어 교사가 거기에 대한 이야기를 한 적이 있다는 사실을 기억해냈다.

더그는 자기 방으로 돌아갔고, 문은 자동으로 잠겼다. 이른바 '폭력적인 위협'이라는 죄목으로 들어온 룸메이트 미키는 자기 침대에서 코를 골고 있었다. 식당에서 어떤 사람이 더그에게 '폭력적인 위협'은 테러나 일반적인 폭력과 전혀 상관이 없으며, 보통 여자를 스토킹 했을 때 적용되는 죄목이라고 했다. 하지만 더그로서는 미키가 불법적인 행위를 하는 모습을 상상할 수 없었다. 너무도 말이 없고 생기가 없었기 때문이었다. 심각한 비만이며 목소리가 부드러운 미키는 체스를 좋아했고 또 혼자 노래 흥얼거리기를 좋아했다. 더그에게 맨 처음 교도소의 비밀, 즉 알고 보면 교도소라는 데가 그렇게 나쁘지 않다는 사실을 가르쳐 준 사람도 바로 미키였다.

교도소에는 여자가 없었다. 흑인들은 하루 종일 랩음악을 들었다. 하지만 그래도 상관없었다. 열여덟 달만 버티면 되었다. 그동안 얼마든지 느긋하게 여기저기 기웃거리며 사람을 만날 수 있었다. 여자와 올맨 브라더스 밴드만 있으면 교도소도 상당히 괜찮을 텐데…….

**타르 작업은 특히 덥고** 힘들었다. 타르는 뜨거웠다. 타르를 데우는 금속 기계도 뜨거웠다. 그리고 작업 도구들도 타르나 기계와의 접촉 상태를 계속해서 유지하므로 모두 뜨거울 수밖에 없었다. 심지어 수건조차도 몇 시간만 지나면 뜨겁게 달구어졌다. 미치의 손이 온통 화상 자국으로 보기 흉하게 바뀌는 데는 겨우 한 주밖에 걸리지 않았다. 이 일을 하면서 미치는 스킨로션을 사는 데만 한 주에 20달러를 썼다. 아직 여름은 시작도 하지 않았는데.

클리블랜드에서 미치가 처음에 얻은 일자리는 도로 공사 현장에서 잡일을 하는 인부였다. 애초에 미치가 세운 계획은, 신분증을 제시하라는 말만 하지 않으면 무슨 일이든 한다는 것이었다. 그런데 인력시장 사무소의 멕시코 여자가 도로 공사 작업을 하겠느냐고 물었다. 여자는 백인이 그런 일을 하겠다고 할 리가 없다고 생각하면서 지나가는 말로 그냥 한 번 물어본 것이었다. 그런데 미치가 그 일을 하겠다고 했다. 그리고 혹시 다른 사람에게 그 일을 빼앗길까 봐 바짝 달려들어 전화번호를 받아 적었다. 이 모습에 그 멕시코 여자가 깜짝 놀랐음은 말할 것도 없었다. 미치가 그 일을 시작한 지 한 달이 지나서야 비로소 미치에게 성이 뭐냐고 묻는 사람이 처음 한 명 등장했다. 물론 미치는 다른 성을 대며 거짓말을 했다. 그리고 금요일이면 꼬박꼬박 급료를 받았다.

미치는 인부들 가운데서 유일하게 멕시코인이 아니었기 때문에 멕시코 말을 빠르게 배웠다. 그리고 유일하게 영어를 읽고 쓸 수 있었기 때문에 두 주 만에 조장이 되었다. 불법 체류 외국인들의 지휘를 책임지는 불법 시민이었던 셈이다. 현장의 간부들은 미치의 전력이 수상하다고는 생각했지만 시간을 잘 지키고 또 열심히 일했기 때문에, 그 부분에 대해서는 특별히 따로 신경 쓰지 않았다.

90번 주간 고속도로에서 나들목을 새로 짓는 공사였다. 미치는 자기 양 옆에 서 있는 벽돌로 지은 창고 건물을 바라보았다. 이 건물들은 수십 년 묵은 고속도로 먼지를 뒤집어쓰고 있었고, 유리창은 성한 게 거의 없었다. 클리블랜드는 죽어가고 있었지만 월튼처럼 완전한 사망 단계에 이르려면 그래도 아직은 시간이 많이 남아 있었다. 쓰레기로 뒤덮인 거리, 구질구질한 가게 그리고 노숙자들이 흔한 풍경이긴 했지만, 그래도 클리블랜드에는 삶의 메아리들이 울려 퍼졌다. 술집도 있었고, 화랑도 몇 군데 있었다. 물론 미치는 이런 데를 찾지 않긴 했지만, 이런 데가 있다는 사실만으로도 미치에게는 위안이었다.

처음 미치에게는 거주할 곳이 가장 큰 문제였다. 우선 다른 누구와 함께 있고 싶지는 않았다. 60,000만 달러가 든 더블백을 가지고 있었기 때문이다. 또 신분증을 요구하고 배경을 캐는 곳에는 있을 수가 없었으므로, 그렇지 않은 곳을 찾아야 했다. 미치는 착한 사람으로 보이려고 애썼지만 결국에는 신분증을 보자고 하거나 신용카드로 결제하라는 요구를 받았다. 그럴 때마다 지갑을 잃어버렸다는 말로 얼버무리며 슬그머니 빠져나왔다. 다시 다른 곳으로 가나, 아니면 포기를 하고 적당한 데서 노숙을 해야 하나 고민할 때, 지역 신문에 난 작은 광고가 눈길을 끌었다. 방 하나를 세놓는다는 내용이었다.

브래트날이라는 마을에 있는 집이었다. 이 광고를 보는 순간 미치는 자기가 찾던 바로 그 집이라는 생각이 들었다. 브래트날은 평판이 그렇게 나쁜 동네도 아니고 또 그렇다고 해서 번쩍거리는 부자 동네도 아니었다. 다른 사람들의 눈에 도드라지지 않게 살아가고 싶은 사람에게 딱 맞는 동네였다. 초인종을 누르자 늙은 여자가 독일산 셰퍼드를 데리고 나타났다. 그 개를 보자 러몬이 생각났다. 잠시 월튼이 그리웠다. 개를 산책시키며 나름대로 안정적인 생활을 하면서 더그와 케빈과 어울려 마리화나를 피우던 일이 아련하게 떠올랐다. 아쿠-마트도 생각났고 금속 공장의 굴뚝도 생각났다. 하지만 그때보다 지금은 사정이 더 좋아졌다. 성공한 사람들이 가지고 있는 것, 즉 비밀과 돈을 가지고 있었던 것이다.

미치와 루시라는 셰퍼드는 서로를 보자마자 금방 친해졌다. 주인의 개와 금방 친해질 수 있다는 게 미치에게는 신분증으로 작용했다.

"이 동네에는 무슨 일로 왔나요?"

미치가 가방을 위층에 있는 자기 방으로 가지고 갈 때 여자가 물었다. 애초에 미치는 잃어버린 사랑의 아픔을 견디지 못해서 여기저기 떠돈다거나 혹은 공무원으로 은밀한 임무를 수행한다거나 하는 따위의 길고 긴 사연을 준비해두고 있었다. 하지만 최대한 사실과 일치하는 쪽으로 이야기하기로 마음먹었다. 그런데 노인을 대할 때는 특히 조심해야 했다. 노인 가운데 어떤 사람들은, 상대방이 자기가 기억을 잘하지 못한다는 사실을 이용하려 드는지 시험하려고 일부러 어리바리하게 행동하기 때문이다.

"피츠버그에서 살았는데 해고되어서 일자리를 찾다보니 여기까지 왔네요. 지금은 도로 공사 일을 하고 있습니다."

"예, 살기가 어렵죠. 남편도 살아 있을 때는 전기 기술자였는데 사십칠 년 동안 일곱 번 해고됐어요. 젊은이는 그게 어떤 건지 모를 거요."

하지만 여자는 미치를 냉정한 눈으로 훑어보고 있었다. 미치도 그 탐색의 눈빛을 느꼈다. 여자의 눈은 이렇게 말하는 듯했다.

"난 댁이 뭔가 떳떳하지 않은 일을 저지른 거 다 알아요. 그게 아니라면 한 번도 와본 적이 없는 이 작은 마을에다 방을 구할 이유가 없잖아요. 하지만 내 개가 댁을 좋아해서 그냥 모른 척하는 거니까, 그렇게 알고나 있어요."


**미치는 뙤약볕 아래에서 뜨거운** 타르와 씨름을 하며 한 주에 40시간을 일해서 320달러를 벌었다. 물론 미치에게는 이 돈이 필요 없었다. 그래서 때로는, 집주인에게 의심을 사지 않겠다는 게 자기가 도로 공사 현장으로 일을 나가는 목적이 되어 버린 것 같기도 했다. 아무튼 이렇게 일해서 번 돈은 그야말로 가욋돈이었기 때문에 술집에서 여자들에게 술을 사주는 데 다 썼다. 집 밖으로 나가서 즐기고 여자들과 어울려 노는 건, 월튼에서는 상상도 못하던 일이었지만 이제는 미치에게 일상의 한 부분이 되었다.

"담배 한 대씩 피며 좀 쉬었다가 합시다!"

지나가는 차량들이 내는 소리보다 더 큰 소리로 미치가 인부들에게 고함을 질렀다. 도로 공사 일에서 가장 나쁜 게 바로 소음이었다.

때로는 밤에 자려고 누웠을 때조차도 지나가는 차들이 내는 굉음이 귓가에서 울리기도 했다. 머릿속에는 차들이 줄을 지어 끝없이 이어지고 있었다. 차가 막힐 때가 더 좋았다. 공회전을 할 때 나는 소음은 그나마 나았기 때문이다. 하지만 이럴 때는 일을 더 열심히 해야 했다. 그렇게 하지 않으면 운전자들이 회사에 전화를 걸어서 일을 제대로 하지도 않으면서 왜 차선을 막고 공사를 해서 차가 밀리게 만드느냐고 불평을 해대기 때문이었다.

좆같은 새끼들.

타르를 평평하게 깔던 멕시코인부들이 미치를 바라보며 미소를 지었다. 인부들은 미치와 일하는 걸 좋아했다. 미치가 휴식 시간을 자주 주기 때문이었다. 그들 가운데 나이가 가장 많고 또 영어를 꽤 잘하는 사람이 호르헤였는데, 이 사람이 미치 앞에 다가와서 담배를 한 대 달라고 손을 내밀며 말했다.

"파티 좋아해요?"

"파티 좋아하냐고요? 그런 것 같네요. 그런데 정확하게 어떤 파티요? 사람에 따라서 파티가 다른 뜻으로 쓰이잖아요."

"아뇨, 파티. 파티 좋아하지 않아요?"

호르헤가 춤을 춰 보이면서 덧붙였다.

"축제 말입니다."

"아, 축제. 그럼요, 좋아하죠."

"아내 생일이거든요. 오늘밤에 파티를 할 건데, 오시죠?"

좋아하기는 빌어먹을. 파티에 참석해달라는 부탁을 받은 적이 얼마나 오래되었는지 기억조차 가물거렸다. 지난 몇 년 동안 그런 사교적인 장소에 가본 적은 전혀 없었다. 하지만 나쁠 거 없지, 라고 미치는 생각했다. 재미있을 것 같았다. 미치는 고개를 끄덕였다.

공소 시효가 끝나기를 기다리려면 우선 느긋하게 즐길 줄부터 알아야 할 것 같았다.

**파티가 벌어지는 곳에 도착한** 순간, 월튼을 향한 그리움과 상실감이 온몸을 휘감았다. 정신이 아뜩했다. 삼바 음악이 온통 실내를 뒤흔드는 가운데 미치는 구석에 자리 잡고 앉아서 옛날 생각을 했다. 더그와 함께 커뮤니티 칼리지에서 마련한 파티에 참석하곤 했다. 초대받지 않은 자리였지만, 두 사람은 주최자의 구닥다리 선곡을 마음껏 비웃으며, 순진하면서도 헤픈 여자들을 꼬드기려고 노력했다. 다른 데로 데리고 가서, 주머니 속에서 냄새를 풍기는 마리화나를 함께 피우기 위해서였다. 그런데 지금 더그는 교도소에 있고, 자기는 영어를 할 줄 모르는 사람들에 둘러싸여 있다니.

여자애들이 참 많이 올 겁니다, 라고 호르헤는 말했었다. 하지만 미치가 보기에 여자들은 모두 영어를 할 줄 모르는 것 같았다. 그리고 어쩌다 눈이 마주치는 여자들의 눈빛에서는 경계와 의심밖에 읽을 수 없었다. 내심 라틴아메리카 특유의 화끈한 열정을 기대하고 있었지만 그런 건 찾아볼 수 없었다. 미치는 문득 이런 생각이 들었다. 자기를 이 자리에 초대하는 일을 놓고 한차례 논의가 있었을 것이고, 이 자리에서 호르헤는 백인이 한 명 올 테니까 다들 친절하게 잘 대

하라고 당부를 했을 것이라는 생각. 말도 통하지 않는 사람들에 둘러
싸여서 이런 생각을 하자 갑자기 윌튼이 사무치게 그리웠다.

"메시!"

호르헤가 미치의 어깨를 치며 이빨을 드러내 씩 웃었다.

"재미있어요?"

미치는 거실에 있는 가족사진들을 보던 중이었다. 오래되어서 색
이 바랜 사진들이었다. 마치 그 사진들이 워낙 흥미로워서 주변의 술
판과 춤판이 아예 눈과 귀에 들어오지 않는 사람처럼 그렇게 짐짓 사
진에 열중하고 있었다. 호르헤의 입에서는 데킬라 냄새가 풀풀 났다.

"아, 그럼요."

미치는 맥주병을 번쩍 들어 보이며 대답했다. 맥주만 있으면 즐겁
고 재미있는 시간이 보장된다는 것처럼 들리는 어색한 말과 몸짓이
었다.

"우리 삼촌 만나러 갈래요? 당신과 얘기를 나누고 싶어 하시거든
요."

삼촌? 미치는 여태까지 사실 조카나 조카의 친구들을 소개받을 거
라고 잔뜩 기대하고 있었다. 그런데 삼촌이라니? 그래도 할머니 사
진들을 바라보는 것보다는 나았다. 미치는 고개를 끄덕이고는 호르
헤의 뒤를 따라서 걸었다. 관능적으로 춤을 추는 사람들 사이를 뚫
고, 수다를 떠는 주부들 곁을 지났다. 사람들의 눈은 다들 즐거움으
로 번쩍거렸고 목소리는 평소보다 한 옥타브씩 높았다. 꼬맹이들 몇
몇은 미치에게 관심을 보였지만, 어른들에게 미치는 그저 투명인간

같았다. 문을 나와 마당으로 나섰다. 미국이긴 했지만 거기는 전혀 다른 세상이었다.

마당에는 작은 화단이 있었고 또 작은 차고 하나가 있었다. 차고의 문은 부서져 있었고 페인트칠도 되어 있지 않았다. 호르헤가 문을 밀쳤다. 문은 말을 잘 듣지 않아서 두 사람이 들어갈 수 있도록 활짝 열기까지는 몇 차례 힘을 더 써야 했다. 차고 안에는 모두 남자만 모여 있었다. 그런데 이곳의 분위기는 술판과 춤판의 축제 분위기와 전혀 달랐다. 무시무시한 이미지의 문신을 한 청년 네 명이 미치를 쏘아보았다. 이들은 뒤집어엎어 놓은 양동이나 녹슨 철제 의자에 앉아 있었다. 이들의 눈에 의심이 가득 차 있다고 미치는 느꼈다. 하지만 미치는 이런 자기 생각을 될 수 있으면 숨기려고 한 사람 한 사람에게 모두 유쾌한 미소와 함께 고개를 끄덕였다. 하지만 미치의 인사를 받아주는 사람은 아무도 없었다.

아랫배가 올챙이처럼 볼록 나온 늙은 남자가 초록색의 찢어진 비닐 소파에 앉아 있었다. 남자는 미치가 호르헤를 따라서 차고로 들어서자 자리에서 일어나 미치에게 손을 내밀었다. 하지만 얼굴에는 미소조차 띠지 않았다.

"호르헤의 삼촌 아르만도요. 당신이 메시?"

"예."

미치는 그렇게 대답을 하면서 미치보다 메시가 훨씬 더 발음하기 편한가 보다, 하고 생각했다.

"호르헤 말로는 은행을 좀 안다면서요?"

뭐라구? 깜짝 놀랐다. 그리고 곧 자기 표정이 드러나지 않았기를 바라면서 숨을 천천히 내쉬었다. 냉정을 유지하려고 노력했다. 미치는 무슨 말이냐는 표정으로 호르헤를 바라보았지만, 호르헤는 시선을 피한 채 자기 발만 바라보았다. 어떻게 알았을까? 누가 알아냈을까? 클리블랜드에 있으면서 그 일에 대해서는 그 누구에게도 말한 적이 없었는데.

놀라움과 혼란스러움을 아르만도가 읽은 게 분명했다. 씽긋 미소를 지었기 때문이다. 뿐만 아니라 문신을 한 젊은 사람들의 눈빛에도 장난스러움이 반짝였다.

"은행을요?"

미치가 되물었다. 뭐라고 얘기하기 전에 조금이라도 정보를 더 얻고 싶었다. 이 사람들은 어째서 이런 결론을 내렸을까? 지명수배 전단이 우체국 같은 데 나붙은 거 아닐까? 내가 저지른 그런 사소한 사건들은 새로 터지는 수없이 많은 사건들 속에 묻혀서 사람들의 기억에서조차 남아 있지 않을 거라고 생각했는데. 그렇기 때문에 이렇게 사람들과 어울려 함께 일을 하기도 하고 파티에도 참석하는데. 이 사람들이 그걸 어떻게 알아냈을까?

"왜 이러시나."

아르만도가 씽긋 웃고는 말을 이어갔다.

"지명수배가 된 사람이 아니면 누가 멕시코 인부들 속에서 길에 타르 뿌리는 일을 하고 있겠소? 나는 당신이 술집이나 편의점을 턴 게 아님을 잘 알아요. 당신은 똑똑하잖아요. 돈이 있는 데를 가지. 은행 같은 데 말이오."

아르만도가 제시하는 논리에 미치는 혼란스러웠다. 자기는 여태 투명인간이 되어서 감쪽같이 사람들을 속이고 있다고 생각했는데, 사람들은 다들 자기를 알아보고 있었던 것이다. 일자리를 잃고 떠돌다가 도로 공사 일을 한다는 얘기가 잘 먹히는 줄 알았는데 전혀 아니었던 것이다. 하지만 미치는 그렇다고 해서 순순히 물러설 수 없었다. 고개를 저었다.

"천만에요."

그러자 차고 안에 무거운 침묵이 감돌았다. 미치가 사실을 있는 그대로 털어놓지 않아서인지 아니면 자기들의 판단이 틀렸다고 생각해서인지 사람들은 모두 실망한 눈치였다. 사람들의 시선은 모두 미치를 향했고, 미치는 입을 굳게 다물었다. 미치는 한차례 헛기침을 하며 목을 가다듬었다. 그리고 입을 열었다.

"현금수송차였죠."

그러자 아르만도와 청년들은 환호성을 지르며 박수를 쳤다. 미치는 무대 위에 서서 열렬한 호응을 받는 느낌이었다. 수줍게 웃었다. 이런 관심에 익숙하지 않았기 때문이다.

아르만도는 미치에게 양동이를 내밀면서 뒤집어서 앉으라고 했다. 그의 태도가 갑자기 진지하게 바뀌었다. 아르만도를 보면서 미치는, 모든 사람들은 다 각자 자기만의 독특한 야전지휘관적인 면모를 가지고 있는 모양이라고 생각했다.

"그렇다면 보안 체계에 대해서 뭘 알고 있소?"

미치는 고개를 저었다.

"보안 체계에 대해서는 아는 게 많지 않아요."

미치는 그런 사실을 선선히 털어놓음으로써 사람들이 자기에게 가지는 신뢰가 단숨에 무너질 수 있음을 깨달았다. 자기가 한 범죄 행위를 자세하게 설명하면 사람들은 재미를 느끼지 존경심은 느끼지 않을 것임을 깨달았다. 하지만 그것도 확실치는 않았다. 내 이야기에는 모든 범죄를 다 배울 수 있는 어떤 요소가 있지 않나? 어쨌거나 나는 현금수송차를 터는 데 성공했으니까. 이 사람들 가운데 과연 누가 내 말에 이의를 제기할 수 있을까? 이런 생각 끝에 마침내 미치가 입을 열었다.

"보안 체계의 그 좆도 기술적인 건 아무것도 모릅니다. 하지만 보안 체계는 거기에 반응하는 사람들이나 마찬가지라는 사실은 분명하게 압니다."

미치는 자기 자신의 집중력에 스스로도 놀랐다. 자기에게는 지식이 있었다. 그리고 일에 대한 철학이 있었다. 또한 경험도 있었다. 모두 아쿠-마트에서 꾸며내고 만들어낸 것들이었다.

"중요한 건 효율성과 타이밍입니다. 만일 구십 초 안에 해야 할 일을 하고 자기 차로 돌아올 수 있다면, 아무리 보안 체계가 철저하다 한들 무슨 문제가 있겠습니까?"

미치는 차고 안을 둘러보았다. 그리고 자기를 바라보는 시선들에 담긴 표정을 읽었다. 익숙하지 않은 표정, 그건 바로 존경심이었다. 사람들은 미치가 하는 말에 완전히 빠져들었다. 하지만 미치는 현명했다. 말을 잠시 끊은 채 누군가가 반응해 주길 기다렸다.

한동안 침묵이 흘렀고, 그사이 사람들은 서로 눈빛을 교환했다. 그리고 흰색 티셔츠를 입은 문신 청년이 자기 양동이를 미치 곁에 놓고 앉으며 아르만도를 바라보았다. 허락하자는 뜻이었다. 마침내 아르만도가 상체를 앞으로 숙이면서 입을 열었다.

"우리가 작업하는 게 하나 있는데 말이오. 흥미가 있을지 모르겠군요."

그의 목소리는 중요한 사실을 털어놓고 또 제안하는 사람답게 매우 낮고 묵직했다. 미치도 목소리를 바짝 깔고 대답했다.

"아마도 흥미가 있을 것 같군요."

소설의 주인공은 보통 약자이다. 정치적으로, 경제적으로, 사회적으로 혹은 윤리적으로 불리한 상황에 몰린 주인공이 강자에게 반응하는 이야기가 소설이 아닐까. 약자의 이 반응 방식과 강자의 대응 속에서 온갖 이야기들이 전개되고, 독자는 이 이야기들 속에서 울고 웃고 분노한다. 재미있어 한다는 말이다. 그리고 마지막으로 감동한다. 때로 독자는 이 감동에 힘입어서 소설 속 약자의 입장에서 자기 일상을 돌아보고 자기 주변 세상을 보다 포용적인 눈으로 바라보기도 한다. 물론 이른바 '좋은 소설'일 때 그렇다.

《현금수송차를 털어라》의 주인공들인 20대 후반의 세 청년도 모두 약자이다. 배경은 펜실베이니아의 죽어가는 탄광 도시, 눈 내리는 겨울이면 다른 건 몰라도 사진발 하나는 끝내주게 잘 받는 이 도시에서 세 명의 청년이 가난과 지리멸렬한 일상에서 탈출을 시도한다. 개를 산책시키는 일을 하는 케빈만 이른바 '개 산책가'라는 직업을 통해 돈을 벌지만, 케빈의 두 친구 더그와 미치는 각각 할인판매점과 식당에서 해고된 뒤 다른 일자리를 얻지 못한 청년 실업자들이다. 이들을 둘러싼 모든 사람들 그리고 모든 상황이 다 이들을 압박하는 강자들이다. 케빈의 아내 린다는 끊임없이 잔소리만 해대고, 떠나간 애인의 나쁜 기억 때문에 그리고 불확실한 미래 때문에 더그는 마음에 드는 여자에게 말을 붙이지도 못하고, 미치는 세상에서 제일 무식한 상사로부터 끊임없이 닦달을 당한다. 이런 상황에서 탈출해야 한다. 집세 걱정과 날아드는 온갖 청구서 걱정에서 해방되고 싶다. 그렇다면 이들에게 필요한 것은 무엇? 그건 돈이다. 돈은 어디에 있을까? 은행이다.

그런데 문제는 이들 주인공은 모두 '찌질이'들이라는 데 있다. 이들은 미치가 다니던 대형할인점에서 42인치 플라스마 텔레비전을 훔쳐서 두 달 치 집세로 낸 다음, 자기들이 범죄에 천부적인 재능을 가지고 있다고 믿고는 현금수송차를 털기로 결심한다. 그래서 현금수송차를 터는 데 필요한 노하우를 담은 책을 구하려고 서점을 찾지만 그런 책은 찾아볼 수 없다. 그래서 영화에서 영감을 얻으려고 비디오 대여점을 찾아 마침내 영화 〈히트〉를 찾아내지만, 이 영화 속의 은행털이범들은 수천 달러 규모의 장비를 가지고 있었다. 각자 무전기와 야간투시경 및 M16을 하나씩 가지고 있었다. 아무리 계산해봐도, 드릴이나 권총, 더블백, 망원경 따위는 빼고 M16 한 자루만 산다고 쳐도 적어도 한 해 동안 아무것도 쓰지 않고 꼬박 저축해야 한다. 범행 때 쓸 마스크 살 돈을 아끼려고 털모자에 구멍을 뚫어서 쓰고, 또 어차피 몇 킬로미터만 타고 버릴 차에 뭐 하러 낭비를 하느냐면서 범행에 쓸 차량에 기름을 10리터도 넣지 않을 만큼 '찌질한' 이들에게 이 영화가 도움이 될 턱이 없다. 이 '찌질이'들이 과연 범행에 성공할까?

물론《현금수송차를 털어라》의 표면적인 이야기의 초점은 현금수송차 털이가 결국 성공하는가에 맞춰져 있지만, 작가의 의도는 다른 데 있다. 작가는 등장인물의 입을 통해서 행복을 돈으로 살 수 있을까, 하는 질문을 심각하게 제기하고 또 답을 제시한다.


누구나 돈만 있으면 행복을 살 수 있어. 좆도, 내기를 해도 이길 자신 있어. 돈이 있으면 정신적인 평화가 찾아와. 왜 그런지 알아? 돈이 있으면 걱정할 일이 없어지거든. 걱정이 없으면 그게 행복이지 뭐야.


하지만 작가의 이런 문제제기가 전혀 상투적이지 않다. 그런 데는 몇 가지 이유가 있다. 우선 등장인물들이 생생한 캐릭터의 매력을 발산한다. 미식축구 선수로 장학금을 받으며 대학에 진학했지만 일찌감치 세상살이의 어려움을 간파한 뒤에 그 길을 포기하고 스무 살에 결혼을 하고 마리화나 재배 혐의로 구속되었다가 가석방자 신분으로 살아가는 케빈. 집안 전통에 따라서 군대에 갔지만 마약 검사에 걸려서 군대에서 쫓겨난 뒤에 커뮤니티 칼리지를 졸업한 뒤로 대형

할인점 직원으로 일하다가 상사를 긇려먹은 게 들통 나서 해고된 미치. 요리사로 일하다가 식당이 문을 닫는 바람에 실업자가 되었지만 요리사 겸 헬리콥터 조종사 겸 아동 서적 전문 저자가 되고 싶은 더그. 이 세 청년 실업자의 세세한 일상들이 마리화나, 여자 문제, 구직 노력, 터무니없는 상상 등의 에피소드들 속에서 생생하게 펼쳐진다.

그리고 또 하나 《현금수송차를 털어라》의 미덕은 현실을 바라보는 시선이 현실적이라는 점이다. 코맥 매카시와 코엔 형제의《노인을 위한 나라는 없다》에서처럼 세상을 충격적이고 선언적이고 절망적으로 바라보지도 않으며, 쿠엔틴 타란티노의 영화에서처럼 세상을 한발 뒤로 물러선 유희적인 시선으로 바라보지도 않는다. '좆같은 세상'에서 어떻게든 '계속 살아야 하는' 당사자이기 때문에 주인공들은 모 아니면 도로 모든 것을 걸 수가 없다. 한순간 그랬다가도, 곧 다시 눈치를 보며 계산을 해야 한다. 살아야 하기 때문이다. 계속 살아남는다는 것은 미래로 열려 있음을 뜻한다. 더그는 감옥에서, 미치는 수배자가 되어 신분을 감춘 채 어느 고속도로의 공사장에서, 그리고 케빈은 예전과 다름없이 개 산책가로 살면서 각자 나름대로의 행복한 미래를 꿈꾼다. 바로 이 지점에서 독자는, 주인공들이 모든 걸 다 걸고 그냥 화끈하게 한탕 하고 콱 죽어버릴 때의 비장한 감동이나 남의 일처럼 낄낄거리며 바라보는 일회성의 즐거움 대신, 풍자의 현실적인 공감을 느낄 수 있다.

《현금수송차를 털어라》를 읽으며 독자는 울고 웃고 분노할 것이다. 재미있어 할 것이다. 그리고 마지막으로는 감동할 것이다. 아마도 독자는 이 감동에 힘입어서 소설 속 약자의 입장에서 자기 일상을 돌아보고 자기 주변 세상을 보다 포용적인 눈으로 볼 것이다. '좋은 소설'이기 때문이다.

아, 그리고 한 가지 독자에게 일러둘 게 있다. 상스런 표현, 구체적으로 말하면 욕설이나 욕설로 범벅이 된 말의 번역과 관련된 내용이다. 예를 들어서 본문에 케빈이 미치에게 이렇게 말하는 부분이 있다.

"미치, 좆 까는 소리 하지 마, 우리는 개 산책시켜야 해."

이 부분에서 '좆 까는 소리 하지 마'의 원문은 'Fuck you!'이다. 이때 이것을 다르게 즉 점잖게 번역한다면 '웃기는 소리 하지 마'나 '말도 안 되는 소리 하지 마' 혹은 '헛소리 하지 마' 정도가 될 것이다. 하지만 이런 표현들은 등장인물의 캐릭터를 온전하게 드러내지 못한다고 생각했다. 다른 데서도 마찬가지였다. 그래서 소설 전체에서 등장인물들이 내뱉는 욕설을 캐릭터와 상황에 맞게 '창조적으로' 표현했다. 혹시 읽다가 불편함을 느끼더라도, 단어 자체가 주는 불편함이 아니라 등장인물들이 처한 상황이 주는 불편함으로 받아들여 주시기를 바란다.